D1722832

HEINRICH STEINFEST

MARIASCHWARZ

Kriminalroman

Mit einem Vorwort von Tobias Gohlis

BÜCHERGILDE GUTENBERG

Lizenzausgabe für die Büchergilde Gutenberg,
Frankfurt am Main, Wien und Zürich
www.buechergilde.de
Mit freundlicher Genehmigung des Piper Verlags, München
Alle Rechte vorbehalten
Copyright © 2008 Piper Verlag GmbH, München
Umschlaggestaltung: Angelika Richter, Heidesheim
Herstellung: Thomas Pradel, Frankfurt am Main
Schrift: Chaparral Pro und Corporate S
Satz: Pinkuin Satz und Datentechnik, Berlin
Druck und Bindung: CPI – Clausen & Bosse, Leck
Printed in Germany 2009 · ISBN 978 3 7632 6235 9

Das Mögliche ist das Wahre

In Hiltroff ist nichts perfekt. Aber Heinrich Steinfests Roman »Mariaschwarz« ist es: ein erfreuliches Rätsel.

Auf alles gefasst sein, das sollte man grundsätzlich bei einem Kriminalroman. Schon die wie Tischdeckchen gehäkelten Krimis einer Agatha Christie lebten von der Vorstellung, dass jeder ein Mörder sein kann, gleich ob er Lord ist, Gärtner oder Inspektor. Nur wer die Zusammenhänge unerschrocken ins Auge fasst, kommt hinter sie. Dies ist nicht nur die detektivische Maxime einer Miss Marple oder eines Sherlock Holmes. Es ist auch die des 67 Jahre nach Agatha Christie 1961 als ihr Antipode im australischen Albury geborenen Heinrich Steinfest. Vermutlich muss man die Welt einmal von der anderen Seite aus gesehen haben, um sie so zu sehen wie dieser Maler sie sieht.

Maler? Bildender Künstler war Steinfest zuerst. Er begann Science fiction und Krimis zu schreiben, weil er ein »Gegengewicht zur eher abstrakten und hermetischen Wirkung« seiner Objekte suchte. »Ich wollte einen konkreteren Bezug zu den Dingen entwickeln, und seien es die Dinge, die allein in einem Schädel stecken.« In Steinfests Schädel können das so verschiedenen Phänomene wie im Polarmeer treibende Quietsch-Entchen sein, eine Leidenschaft für den Philosophen Wittgenstein, wilder Sex im Bahnabteil oder ein Sprachwitz.

Auf alles gefasst zu sein, das hat man, gerade als Krimileser, so internalisiert, dass es einem nicht mehr auffällt. Man nimmt die abstrusesten Geschehnisse als gegeben hin, zum Beispiel die Entführung eines Kindes, nach dem dann Eltern und Polizei Jahrzehnte lang suchen. Da entdecken wir den Riss in der Weltordnung. Nicht bei den 99 anderen Fällen, in denen das verlorene Kind wieder heimkehrt.

Deshalb beginnt Heinrich Steinfest seinen elften Kriminalroman *Mariaschwarz* mit einer maximalen Verunsicherung. Er beginnt nicht mit einem Mord, sondern mit der Frage: Gibt es Perfektion in der Welt? Und erörtert sie an einem der alltäglichsten Exempel: der Wirt-Gast-Beziehung. Dass jedes Exempel in ein Rätsel und das in eine Bedrohung ausarten kann, wird dem einen Leser klar, wenn er die austarierte Liste doppelter Alkoholika studiert, die Gast Vinzent Olander täglich im österreichischen Berghotel Hiltroff (klingt das nicht nach Ruhrgebiet?) konsumiert. Der andere merkt es erst, wenn Olander in den Zufluss eines Sees namens Mariaschwarz fällt, aber nicht im ansteigenden Wasser ertrinkt, sondern von seinem persönlichen Wirt gerettet wird.

Erst nach dieser Einleitung ist die Welt reif für die Horrorgeschichte: Der trinkende Olander gehört nicht nur zur bemitleidenswerten Spezies der geschiedenen Väter, ihm ist auch bei einem Autounfall das innig geliebte Töchterchen Clara geraubt worden, während er im Wrack eingeklemmt beinahe verbrannte. Nun sitzt er in Hiltroff und wartet auf ihre Wiederkehr. Clara ist alles andere als klar: Sie taucht auf und verschwindet, wechselt die Bezugspersonen und Identitäten, ist ein Schwindelkind ohne Kontur. Man kann das mit intellektuellem Vergnügen als parodistischen Beitrag zu einem der gegenwärtig rührseligsten und beliebtesten Krimistoffe lesen – doch die sehnsüchtige Suche nach Clara ist noch anderes. Sie ist der rote Faden, gewissermaßen das einzig Klare, im Romankosmos von *Mariaschwarz*. Der versammelt auf dem engsten Raum des voll industrialisierten und modernisierten Bergdorfes Hiltroff

Löcher im Universum, ein Seeungetüm, die Ursuppe, aber auch eine kleine Theorie über Thomas Bernhard als Wecker Österreichs. Ohne allzu sehr vorzugreifen: Clara wird nie richtig klar werden, wohl aber das Glück, eine Clara zu haben. Allein das kitsch- und klischeefrei hinzukriegen, ist eine so großartige schriftstellerische Leistung, dass sie nicht einem der entzückten Kritiker dieses Meisterstücks bisher aufgefallen ist. Das hat damit zu tun, dass alles, was Steinfest schon früher draufhatte, in *Mariaschwarz* in formalem Gleichgewicht und Vollendung gelungen erscheint. Aufs bizarrste treffende Metaphorik paart sich mit zum Brüllen komischen, also tief weisen Sprüchen, großartige Epigramme zucken wie »sanfte Blitze« durch eine düstere, neblige Welt, erhellen dieses Zentrum am Rande, in dem Alles anders ist und doch genau so, wie wir es schon immer für möglich hielten. Zu Beginn heißt es von Olander, er erinnere an den Maler Picabia. Der hatte gesagt, der Kopf sei rund, damit das Denken die Richtung wechseln könne. Das geht, sieht man in *Mariaschwarz*. Und wie!

Krimi oder Nicht-Krimi, das ist oft die Frage an Steinfest. Er betont, das Genre ernst zu nehmen, und das stimmt, in *Mariaschwarz* sogar bis zum Exzess. Wie Marlowe in Chandlers berühmtem Roman *Die Tote im See* erst dann zum besänftigenden Whiskey greifen kann, wenn alle Fäden der Intrige entwirrt sind, so kann auch Inspektor Lukastik aus Wien erst dann den Dienst quittieren, wenn alle Löcher im Universum – wenigstens für die Dauer der Lektüre – verdeckt sind. Denn das ist nach Aussage des dubiosen, aber sehr gepflegten Firmenanwalts Dr. Grünberg die Aufgabe der Kunstwerke: sie verdecken die Löcher in den Wänden dahinter. In seinen Worten: »Löcher in Wänden, die so aus dem Nichts auftauchen, sind unbegreiflich. Die Kunst ist zwar auch nicht immer ganz leicht zu verstehen, aber sie stellt nicht wirklich ein Rätsel dar, welches uns um den Verstand bringen könnte. Das erfreuliche Rätsel um die Kunst verbirgt das unerfreuliche Rätsel um die Löcher. Das ist der Trick der Kultur. Und es ist ein guter Trick.«

MARIASCHWARZ

Alle Tragödien basieren auf einem Missverständnis. Wenn die Dinge sich schließlich klären, sind alle tot.

Die sechste Laterne, Pablo De Santis

EINS

Gibt es Perfektion in der Welt?

Am wahrscheinlichsten dort, wo Symbiosen stattfinden. Wo Lebewesen sich ergänzen, Algen und Pilze, Clownfische und Seeanemonen, Ameisen und Blattläuse, manchmal Hund und Mensch, eher selten Mann und Frau. Sehr wohl aber – und das ist in keiner Weise spaßig gemeint – die Verbindung zwischen einem Kneipenwirt und seinem Gast. Diese Paarung hat etwas von der scharfen Logik der Herr-Knecht-Beziehung, ist aber konfliktfreier, weil die Position des Beherrschten und des Beherrschenden, beziehungsweise das Vertauschen der Positionen, weniger stark wahrgenommen wird. Dazu kommt, dass im Falle von Herr und Knecht eine latente, ungemütliche Sexualität besteht. Niemals aber zwischen Wirt und Gast. Wenn denn Erotik, dann funktioniert sie nicht direkt, sondern nur mittels des Objekts, das die Verbindung besiegelt. Man könnte das gewagterweise eine unbefleckte Empfängnis nennen, nämlich das Glas Wein, das Glas Bier et cetera, das von einem zum anderen wandert.

Um es aber gleich von Anfang an klar auszusprechen, die »unbefleckte Empfängnis« soll hier nicht im Zentrum stehen. Das Thema ist vielmehr die Beziehung zwischen einem Wirt und seinem Gast, die perfekte Beziehung. Der Alkohol, der dabei ins Spiel kommt, ist weder Teufelszeug noch Medizin. Und selbst wenn er dem Körper des einen, des Gastes, Schaden zufügt, ist auch dies nicht der Punkt. Denn der Schaden wird durch so manches aufgehoben. Ja, der Alkohol, den der Wirt dem Gast serviert, nutzt dem einen wie dem anderen. Sonst wäre es ja auch keine Symbiose im strengen Sinn, also ein für beide Personen nützliches Zusammengehen.

Das Lokal, das den Namen POW! trug, befand sich im Vorbau eines zweistöckigen Hotels. Das Hotel hieß nach dem Ort, an dessen östlicher Einfahrt es lag, Hotel Hiltroff. Früher hatte das Restaurant ebenfalls diesen Namen geführt, war dann aber im Zuge einer Renovierung umbenannt worden. Beziehungsweise hatte es seine Funktion als Esslokal eingebüßt und war zum reinen Trinklokal mutiert. Manche sagten dazu Bar, andere Kneipe, und es war wohl beides, je nachdem, wer das POW! betrat. Auch das ist so eine Wahrheit in der Welt, dass nämlich die Dinge die reinsten Chamäleons sind und sich vollkommen nach ihren Benutzern richten. Wenn der Benutzer ein Mensch mit Würde ist, wird ein jeder Gegenstand, dessen er sich bedient, diese Würde annehmen. In der Hand von Drecksäuen wiederum gewinnt alles und jedes eine drecksäuische Note. So einfach ist das.

Das POW! war nicht gerade eine Goldgrube. Es kamen wenige Leute aus der Ortschaft hierher. Zudem ging das Hotel schlecht, sodass auch die Fremden fehlten. Obwohl es die durchaus gab. Trotz exponierter Lage des Ortes. Beziehungsweise genau darum. Hiltroff lag hoch oben in einer stark verkarsteten Gegend, in der es häufig regnete und sich ständig der Nebel verfing, ein hellgrauer Nebel, durch den die Lichtstrahlen wie Suchscheinwerfer fielen. Als sei eine fremde Intelligenz auf der Suche nach Leben. Um dann wieder einmal zu erklären, der betreffende Planet sei deprimierend ungastlich, selbst Mikroben dort undenkbar.

Oberhalb von Hiltroff, zwischen Hügeln aus rissigem Kalkstein, befand sich ein mittelgroßer Bergsee. Sein Wasser war schwarz. Niemand hatte je so schwarzes Wasser gesehen, obgleich dieses Schwarz nicht teerig wirkte, sondern die Durchsichtigkeit einer glasklaren Flüssigkeit besaß – komprimiertes Wasser, dicht gedrängt, ein geschrumpfter Ozean. Manche im Ort sagten dazu »intelligentes Wasser«, ohne das aber näher zu erklären. Andere wiederum fanden, dass sich in diesem See nicht der Himmel, sondern – durch den Nebel hindurch – das Weltall spiegele, ein im Prinzip leeres Weltall. Über die Tiefe dieses Gewässers, des Mariensees, gab es sehr widersprüchliche Angaben. Die letzten Tauchgänge lagen lange zurück. Es hieß, der See sei tot, wie es heißt, das Essen sei verbrannt. Und tatsächlich waren an den wenigen Stellen, die seicht genug waren, den Grund zu sehen, weder Pflanzen noch Fische zu erkennen. Aber es war ein schöner toter See, an dessen felsigem Ufer die Leute von außerhalb gerne saßen. Bei diesen Leuten von außerhalb handelte es sich zumeist um Teilnehmer an Symposien. Auf halbem Weg zwischen dem See und der Ortschaft war ein auf kurzen Stelen aufgesetzter, nach drei Seiten fensterloser Kubus errichtet worden, dessen Oberfläche aus schneeweiß glasierten Backsteinen bestand. Allerdings wirkte die weiße Fläche kunststoffartig, beinahe transparent, wie gewässerte Milch. Milch für Katzen und Igel, damit sie keinen Durchfall bekamen. So sah es aus. Aber wie gesagt, der Backstein war lückenlos. Nur die eine Seite, die in eine kleine Schlucht hinunterwies, an deren Rand der Kubus aufragte wie ein strammstehender Junge auf einem Sprungbrett, verfügte über eine durchgehende, getönte Glasfront, deren Farbe mit den Lichtverhältnissen wechselte, ganz in der Art einer modernen Sonnenbrille. Im Inneren waren drei Etagen untergebracht, die maximal fünfzig Leuten großzügig Raum boten. Es waren schon ausgesprochen elitäre Veranstaltungen, die hier stattfanden, keine von den Apothekerkongressen. Eher ... Die Hiltroffer Bürger vermuteten Physikalisches, Experimentalphysikalisches, Mathematisches, also Religiöses. Allerdings wurde im Dorf selten wirklich bekannt, welche Themen im Kubus jeweils für ein Wochenende oder eine Woche behandelt wurden. Unter den Einheimischen sprach man vom Kubus immer nur als vom *Götz*, denn der Mann, der diese »Hütte für gescheite Leute« hatte errichten lassen, war ein Sohn des Ortes. Und sein Vorname war eben Götz. Er hatte lange Zeit im Ausland zugebracht, ohne dass darüber viel durchgedrungen wäre. Dann war er vierzigjährig zurückgekehrt, hatte das Haus seiner verstorbenen Eltern bezogen und alsbald den Kubus errichten lassen. Wie er zu einer Baugenehmigung an solch exponierter Stelle gekommen war, blieb ein Rätsel. Aber Rätsel waren nun mal ein fester Bestandteil der Ortsgeschichte. Und man kann ja sagen, einer jeden Ortsgeschichte. Umso kleiner ein Ort, umso größer seine Rätselanfälligkeit. In den Metropolen aber löst sich das Rätsel auf, es fehlt ihm die Basis, der Humus, es fehlt ihm die Lust.

Neben den Leuten, die im *Götz* einquartiert waren und dort einen hochintimen Meinungsaustausch pflegten, gab es natürlich auch die Gruppe diverser Naturfreunde, die nach Hiltroff kamen, teils einer endemischen Flechte wegen, teils um von hier aus Wanderungen über die von Trichtern und Höhlen durchlöcherte Karstlandschaft zu unternehmen. Die eigentliche Attraktion aber blieb der Mariensee, der auf Grund seiner Farbe auch als Schwarzsee, Schwarze Maria oder Mariaschwarz bezeichnet wurde. Seine Fläche hatte die Form zweier sich überschneidender Ellipsen in der Größe von Fußballfeldern. Aus der Höhe sah es nach Mengenlehre aus.

Im See zu schwimmen oder zu tauchen war verboten. Aus Gründen des Naturschutzes. Woran sich sogar die Dorfjugend hielt. Das Wasser erschien ihnen wohl zu schwarz. Es war ein See zum Anschauen, nicht zum Angreifen.

Leider – leider für das Hotel Hiltroff und das POW! – hatte der Mann, der den Namen Götz trug, auch das alte Rathaus gekauft und es in ein Hotel umbauen lassen. Ein komfortables Hotel mit einem kleinen, aber sehr edlen Restaurant, in welchem ein pensionierter Haubenkoch sein Alterswerk vollbrachte und noch so manchen Gourmet nach Hiltroff lockte. Hotel und Restaurant trugen den einheimischen Namen des örtlichen Sees: Mariaschwarz. Die Zimmer waren so gut wie immer ausgebucht, und um im Restaurant einen Tisch zu ergattern, musste man lange vorbestellen oder mit dem Mann, der sich von allen nur mit »Herr Götz« ansprechen ließ, befreundet sein. Dabei trat Herr Götz nicht etwa wie ein Machtmensch auf. Zumindest nicht in der polternden oder arroganten Weise. Auch nicht geschleckt, wie man das sonst von Hotels kannte. Er gab sich nicht einmal volkstümlich. Nein, seine Haltung war eine sachliche. Er behandelte jedermann mit einer schlichten Freundlichkeit und schien in erster Linie Erfüllung darin zu finden, seinen Weinkeller zu pflegen. Es hieß, er sei in Berlin verheiratet. Was sich anhörte, als verdächtige man Herrn Götz einer bizarren Schweinerei. Welche man ihm aber gerne nachsah, weil er die mit Abstand höchsten Abgaben im Ort bezahlte.

Dem Erfolg von Hotel und Restaurant Mariaschwarz stand der Misserfolg des Hotel Hiltroff und des POW! gegenüber, wobei niemals eine echte Konkurrenz bestanden hatte. Das Faktum von Erfolg und Misserfolg wurde von beiden Seiten wie etwas Naturgegebenes hingenommen. Nicht, dass man miteinander verkehrte, aber keiner der Betreiber oder auch nur deren Mitarbeiter hatte sich je zu einem hässlichen oder abfälligen Wort gegen die andere Seite hinreißen lassen.

Das Hotel Hiltroff und seine Bar gehörten einem Ehepaar namens Grong, Job und Lisbeth Grong. Zwei ungemein beherrschte Leute. Dass sie über Emotionen verfügten, blieb der Phantasie ihrer Gesprächspartner überlassen. Auch ihr Alter war unklar, da sie nie ihre Geburtstage feierten. Zumindest nicht mit Freunden oder Bekannten. Sie gingen wohl beide auf die siebzig zu, arbeitende Pensionäre, gut in Schuss, schlank, groß gewachsen, jedoch nicht riesig. Sie lächelten zu keiner Zeit, waren aber zuvorkommende Menschen, wobei sie selten jemand die Hand reichten, sondern durch eine angedeutete Verbeugung oder ein Nicken und einen klar ausgesprochenen Gruß eine höfliche Distanz schufen. Einen warmen Block zwischen sich und die anderen stellten. Warm, aber massiv. Die Grongs vermieden Missverständnisse. Wenn nötig, konnten sie auch deutlich werden. Deutlich und scharf. Doch der Schärfe fehlte das übliche Zittern. Fehlte die Nervosität, der Anschein von Bluthochdruck. Die Schärfe erfolgte in der Weise, wie man ein Radio lauter stellt, damit auch wirklich alle die Nachrichten hören können.

Frau Grong kümmerte sich um das Hotel und die wenigen Gäste, Herr Grong um die Kneipe und die nicht minder wenigen Gäste. Und so kam es, dass sich beide Grongs um einen gewissen Vinzent Olander kümmerten, welcher seit drei Jahren im Hotel lebte und seit ebenso vielen Jahren als Stammgast das von Herrn Grong geführte Lokal besuchte. Gleich morgens, um dort seinen Kaffee zu trinken. Vormittags nahm er nie mehr zu sich als die zwei Tassen leicht gesüßten Espressos. Man sah ihn aber auch den Rest des Tages nichts essen, ohne dass er darum einen abgemagerten Eindruck machte. Er war wohl eher ein Mann, der einfach das Essen vergaß. Und in dieser Hinsicht unverwundbar geworden war. Zumindest schrumpfte er nicht.

Mittags begab er sich häufig in ein kleines Bistro am Hauptplatz, um dort ein, zwei Gläser eines billigen Rotweins zu konsumieren, am Fenster zu stehen oder an einem der Tische im Freien zu sitzen. Wobei man es im hochgelegenen Hiltroff selten ohne Jacke aushielt. Irgendein Regen oder kühler Wind oder parasitär in alles und jeden schlüpfender und kriechender Nebel herrschte immer vor. Dafür fehlten selbst im Hochsommer die Stechmücken, trotz des Sees in der Nähe. Aber wie gesagt, es schien ein toter See zu sein. Also auch kein See für Mücken.

Nachmittags dann, ausnahmslos zwischen drei und vier, kehrte Olander ins POW! zurück und verließ das Lokal erst, wenn es Zeit war, sich schlafen zu legen. Denn in dem Zustand, in dem er sich abends jeweils befand, kam etwas anderes als ein rasch eintretender Schlaf gar nicht in Frage. Womit gesagt sein soll, dass Vinzent Olander nie derart betrunken war, dass etwa Übelkeit und Schwindel ihn wieder aus seiner waagrechten Position getrieben hätten, er andererseits aber stets so viel an Alkohol zu sich genommen hatte, um nur noch in sein Bett und in seinen Schlaf zu finden, einen sehr frühen Schlaf, meistens schon vor acht. Und nicht etwa ein Buch zur Hand nahm oder den Fernseher einschaltete. Das war noch nie geschehen und würde auch nicht geschehen. Obgleich Olander Bücher liebte, ja sogar das Fernsehen liebte. Doch der Alkohol stand dazwischen. Der Alkohol war das Nest, in dem Olander es sich gemütlich machte, in dem er sicher war. In dieses Nest passten keine Bücher und passte kein Fernsehgerät. In dieses Nest passte eigentlich gar nichts. Außer natürlich Vinzent. Das Nest war ein Nest für *einen* Mann.

Wenn einer dieser berüchtigten Fragesteller aus dem Reich der Feen oder des Journalismus bei Vinzent Olander aufgekreuzt wäre und ihn gefragt hätte, welche drei Dinge er auf eine einsame Insel würde mitnehmen wollen, dann hätte er gesagt: »Vier Dinge!« Und wäre natürlich sofort darauf aufmerksam gemacht worden, dass nun mal nur drei möglich seien. Aber Olander wäre stur

17

geblieben und hätte erklärt: »Entweder vier Dinge oder ich pfeife auf die Insel.« »Also, in Gottes Namen, was für vier Dinge?« Olander hätte geantwortet: »Portwein, Fernet Branca Menta, Quittenschnaps und Whisky von der Insel Holyhead.«

Das waren die vier Getränke, die er genau in dieser Reihenfolge nachmittags zu sich nahm, je zwei kleine Gläser, selten mehr. Wenn er einmal darüber hinausging, war er hinterher deprimiert, schien enttäuscht von sich selbst. Behielt er jedoch seinen Rhythmus bei, und das war meistens der Fall, so verließ er das POW! als ein in sich ruhender, als ein in seinem Alkoholnest geborgener Mann.

Drei Jahre war es also her, dass Olander nach Hiltroff gekommen war. Er hatte einen etwas vernachlässigten Eindruck gemacht, Bartstoppeln, angegraute Haut, Augen aus mattem Glas, das Haar fettig, der Anzug verdrückt, dazu einen Wagen, auf dem der Matsch verschiedener Länder klebte. Doch genau dieser verdreckte Wagen hatte einige Aufmerksamkeit auf sich gezogen und die Annahme genährt, dass es sich bei Olander um keinen ganz armen Mann handeln konnte. Dass er zumindest einmal bessere Zeiten gesehen haben musste. Es war schließlich keine Kleinigkeit, einen legendären BMW M1 zu besitzen, einen Wagen, der sich zunächst einmal dadurch auszeichnete, nicht wie ein BMW auszusehen, eher wie ein Lamborghini, und tatsächlich waren die Italiener an der Konstruktion beteiligt gewesen. Das 1978 produzierte Modell besaß die Farbe von Vanillecreme – oder von zu lange stehen gelassenem Joghurt, ganz wie man es sehen wollte. Die Form war flach und eckig, aber auch nicht zu flach und zu eckig. Im Inneren saß man wie in einer ewigen Nacht, so schwarz war es darin. Wenn die ausklappbaren Scheinwerfer hochgingen, war alles gut, weil man dann wusste, dass Prinzen sich auch in sympathischere Dinge als glitschige Frösche verwandeln konnten. Und wäre da nicht der für einen BMW typische Kühlergrill gewesen – gleich viel zu eng stehenden Nasenlöchern –, es wäre ein richtig schönes Auto gewesen.

Obgleich es sich hier um die kraftstrotzende Straßenversion eines Rennsportwagens handelte, vermittelte dieser Zweisitzer auch eine gewisse Gelassenheit, in der Art eines Tiers, das gelegentlich auf Jagd geht, aber dennoch die Vorteile eines Allesfressers auf sich vereint. Ein Allesfresser weiß um den Nutzen einer saftigen Wiese, die nicht davonlaufen kann. Pure Jäger hingegen sind bei aller Popularität traurige Gestalten, beschränkt. Anders gesagt, mit diesem Wagen konnte man auch langsam fahren oder gar stillstehen, ohne deshalb lächerlich zu wirken. Selbiger BMW war einzig und allein darum traurig zu nennen, weil sein Besitzer sich nicht die Mühe machte, ihn endlich einmal reinigen zu lassen.

Der solcherart gegen seinen Wagen rücksichtslose Vinzent Olander quartierte sich im Hotel der Grongs ein, streifte umher, machte aber nicht wirklich den Eindruck, an einheimischen Flechten oder Ähnlichem interessiert zu sein. Es war nicht so, als suche er etwas, eher schien er selbst der Gesuchte zu sein. Ein Gesuchter, der gefunden werden wollte. Er bewegte sich weniger, als dass er herumstand, offenkundig herumstand, sich auf den Plätzen der Ortschaft und der Umgebung präsentierend. Hätte jemand zu dieser Zeit vorgehabt, aus dem Hinterhalt heraus eine beliebige Person zu erschießen, dann wäre niemand so leicht zu treffen gewesen wie Vinzent Olander. Einige Wochen lang schien er nichts anderes darzustellen als eine Zielscheibe. Eine Zielscheibe aus freien Stücken.

Nach und nach aber dürfte ihn diese Zielscheibenexistenz erschöpft haben, und er kam immer öfter ins

POW!, wo er sich an ein auf die Straße weisendes Fenster setzte, Portwein bestellte und Zigarillos inhalierte, als handle es sich um eine Medizin, die nur bei andauernder Einnahme ihre volle Wirkung entfaltete. Und so war es ja wohl auch. Die Leute, die vom Rauchen krank werden, werden es von den Rauchpausen oder vom ständigen Aufhören und Wiederanfangen. Sie verwirren ihren Körper zu Tode.

Selbst jetzt noch, da Olander viel Zeit in Herrn Grongs Kneipe verbrachte, hatte man das Gefühl, er stelle sich zur Schau, platziere sich so, dass jeder Vorbeigehende ihn durch das Fenster sehen konnte. Offensichtlich war er es bloß müde geworden, sich im Freien darzubieten, im Nasskalten und Nebeligen. Überhaupt war dieser Mann schwer von Müdigkeit gezeichnet. Er wirkte im wahrsten Sinne geknickt, als hätte er einen Schlag in den Magen erhalten und sei nie wieder aus der vom Nabel aufwärts vorgebeugten Haltung herausgekommen. Darum auch schien er kleiner, als er war. Im Grunde sah er ja gut aus, männlich, ein geschnitzter, ein geschälter Typ, kantig, aber nicht grob, holzig, elegant holzig, oder, wenn man so will, kartoffelig, elegant kartoffelig, mit weißblondem Haar und Geheimratsecken, die immer ein wenig feucht glänzten, aber als einzige Stelle über etwas Farbe verfügten, leicht angebrannt, als habe soeben der Sommer begonnen. Olander erinnerte an den Maler Francis Picabia, allerdings in einer blassen Ausgabe. Picabia war es gewesen, der gesagt hatte, der Kopf sei rund, damit das Denken die Richtung wechseln könne. So gesehen war Olander nicht nur ein fahlhäutiger Picabia, sondern auch einer, der die Möglichkeiten eines runden Kopfes ignorierte. Sein Denken ging ganz offensichtlich in die immer gleiche zwanghafte Richtung.

Doch worin diese Zwanghaftigkeit bestand und aus welchem Grund Olander nach Hiltroff gekommen war, blieb vorerst sein Geheimnis. Olander sprach wenig, nur das Nötigste. Und nie etwas Persönliches. Wenn andere Gäste ihn anredeten, so gab er unverbindliche Antworten. Politik, Sport, der übliche Klatsch, das alles schien ihn nicht groß zu interessieren. Wobei er sich aber selten abweisend verhielt, eher abwesend. Die Leute empfanden ihn als einen Spinner. Aber als einen Spinner mit Geld, immerhin konnte er es sich leisten, ohne einer sichtbaren Arbeit nachzugehen, seit drei Jahren in Hiltroff herumzuhängen, ein Hotelzimmer zu bezahlen, seine tägliche Zeche im POW! sowie einen bereits historisch zu nennenden Sportwagen vor der Türe stehen zu haben, den er selten benutzte, bloß stundenweise in der nahen Umgebung herumfuhr, ausgesprochen langsam, auch in solchen Momenten eine Zielscheibe abgebend.

Die symbiotische Beziehung zwischen dem Wirt und seinem Gast ergab sich nun aus der Einfachheit der Handlungen. Job Grong und Vinzent Olander waren vom ersten Augenblick, da sie sich begegnet waren, eine kommentarlose Zweckgemeinschaft eingegangen, in der sich der eine auf das Einschenken der Gläser und der andere auf das Leeren und Bezahlen dieser Gläser beschränkte. Das ist alles andere als selbstverständlich. In vielen Fällen ist der Kontakt zwischen Wirt und Gast stark von Nebensächlichkeiten oder Ablenkungen belastet, von politischen Debatten, von Wehleidigkeiten, von Unzufriedenheit, von Schnüffeleien. Job Grong aber schnüffelte nicht, und Vinzent Olander ging bei aller Traurigkeit, die ihm anhing, niemals so weit, seinen Wirt damit belästigen zu wollen, was für ein armes Schwein er sei et cetera. Während eigentlich die meisten der anderen Gäste, die ins POW! kamen und so gut wie immer Einheimische waren, sich ständig in irgendeiner Jammerei oder Klage verloren. Auch darüber, dass es im POW!

keine Fußballübertragungen gab, nicht einmal Musik, auch keinen Spielautomaten. Dafür aber einige Zeitungen, die jedoch selten jemand zur Hand nahm. Und es gab einen Lichtenstein. Einen Roy Lichtenstein. Sprich, es gab ein Bild des amerikanischen Pop-Art-Künstlers, welches neben der kleinen, geradezu improvisiert anmutenden, aus alten, furnierten Regalen gezimmerten Bar hing. Vor dieser Bar hatten gerade mal drei Hocker Platz. Die Spirituosen standen in zwei gläsernen, an die Rückwand geschraubten Küchenschränken, die innen mit blasstürkisenen Tapeten ausgekleidet waren. Ja, es muss gesagt werden, dass dieses Lokal im Zuge seiner sogenannten Renovierung eher einen Abstieg ins Vergilbte und Schäbige genommen hatte. Die Renovierung war eine umgekehrte gewesen. Wie bei schlecht eingestellten Zeitmaschinen, die nicht vor oder nach einem Krieg landen, sondern mitten im Schlachtfeld.

Der Roy-Lichtenstein-Siebdruck hatte bereits hier gehangen, als noch das Restaurant existiert hatte. In den wirtschaftlich gesehen besseren Zeiten. Herr Grong hatte die Graphik während seiner Jahre in New York erstanden, 1965, als sie in einer Auflage von zweihundert Stück ediert worden war. Heute mochte sie, wie jemand behauptet hatte, dreißigtausend Dollar wert sein. Aber selbst, wenn das stimmte, hätte Herr Grong dieses Bild nicht hergegeben. Es war ein Teil seiner selbst, es kam eigentlich gleich nach seiner Frau, die er allerdings noch länger kannte. Wobei er weder seine Frau noch den Siebdruck in einer hirnrissig abgöttischen Weise liebte. Aber beide standen für die Konstanz in seinem Leben. Herr Grong gehörte nämlich zu den Männern, die meinten, dass *eine* Frau im Leben und *ein* Kunstwerk im Leben ausreichten. Es darf also nicht verwundern, dass Job Grong, nachdem er sein Restaurant in eine Bar umfunktioniert und eine entgegengesetzte Renovation vorgenommen hatte, nicht nur dieses Roy-Lichtenstein-Bild wieder aufgehängt, sondern auch das »neue« Lokal danach benannt hatte, nämlich POW!. Obgleich exakterweise der Bildtitel *Sweet Dreams Baby* lautete, was eigentlich auch ein recht hübscher Name für ein Trinklokal gewesen wäre.

Auf diesem Bild ist in der für Lichtenstein typischen Comicmanier der Kopf eines Mannes zu sehen, der soeben von einer Faust getroffen wird. An der Stelle, wo der Schlag erfolgt, sieht man eine explosionsartig ausgefranste Form, einen platzenden Ballon, und darin die lautmalerische Buchstabenfolge POW!, in dickem Rot, schwarz umrandet. Am oberen linken Bildrand, eingefügt in eine Sprechblase, ist die Empfehlung des Zuschlagenden an sein Opfer zu lesen: *Sweet Dreams, Baby!*

Job Grong hätte nicht sagen können, warum er ausgerechnet dieses Bild erstanden hatte, damals vor vierzig Jahren. Er war ja weder ein Anhänger dieser speziellen Kunstrichtung noch dieses Künstlers gewesen. Auch kein ausgesprochener Comicfan. Aber es war 1965 wohl an der Zeit gewesen – für einen Dreißigjährigen an der Zeit gewesen –, sich ein Kunstwerk fürs Leben anzuschaffen. Und ewig hatte Job Grong nicht warten wollen. Wie er ja auch nicht ewig gewartet hatte, eine Frau fürs Leben auszuwählen. Die Frau und das Bild waren ein Kompromiss gewesen, ein guter Kompromiss. Grong hatte darauf verzichtet, auf ein Wunder zu hoffen, also auf das Bild aller Bilder und die Frau aller Frauen. Ohne aber ins andere Extrem zu fallen und sich mit etwas Schlechtem zu begnügen. Das galt für die Roy-Lichtenstein-Graphik genauso wie für Lisbeth. Alle beide, die Frau wie der Gegenstand, bewegten sich in einer goldenen Mitte. Mehr als dieses Bild und diese Frau hatte Job Grong vom Leben nicht verlangen dürfen. Und mehr verlangte er auch nicht.

Im Grunde hatte sich Vinzent Olander in diese bescheidene Perfektion eingefügt, indem er seit drei Jahren als *der* Gast im Leben des Wirts Grong fungierte, Tag für Tag zwei mal vier Gläser bestellend. Die Liebe zum Portwein und zu der süßlichen, leicht cremigen Variante des Fernet Branca, dem Menta, diese Liebe hatte Olander bereits mitgebracht. Aus seinem alten, verborgenen Leben mitgebracht. Neu hingegen war für ihn der Zauber des Quittenschnapses, vor allem aber der Zauber eines Whiskys, der von einer mysteriösen Destille auf Holy Island stammte, einer Insel vor der Westküste von Anglesey in Wales. Mysteriös, weil besagte Brennerei nicht wirklich zu existieren schien, sehr wohl aber die einfach gestalteten, farblosen Flaschen mit dem Namen *The Holyhead*, in denen ein zwölf Jahre alter Single Malt eingeschlossen war. Er besaß eine ausgesprochen dunkle Farbe, ein wenig rötlich, wie von eingelegten Kirschen. Um jetzt nicht von etwas anderem Eingelegten zu sprechen. Aber das Zeug schmeckte ganz hervorragend, gar nicht kirschig, sondern ausgesprochen unterirdisch, eingedenk von Wasser, das nur widerwillig an die Oberfläche tritt. Wasser, das sich vor der Sonne scheut, vor dem Verdunstetwerden. Jedenfalls konnte auch Job Grong nicht sagen, was es mit diesem Getränk genau auf sich hatte, woher es wirklich stammte, wenn eben nicht von der Holyhead Distillery, wie das Etikett vorgab. Er selbst bestellte die Flaschen bei einem Händler, der sie bei einem anderen Händler bestellte ... und weiß Gott noch wie viele Händler sich daranreihten. Die Europäische Union war ein wirklich hübsches Labyrinth geworden, in welchem die Leute nur winzige Strecken hinauf- und hinunterliefen, gleichzeitig aber behaupteten, jederzeit in der Lage zu sein, den Ausgang zu finden. Dabei kannten sie nicht einmal die Herkunft einer bestimmten Flasche Whisky.

Vinzent Olander hatte also zu Anfang recht unkoordiniert Portwein und Branca Menta geordert und konsumiert, bis Grong nach der zweiten oder dritten Woche sich erlaubt hatte – und zwar nur aus Anlass einer Lieferung seines Spirituosenhändlers –, einen schwäbischen Quittenschnaps und jenen walisischen Single Malt zur Kostprobe an seinen neuen Stammgast auszugeben. Geschmacklich stand dies eigentlich im deutlichen Gegensatz zu Olanders Leibgetränken. Aber wenigstens in dieser Hinsicht schien Olanders blasser Picabia-Kopf rund genug, um die Denkrichtung zu wechseln, somit den Abend in zwei Hälften zu unterteilen und von dunkler Süße zu süddeutscher Rustikalität sowie der öligen Strenge lichtscheuen Wassers zu wechseln. Und dabei blieb es. Die neu gewordene Ordnung, nicht zuletzt die Regel von vier mal zwei Gläsern, gefiel Olander.

Äußerst bezeichnend für dieses Ritual war es, dass bei aller Selbstverständlichkeit und stillen Würde, mit welcher Wirt und Gast einander begegneten, Grong es niemals unternahm, Olander eins dieser acht Gläser ungefragt auf den Tisch zu stellen. Nein, es erfolgte jedes Mal eine ausdrückliche Bestellung durch den Gast, die der Wirt mit einem kleinen Nicken quittierte, und erst danach nahm er die Einfüllung vor. Denn bei aller Routine und Systematik, die sich in diesen drei Jahren gebildet und immer stärker verfestigt hatte, behielt Grong das Prinzip aufrecht, nach welchem es einem Gast erlaubt sein musste, es sich einmal anders zu überlegen. Auch wenn dies nie und nimmer geschehen würde.

Die wenigen und kurzen Gespräche, die der Wirt und sein Gast geführt hatten, waren nie in eine private oder anekdotische Richtung gegangen. Meistens war vom Wetter die Rede gewesen, durchaus in einer ernsthaften Art, etwa die Konsistenz des Nebels behandelnd oder inwieweit an nebelfreien und wolkenlosen Tagen, wenn die Sonne ungehindert auf den Mariensee traf, das schwarze Wasser einen rötlichen Ton annahm, der in etwas gruseliger Weise an ein gegen das Licht gehaltenes volles Glas Holyhead erinnerte. Das war natürlich eine sehr gewollte Interpretation, aber die beiden Männer waren sich darin einig. Man hielt das Glas in die Höhe und sagte: »Erstaunlich, nicht wahr?«

Der Tag, an dem Olander und Grong sich dann doch näherkamen, gezwungenermaßen, war nun in keiner Weise einer, der den Blick auf das Holyhead-Rot des Mariensees ermöglichte. Unter einer dicken, tief hängenden, dicht gedrängten Staffel von Wolken lag der See so schwarz da, wie etwas nur schwarz sein konnte. Olander saß auf einem Felsen und fror sich den Hintern ab. Am gegenüberliegenden Ufer erblickte er ein paar Leute mit paarigen Stöcken. Sie sahen aus wie Schifahrer ohne Schnee, also ein bisschen sinnlos. Wahrscheinlich handelte es sich um Teilnehmer eines Symposiums, die sich hier die Beine vertraten. Olander kannte das Innere des Kubus, er kannte den Mann, der Götz war. Im Grunde kannte Olander jedermann in Hiltroff, er hatte sich jedermann vorgestellt, niemals aufdringlich, sondern einfach auf seine Anwesenheit hindeutend. Als wollte er sagen: Schaut her, da steh ich. Verfügt über mich. Darum bin ich doch gekommen. – Aber die Leute im Ort, und auch Herr Götz, fragten sich nur, ob dieser Olander verrückt war. Nicht richtig verrückt, aber doch ein wenig psychotisch. Niemand wollte über Olander verfügen, niemand hatte ihm etwas zu mitzuteilen. Das Einzige, was die Hiltroffer interessierte, war die Frage, ob Olander seinen BMW verkaufen würde, wo er doch so selten damit fuhr. Anders gesagt, man hoffte, dass Olander bald das Geld ausging und er gezwungen war, sich von diesem Wunderwagen zu trennen.

Olander erhob sich. Die Leute mit den Stöcken waren verschwunden. Er war jetzt allein. Er beschloss, wie er das immer tat, wenn er hier heraufkam, den See einmal zu umrunden und dann in die Ortschaft zurückzukehren. Einen richtigen Pfad gab es nicht, ein richtiger Pfad hatte sich auf dem Kalkstein nicht gebildet, nur ein ungefährer. Und auf diesem ungefähren bewegte sich Olander dahin, ein klein wenig hinkend. Sein Hinken war kaum zu bemerken, aber es existierte. Es stammte von einer Muskelverletzung des rechten Beins, welche er sich vor vier Jahren zugezogen hatte. Damals in Italien, als er in einem Unfallwagen eingeklemmt gewesen war und mittels Schneidbrennern aus den stark verbogenen Teilen eines Vordersitzes hatte herausgeholt werden müssen. Der Schmerz im Bein erinnerte ihn ständig an diesen Tag. Aber noch viel mehr ein ganz anderer Schmerz.

Der ungefähre Weg um den Mariensee führte an einigen Stellen über kurze, aber steile Felswände, weshalb Olander klettern musste. Dabei geschah es nun, dass er seinen rechten Fuß in eine Kerbe fügte, wo keine Kerbe war, nur glatte Fläche. Es war wie bei diesen Autofahrern, die behaupten, eine Strecke auswendig zu kennen, und dann mit hundert Sachen in eine Kurve fahren, wo keine ist. Olanders rechtes Bein, sein Unfallbein, spielte ihm immer wieder solche Streiche. Das Bein war sein Feind. Jedenfalls rutschte Olander weg, verlor den Halt und schlitterte abwärts. Praktisch als Ersatz für die Kerbe, die da gar nicht gewesen war, öffnete sich eine Spalte im Fels, die Olander zuvor übersehen hatte. Eine von den zahlreichen Öffnungen, in die der häufige Regen abströmte. Nur, dass diese eine Spalte groß genug war, einen Mann zu verschlucken. Und das tat sie auch, die Spalte. Olander glitt ungebremst über den blanken Rand und fiel in einen röhrenförmigen Hohlraum.

Ohne aufzuschreien, viel zu verblüfft, stürzte er gute zwei Meter abwärts, wobei der Aufprall anders ausfiel als erwartet und befürchtet. Kein harter Stein, sondern weiches Wasser, in das er tief eintauchte, nicht aber dessen Grund erreichte. Einen Moment trat Olander auf der bodenlosen Stelle, dann strampelte er nach oben. Als er auftauchte und den Kopf zurückwarf, sah er bloß die Öffnung über sich, in der das trübe Licht dieses Nachmittags eingefasst war. Viel zu hoch, als dass er die Chance gehabt hätte, hinaufzugelangen.

Es dauerte eine Weile, bis sich seine Augen an die Dunkelheit gewöhnt hatten und er die nahen Wände vage erkannte. Wände ohne Vorsprünge, glattgewaschen, keine Möglichkeit, sich irgendwo festzuhalten und diesem Gefängnis im Stil einer insektenschluckenden Kannenpflanze zu entfliehen. Immerhin war das Wasser nicht ganz so kalt, wie man es hätte erwarten dürfen, wenn man um die Kälte des Mariensees wusste. Aber richtig warm war es auch wieder nicht.

Olander bemühte sich gar nicht erst zu schreien. Wer sollte ihn hier unten hören? Natürlich konnte der Zufall es gut mit ihm meinen und einen Wanderer vorbeischicken. Aber wie lange würde sich dieser Zufall denn Zeit lassen? Wie lange würde Olander schreien müssen? Eine Stunde? Zwei Stunden? Nun, vorher würde ihn die Kraft verlassen. Nein, er wollte nicht schreien, nicht auf gut Glück. Bloß weil ihm nichts Besseres einfiel. Er war allein und würde absaufen. Er stellte sich vor, dass dies die Strafe war, die ihm zustand. Die Strafe für sein Versagen, die Strafe dafür, etwas nur halb richtig getan zu haben.

Halb richtig war das Schlimmste. Halb richtig, das war, wie wenn man jemand das passende Medikament in einer tödlichen Dosis verabreichte. Und genau so etwas hatte Olander getan – fand er. Und fand darum, dass alles hier seine Richtigkeit hatte. In einem mit Wasser gefüllten dunklen Loch zu schwimmen, in einem von der Natur geformten Plumpsklo. Und es versteht sich, dass er, Olander, das Stück Scheiße war, das in dieser Latrine trieb und irgendwann untergehen würde.

Aber so einfach, wie er sich das vorstellte, lief es nicht ab. Sich simplerweise als Kot denken und dadurch aus der Verantwortung nehmen. Bloß noch sterben, als wäre man bereits auf der letzten Seite eines Romans angekommen, wo dann in Gottes Namen sterben durfte, wer wollte. Nein, das war nicht die letzte Seite. Das war nicht das Echo auf einen schlechten Anfang.

Olander dachte an Clara. Natürlich dachte er an sie, an sein kleines Mädchen, sein Kind, sein Alles. Darum war er hier, wegen Clara, um sie zu finden. Also konnte er sich nicht einfach gehen lassen und in einem gewässerten Loch krepieren. Absolut nein! Olander schlug mit der Faust auf die Wasseroberfläche, was sich anfühlte, als breche er durch einen Glastisch. Auf diese Weise schüttelte er die aufkeimende Bewusstlosigkeit ab, schwamm an den Rand und fuhr mit seiner Hand über die vom Regenwasser polierte Fläche. Auch mit den Beinen suchte er die Wand ab, suchte nach einer Stelle, die sich eignete ... und fand sie endlich auch, fand einen Spalt, der sich knapp unterhalb der Wasserscheide abwärts zog. Der Spalt war gerade so breit, dass Olander seinen kräftigeren, seinen linken Fuß mitsamt dem Unterschenkel einklemmen konnte. Dies ermöglichte ihm, sich mit sparsamster Bewegung der Arme über Wasser zu halten.

Das Absurde daran war nun, dass er sein zunächst schmerzendes, bald aber so gut wie gefühlloses Bein dermaßen energisch in den Fels hineingedrückt hatte, dass er nicht wieder herauskam. Was er vorerst gar nicht bemerkte, zu perfekt war diese Verankerung, ja, die Erschöpfung trieb ihn sogar in den Schlaf, ohne dass er dabei unterging. Vinzent Olander funktionierte wie ein Regal, das von dieser Höhlenwand abstand. Aber das Dumme an fix montierten Regalen ist natürlich ihre Immobilität. Denn das Wasser stieg. Ganz klar, Wasser pflegen in solchen Situationen immer zu steigen. Davon erwachte Olander, vom steigenden Wasser, das in Bewegung geraten war und über sein Gesicht schwappte. Und nun bemerkte er auch, dass er mit seinem Bein nicht loskam, nicht zuletzt, da ihm die Kraft fehlte, sich mit dem anderen, freien Fuß wirkungsvoll abzustoßen. Wie sehr Olander sich auch bemühte, er blieb gefangen, steckte im Stein fest.

Er hatte sich so weit als möglich, das Knie durchdrückend, in eine aufrechte Position befördert. Dennoch erreichte das Wasser bald seine Brust. Woher es eigentlich kam, konnte Olander nicht sagen. Er hätte es so oder so nicht stoppen können. Und weil er nun gar nicht mehr wusste, was zu tun war, und sein Körper deutlich nachgab, begann er doch noch zu schreien. Und während er schrie, schlug das Wasser gegen sein Kinn.

Ertrinken ist eine dumme Sache, dachte er. Aber nichts im Vergleich zu dem, was er in den letzten Jahren durchgemacht hatte. Denn ertrinken würde er nur selbst müssen. Es war alles leichter, was man bloß am eigenen Leib durchzumachen hatte.

Auch erschlagen zu werden. Erschlagen zu werden war sowieso die bessere Lösung. Auch die schnellere.

Etwas kippte herunter, von der Öffnung her. Olander meinte noch, ein Stück des Felsens habe sich gelöst, und indem dieses Ding jetzt auf seine Schulter prallte, drückte es ihn unter Wasser. Sein Mund füllte sich. Seine Nase. Alles füllte sich. Mit einem Mal aber schob ihn ein fester Griff nach oben, sein Schädel schoss über die Oberfläche, und er spuckte aus, was er noch nicht hatte schlucken müssen. Jemand hielt ihn fest. Dieser jemand war offensichtlich heruntergesprungen und hatte mit dem Eintauchen ins Wasser Olander gepackt und ihn ein Stück mit in die Tiefe gezogen. Auf diese Weise war das festgeklemmte Bein aus der Spalte herausgebrochen, nicht ohne selbst einen Bruch zu erleiden. Doch diesen Bruch brauchte Olander nicht mehr zu spüren, obgleich er bei Bewusstsein blieb, aber eben bloß noch halsaufwärts, mit dem Teil also, der sich jetzt glücklicherweise wieder an der Luft befand und dort auch verblieb.

Das Wasser stieg weiter, allerdings war dies nun ein Vorteil. Dank dessen Olander und sein Retter nach oben gelangten. Das Wasser trug sie. Der Mann, der Olander von hinten umklammert hielt, erwies sich als ein guter Schwimmer. Ein sportlicher, ausdauernder Mensch. Trotz seiner siebzig Jahre. Aber was waren schon siebzig Jahre, wenn man ein *Stück Holz* war. Als ein solches hatte sich Job Grong einmal charakterisiert, wohl diese gewisse Knorrigkeit und Sprödheit seines Wesens bezeichnend. Aber sicher meinte er damit auch die eigene Beständigkeit. Wie gut jedenfalls, wenn man ein Stück Holz war, das nicht unterging.

Das glucksende, geradezu sprudelnde Wasser trieb die beiden Körper bis an den Rand der Öffnung, wo es überlief und Richtung des Mariensees abfloss. Job Grong stemmte sich über die Kante, dann zog er seinen Stammgast heraus und beförderte ihn auf ein kleines ebenes Felsstück. Er kontrollierte umgehend die wichtigsten Lebensfunktionen und griff dann nach einem Handy, welches er in weiser Voraussicht in einer Nische platziert hatte, während ja die meisten Menschen, wenn sie zwecks Lebensrettung in ein Wasser springen, dies mitsamt all ihrem Zubehör tun. Nicht so Grong, der nun einen Notarzt anforderte.

»Ich bin ... okay«, stammelte Olander. Er sprach in diesem leicht blubbernden Ton, wie Fische, die gerade reden lernen.

»Ja, Sie sind okay«, sagte Grong und betrachtete das zur Seite gedrehte, astartig geknickte Unterbein Olanders.

Im Grunde ging alles gut aus. Auch wenn der Bruch kompliziert war. Aber es gab Schlimmeres. Denn selbst wenn ein kleines Hinken zurückblieb, würde es gewissermaßen das Hinken des anderen Beins ausgleichen. Wie ein Gebäude, das einmal rechts abrutscht und dann links und schlussendlich wieder gerade dasteht.

Nach einer Woche im Spital konnte Vinzent Olander in häusliche Pflege entlassen werden, was in seinem Fall bedeutete, mitsamt seinem Gipsbein ins Hotel Hiltroff und ins POW! zurückzukehren und in der nächsten Zeit ausschließlich zwischen diesen beiden Plätzen zu pendeln, wobei er den Wechsel vom ersten Stock in die ebenerdig gelegene Bar nur mit Hilfe eines der beiden Grongs bewerkstelligen konnte. Besser wäre gewesen, in einem Rollstuhl zu sitzen. Aber erstens fehlte ein Lift. Und außerdem scheute Olander solche Geräte, welche die Gefahr bargen, nie wieder aus ihnen herauszufinden, in der Bequemlichkeit der Invalidität zu versinken. Und das wollte Olander keinesfalls. Er glaubte jetzt mehr denn je – nachdem er diese Wassergeschichte überlebt hatte –, nur darum in Hiltroff zu sein, um Clara wiederzufinden. Auch wenn während dieser drei Jahre Warterei sich nicht der geringste Hinweis auf den Verbleib des Kindes ergeben hatte.

»Ich würde Ihnen gerne etwas erzählen, Herr Grong, wenn Sie Zeit haben«, sagte Vinzent, als er gegen sieben Uhr abends, der einzige Gast, sein eingepupptes Bein auf der ledernen Bank hochgelagert, bei seinem zweiten

Quittenschnaps saß, somit noch zwei Holyheads vor sich hatte.

Das perfekte Verhältnis zwischen Wirt und Gast hatte eine Trübung erfahren. Das versteht sich. Denn es kann nicht einfach ein Leben gerettet werden, und danach bleibt alles beim Alten. Eine Lebensrettung ist auch irgendwie peinlich, in einer ungehörigen Weise intim, in der Regel eben auch viel zu körperlich. Als betaste man jemandes Po. Und entschuldige sich hinterher mit dem Argument, eine Fliege verjagt zu haben. Gewissermaßen die Fliege des Todes. Aber berührt ist nun mal berührt. Olander und Grong waren sich auf eine Art nahegekommen, wie es beide gerne vermieden hätten. Andererseits war es nur normal gewesen, dass Herr Grong an diesem Nachmittag, da sein Stammgast Olander in einen gefluteten Hohlraum gestürzt war, sich über dessen Ausbleiben gewundert hatte. In drei Jahren war Olander niemals nach vier Uhr im POW! aufgetaucht, kein einziges Mal. Und weil Grong ja selbst ein Mann der Ordnung und der Prinzipien war, konnte er sich nur ein grobes Problem vorstellen, das seinen Stammgast davon abhielt, pünktlich zu sein. Also schloss Grong das ohnehin leere Lokal und setzte sich in sein Auto, um ins Zentrum der Ortschaft zu fahren und nach Olander zu fragen. Glücklicherweise hatte einer von den Alten, die bei jedem Wetter auf den Parkbänken vor dem Kriegerdenkmal saßen und Schachfiguren von der Art versteinerter Putzfrauen und sich tot stellender Zwerge über den Platz schoben, gesehen, wie »der Mann, dem der BMW gehört« hinauf zum See marschiert war. Vielleicht auch zum *Götz*, jedenfalls den einzigen Fußweg gegangen war, der von der Mitte des Ortes bergauf führte.

Und so war Job Grong an den Mariensee gelangt, hatte jenen ungefähren Weg um das opale schwarze

Gewässer genommen und schließlich die Schreie seines Stammgastes vernommen. Um rasch zu der Spalte abzusteigen und mit einem Blick in das Loch festzustellen, dass es auf Sekunden ankam. Keine Zeit, die Feuerwehr zu rufen oder ein Seil herbeizuschaffen. Also legte er sein Handy auf die Seite und sprang. Durchaus im Bewusstsein, dass auf diese Weise die ideale Beziehung zwischen ihm und seinem Gast ein Ende haben würde. – Das ist kein Witz, er dachte das wirklich, als er sich abstieß und in das Dunkel dieses felsigen Gefäßes eindrang. Er dachte: »Wie schade!« Und dachte, dass man aber darum einen Menschen nicht ersaufen lassen konnte.

Und so kam es, dass Tage später Vinzent Olander den Wirt Grong bat, sich doch bitte zu ihm ans Fenster zu setzen. Er wolle ihm etwas erzählen.

»Wenn es sein muss«, sagte Grong. Es war nicht unfreundlich gemeint, sondern resignierend. Die Symbiose war dahin. Denn wenn einer einem anderen eine Geschichte erzählte, diese Geschichte praktisch auf seinem Gegenüber ablud, war dies eine einseitige Belastung für den, der zuhören musste. Und einseitige Belastungen sind natürlich der Tod jeder Symbiose.

»Sie werden sich fragen«, eröffnete Olander, »wieso ich seit drei Jahren an diesem Ort hier ausharre.«

»Ich harre schon viel länger aus«, entgegnete Grong.

»Sie sind aber freiwillig hier.«

»Sie nicht?«

»Nein«, erklärte Olander und berichtete, wie alles begonnen hatte.

Wie es begonnen hatte, sein Unglück.

ZWEI

Vor jedem Unglück steht natürlich ein Glück, sonst er-
gäbe sich in der Folge ja kein Unglück. Dauerndes Pech
ist etwas anderes. Dauerndes Pech ist eine Laune der
Natur, die ohne Hintergrund auskommt, ohne Zweck
bleibt. Unglück aber, also der Antikörper des Glücks, ist
höchstwahrscheinlich eine übernatürliche Regung. Eine
mutwillige Reaktion. Etwas in der Art eines göttlichen
Beweises, nur dass solche Beweise von Theologen ungern zur Kenntnis genommen werden. Sie angeln lieber
in fischlosen Teichen, gewissermaßen in Marienseen der
Glaubenslehre, als sich den Gefahren der großen Meere
auszuliefern.

Das trügerische Glück des Vinzent Olander hatte
traditionellerweise darin bestanden, eine Frau kennengelernt zu haben. Nicht sehr originell. Aber es handelte
sich um eine wirklich tolle Frau, wie es allgemein hieß,
eine sehr viel jüngere, ausgesprochen hübsche Person,
deren Jugend und Schönheit auf Grund einer gewissen engelsgleichen Ausstrahlung niemand, schon gar
nicht Olander, mit einem trügerischen, sondern nur
mit einem absoluten Glück in Verbindung brachte. Anfangs.

Komischerweise fürchten sich Männer eher vor
schlangenhaften Wesen als vor engelsgleichen. So sehr
sie etwa Netzstrümpfe mögen, würden sie einer Frau
mit Netzstrümpfen niemals trauen. Dabei kann man
Frauen mit Netzstrümpfen damit gleichsetzen, dass
jemand für alle sichtbar eine Pistole trägt. Das schafft
natürlich Unbehagen, aber wie viel gefährlicher sind
Personen, die Pistolen tragen, die sie verbergen. Man
wird das Ding immer erst zu Gesicht bekommen, wenn
daraus geschossen wird.

Als Vinzent Olander in der Lobby eines Wiener Hotels dieser jungen Frau über den Weg lief – genauer gesagt über sie stolperte –, da hatte er gerade sein fünfundvierzigstes Lebensjahr erreicht. Allerdings fühlte er sich zu diesem Zeitpunkt sehr viel älter. Was man ihm nicht ansah, eingedenk seines damals etwas farbigeren Picabia-Gesichts und der noch nicht weißblonden, sondern goldblonden Haare. Aber die meisten Menschen, die gesund aussehen, sind es nicht. Olander jedenfalls erwischte in dieser Phase eine Verkühlung nach der anderen, selbst während des Sommers. Und Sommer war es auch, als er schniefend durch das Hotel marschierte, um einen Kunden zu treffen, der nach Wien gekommen war, um in eine von Olanders Firmen zu investieren. Olander war kein richtiger Wiener, er lebte hier bloß, ohne die Stadt eigentlich zu mögen. Noch sie zu hassen. Sie war ihm weder ein süßer Traum noch eine finstre Hölle. Er hielt sie für überschätzt, von allen überschätzt, von ihren Freunden wie Feinden. Das Beste an Wien waren die Banken beziehungsweise die Art und Weise, wie hier Geldgeschäfte abgewickelt wurden. Es war diese Mischung aus Schweiz, Philippinen, Cayman-Inseln und Laientheater, die viele Transaktionen erleichterte. Wenn man denn wusste, mit den zuständigen Leuten umzugehen. Und Olander wusste es. Er kannte sich aus, kannte die Regeln, die Umgangsformen, die Notwendigkeit diverser Zierde. Bei alldem war er jedoch leidenschaftslos. Er war kein Geschäftsmann aus Passion, er war ein Geschäftsmann aus Not. Wie jemand, der erklärt, nichts Besseres gelernt zu haben.

Und da ging er also, einen Blumenstrauß in der Hand, durch die Lobby eines der besseren Hotels dieser Stadt. Der Blumenstrauß war für die Gattin seines Geschäftspartners. Dass die Blumen nicht die waren, die Olander bestellt hatte, empfand er als ein schweres Übel. Er fühlte sich unsicher. Falsche Blumen waren wie falsche Zahlen. Am Ende, wenn zusammengerechnet wurde, gab es meistens Ärger.

Solcherart abgelenkt, eigentlich nur noch auf die Blumen schauend und in diesbezügliche Gedanken vertieft, lief Olander in eine junge Frau hinein, rannte sie geradezu um, sodass er gemeinsam mit ihr stürzte, während der Blumenstrauß sich selbständig machte und davonflog. So konnte Olander, während er auf dem Boden landete, das Gesicht der Frau sehen, die er mit sich gerissen hatte. Er half ihr auf, war natürlich untröstlich und so weiter.

»Ist ja nichts geschehen«, sagte sie. Sie sprach weder laut noch leise, weder erregt noch betont gelassen. Sie sprach einen geraden Satz durch einen geraden Mund. Und das ist eine Seltenheit. Häufig ist der Satz schief, oder der Mund ist schief. Meistens beides. Hier aber war alles gerade, das ganze Gesicht, der ganze Körper, die Haltung, die Mimik, ohne dass aber der Eindruck einer trickreichen Modellierung entstand. Die Geradheit dieser jungen Frau kam nicht konstruiert daher, nicht wie aus dem Windkanal der Modejournale. Ihre Beine waren nicht länger als lang, ihre Figur nicht schlanker als schlank. Die Reinheit ihres Gesichtes schien frei von schwerwiegenden Manipulationen. Der Eindruck des Zierlichen frei von Drogen und Schwermut. Dem Engelsgleichen ihrer Erscheinung wiederum fehlte der Heiligenschein. Hier stand ein Mensch. Ein Mensch ohne Flügel. Zumindest konnte man die Flügel nicht sehen.

»Ich würde gerne ...« Olander stockte. Ja, was würde er denn gerne?

»Ich sagte doch schon, es ist nichts geschehen«, machte die junge Frau klar, keinen Grund dafür zu sehen, dass der Mann, der sie gerade umgerannt hatte, jetzt auch noch die Situation auszunutzen versuchte, indem er sie etwa zum Abendessen einlud.

»Sie haben sich auch wirklich nicht verletzt?«, fragte Olander.

»Nein«, erwiderte sie ruhig, drehte sich um und ging.

Olander sah ihr hinterher. Auch ihr Gang war sehr gerade. Gerade, nicht steif. Auf eine elastische Weise gerade. Auch nicht schwebend, sondern einen Fuß fest und sicher vor den anderen setzend. Und nur ein sehr genauer Beobachter hätte erkannt, dass diese deutliche Bodenhaftung etwas Gespieltes besaß. Wie auch das Fehlen eines sichtbaren Ausschlagens der Hüfte. Diese Frau hielt ihre Hüfte in Schach. Ganz so, wie man einem gescheiten Kind verbietet, seine Gescheitheit auszuspielen.

Olander aber war alles andere als ein guter Beobachter, nie gewesen, und schon gar nicht in diesem Moment, da er dieser Frau nachgaffte. Obgleich kein ausgesprochener Frauenheld, war er dennoch erfolgreich. Sein Aussehen stimmte und sein Bankkonto stimmte. Das genügte, um Nächte, in denen er sich alleine fühlte, nicht alleine zu verbringen. Geheiratet allerdings hatte er nie. Auch keine Kinder in die Welt gesetzt. Und er war niemals einer Frau nachgelaufen. Entweder eine Frau blieb von selbst stehen oder nicht. Entweder kam die Sonne hinter den Wolken hervor, oder sie kam nicht. So einfach war das. Wer auch wollte eine Sonne zwingen?

Doch jeder Mensch hat ein Falleisen, in das er steigt. Olander ließ den Blumenstrauß liegen, wo er gelandet war, und bewegte sich rasch hinter der jungen Frau her. Kurz vor der Drehtür, die hinaus auf eine der Prachtstraßen Wiens führte, holte er sie ein. Sie spürte ihn wohl kommen, bremste ab. Erneut lief er auf sie auf. Na, wenigstens warf er sie diesmal nicht zu Boden.

»Ist das ein Trick von Ihnen«, fragte sie, »so lange

mit jemand zusammenstoßen, bis er mürbe wird? – Ich werde nicht mürbe, ehrlich.«

»Ich wollte wirklich nicht … Sie sind ganz plötzlich stehen geblieben.«

»Wie dumm von mir, so einfach stehen zu bleiben. Allerdings wäre alles leichter, würden die Leute Abstand halten.«

»Normalerweise halte ich auch Abstand«, erklärte Olander.

»Und warum ist heute *nicht* normalerweise?«

»Es hat mit den Blumen begonnen, mit den falschen Blumen … Aber das führt zu weit.«

»Das glaube ich auch.«

»Ich will mich Ihnen nicht aufdrängen«, sagte Olander, einen Schritt zurücktretend. Einen kleinen Schritt. »Andererseits ist es ja so, wenn ich Sie jetzt einfach gehen lasse, werde ich Sie wahrscheinlich nie wieder sehen.«

»Und Sie denken also, das wäre ein Unglück. Vielleicht aber wäre es das Gegenteil.«

»Darauf sollte man es ankommen lassen«, meinte Olander.

(Das meint sich nämlich so leicht. Ununterbrochen erklären Leute auf dieser Welt: Ach, probieren wir doch mal! Und wissen nicht, was sie da sagen.)

Die junge Frau betrachtete Olander von der Seite her, wie man einen Baum betrachtet, dessen Dicke man einschätzt. Allerdings war ihr Blick nicht ohne Sympathie. Man kann nämlich sogar Sympathie für einen Baum haben, den man umzusägen plant.

Aber vielleicht war alles auch sehr viel weniger dramatisch, und die junge Frau dachte sich: Warum nicht? Jedenfalls nahm sie Olanders Einladung an, sich später am Abend, wenn beide ihre Termine würden erledigt haben, noch in der Hotelbar zu treffen.

Und sodann geschah nichts, was dieses Treffen hätte verhindern können. Es kam zustande, als hätte ein Geist einen schönen massiven Zaun um die Sache gebaut. Vinzent Olander orderte Portwein. Dann nannte er endlich seinen Namen und erzählte, was er so tat. Beziehungsweise konzentrierte er seine Selbstdarstellung darauf, *kein* Wiener zu sein, wie man sagt, man sei *kein* Giftzwerg.

»Ich heiße Yasmina Perrotti«, sprach die Frau und legte einen Finger auf die spiegelnde Theke, als produziere sie einen polizeilichen Fingerabdruck.

Ja, der italienische Akzent war Olander natürlich gleich zu Anfang aufgefallen, obwohl Yasmina nicht ausgesprochen italienisch aussah, wenn man sich das Italienische als eine Bräunungscreme des Lebens vorstellt. Die es mit sich bringt, dass Italiener selbst dann braun werden, wenn sie im Schatten stehen.

Yasmina Perrotti hatte graublaue Augen, dunkelblondes, glattes Haar, Strähnen von unterschiedlichen Gelbtönen, im Haar wie in den Augen, dazu einen blassrosa Teint, Sommersprossen auf dem Nasenrücken, die ein Muster bildeten, das entfernt an einen Notenschlüssel erinnerte. Sie wirkte eher irisch, hübsch irisch, was es ja auch gibt. In Irland sehen nicht alle aus wie ausgeblutete Sturmvogel.

Yasmina erzählte von ihrer Arbeit an der Mailänder Scala. Sie war Bühnenbildnerin, offensichtlich eine erfolgreiche, trotz ihrer Jugend. Fünfundzwanzig. Das waren dann also zwanzig Jahre Unterschied. Nicht so schlimm, dachte Olander. Zwanzig Jahre waren nicht genug, um sagen zu *müssen*: Ich könnte dein Vater sein.

Vater allerdings wurde Olander dennoch. Denn ein halbes Jahr später heiratete er Yasmina, und gut eineinhalb Jahre nachdem die sichthindernde Barriere eines Blumenstraußes dieses Zusammenfinden zweier Personen ermöglicht hatte, brachte Yasmina ein Mädchen zur Welt. Ein gesundes Mädchen, wie gerne gesagt wird: Clara.

Und Clara wurde nun zum eigentlichen Glück Olanders. Zu seiner eigenen Überraschung, weil er Kinder bis dahin eher für ein notwendiges Übel gehalten hatte. Notwendig bezüglich Fortpflanzung. Und ein Übel für alle. Auch für die Kinder selbst, die da also in ihrer unvollkommenen Kinderhaut stecken wie in einem viel zu engen Engerlingskleid, *ein* unbequemes Larvenstadium nach dem anderen absolvierend, dauernd krank, dauernd angeschlagen, launisch bis zum Gehtnichtmehr, sich und ihre Umwelt terrorisierend, parasitär lebend, an der Entwicklung der Sprache nur darum interessiert, um die Quengelei auf eine rhetorische Spitze zu treiben. Die Nerven der anderen und die eigenen tötend.

Olander hatte die Kinder seiner Freunde zur Genüge erlebt, doch offensichtlich hatte er eben nur die dunkle Seite der Kindermacht wahrgenommen. Oder aber diese Süßis waren tatsächlich durch und durch Monster gewesen, blutsaugende Nymphen und fallenstellende Kaulquappen. Nicht so Clara. Ohne dass deshalb gleich von einem Wunder gesprochen werden musste. Denn Clara hatte nicht etwa von Anfang an durchgeschlafen. Auch sie war mit Bauchblähungen und wechselnden Stimmungen ins Leben getreten, mit dem Zorn, der sich daraus ergab, das Aufrechtgehen mit Hilfe eines Körpers bewerkstelligen zu müssen, der sich dafür in keiner Weise zu eignen schien. (Auf diesen Kleinkinderbeinen steht man wie auf einem wackeligen O. Das ist ein Ärgernis, das erst einmal ausgehalten werden muss. Die Ungeduld der Kinder verschränkt sich mit der Ungeduld der Eltern. Die Psychen aber prallen aufeinander wie unvorteilhaft große Hörner. Der Mensch ist, um es auf den Punkt zu bringen, schlichtweg unpraktisch.)

Diesem Unpraktischen zum Trotz wurde Clara ein fröhliches Kind. Es fehlte ihr der Mörderblick, der so vielen Kindern anhaftet. Nicht, dass Clara es nicht auch unternahm, das eine oder andere Insekt zu töten. Aber sie bezog daraus keine Freude, keinen Gewinn, und ließ es darum in der Folge bleiben. Brauchte somit nicht zu größeren Tieren zu wechseln, um die Freude noch zu steigern. Sie war wohl das, was die Leute als ein typisches Mädchen bezeichnen. Wäre es doch nur so, dass alle Mädchen, denen der Mörderblick fehlt, typisch wären. In Wirklichkeit sind sie die Ausnahme.

Natürlich war Olander in seine kleine Prinzessin verliebt und sah sie mit rosaroten Brillen. Doch er war klug genug, auch die rosaroten Brillen zu bemerken, durch die er schaute. Zudem war Clara tatsächlich ein liebevolles Wesen, nicht pflegeleicht, das ist etwas anderes. Sie war keine Fallenstellerin, sondern eine Fragenstellerin. Selbst das konnte natürlich anstrengend sein, dieses ständige Nachhaken, als seien Erwachsene zur Allwissenheit verpflichtet. Auch nützt es ja nichts, einem Kind zu erklären, man wüsste die Antwort nicht. Diese Anti-Antwort wird von den Kleinen nicht akzeptiert.

Warum stirbt man? – Weil man alt wird.

Warum wird man alt? – Weil man sich nicht erneuern kann.

Warum kann man sich nicht erneuern? – Ich weiß es nicht, mein Schatz.

Warum weißt du das nicht? – Ich weiß es nicht.

Warum? – Ich ...

Und dennoch. Clara besaß einen Tonfall, welcher ihren Vater so vollkommen für sie einnahm. Wie auch ihr Gesichtsausdruck. Selbst wenn Clara nervte, nervte sie eben auf eine herzliche Weise. In ihrem Blick lag ein kleines Polster, das alles dämpfte. Ihre Stimme bestand aus Wellen, die sachte auf den Strand auftrafen. Natürlich brüllte sie hin und wieder, nie aber stampfte sie auf. Es fehlte ihr der Wille, die Welt auszulöschen. Und das ist wirklich selten bei Kindern.

Da Olander neben seinen Geschäften über jede Menge Zeit verfügte – wie eigentlich die meisten Geschäftsleute, wenn sie einmal bereit sind, ihr Termintheater zu versachlichen –, widmete er sich oft seinem Kind. Ohne darum gleich wie ein Menschenrechtler oder Totalverweigerer daherzukommen. Olander trug zu jeder Zeit und zu jedem Zweck bunt gestreifte Seidenhemden und helle, getreidegelbe bis sandfarbene Leinenanzüge, die immer ein wenig verknittert sein mussten, wie unter dem Einfluss wechselnden Wetters. Und er trug eine goldene Patek Philippe, die er nicht herunternahm, nur weil er mit Clara in der Sandkiste saß und ihr half, Tunnels zu graben. Auch vermied er es, sich anzubiedern. Andere Eltern interessierten ihn nicht, ihre dämlichen Ansichten zu allem Möglichen. Aus irgendwelchen Gründen glauben Menschen nämlich, dass die Zeugung und Aufzucht eines Kindes sie befähigt, die Dinge klarer zu sehen. Das ist Blödsinn. Und Olander wusste das. Er war durch Clara nicht klüger geworden, aber zufriedener.

Zufriedenheit und Glück übertrugen sich nur leider nicht auf Olanders Beziehung zu seiner Frau. Die beiden lebten sich auseinander, bevor sie noch so richtig zusammengewachsen waren. Sie hatten sich beide geirrt. Sie hatten etwas gesehen, was gar nicht da war. Ihre Liebe hatte auf dem Missverständnis basiert, dass sie einander bräuchten. Aber sie brauchten sich nicht, nicht im Geringsten. Ihre Liebe zerplatzte nicht, sondern verschwand wie der auf kaltes Glas gehauchte Atem.

Freilich, da war Clara. Und Yasmina liebte ihre Tochter mit derselben unbedingten Aufmerksamkeit und Zuwendung wie Vinzent.

So kam es, dass das Kind an den beiden Orten seiner
Eltern lebte. Es war aber in erster Linie Olander, der
Clara auf den Reisen zwischen Mailand und Wien begleitete, was ihm vorkam, als bewege er sich ständig
zwischen Betrug und Selbstbetrug, wobei Mailand für
Ersteres und Wien für Zweiteres stand, auch wenn das
ein Klischee ist. Aber meistens kommen Klischees in die
Welt, um auf Teufel komm raus von jedermann bestätigt
zu werden.

Clara war in diesen frühen Jahren ihres Lebens in
die ostösterreichische wie in die norditalienische Kultur
eingebunden worden, vor allem aber in das Faktum der
Unterschiedlichkeit. Kinder erleben weniger die Dinge
an sich, sondern vielmehr, inwieweit ein Ding sich von
einem anderen unterscheidet. Was Kindern an einem
bestimmten Tier auffällt, ist vor allem das, was ein anderes Tier *nicht* besitzt. Etwa die Stacheln eines Dino-
sauriers, die einem anderen Saurier fehlen. Solcherart
lernen sie, einen Raubsaurier (hat Stacheln nicht nötig)
und einen Pflanzenfresser (hat Stacheln nötig) aus-
einanderzuhalten.

Clara beherrschte die Sprache ihrer Mutter wie die
ihres Vaters. Und wenn man sie gefragt hätte, wo sie am
liebsten sei, hätte sie geantwortet: im Flugzeug. Also im
Dazwischen. Betreut von einem Personal, welches Clara
sehr viel lieber war als die Erzieherinnen der beiden Kin-
dergärten, in denen sie sich abwechselnd befand. Und
auch Olander dachte manchmal, dass die Herren und
Damen Flugbegleiter eine Freundlichkeit besaßen, die
man auf sämtliche Bereiche des Lebens hätte übertragen
sollen. Auch wenn diese Freundlichkeit aufgesetzt und
trainiert erscheinen mochte. Na und? Wie sah denn die
Alternative aus? Krieg unter Nachbarn. Bundesbahnen.
Autoverkehr. Diskussionen im Fernsehen zwischen sogenannten Freunden. Sex. – Wie viel besser war da das

Lächeln einer Stewardess und wie viel besser das eigene Lächeln, mit dem man sich für den servierten Kaffee bedankte.

Und wie viel besser, als sich von seiner Frau scheiden zu lassen. Genau das tat Olander im vierten Jahr dieser sowieso längst nicht mehr geführten Ehe, ohne dass es dafür einen auslösenden Grund gegeben hätte. Man vollzog diesen letzten Strich mit der gleichen Emotionslosigkeit, mit der ein Brötchen auseinandergeschnitten wird. Aus *einem* Brötchen werden zwei. Clara freilich war kein Brötchen, man konnte sie nicht auseinanderschneiden. Aber man konnte sie weiterhin zwischen Mailand und Wien hin- und hertransportieren.

Das waren die Umstände, die dazu führten, dass Vinzent Olander an einem warmen Frühsommertag in gewohnter Weise am Mailänder Flughafen landete. Neben sich Clara, die nach vier Wochen in Wien wieder zu ihrer Mutter zurückkehren sollte. »Ein schöner Flug, nicht wahr?«, sagte Olander zu seiner nun sechsjährigen Tochter.

Clara nickte und lächelte in der ihr eigenen Art, als binde sie um die Dinge eine dünne Schnur. Ja, ihr Lächeln war ein feiner, silbriger Faden, der den angelächelten Objekten und Personen Halt verlieh. Das war wohl der Grund, dass auch fremde Menschen Clara augenblicklich mochten. Nicht nur, weil sie mit ihren blonden Locken und dem zarten Gesicht niedlich aussah. Es war dieses Lächeln, das sich um einen jeden band, ohne ihn zuzuschnüren.

Vater und Tochter stiegen aus der Maschine, holten ihr Gepäck und traten aus dem Flughafengebäude. Es war Nachmittag. Der Himmel war blau wie drei übereinandergelegte Startfenster. Ein Taxi wartete.

Die Frage bei einem Unglück ist für uns meistens die, wann dieses Unglück eigentlich begonnen hat. Ob dieses Unglück eine Vorgeschichte besitzt oder nicht. Also, ob wir es rechtzeitig erkennen und verhindern hätten können. Die Frage beschäftigt uns, so müßig sie sein mag. Denn selten gibt es eine Moral von der Geschichte und noch seltener etwas wieder gutzumachen. Es ist geradezu der Sinn des Unglücks, dass hernach nie wirklich etwas auszubügeln ist. Weder durch Selbstbezichtigung noch durch einen radikalen Wechsel der Lebenseinstellung. Wer bitte sollte sich auch davon beeindrucken lassen, dass ein Folterer nach erfolgter Peinigung sich plötzlich von Gott oder was auch immer erleuchten lässt und ein kleiner Heiliger wird? Der Gefolterte steht da mit seinen Wunden und fühlt sich durch diesen nagelneuen Gutmenschen auch noch verhöhnt. Das Opfer wird nämlich solcherart um seine einzige Macht gebracht. Wie heißt es in diesem ABBA-Song: *The winner takes it all*. Das ist eine erbärmliche Wahrheit, aber wahr.

Doch wir bleiben stur und denken darüber nach: Wo und wann begann alles? Hätte ich dieses oder jenes nicht getan, dieses oder jenes anders gemacht, wäre ich auch nur eine Minute, nur wenige Sekunden später ... oder früher, ja dann ... Wäre ich zehn Zentimeter kleiner gewesen, hätte diese dämliche verirrte Kugel den Mann hinter mir getroffen und ich bräuchte nicht wie ein hirnloser Kartoffelsack in diesem Krankenhausbett zu vegetieren. Und so weiter.

Freilich, es besteht ein Unterschied zwischen einer vermeidbaren Unachtsamkeit und dem ziemlich unverrückbaren Faktum der eigenen Körpergröße. – Besteht eigentlich wirklich ein Unterschied? Befindet sich nicht alles im Leben auf dem Niveau einer bestimmten Körpergröße?

Wie auch immer, im Nachhinein sollte Vinzent Olander stets aufs Neue diesen ganz bestimmten Frühsommertag Revue passieren lassen, vor allem natürlich die dramatischen Ereignisse im Zentrum von Mailand, aber auch die Zeit davor, die Zeit im Flugzeug, die Zeit am Morgen, da er in seiner Wiener Wohnung Claras Koffer gepackt hatte, während er selbst noch am gleichen Abend nach Wien hatte zurückkehren wollen. Er gehörte zu diesen Menschen, für die Fliegen wie Busfahren war. Aber das ist ein Irrtum. Fliegen ist ein Verbrechen. Ein Verbrechen gegen Gott, der uns aus gutem Grund auf dem Boden haben wollte. Oder?

An diesem Morgen in Wien war Vinzent gleichzeitig glücklich und ein wenig traurig gewesen. Glücklich, mit seiner Tochter zu reisen, was ihm außerordentlich Spaß bereitete, traurig darüber, Clara für die nächsten Wochen an die »Mailänder Fraktion« abgeben zu müssen. Yasmina Perrotti lebte zwischenzeitlich mit einer Größe aus dem Kulturbetrieb zusammen, einem betont mediterran funkelnden Beau, der keine Mühe zu haben schien, Intellektualismus mit einer im chemieverseuchten schwarzen Haar steckenden Sonnenbrille aufs beste zu vereinen. Es gibt Leute, die alles dürfen.

Hin und wieder erzählte die kleine Clara von Mamas neuem Mann, wie freundlich dieser sei, und vor allem großzügig. Natürlich war dieser Kerl großzügig. Solche Kerle haben immer die richtigen Karten, sie spielen blind und gewinnen. Das wusste Vinzent und wusste auch, dass es vernünftiger war, dies hinzunehmen und nicht etwa zu versuchen, jemand zu überlisten, den man nicht überlisten konnte. Lief man sich über den Weg, dann sagte Olander »Ciao Ugo!«, anstatt diesem Arschloch zu erklären, dass es sich nicht gehöre, eine Sechsjährige bis spät in die Nacht auf eine Vernissage mitzuschleppen, so sehr das dieser Sechsjährigen vielleicht auch Spaß machte. Olander war in solchen Momenten der

Begegnung stets hellwach und konzentriert. Er wollte sich keine Blöße geben. Er wollte nicht tun, worauf der andere wartete, spucken oder schlagen oder ausfallend werden. Olanders einzige Chance bestand darin, ein guter Verlierer zu sein. Wobei es ja nicht um Yasmina ging, sondern um Clara.

An diesem letzten Morgen, bevor Olander sein Kind wieder nach Mailand brachte – nach Ugo-Land, wie Olander das bei sich nannte –, saßen Vater und Tochter beim Frühstück und unterhielten sich über harmlos wichtige Dinge wie jenen froschgrünen Plastikgürtel, den Clara von einer Freundin geschenkt bekommen hatte. Während Olander halb hinhörte, bestrich er eine Brotscheibe mit Nutella und folgte mit seinem Blick den Spuren der Messerzacken, die das Braun der Schokocreme ackermäßig unterteilten.

In die flüchtige Aufmerksamkeit – zwischen Schokoladefeld und Plastikgürtel – brach ein feines, rundes, ein wenig hohl klingendes Geräusch, das Vinzent so vertraut war, wie es ihn immer wieder aufs Neue alarmierte. Ein Bleistift war auf der langen hölzernen Tischtafel in Bewegung geraten und rollte nun in der bekannten Weise ungehindert auf die Kante der einen Breitseite zu. Dies geschah alle paar Tage, dass der Stift, der neben dem Notizblock lag, durch eine kleine Erschütterung aus seiner Parkposition gerissen wurde und dank einer geringfügigen Schräge des Bodens, auf dem der Tisch stand, in Richtung Norden kullerte. Olander schreckte dann ein jedes Mal aus seinem Sitz hoch, fuhr einen Arm aus und versuchte das davoneilende Objekt zu fassen. Was ihm aber niemals gelang. Ständig brach der Stift über die Kante, fiel herunter und landete auf dem Parkett. Ein Umstand, den Olander in diesen knappen Momenten stets als schmerzlich empfand. Er überlegte nämlich – während er den Stift noch davonrollen sah –, es wäre ein schlechtes Omen, würde der Stift fallen und den Boden erreichen. Also genau das, was sich in der Folge mit schöner Konsequenz zu ereignen pflegte.

Natürlich vergaß Olander rasch wieder dieses törichte Gefühl bezüglich eines mittels Bleistiftsturzes aufkeimenden Unglücks. Und tatsächlich war ein solches Unglück oder auch nur Pech ja nie festzustellen gewesen. Gleichwohl sprang Olander ein jedes Mal auf und versuchte den davoneilenden Gegenstand noch zu erwischen. Auch jetzt.

Doch diesmal holte er ihn ein. Nicht mehr auf dem Tisch, das nicht, aber indem Olander ausnahmsweise von der Seite und von unten her seinen Arm vorschnellte, konnte er den Stift im Fallen fassen, bevor dieser aufschlug.

Er fühlte sich erleichtert. Immerhin stieg man heute in ein Flugzeug. Da konnte es nicht schaden, den Bleistift endlich einmal aufgefangen zu haben.

Und *wie* es schaden konnte!

Das wurde ihm später klar, Wochen nachdem das Unglück geschehen, die Katastrophe eingetreten war und er sich noch immer in Mailand befand. Während er verzweifelt an irgendeiner Straßenecke stand, auf ein Wunder hoffend, eine Gnade, fiel ihm plötzlich der Bleistift ein und dass er ihn aufgefangen hatte. Er sah es deutlich vor sich. Und konnte nicht anders, als sich vorzustellen, genau auf diese Weise das Unglück begründet und eingeläutet zu haben. Denn der bis zu diesem Moment ständig auf dem Boden gelandete Bleistift hatte ja in keinem Fall zu einem merklichen Schicksalsschlag oder einer Pechsträhne geführt, der aufgefangene aber sehr wohl.

Weder war Vinzent Olander sonderlich religiös noch abergläubisch, und doch meinte er, dass sich alles im Leben ankündigte, so wie sich das Wetter ankündigte.

Dass man somit durchaus die Chance hatte, sich rechtzeitig einen Regenschutz überzuziehen. Und vor allem darauf achten musste, die Zeichen richtig zu deuten, die Warnschilder richtig zu lesen. Also nicht etwa ein orakelartiges Phänomen zum Anlass nahm, einer geplanten Bahnreise auszuweichen, um dann mit dem alternativen Überlandbus in eine Schlucht zu stürzen.

Er hatte das Zeichen falsch interpretiert. Er war der überaus simplen, ja kindlichen Logik gefolgt, dass ein aufgefangener Bleistift etwas Gutes bedeuten musste. Wieso denn? Wäre es denn ein gutes Zeichen gewesen, einen vom Dach fallenden Ziegel, einen herabstürzenden Gesteinsbrocken, einen von Vandalen aus dem fahrenden Zug geworfenen Fahrscheinautomaten oder einen vom Baum brechenden Ast aufgefangen zu haben? Wohl kaum. Nein, Vinzent Olander hätte entweder diesen Bleistift nicht erwischen dürfen oder den Umstand, ihn doch erwischt zu haben, zum Anlass nehmen müssen, die Reise nach Mailand zu verschieben, dem Schicksal ein Schnippchen zu schlagen.

Tat er aber nicht. Die Zukunft trat genau in der geplanten Form ein. Vinzent und Clara stiegen in ihr Flugzeug und erreichten sicher Mailand. Vor dem Flughafengebäude hob Olander seine Hand und winkte das nächste Taxi herbei. Der Fahrer war ein kleiner, höflicher Mann mit dem Gesicht einer Spitzmaus. Passend dazu, schlüpfte er ausgesprochen flink aus seinem Wagen und nahm Olander die beiden Reisetaschen aus der Hand, welche er ebenso rasch wie sorgsam im Kofferraum verstaute. Danach bemühte er sich persönlich, Clara am Rücksitz anzugurten. Solches Engagement war Olander neu. Er hielt Taxifahrer für Gottesanbeterinnen, gefährliche Tiere also. Aber wie gesagt, dieser hier war eine Spitzmaus. Kein Kuscheltier, aber freundlich. Leider nicht besonders langlebig.

Man fuhr auf einer Straße, die wie der Flughafen hieß, Richtung Stadt. Olander hatte das Teatro alla Scala als Zielort angegeben. Dort wollte er Clara an ihre Mutter übergeben. Das war ihm ohnehin lieber, als die Wohnadresse Yasminas aufsuchen zu müssen und zu riskieren, dem guten Ugo über den Weg zu laufen.

Der Fahrer blieb stumm. Keine Bemerkung über den Fußball. Keine Bemerkung zum Machtwechsel im Lande. Auch nicht der Versuch, Olander als den Ausländer zu entlarven, der er trotz eines recht passablen Italienisch ja war. Im Gegensatz zu seiner Tochter, die praktisch mit dem Aufsetzen der Maschine ihre Vatersprache durch ihre Muttersprache ersetzt hatte und nun ihrem Papa im Stil einer kleinen Fremdenführerin erklärte, was man rechts und links der breiten, geraden Schnellstraße zu sehen bekam.

Der Papa nickte geduldig. Er konnte diese Stadt so wenig leiden, wie er Ugo leiden konnte. Ugo und die Stadt waren sich total ähnlich. Eine Verbindung aus Kultur und Unterwelt, aus Boheme und Buchhalterei. Yasmina war da anders gewesen. Zumindest hatte Olander das geglaubt. Was von diesem Glauben geblieben war, wusste er nicht. Er hatte Yasmina aus den Augen und aus dem Kopf verloren. In jeder Hinsicht. Auch wenn er ihr regelmäßig begegnete, hätte er nicht sagen können, wie sie jetzt aussah, zufrieden oder nicht, erschöpft oder vital. Hübsch, ja. Aber was war nicht alles hübsch?

Egal! Er war in Ugo-Land und wünschte sich, sobald als möglich wieder hinauszukommen. So gesehen war das von ihm sonst so nachlässig behandelte Wien sein Paradies. Wenigstens eine recht komfortable Trutzburg, in die er in zwei Stunden wieder zurückkehren durfte. Aber genau daraus sollte nichts werden.

Es geschah, als man sich bereits im Gewirr der Innenstadt befand. Das Taxi fuhr in korrekter Weise über eine

Kreuzung. Nachher hieß es, auch der Kleinlaster habe vorschriftsmäßig den Platz gequert. Möglicherweise sei eine der Ampeln defekt gewesen. Möglicherweise ... Es würde nie klar werden, wen die Schuld traf. Jedenfalls krachte der Lastwagen ungebremst in die linke Flanke des Taxis und wurde sodann von einem weiteren, hinten auffahrenden Wagen tiefer in die Karosserie des Taxis hineingetrieben. Derart, dass der Mann, der an eine Spitzmaus erinnerte, von einem Teil dieser Karosserie erdrückt wurde. Der Sitz, auf dem der im Sekundenbruchteil getötete Taxifahrer saß, verbog sich nach hinten und schloss den Unterkörper des rückwärtig sitzenden Vinzent Olander ein. Olander schrie auf. Es war, als habe eine Falle zugeschnappt. Oder ein riesiges Maul. Währenddessen schlitterte das getroffene Taxi ein paar Meter über den Platz und krachte vergleichsweise sanft in einen zuvor abgebremsten Kleinwagen. Endlich kamen alle zu stehen. Ein Moment der Ruhe trat ein. Eine Sprachlosigkeit. Eine taghelle Nacht. Ein mumifiziertes Leben. Nicht ganz. Man vernahm das Geräusch aufsteigender Tauben. Wie in einem Stadion in Erwartung der Hymne. Oder bevor der Papst spricht. Gleich darauf brach der Lärm mit doppelter Kraft los. Die Leute brüllten durcheinander, rannten über die Straße, flüchteten kopflos, rissen ihre Handys aus den Taschen. Jemand schrie, er sei Arzt. – Immer schreit jemand, er sei Arzt. Fehlte eigentlich nur jemand, der schrie, er sei Totengräber.

Aus dem Zustand zusammengepresster Augen und zusammengepresster Lippen und eingequetschter Beine erwachte Olander aus einer winzigen Ohnmacht, einem kleinen Traum, in dem päpstliche Tauben in einen bitterblauen Gewitterhimmel geflogen waren. Er erwachte und sah augenblicklich neben sich. Schneller als er denken konnte. Schneller als er sich fürchten konnte vor dem, was er zu sehen bekam. Sodass nun eine Erleichterung auf eine noch gar nicht eingetretene Furcht folgte. Die Erleichterung, dass Clara unverletzt schien.

»Sag etwas, Clara, sag etwas!«, flehte Olander, in eine andere Furcht geratend, die nämlich, einer Täuschung zu erliegen. Aber die Furcht war unbegründet.

»Mir tun die Gurte weh«, sagte Clara. Sie weinte eine kleine Träne. Dabei hätte sie jetzt wirklich heulen dürfen. Doch sie gehörte zu den Kindern, die sich ihre Tränen aufsparten für später. Wenn man dann erwachsen war und auch noch weinen wollte.

»Moment! Moment, Schatz!«, keuchte Olander und öffnete Claras Gurt.

Dann bemerkte er das Feuer. Es brach vorn aus den Luftschlitzen der Motorhaube. Olander rief Gott an und versuchte ohne Rücksicht gegen die eigenen Knochen seine Beine zu befreien. Doch sie steckten fest. Der Fahrersitz lag wie ein Schneckengehäuse um Olanders untere Körperhälfte. Weshalb Olander sich jetzt zu Clara beugte und seinen Arm zur Wagentür hin ausstreckte. Wenigstens war der Knopf der Kindersicherung nicht heruntergedrückt. Doch so sehr Olander sich auch anstrengte, er erreichte den Türgriff bloß mit seinen Fingerspitzen. Er hätte sich von seinen eingeklemmten Beinen losreißen mögen, diese Beine gerne geopfert, aber so funktionierte das halt nicht. Er war einfach nicht in der Lage, sich noch weiter zu strecken, als es schon geschehen war.

Er flehte Clara an, sie solle nach dem Griff fassen. Aber das Kind war wie versteinert.

Plötzlich ging die Tür auf. Jemand hatte sie von außen geöffnet.

»Raus, Clara, schnell!«, schrie Olander.

Sein Blick ging hoch. Er erblickte eine Frau, die ihre Hände in Richtung des Kindes ausbreitete. Es war eine junge Frau. Gott, wie sympathisch sie aussieht, dachte Olander, der die Gesichtszüge jetzt wie auf einem Foto wahrnahm. Auch so, als hätte er Zeit, dieses Foto ewig lange zu betrachten. Als laufe bereits das Leben ohne ihn weiter. Nicht weiter schlimm. Hauptsache, Clara war gerettet. Clara würde nicht sterben müssen.

Die fremde Frau, die ein gutherziger Zufall in diesem Augenblick an diesen Platz geführt zu haben schien, half dem Mädchen aus dem Wagen, nahm es hoch und klemmte es gegen die Hüfte. Dann ging sie leicht in die Knie und sah zu Olander in den Wagen hinein. Olander bemerkte das geblümte Kleid der Frau. Ihm gefielen solche Sommerkleider, die eine gewisse Unschuld zum Ausdruck brachten. Keine dumme Unschuld, erst recht keine unerotische, eine zärtliche, aber selbstbewusste Unschuld. Rote Rosen vor violettem Hintergrund. Ja, es waren rote Rosen auf diesem Kleid, wobei das Rot etwas Glänzendes und Durchsichtiges besaß. Nicht wie bei Blut, sondern wie bei Campari. Olander dachte gerne in Alkoholika. Was ihn nicht daran hinderte, den besonderen Blick der Frau zu registrieren. In ihren Augen lag ein Versprechen, das Versprechen, auf das Kind aufzupassen, es sich nicht vom nächstbesten Polizisten wegreißen zu lassen. Achtzugeben, dass Clara so rasch als möglich zu ihrer Mutter kam. Und vor allem, dass Clara nicht zuzusehen brauchte, wie ihr Vater in diesem Wagen verbrannte.

Die Frau nickte Olander zu. Dann zog sie die Arme stärker um Clara, wandte sich um, legte den Kopf über den des Kindes und lief davon. Die Windschutzscheibe zerbarst, und eine Flamme schoss durch den Wagen, genau über die Stelle, an der Clara gesessen hatte. Olander dachte, was für ein Geschenk es war, das eigene Kind nicht sterben sehen zu müssen. Dafür war er gerne bereit, in der Hölle zu schmoren. Wenn denn das der Deal sein sollte.

Er dachte natürlich an eine andere Hölle als die, in die er bald geraten würde. Er dachte an den Tod. Aber der Tod kam nicht, obgleich Olander meinte, bevor ihn dann die nächste Ohnmacht überfiel, das Feuer habe ihn erreicht. Aber es war nicht das Feuer, sondern Schaum, welcher aus einem Feuerlöscher drang.

Als Olander wieder zu sich kam, ohne wirklich klar zu sehen, war man gerade dabei, ihn aus dem verbogenen Vordersitz herauszuschneiden. Er stammelte den Namen seines Kindes. Aber die Feuerwehrleute hörten ihm nicht zu. Er gab auf, trieb wie im Halbschlaf umher, tatsächliche und imaginierte Tauben durch eine aufgerissene Stelle im Wagendach betrachtend. Etwas später oder sehr viel später beförderte man ihn in einen Rettungswagen. Die Sirene gellte.

Und wo war Clara? Nun, es war wohl nicht üblich, die Kinder danebenzusetzen, wenn der Vater mit Sauerstoffmaske, Infusionsschlauch und blutverschmierten Beinen auf der Tragbahre lag und im Eiltempo durch die Stadt gefahren wurde. Derartiges mutete man nur Ehefrauen zu. Nein, so wie es war, war es gut. Er hatte mehr Glück gehabt, als er verdiente, dachte er.

Irgendjemand, ein kleiner oder großer Geist, der im All lebte und gerade des Weges kam, meinte lächelnd: *Niemand verdient Glück. Denn der Sinn ist doch der, dass schlussendlich alles schlecht ausgeht.*

Ich phantasiere, stellte Olander fest, dann schlief er ein.

Dabei sollte es eigentlich umgekehrt sein.

DREI

Er lag in einem Einzelzimmer. Das Fenster war offen, und warme Luft strömte herein. Dem Licht nach zu urteilen, musste es später Abend sein. Er hatte wohl einige Stunden geschlafen. Er sah auf seine Beine hinunter. Er hatte erwartet, sie in Gips eingepackt vorzufinden. Aber bloß ein dünner, straffer Verband lag jeweils über Knie und Unterschenkel. Das linke Bein konnte er bewegen. Als er jedoch das rechte zu heben versuchte, ging ein sägender Schmerz hindurch.

Eine Krankenschwester saß neben Olander. Sie schob ihre Hand über sein Knie, ohne es aber zu berühren, allein der Belastung des verletzten Beins Einhalt gebietend. Sie lächelte ihn an, als quäle sie eine Zahnspange. Dann erhob sie sich und ging nach draußen. Gleich darauf kamen drei Personen ins Zimmer. Ein Mann in Weiß, ein Mann in Schwarz und Yasmina. Ihre Augen waren klein und rot. In ihrem Blick, den sie auf Olander richtete, stapelten sich Schichten von Wut und Schmerz, ein Gefühl das andere überbietend. Yasmina wollte etwas sagen, aber der Mann in Schwarz hielt sie zurück. Einen Moment dachte Olander, es handle sich um den Taxifahrer. Auch so ein Spitzmausgesicht. Aber er war ein anderer Mann, eine Spur größer und eine Spur spitzer. Nicht ganz so flink in seinen Bewegungen wie der Taxifahrer. Er war, wie man so sagt, ein Strich in der Landschaft. Aber ein markanter Strich, wie einer zwischen zwei Gedichtsversen, in sich gerade, aber schief ausgerichtet, eine lineare Kurve. Der Mann in Schwarz erwähnte jetzt seinen Namen und erklärte, im Dienste der hiesigen Kriminalpolizei zu stehen. Seinen Titel nannte er nicht. Und das würde auch so bleiben. Signore Longhi würde immer nur Signore Longhi sein, nie zum Commissario Longhi oder Capitano Longhi werden, solcherart – nämlich in den deutschsprachigen Ohren Olanders – sich frei von einer Donnaleonisierung halten.

Longhi bremste also Yasmina und nickte dem Arzt zu, der jetzt auf Italienisch eine knappe Erklärung über Olanders Gesundheitszustand gab, den er angesichts der Umstände des Unfalls als hervorragend bezeichnete. Geringe Verbrennungen an den Unterarmen, eine Entzündung der Bindehaut, die von dem lebensrettenden Schaummittel herstammte, eine mittelschwere Gehirnerschütterung, vor allem aber eine Verletzung der rechten Unterschenkelmuskulatur, da ein Metallteil seitlich in die Wade eingedrungen war. Jedoch keine Fraktur. Dazu ein paar andere kleine Blessuren, nichts von Bedeutung. Sehr viel besser könne man aus einem derart zugerichteten Wagen gar nicht herauskommen. Nun, eigentlich schon, denn Clara war ja ...

»Was ist mit Clara? Wo ist sie?«, presste Olander hervor.

Longhi gab dem Arzt ein Zeichen. Dieser verschwand augenblicklich aus dem Zimmer.

Longhi bat Yasmina Perrotti sich zu setzen. Sie lehnte ab. Ihr Blick war eine Klinge, über die sie jeden springen ließ. Auch sich selbst. Longhi zuckte mit den Achseln und ließ sich auf Olanders Bettkante nieder. Er sprach Deutsch, gut, aber nicht auffällig gut. Oder hielt sich auch nur zurück, die eigene Perfektion beschränkend. Jedenfalls bat er Olander, zu berichten, wie sich die Sache zugetragen habe.

»Wo ist Clara?«, fragte Olander erneut. Panik drang aus seiner Stimme.

»Also gut«, sagte Longhi. »Sie ist verschwunden.«

»Was heißt verschwunden?« Olander ging in die Höhe.

»Das heißt, dass wir nicht wissen, wo sie ist.«

Yasmina konnte sich nicht mehr zurückhalten. Sie beschimpfte Olander. Dass er ein verantwortungsloser Mistkerl sei, ein Hohn von Vater, nachlässig, feige, kurzsichtig …

Das stimmte alles nicht. Und dennoch gab Olander seiner Exfrau recht. Er empfand es jetzt genauso. Er hatte nicht Acht gegeben. Auf eine andere Weise als die gewohnte. Er hatte etwas übersehen, eine drohende Gefahr. Er hatte nur das Feuer erkannt, das aus dem Motor geschossen war. Angesichts des Feuers war er blind für alles andere gewesen. Aber konnte man ihm daraus einen Vorwurf machen?

Yasmina schon. Und erst recht er selbst.

Longhi aber nicht, natürlich nicht. Er war hier der Polizist, der sich Vernunft erlauben durfte. Und er war auch vernünftig genug, abzuwarten, bis Yasmina sich in ihren Attacken erschöpft hatte, bis sie ihren Kopf senkte, sich auf einen Stuhl setzte und in ein leises Schluchzen verfiel.

»So«, sagte Longhi, als beende er das Tischgebet von jemand anders. Es hörte sich ein wenig hart an. Aber Gefühle waren nun mal nicht Longhis Spezialität. Zumindest nicht die Gefühle der Opfer. Erneut bat er Olander darum, einen genauen Bericht der Ereignisse zu liefern und dabei kein Detail auszulassen.

Olander begann von dem Taxilenker zu erzählen.

»Er ist tot«, sagte Longhi. »Aber reden Sie weiter.«

Olander redete weiter.

Als er von der Frau berichtete, die die Wagentür geöffnet und Clara aus dem Taxi gehoben hatte, brach Yasmina erneut aus ihrer leisen Verzweiflung aus, sprang an Olanders Bett und schrie ihn an, wie er das habe tun können, einer wildfremden Person das Kind anzuvertrauen.

»Ich hätte sie kaum hindern können, ich steckte mit den Beinen fest«, verteidigte sich Olander. »Außerdem musste ich froh sein, dass da jemand war, der Clara helfen konnte.«

»Clara ist kein Baby, sie hätte das auch alleine geschafft.«

»Ja, natürlich.« Olander war voller Demut und Einsicht. Wie oft hatte er seinem Kind erklärt, dass es niemals mit Fremden mitgehen dürfe. Auch nicht mit fremden Frauen, so freundlich sie vielleicht wirken mochten. Und dann hatte er Clara geradezu in die Hände dieser Unbekannten getrieben.

Hatte er das wirklich? Hatte er Clara denn aufgefordert, sich von dieser Frau helfen zu lassen? Es kam ihm so vor. Aber seine Erinnerung war ein verwaschenes Blatt, ein Blatt, in das er nun die eigene Schuld einzeichnete. Beziehungsweise nur jene vagen Konturen nachstrich, die seine Schuld bestätigten. Denn es war erträglicher, sich wenigstens schuldig fühlen zu dürfen, als das Faktum unausweichlicher Fügungen hinzunehmen.

Nachdem Olander ins Krankenhaus eingeliefert worden war, hatte er den Namen seiner geschiedenen Frau gestammelt. Eine entscheidungsfreudige Krankenschwester hatte diesen Namen im Telefonverzeichnis von Olanders unbeschädigtem Handy aufgerufen und damit Frau Perrotti vom Unfall ihres Exmannes informiert.

»Mein Kind, was ist mit meinem Kind?«, hatte Yasmina gerufen.

»Was für ein Kind?«

Noch aus der Scala rief Yasmina die Polizei an, wo man ihr versicherte, dass wenn ihre Tochter in diesem Wagen gewesen sei, sie sich mit Sicherheit in der Obhut eines der am Unfallort eingetroffenen Beamten befinde.

Aber das sollte sich bald als Irrtum herausstellen. Noch während man den narkotisierten Olander medizinisch versorgte – so ganz harmlos war die Verletzung seines Beines nun doch nicht, dazu kam der Blutverlust –, wurde klar, dass keiner wusste, wo Clara geblieben war. Von den Polizisten und Sanitätern hatte niemand das Kind überhaupt gesehen, auch der Arzt nicht, der den Tod des Taxifahrers festgestellt hatte sowie Olanders relative Unversehrtheit. Dafür aber jener Mann, welcher geistesgegenwärtig genug gewesen war, aus seinem Wagen zu springen und mittels Feuerlöscher den eingeklemmten Olander vor dem Verbrennen zu bewahren. Dieser Mann berichtete von einer jungen Frau, die mit einem kleinen Mädchen im Arm sich rasch von dem brennenden Taxi entfernt hatte. Dabei habe er, sagte der Mann, den Eindruck gehabt ... nun, er könne das nicht beschwören, glaube aber, dass die Frau vorne auf dem Beifahrersitz gesessen hatte, bevor sie dann scheinbar unverletzt aus dem Wagen gestiegen war, um sich und das Kind zu retten.

Seither waren Stunden vergangen. Niemand hatte sich gemeldet, niemand von Clara gehört. Während an der Existenz der unbekannten Frau kein Zweifel mehr bestand. Das war es, was wirklich gewiss war. Und was einem jeden hier Angst machte. Sogar Longhi, der bei aller Sachlichkeit ein Magenmensch war. Sein Magen drückte ihn. Und wenn sein Magen das tat, dann bahnte sich etwas höchst Unangenehmes an. Longhis Magen – eine Mimose zwar, aber wie jede Mimose auch ein Seismograph, eine meteorologische Station – sagte schlechtes Wetter voraus. Sosehr draußen der Abendhimmel orangen glühte.

»Dieser Zeuge, der Mann, der das Feuer gelöscht hat«, wiederholte und betonte Longhi das bereits Gesagte, »er hat behauptet, die Frau wäre im Taxi gewesen.«

»Blödsinn!«, rief Olander aus. »Sie kam einfach des Weges. Sie war plötzlich da.«

»Es ist zu dumm«, meinte Longhi, »dass der Taxifahrer tot ist. Er könnte Ihre Aussage bestätigen.«

»Was soll das? Wieso muss das jemand bestätigen? Wieso glauben Sie mir nicht?«

»Niemand glaubt dir«, fuhr Yasmina dazwischen.

»Was willst du damit ...?«

Longhi stand auf, unterbrach mit der glatten Geste seines gestreckten Zeigefingers die Auseinandersetzung und bat Yasmina, hinauszugehen.

»Warum das?«, beschwerte sich Yasmina.

»Weil es besser so ist. Wir wollen doch weiterkommen, nicht wahr? Nur das zählt jetzt.«

Yasmina Perrotti betrachtete Olander, als suche sie nach der schmerzempfindlichsten Stelle an seinem Körper. Dann verließ sie das Zimmer.

»So«, setzte Longhi erneut eine Markierung. Er gehörte zu diesen Männern, die sich ohne die Gegenwart von Frauen gleich sehr viel wohler fühlten. Er sah auf Olander hinunter und fragte: »Gibt es etwas, was Sie mir sagen wollen?«

»Was sollte das sein?«

»Etwas, dass ich wissen müsste, um Ihre Tochter zu finden. Wenn Sie denn wollen, dass ich sie finde.«

»Hören Sie ...« Olander ballte seine Hand zur Faust, als versuche er, seine Lebenslinie in einen Rohdiamanten zu pressen.

»Schon gut. Ich weiß, dass Sie Angst haben um Ihr Kind. Darum sitze ich ja hier und stelle unangenehme Fragen. Etwa, ob Sie eine Ahnung haben, wer diese Frau sein könnte, die Clara aus dem Wagen gehoben hat.«

»Nein, keine Ahnung, nicht die geringste. Sie müssen wissen, dass ich nach Mailand nur komme, um meine Tochter an ihre Mutter zu übergeben. Aus keinem anderen Grund. Ich mag die Stadt nicht besonders. Ich habe hier keine Freunde und keine Verpflichtungen. Auch keine Feinde. Keine Geliebte, gar nichts.«

»Der neue Mann Ihrer Frau, Ihrer geschiedenen Frau, Signore ...«

»Ugo Albani.«

»Ja, wie ist das Verhältnis zwischen Ihnen beiden?«

»Wir gehen uns aus dem Weg. Oder sagen wir besser, ich gehe ihm aus dem Weg.«

»Wieso?«

»Ein aalglatter Typ. Ich hätte Angst, an ihm auszurutschen. Das ist es aber auch schon. Es gibt keine Konkurrenz, wenn Sie das meinen. Es gibt auch keinen Streit um das Kind. Also auch keinen Grund, etwa eine Entführung vorzutäuschen. Abgesehen davon konnte doch niemand diese Katastrophe voraussahnen. Nein, alles ist ein Zufall. Die Wagen stießen zusammen, und diese Frau war gerade zur Stelle.«

»Und wieso hat sie das Kind mitgenommen? Spekulieren Sie einmal«, forderte der Polizist.

»Weil sich die Gelegenheit bot«, sagte Olander. »Was ihr im ersten Moment vielleicht noch gar nicht bewusst gewesen war. Ich will es so sagen, auch wenn es mich selbst in keiner Weise beruhigt und auch sonst niemand beruhigen wird: Diese Frau hatte den Blick eines guten Menschen.«

»Warum entführt ein guter Mensch ein kleines Mädchen?«

»Ich würde alles darum geben, das zu wissen«, sagte Olander. Seine zuvor erhobene Faust verkrallte sich in der Bettdecke. Olander schwitzte Ströme. Sein ganzer Körper weinte. Durch seinen Kopf zogen schreckliche Bilder, Bilder von all den Dingen, die mit einem kleinen Mädchen geschehen konnten.

Longhi ahnte, was in Olander vorging. Aber er sagte nichts. Es war nicht seine Art, etwas schönzureden. Natürlich musste eine solche Entführung nicht gleich bedeuten, dass dem Kind Schmerzen zugefügt wurden. Über die unvermeidlichen Schmerzen hinaus. Aber wenn Olander recht hatte und sich die Möglichkeit der Entführung zufällig ergeben hatte, dann war die Chance gering, dass jemand sich melden und Forderungen stellen würde. Selbst im günstigsten Fall bedeutete es wohl, dass eine kinderlose Frau auf diese Weise versuchte, sich einen fremden Nachwuchs einzuverleiben. Das kam immer wieder vor. Die Kinderlosigkeit machte manche Leute verrückt und vollkommen skrupellos. Diese Leute taten Erschreckendes. Ihr Schuldbewusstsein dabei war gleich null. Was auch der Grund war, dass man sie selten erwischte. Gemäß Longhis kriminalistischer Erfahrung hinterließ jedes Schuldgefühl eine Spur, einen Hinweis, gewissermaßen ein Zeichen der Empörung durch das bessere Ich, den Moralisten im Verbrecher. Aber diese Männer und Frauen, die ihre Unfruchtbarkeit nicht akzeptierten und nach fehlgeschlagenen Adoptionsversuchen und gescheiterten medizinischen Manipulationen dazu übergingen, ein Kind schlichtweg zu stehlen, empfanden die eigene Tat stets als gerecht. Vor allem weil diese Leute überzeugt waren, dem geraubten Kind sehr viel bessere Eltern zu sein als die tatsächlichen. Ja, dass die biologischen Eltern dieses Kind gar nicht verdienten und somit der »Austausch« geradezu ein gottgewollter sei, eine ethisch einwandfreie Korrektur. Solche Leute also litten in keiner Sekunde an Schuld oder Reue und hinterließen somit auch keine Spur eines solchen Gefühls. Das war das Problem.

Aber diese Variante war eben nur eine von vielen. Eine Variante, die man jeder anderen vorzog.

»Ich hole jetzt einen Kollegen«, sagte Longhi, »der

mit Hilfe Ihrer Beschreibung ein Phantombild der Frau herstellen wird.«

»Und was werden Sie dann tun?«

»Es gibt immer zwei Wege, die man in einem solchen Fall einschlägt. Den offiziellen, indem wir Zeugen befragen, die Flughäfen kontrollieren, die Bahnhöfe, unsere Beamten ausschicken, die Bevölkerung um Mithilfe bitten und so weiter. Und dann gibt es den inoffiziellen Weg. Wir haben unsere Kontakte, unsere Spitzel und V-Leute. Wenn es um ein Kind geht, besteht auch in der Unterwelt eine gewisse Sensibilität. Nicht unbedingt bei Kindern, die aus Afrika oder Albanien stammen, ich muss das so sagen, aber in Ihrem Fall ... Vertrauen Sie mir. Ich werde mehr tun, als bloß die Routine abspulen lassen.«

Nun, das mochte schon stimmen. Aber es nützte nichts. Gleich, was Longhi in der Folge unternahm, man kam keinen Schritt weiter. Die Frau, von welcher ein erstaunlich stimmiges Phantombild entstand, blieb ein Phantom, eine fürwahr gespenstische Erscheinung. Sie hatte auf diesem Bild etwas von einer Heiligen, verband das Karge mit dem Weichen, das Glatte mit dem Tiefen – ein Gesicht wie eine ruhige Meeresoberfläche; und man weiß ja, wie es unter Meeresoberflächen aussieht, wie kalt und dunkel es da wird. Dazu kam wohl auch, dass der Phantomzeichner seine Freude daran gehabt hatte, diesen ganz bestimmten Ausdruck in das Gesicht zu legen: eine Dämonie des Heiligen.

Es war nun sicherlich ein Glück, dass der Mann mit dem Feuerlöscher die große Unbekannte ebenfalls gesehen hatte, das Phantom somit eine gewisse Festigkeit und Stofflichkeit erhielt und nicht der Verdacht entstehen musste, dies alles entspringe allein Olanders Phantasie. Blieb natürlich die bedenkenswerte Behauptung des Zeugen, besagte Frau sei vorne aus dem Taxi gestiegen, bevor sie dann das Kind von der Hinterbank geholt und mit sich genommen habe. Nicht, dass der Mann einen Eid darauf geschworen hätte, immerhin hatten ein ziemliches Durcheinander und die größte Aufregung geherrscht. Aber in seiner Erinnerung sah es nun mal so aus. Weshalb Olander weiterhin im Verdacht stand, etwas zu verheimlichen. Immer wieder wurde er in Longhis Büro zitiert, wo er geduldig die Fragen über sich ergehen ließ. Nur einmal sagte er: »Sie kaprizieren sich so auf mich, weil Sie sonst nichts in der Hand haben, nicht wahr?«

Und Longhi antwortete: »Da könnten Sie sogar recht haben.«

VIER

Vinzent Olander und Yasmina Perrotti sahen sich jetzt bloß noch in Gegenwart von Longhi. Yasmina vermied es dabei, ihrem Exmann auch nur in die Augen zu schauen. So wie sie es vermied, ihn direkt anzusprechen. Sie redete allein mit Longhi. Es war jetzt ein tonloser Hass, den sie in der Art eines blind gespielten Querpasses auf Olander ablud. Dazu kam, dass Ugo Albani einen Privatmittler in die Sache einbezogen hatte, einen als seriös geltenden ehemaligen Militäroffizier, der sich ebenfalls darauf zu konzentrieren schien, Olander etwas anzuhängen. Zumindest in dessen Privat- und Geschäftsleben forschte. Was Olander als unabwendbar hinnahm. Er blieb in Mailand, gesundete nach und nach und begann nach und nach mit eigenen Ermittlungen, indem er etwa den Mann mit dem Feuerlöscher aufsuchte, im Grunde seinen Lebensretter. Einen Lebensretter mit Abstrichen, eingedenk dessen belastender Äußerungen.

Der Mann war ein kleiner Angestellter, ein freundlicher, korrekter Mensch mit Frau und Kind, der nahe Monza lebte und jeden Tag nach Mailand zur Arbeit fuhr. Olander gab natürlich vor, sich einfach bedanken zu wollen. Der Mann erklärte, nur seine Pflicht getan zu haben. Auch betonte er zum wiederholten Male, in keiner Weise beschwören zu wollen, die Frau sei aus dem Taxi gestiegen. Dies war bloß sein Eindruck gewesen. Doch er könne und wolle nicht ausschließen, sich zu irren.

»Was hatten Sie eigentlich in der Stadt zu tun?«, erkundigte sich Olander unvermutet. »Ich meine mitten im Zentrum, um diese Zeit, wo Ihre Firma doch weit außerhalb liegt.«

»Wie bitte?« Der Mann verengte sein Augenpaar. Seine Freundlichkeit vereiste augenblicklich.

»Sie brauchen nur zu antworten.«

»Wer glauben Sie, dass Sie sind, mich einer Befragung zu unterziehen?«, fragte der Lebensretter den Geretteten.

»Seit drei Wochen ist mein Kind verschwunden«, erinnerte Olander. »Das befähigt mich ganz sicher, die eine oder andere Frage zu stellen.«

»Das mit Ihrem Kind tut mir leid. Ich bin ja selbst Vater, ich weiß … Aber deshalb müssen Sie mir nicht vorhalten, dass ich an diesem Tag und zu dieser Stunde dort vorbeikam. Wie noch ein paar andere Leute.«

»Richtig, und wie auch diese Frau. Aber ich werfe Ihnen das ja nicht vor. Ich habe nur gefragt, wieso Sie …«

»Ich weiß, was Sie gefragt haben, aber ich verstehe den Sinn der Frage nicht.«

»Bin ich denn der Erste, der wissen will, wieso Sie an diesem Nachmittag durch die Innenstadt gefahren sind?«

»Ja, Sie sind der Erste«, sagte der Mann. »Bisher kam noch keiner auf die Idee, auch die Polizei nicht, in meinem Privatleben zu schnüffeln, nur weil ich ein brennendes Auto gelöscht habe. Bei den meisten Menschen gilt das eher als gute Tat.«

»Sie wollen also auf meine Frage nicht antworten.«

»Ich könnte Ihnen irgendetwas erzählen, zum Beispiel, dass ich zu einem Kunden gefahren bin, dass ich zum Einkaufen war, dass ich meinen Sohn vom Botanischen Garten abholen wollte.«

»Ich würde das überprüfen.«

»Und genau darum gebe ich Ihnen keine Antwort. Weil Sie das einfach nichts angeht, auch wenn die Antwort eine völlig harmlose ist.«

»Das glaube ich nun nicht mehr«, meinte Olander.

»Da kann ich Ihnen auch nicht helfen«, sagte der Mann und bat Olander zu gehen.

Am nächsten Morgen bestellte Longhi Olander zu sich und erklärte ihm, dass er nicht wünsche, dass Olander sich derartige Eigenmächtigkeiten anmaße.

»Wenn *Sie* mein Kind nicht finden«, rechtfertigte sich Olander, »werde *ich* es finden. Und dazu werde ich mir jede Eigenmächtigkeit anmaßen, die mir in den Sinn kommt.«

»Soll ich Sie ausweisen lassen?«, fragte Longhi und verschränkte seine Arme.

Anstatt auf die Drohung einer Ausweisung zu reagieren, fragte Olander, was der Mann mit dem Feuerlöscher in der Innenstadt verloren hatte.

»Sie sagen das so«, analysierte Longhi, »als sei es verboten, nachmittags durch das Zentrum von Mailand zu fahren.«

»Wollen Sie mir jetzt ebenfalls eine Antwort verweigern?«

»Genau das. Ich muss nämlich die Privatsphäre eines Mannes schützen, der ja nichts verbrochen hat, im Gegenteil, dem Sie Ihr Leben verdanken.«

»Und der mich belastet.«

»Er belastet Sie nicht. Er ist sich in einem bestimmten Punkt unsicher, in dem Sie sich sicher sind. Oder vorgeben sicher zu sein. Sie belasten maximal sich selbst, indem Sie diesen Mann nicht in Frieden lassen und ihm irgendeine dubiose Rolle unterschieben wollen.«

»Warum schützen Sie ihn?«

»Ich sagte Ihnen schon, ich schütze die Privatsphäre von jemand, der mit der Entführung Ihres Kindes nichts zu tun hat. Sie verrennen sich in Ihrer Verzweiflung. Ich kann das verstehen, aber nicht zulassen. Ihre Verzweiflung stellt Sie nicht ins Recht über andere.«

68

»Ich werde tun, was ich tun muss.«

»Hoffentlich nicht«, sagte Longhi. Aber das sagte er nur so. In Wirklichkeit verstand er Olander, er verstand alle Leute, die nach ihren Kindern suchten und dabei auf die Polizei und das Gesetz pfiffen. Longhi wünschte bloß, dass Olander sich dabei nicht allzu ungeschickt anstellen würde.

Natürlich ging der Fall durch die Medien. Doch das, was durch die Medien geht, geht praktisch durch eine Zerkleinerungsmaschine, wird unwichtiger und unwichtiger. Kinder verschwinden eben. Und wenn sich niemand meldet, um irgendeine Forderung zu stellen, wird die Sache in jene Kategorie von Fällen abgelegt, deren Ende man sich ungern ausmalt.

Olander übergab seine Geschäfte an einen Kompagnon und mietete eine kleine Wohnung in der Nähe des Unfallortes. Er wurde zu einem dieser von albtraumhaften Tagträumen und nächtlicher Ruhelosigkeit gequälten Menschen, die immer ein bisschen verwahrlost wirken, auch noch in bester Kleidung. Und welche stets einen leicht alkoholisierten Eindruck hinterlassen, ganz gleich, ob sie nüchtern oder schwer betrunken sind. Sie haben trotz des schlimmen Schicksals, das sie tragen, etwas Leichtes, Schwebendes an sich. Was wohl damit zusammenhängt, dass sie mit einem Bein bereits im Jenseits stehen.

Doch so jenseitig Olanders Wesen anmutete, so hartnäckig war sein Wille. Er marschierte Tag für Tag durch die Stadt, in der wilden Hoffnung, dass dieselbe Macht, die ihm an einem bestimmten Tag sein Kind geraubt hatte, ihm dieses Kind auch wieder zurückgeben würde, wenn er nur beharrlich genug darauf wartete. Beziehungsweise versuchte er, sich dem Schicksal in den Weg zu stellen, gleich einer Konstruktion, deren Aufgabe darin besteht, hypothetische, durch alles durchdringende Teilchen einzufangen.

Olander suchte sämtliche Leute auf, die irgendwie mit der Sache zu tun hatten, die Polizisten, die Zeugen, die Leute von der Rettung, auch die Verwandten des Taxifahrers, der offensichtlich ein einsamer Mann gewesen war, mit einer kleinen Wohnung im Quartiere T8, einer Wohnhausanlage am Ippodromo San Siro. Es war schwer, etwas über diesen nie verheirateten, kinderlosen Mann in Erfahrung zu bringen, dessen Vorfahren väterlicherseits aus Süddeutschland stammten. Auch seine Schwester konnte nicht wirklich etwas sagen. Sie betonte, Giorgio sei »nicht einmal« besonders religiös gewesen. Es klang, als spreche sie von einer niederen Entwicklungsstufe. Dazu passend – und entgegen seinem nagetierartigen Aussehen – hatte Giorgio Straub unter den Taxikollegen den Spitznamen »Qualle« getragen. Warum genau, konnte niemand sagen. Aber Qualle stand wohl auch dafür, dass keiner etwas mit diesem Mann zu tun haben wollte. Auf eine undefinierbare Weise hatte er als gefährlich gegolten. Kein Schläger, kein Mafiatyp, nichts davon, kein Raubtier eben, sondern ein Nesseltier. Um Nesseltiere macht man Bögen. Wie es schien, hatte die ganze Welt um Giorgio Straub einen Bogen gemacht. Nur seine unwissenden Taxikunden nicht.

Olander fuhr mit der Linea Rossa zum QT 8, um sich die Wohnung Giorgio Straubs anzusehen, in die ein Sohn von Straubs Schwester gezogen war, ohne dass viel verändert worden war.

»Was suchen Sie eigentlich?«, fragte die Schwester, die vor dem Haus auf ihn gewartet hatte. Was sie tat, tat sie nicht umsonst. Olander hatte ihr Geld gegeben, um in die Wohnung zu kommen. Und noch einmal Geld dafür, sich umsehen und herumkramen zu dürfen.

Nun, Olander wusste nicht, was er suchte. Und glaubte ja auch nicht wirklich, dass der tote Taxifahrer in irgendeiner Verbindung zu der Entführung Claras stand. Wie denn auch? Andererseits durfte Olander nichts auslassen von dem wenigen, was er tun konnte. Wie gesagt, er musste sich *in den Weg stellen*. Und darum sah er sich in der engen, muffigen, mit verstaubten Polstermöbeln, verstaubten Nachtschattengewächsen und allerlei Krimskrams vollgeräumten Wohnung um, stöberte in Schubladen und durchforschte Schränke. Denn von einem konnte er ja ausgehen, dass Giorgio Straub nicht hatte ahnen können, sterben zu müssen. Somit auch keine Zeit gehabt hatte, irgendetwas verschwinden zu lassen.

Aber Olander fand nichts, nichts von dem, was er gehofft hatte zu finden, etwa eine Tüte mit verdächtig viel Geld, ein Adressverzeichnis, ein Tagebuch, dubiose Unterlagen, das Foto einer jungen Frau in einem geblümten Kleid, etwas von dieser Sorte. Im Grunde nahm er nur darum etwas mit, um nicht mit leeren Händen aus der Wohnung zu gehen. Um nicht völlig umsonst Straubs Schwester die Geldscheine auf die Hand gelegt zu haben. – Mein Gott, wie hasste er diese raffgierigen Weiber. Überall gab es sie, und überall waren sie gleich. Nichts in der Welt stand derart über den Kulturen, bildete eine derartige Homogenität, wie diese Frauen, die alles an sich zogen. Ganz gleich, ob eine tatsächliche Not vorlag oder das Gegenteil. Es ging ihnen ja nie ums Geld allein, um die Möbel, die Bilder, das Erbe, die Schale Reis, das Brot im Mund der anderen, sondern darum, im Recht zu sein. Sie dachten sich: Ich bin, also bin ich im Recht. In Mailand, in Beverly Hills und auch dort, wo Menschen verhungerten. Diese Weiber bildeten sehr viel mehr ein Netz, als das gute Internet es je schaffen würde.

Vinzent Olander griff nach einer kleinen Figur, die

zwischen vielen anderen auf einem schmalen, länglichen Tischchen stand. Er tat dies heimlich, natürlich,
denn auch dafür hätte Straubs Schwester gewiss einen
Obolus verlangt. Wenn sie das Ding überhaupt hergegeben hätte. Nicht, dass es eine wertvolle Figur zu sein
schien. Nichts in dieser Wohnung war nur annähernd
wertvoll. Aber Olander meinte die Figur zu kennen, von
irgendwo her: eine kleine, hölzerne Giraffe, nur wenige
Zentimeter hoch, simpel gestaltet. Was Olander nun so
bekannt vorkam, war der Umstand, dass dieser Giraffe
ein Ohr fehlte, wenn es denn ein Ohr war und nicht
eins dieser kurzen, stumpfen Hörner, welche Giraffen
ja ebenfalls besitzen. Was es auch immer war, es fehlte, musste heruntergebrochen sein. Allerdings konnte
Olander nicht sagen, woran ihn diese Figur sonst noch
erinnerte. Was sie zu bedeuten hatte. Wahrscheinlich
nicht viel. Holzgiraffen mit abgebrochenen Ohren oder
Hörnern tauchten immer wieder auf, in Kinderzimmern,
auf Flohmärkten, in Trödelläden und im Falle wertvoller
Exemplare auch in Völkerkundemuseen. Nichts, was einen aufregen musste. Selbst wenn Clara eine solche Figur besessen hatte. Na und? Millionen kleiner Giraffen
bevölkerten die Welt.

Aber dieses Ding war nun mal das einzige hier, welches Vinzent Olander einen kleinen Stich versetzte.
Und auf diesen Stich verließ er sich, täuschte eine un-
geschickte Bewegung vor, lenkte den kontrollierenden
Blick von Straubs Schwester in eine andere Richtung,
griff nach dem Objekt und ließ es in seiner Tasche verschwinden.

Von nun an würde Olander dieses Holzstück stets mit
sich führen. Manchmal weiß man eben, dass man etwas
Bestimmtes tun muss, weil man weiß, dass es sich einmal als wesentlich herausstellen wird. (Dass dies freilich
sehr oft gar nicht der Fall ist, dass wir ständig Dinge mit

uns schleppen, die sich niemals als irgendwie bedeutsam
erweisen, ist ein anderes Thema. – Hoffnung ist eine
Prothese, mit der man wieder gehen kann. Immerhin.)

Einige Tage nach der Erbeutung dieser leicht lädierten
Giraffe läutete in Olanders kleinem, dunklen Ein-Mann-
Zimmer das Telefon, und Longhi meldete sich. Olander
hatte erwartet, dass Straubs Schwester den Diebstahl
doch noch bemerkt und gemeldet hatte und dass also
erneut mit Ausweisung gedroht wurde. Aber es ging um
etwas anderes, etwas wirklich Entscheidendes. Longhi
sagte: »Ich glaube, wir haben die Frau gefunden.«
    Kurz darauf stand Olander in Longhis Büro. Er be-
mühte sich, seine Aufregung im Griff zu behalten. Er
wollte jetzt keinen Fehler machen. Vor allem wollte
er vollkommen konzentriert sein, konzentrierter als
die Polizisten, deren Töchter oder Söhne ja nicht verschwunden waren, die hier einfach ihren Job taten und
ständig etwas übersahen, weil sie an anderes dachten.
Nicht Olander, der jetzt fragte: »Wo ist sie?«
    »Nebenan«, antwortete Longhi, »wir befragen sie
gerade.«
    »Und Clara?«
    »Tut mir leid. Noch keine Spur. Diese Frau – ihr Name
ist Pero, Andrea Pero –, sie lebt bei ihrer Familie. Wir
haben die Wohnung auf den Kopf gestellt. Schlimme
Verhältnisse. Jede Menge Geschwister, kaum zu zählen.
Die Mutter kann sich fast nicht bewegen, ein Mons-
trum, das im Stuhl klebt. Kaum zu glauben, wenn man
die Tochter sieht. Vater gibt es keinen, keinen offiziellen.
Man könnte meinen, die Mutter hat ihre Kinder vom
vielen Essen bekommen.«
    »Wie haben Sie diese Andrea Pero gefunden?«
    »Ein Anruf. Anonym. Wahrscheinlich aus der Nach-
barschaft. Es ist eine Schweinerei, dass uns nicht schon

früher jemand Bescheid gegeben hat. Das Phantombild ist wirklich gut. Ein paar hundert Leute hätten die Frau erkennen müssen. Haben sie wahrscheinlich auch, aber ... tja, dort wo die Peros leben, hält man die Polizei gerne aus allem heraus.«

»Gibt sie zu, dass sie Clara entführt hat?«

»Sie gibt zu, das Kind aus dem Auto geholt zu haben. – Kommen Sie, Olander. Hören Sie es sich selbst an.«

Longhi bat Olander, ihm in den kleinen dunklen Extraraum zu folgen, ein Kämmerchen, das zwischen den Zimmern lag und von dem aus man durch eine große Scheibe in den Verhörraum sehen konnte. Mehrere Beamte drängten sich vor dem Glas. Der Raum war wohl nachträglich hineingezwängt worden, wie man ja auch mitunter Toiletten in fix und fertige Häuser zwängt, und Kinderzimmer und Krankenzimmer und all die Dinge, an die anfangs nicht gedacht wird.

Durch einen Lautsprecher hörte man die Stimme Andrea Peros, die gerade die Fragen eines einzelnen Beamten beantwortete. Sie sprach leise, aber nicht schwächlich. Auch ihre Körperhaltung ließ bei aller Distanz, die sie ausdrückte, kein Gefühl der Furcht erkennen. Sie war mitnichten eine von denen, die sich würde einschüchtern lassen. Und ebenso wenig eine, die man provozieren konnte. Sie saß da und redete in einer Weise, als sei das Einzige, was sie anzubieten vermochte, die Wahrheit.

Auf den ersten ungeübten Blick konnte man diese Frau für im Grunde ungefährlich halten. Aber was heißt das schon? Auch Korallen wirken ungefährlich. Aber sie sind es nicht. Nicht, wenn der andere ein Plankton ist.

Jedenfalls war es so, dass Andrea Pero zugab, Clara mit sich genommen zu haben. Sie sei zufällig vor Ort gewesen, als der Unfall geschah, und hätte nichts anderes im Sinn gehabt, als das kleine Mädchen aus dem Gefahrenbereich zu befördern. Dann aber habe sie sich zusam-

men mit dem Kind – ihrerseits unter Schock stehend –
immer weiter vom Unfallort entfernt, nicht zuletzt wegen der Vorstellung, dass soeben der Vater dieses Kindes
in den Flammen umkam. Dass sein Körper verkohlte. Sie
wollte der Kleinen einen solchen Anblick ersparen. Unbedingt. Eigentlich habe sie vorgehabt, Clara zur nächsten
Polizeistation zu bringen. Aber das Mädchen sei völlig
verschreckt gewesen, habe sich ganz fest an ihren Körper
gedrückt.

»Ich musste ihr versprechen«, erzählte Pero, »sie nicht
alleine zu lassen. Ich wusste nicht, was ich tun soll, und
bin mehrmals um irgendeinen Häuserblock marschiert.
Wir hörten die Sirenen. Und da stand plötzlich dieser
Mann vor uns. Mir kam vor, ich hätte ihn gerade erst gesehen, dort am Unfallort, kurz bevor ich mit dem Kind
weg bin. Aber sicher war ich mir nicht. Jedenfalls hat er
mir für meine Mithilfe gedankt, dann aber erklärt, das
Kind jetzt zu übernehmen. Ich habe mich geweigert, natürlich habe ich das. Da hat er mir seinen Ausweis unter
die Nase gehalten ...«

»Was für einen Ausweis?«, fragte der untersuchende
Polizist.

»Ich weiß es nicht. Etwas Staatliches, etwas mit einem
Stempel. Er hat es mir nicht erklärt. Er dachte wohl, ich
wäre beeindruckt. War ich aber nicht. Ich habe ihm gesagt, ich bringe das Kind zu seiner Mutter. Darauf hat er
gemeint, dass er das selbst erledigen würde. Ich bin aber
hartnäckig geblieben, habe verlangt, das Mädchen zu
begleiten. Ich war jetzt ziemlich klar im Kopf. Leider zu
spät. Der Kerl hat mir einen Schlag versetzt und mir das
Kind aus der Hand gerissen. Er war ungemein grob.«

»War da niemand in der Nähe, der Ihnen geholfen
hat?«

»Ein paar Leute haben herübergesehen. Ein paar Leute sehen ja immer herüber. Oder?«

»Wo ist der Mann hin?«

»Er ist mit dem Kind in einen Wagen gestiegen. Der Wagen hatte gewartet. Diese Leute waren gut organisiert.«

»Und Sie?«

»Ich wollte das Kind schützen.«

»Weil Sie ein guter Mensch sind?«

»Muss man ein guter Mensch sein, um ein kleines Mädchen schützen zu wollen?«, erkundigte sich Andrea Pero. Sie bedachte den Fragesteller mit einem Blick, als streiche sie ihn von der Liste derer, die in den Himmel kommen.

Der Mann aber meinte: »Warum haben Sie nicht spätestens dann die Polizei gerufen?«

»Ich hätte der Polizei kaum helfen können, die Kleine zu finden. So wenig, wie ich es jetzt kann.«

»Sie hätten uns helfen können, Zeit zu sparen, Frau Pero.«

Da hatte der gute Mann aber wirklich recht. Das sah auch Andrea Pero ein. Sie gab zu, es sei ein Fehler gewesen, nicht angerufen zu haben. Man müsse das jedoch verstehen. Zwei ihrer Brüder hätten Haftstrafen hinter sich, ihre ganze Familie befinde sich im Visier der Behörden. Eigentlich das ganze Viertel. Dazu ergänzte sie: »Und das nicht einmal zu Unrecht. Es steckt ein Wurm in diesem Viertel.«

»Und wie sich zeigt«, meinte der Polizist, »steckt der Wurm auch in Ihnen.«

»Wenn Sie das so sehen, kann ich es nicht ändern.«

»Tut es Ihnen nicht leid um das Kind?«, fragte der Beamte.

»Es tut mir schrecklich leid um das Kind«, antwortete Pero. »Vor allem, weil ich nicht weiß, wer diese Leute waren. Weil ich nicht weiß, was ich von alldem zu halten habe. Natürlich dachte ich, der Ausweis von dem Typen, das sei eine Finte. Was aber, wenn nicht. Wäre es da nicht besser, *nicht* mit der Polizei zu sprechen. Ich frage Sie: Was hat dieses Kind für eine Bedeutung?«

Der Polizist stöhnte. Er mochte es nicht, Fragen gestellt zu bekommen. Dafür war er nicht Polizist geworden. Also erkundigte er sich nach dem Aussehen des Mannes mit dem Ausweis, der nun praktisch die Rolle des »Phantoms« übernommen hatte. Wenn er denn tatsächlich existierte.

Die Beschreibung Peros blieb ausgesprochen vage, reduzierte sich im Grunde darauf, dass sie sagte: »Er hat eine Sonnenbrille getragen.«

Das Fehlen der Augen ist immer problematisch. Denn Augen haben nicht nur eine spezielle Farbe, sie versetzen auch das restliche Gesicht in diese Farbe. Rotbraune Augen erzeugen ein rotbraunes Gesicht, blaue Teichaugen ein Teichgesicht, Waldaugen ein Waldgesicht, Sonnenbrillen aber machen ein Sonnenbrillengesicht, welches mit dem eigentlichen Konterfei wenig zu tun hat. Wie Hüte ein Hutgesicht machen und selbst das freundlichste Antlitz noch herb und rau und blutrünstig erscheinen lassen. Nicht wenige Menschen, die Hüte tragen, wollen solcherart ihre Gutmütigkeit verbergen. Darum auch wurden früher die Hüte gelüftet, um für einen flüchtigen Moment zuzugeben, dass man eigentlich ein netter Kerl sei.

»Es ist alles viel zu schnell gegangen«, sagte Andrea Pero. »Außerdem war ich damit beschäftigt, das Kind festzuhalten.«

»Dennoch haben Sie versagt«, stellte der Polizist fest.

»Dennoch habe ich versagt«, bestätigte Pero.

Alle vor und hinter der Scheibe warteten darauf, dass Frau Pero noch etwas anfügte. Aber sie fügte nichts an. Das schien so ein bisschen ein Trick von ihr zu sein, nicht weiterzureden, wenn es sich eigentlich aufdrängte.

Und während man da wartete, ohne dass etwas passierte, richtete Longhi an Olander die Frage, ob das die gesuchte Frau sei. Er fragte natürlich nur der Ordnung halber.

»Nein«, antwortete Olander.

»Wie bitte?«

»Ich sagte *nein*. Es ist richtig, sie sieht dem Phantombild sehr ähnlich. Aber sie ist nicht die, die mit meinem Kind auf und davon ist. Ich werde ihr Gesicht nie vergessen. Und dieses Gesicht hier ist ein anderes. Verwandt, aber ein anderes.«

»Meine Güte, Olander, wissen Sie, was Sie da sagen?«

»Wieso? Denken Sie, ich könnte vergessen haben, worum es geht?«

»Nein, aber ...« Longhi griff sich in den Nacken, als sei dort die Antwort auf alle Fragen versteckt. Aber dort war nichts anderes als ein wenig Verspanntheit. Er richtete sich wieder an Olander und bat ihn, sich die Frau noch einmal ganz genau anzusehen, überlegte es sich aber und sagte schließlich: »Kommen Sie!«

Longhi nahm Olander praktisch an der Hand und wechselte mit ihm in den Verhörraum. Longhi war leicht in Panik. Das war er selten, so wie er selten stotterte. Er hatte sein Stottern seit vielen Jahren im Griff. Nur nicht im Moment, auch wenn es kaum auffiel, als er jetzt Olander zur Mitte des Tisches wies und gleichzeitig Frau Pero fragte, ob sie diesen Mann kenne.

»Er ist der Vater des Kindes ... er saß im Wagen.«

Olander, dessen Gesicht kein einziges Mal in den Medien aufgetaucht war, meinte, sich an Longhi wendend: »Das kann sich Frau Pero ja denken, wer ich bin. Jedenfalls bleibe ich dabei, dass sie nicht die Frau ist. Schneiden Sie mir in den Finger, ich bleibe dabei.«

»In den Finger?«

»Ich meine, ich lüge nicht.«

»Es würde genügen, dass Sie sich irren.«

»Auch das nicht«, erklärte Olander. »Diese Frau ist eine Hochstaplerin. Was immer sie sich davon erwartet. Vielleicht will sie auf diese Weise ins Fernsehen kommen. Ein bisschen berühmt werden. Auch noch eine Belohnung kassieren, was weiß ich. Mag sein, Longhi, dass Sie dieser Frau Ihren Segen geben, meinen aber wird sie nicht bekommen.«

»Gut, Olander, Sie können gehen«, sagte Longhi.

»Ja.« Olander bewegte sich aus dem Raum. In der Drehung aber sah er Andrea Pero noch einmal an. Es war ein sehr kurzer Blick, aber ein Blick wie eins dieser Messer in Zirkussen, welche nahe an einer Dame zitternd im Holz landen.

Longhi folgte Olander nach draußen, schloss die Türe zum Verhörraum und packte Olander am Oberarm. Olander ließ sich den festen Griff gefallen. Er fand, dass Longhi das Recht dazu hatte. Angesichts der Situation.

»Es ist wichtig«, erinnerte Longhi. »Sind Sie absolut sicher, dass das nicht die Person ist, die wir suchen?«

»Absolut sicher. Die Frau da drinnen nutzt die Gunst der Stunde, um ein wenig Aufmerksamkeit zu erfahren.«

»Sie wirkt nicht verrückt auf mich«, meinte Longhi.

»Auf mich ebenso wenig. Aber es gibt ja wohl auch clevere Verrückte. – Lassen Sie sie laufen.«

»Das werde ich tun müssen«, sagte Longhi, »wenn Sie auf Ihrer Aussage beharren.«

»Ich beharre«, versicherte Olander. Und, als sei er selbst die Polizei: »Wir würden kein Stück weiterkommen, wenn wir diese Frau festsetzen.«

Ironischerweise entsprachen diese Worte genau dem, was Olander in Wirklichkeit dachte. Dass man nämlich nur weiterkam, indem man diese Frau freiließ. Der Rest aber war Lüge.

Ja, Olander hatte gelogen. Er hatte die Frau nämlich sehr wohl wiedererkannt. Andrea Pero war unzweifelhaft die Person gewesen, die Clara aus dem brennenden Auto gerettet hatte. Doch in dem Moment, da Longhi ihn danach gefragt hatte, war Olander der Gedanke gekommen, wie sinnlos es wäre, Andrea Pero ins Gefängnis zu sperren. Genau darum nämlich, weil er ihr glaubte. Er glaubte, was sie sagte. Nicht aber die Polizei. Die Polizei konnte es sich nicht erlauben, dieser Frau zu trauen. Die Polizei hätte versucht, Andrea Pero irgendwie festzunageln, hätte verhindert, dass sie freikam. Und wozu? Damit sie dann in einer Zelle saß und sich gar nichts tat?

Jetzt aber, nach Olanders Aussage, war man gezwungen, sie laufen zu lassen. Und dies erschien Olander um einiges vorteilhafter. Er würde dann selbst in der Lage sein, Andrea Pero zu befragen. Und vielleicht sogar würde es ihm möglich sein, sie als Lockvogel zu benutzen. Irgendwie. Er wusste noch nicht wie. Aber es würde ihm beizeiten einfallen.

Man muss es so sagen: Vinzent Olander begann ein wenig den Verstand zu verlieren. Nicht in Übermaßen. Er drehte nicht durch, aber er stieg aufs Gas. Die Angst um sein Kind verführte ihn dazu, ungewöhnliche Wege einzuschlagen. Eine Giraffe einzustecken und die Polizei anzuschmieren.

Aber er brauchte auch seine Pausen, vor allem, da er nachts kaum noch schlief. Er ging nach Hause, legte sich aufs Bett und stellte sich ein Glas Fernet auf die nackte, behaarte Brust, um hin und wieder einen Schluck zu nehmen. Der Alkohol beruhigte seinen Körper und betäubte seine Seele. Er schlief ein. Das halbvolle Glas blieb, wo es war, obgleich beide Hände zur Seite rutschten. Olander trieb durch einen von kleinen, beziehungslosen Träumen marmorierten Schlaf, während gleichzeitig ein dickwandiges Fernet-Branca-Glas auf seiner realen, wellenartig sich hebenden und senkenden Brust balancierte.

Dass das Glas noch immer an der gleichen Stelle stand, als er erwachte, empfand er als ein erfreuliches Omen. Ohne dass ihm bewusst wurde, wie sehr dieser Umstand an jenes vermeintlich gute Zeichen erinnerte, welches darin bestanden hatte, einen vom Tisch rollenden Bleistift aufgefangen zu haben.

Gott schütze Vinzent Olander vor guten Zeichen!

FÜNF

Es war Abend. Ein roter Abend. Rot pur, frei von Orange, frei von Gelb. Der Sommer hatte die Stadt vollends im Griff. Eine trockene Hitze nahm den Dingen die Luft, allen Dingen. Jede Fläche, ob sie aus Holz oder Metall oder Kunststoff oder Haut bestand, besaß nun die Konsistenz von altem Papier. Es roch auch überall nach diesem Papier. Es roch nach einer Ausgrabung historischer Bücher.

Olander griff zum Telefon und rief Longhi an, den er fragte: »Und? Haben Sie die Frau gehen lassen?«

»Warum wollen Sie das wissen?«

»Weil mich interessiert, ob Sie aufgehört haben, einer falschen Fährte zu folgen.«

»Wir haben Frau Pero nach Hause geschickt«, erklärte Longhi. »Sie hätte sich schon selbst einer Entführung bezichtigen müssen, um uns einen Grund zu liefern, sie weiter festzuhalten. Hat sie aber nicht. Jetzt ist sie frei, und wir müssen wieder von vorne anfangen. Noch was?«

Olander durfte sich nicht verraten, indem er weitere Fragen nach Andrea Pero stellte. Also dankte er Longhi und legte auf.

Er zog sich ein frisches Hemd an, eins von den gestreiften Seidenhemden, dazu einen Anzug von der Farbe alter Heizkörperrippen. Er blieb unrasiert und unfrisiert. Er wirkte solcherart ausgesprochen dekadent. Als sei er auf dem Weg zu einer Koksparty für Filmleute. Aber der Weg, den er vorhatte zu gehen, führte in die entgegengesetzte Richtung. Nicht zu den Reichen, sondern zu den Armen. Weshalb er auch seinen BMW, den er sich aus Wien hatte kommen lassen, in der Garage ließ. Übrigens war die Garage fast so teuer wie das Zimmer, das er gemietet hatte. Das war ein Ausblick auf die Zukunft, wenn die Abstellplätze *aller* Wagen auf dieser Welt kostspieliger sein würden als die Wohnungen derer, die diese Autos fuhren.

Olanders unbedingte Konzentration, während er auf der Polizeistation gewesen war, hatte es ihm ermöglicht, nicht nur Andrea Peros Namen, sondern auch das Viertel in Erfahrung zu bringen, in dem sie lebte. Zumindest hatte einer der Beamten die »Bronx« erwähnt. Und in dem kleinen Laden gegenüber von Olanders Wohnung erklärte man ihm nun, dass wenn von der Bronx gesprochen werde, das Quarto Oggiaro gemeint sei, eine Gegend, die im Wettbewerb um die schlimmste europäische Vorortekatastrophe ganz oben rangiere. Der bekannte Mischmasch aus Drogen und Freizeitgewalt, wenn ein Teil der Bewohner sich vor lauter Freizeit nicht mehr zu helfen wusste. Ihnen die Freizeit praktisch aus den Ohren quoll.

Die Stadtväter hätten um diesen Bezirk gerne einen großen Zaun gebaut. Nicht eine Mauer, Mauern galten als hässlich und unmenschlich. Zäunen aber haftete etwas Gartenarchitektonisches an. Ein Zaun war um so viel eleganter als eine Mauer.

Die Leute aus dem Gemischtwarenladen – Olander bezog dort seine Branca-Menta-Vorräte – hatten ihm die Adresse der Familie Pero herausgesucht, ihn aber gewarnt, diese auch aufzusuchen. Das sei keine Gegend für einen Mann, der gestreifte Hemden und wertvolle Uhren trage und ein wenig an den seligen Gianni Versace erinnere.

»Bestellen Sie mir ein Taxi«, ignorierte Olander die Warnung.

Auch der Taxifahrer war kaum begeistert, trotz der einträglich langen Strecke. Er meinte, es gebe bessere Orte, um einen Sommerabend zu genießen.

»Ich gehe gerade durch die Hölle«, antwortete Olander, dessen Italienisch sich rasch verbessert, ja perfektioniert hatte, wie bei Organismen, deren Anpassung flink über die Bühne gehen muss, wenn sie nicht aussterben wollen.

»Ach so! Dann sind wir natürlich richtig«, sagte der Taxifahrer.

Die Hölle bestand in diesem Fall aus einer Reihe schäbiger Wohnhochhäuser, die dastanden wie besoffene Männer vor einer Pissrinne, schön geordnet, aber desolat. Irgendwann würde einer umfallen und die anderen mitreißen.

Die Plätze waren leer. Ein Fußballspiel hatte die Menschen zur Ordnung und an die Fernseher gerufen. Aus den offenen Fenstern tönte die aufgeregte Stimme des immer gleichen Kommentators. Er hörte sich verzweifelt an. Etwas ging schief mit Italiens Nationalmannschaft. Vielleicht hatte sie es mit einem Gegner zu tun, der sich von ihrem Spielsystem nicht und nicht narkotisieren ließ.

»Könnten Sie auf mich warten?«, fragte Olander den Fahrer.

»Wie lange?«

»Bis ich zurückkomme«, antwortete Olander, stieg aus und ging auf den Eingang eines der Gebäude zu. Er suchte den Namen »Pero« und drückte den Knopf der Gegensprechanlage. Eine Knabenstimme meldete sich.

»Ich möchte Andrea sprechen«, erklärte Olander.

Die Tür sprang auf, und Olander betrat einen Gang, welcher nun vollends das Bild bestätigte, das man sich von solch trostlosen Orten gerne macht. Zersprungene Kacheln an den Wänden, Graffiti frei von künstlerischen Ansprüchen, Postkästen, die nicht so aussahen, als würden sie je wieder Post aufnehmen. Die Mieter,

84

die hier lebten, bekamen keine Post mehr, nicht einmal Rechnungen oder Mahnungen. Sie mussten sich ihre Mahnungen schon selbst abholen. Wenn mitunter die Polizei erschien, so war dies quasi der einzige stofflich reale Bezugspunkt zur Außenwelt. Die Polizei als letztes Bindeglied zur Zivilisation, auch wenn das niemand hier so begriff.

Olander stieg in den Aufzug, der auch nicht übler aussah als das Treppenhaus. Trotz aller Ruckelei gelangte er unfallfrei ins vierzehnte Stockwerk.

Ein Junge stand an einer offenen Tür, ein netter Junge, schien es. Keins von diesen Kampfhundgesichtern.

Ohne ein Wort zu sagen, nahm er Olander an der Hand und führte ihn in die Wohnung. Olander ertappte sich, wie er jetzt an seine goldene Uhr dachte. Und zwar mit gutem Recht. Der Junge war ein Taschendieb, meistens jedoch ein Dealer, aber in guten Momenten ein Taschendieb. Im Übrigen auch ein genialer Mathematiker, aber es war leider höchst fraglich, ob er selbst dies je erkennen würde. Oder jemand anders. Er lebte nun mal nicht in Mathematien, sondern in der Bronx. So simpel das klingt, so simpel war es.

Die Uhr aber klaute er nicht. Nicht von einem Mann, der seine große Schwester besuchte. So jemand konnte ein Heiliger oder ein Teufel sein. Jedenfalls niemand, den man bestahl.

Der Junge lenkte Olander durch das Wohnzimmer, dessen Zustand das Treppenhaus zitierte. Eine Menge Halbwüchsiger saßen auf dem eigenen Müll und starrten in den Fernseher. Hier endlich waren ein paar Mördervisagen zu erkennen. Aber niemand beachtete Olander. Auch die Mutter dieser Kinder nicht, tatsächlich ein Fleischberg von Frau, die aber recht erhaben in ihrem breiten Fauteuil saß. Eine Termitenkönigin, könnte man sagen, die aufgehört hatte, für Nachwuchs zu sorgen. Und für die es also keinen Grund mehr gab, sich irgendwie zu bewegen.

Solche Königinnen verenden. Aber man kann natürlich auch langsam verenden.

»Hier bitte«, sagte der kleine Junge und dirigierte Olander durch eine recht deutlich in die Wand gehauene Türöffnung. Offensichtlich waren mehrere Wohnungen auf eine saloppe Weise zusammengelegt worden. Diese ganze Etage war ein Reich der Peros.

Der Junge klopfte. Die Tür ging auf, und der Junge verschwand.

»Sie?«, staunte Andrea Pero.

»Ja ich. Lassen Sie mich rein?«

»Ich weiß nicht, ob das eine gute Idee ist.«

»Vielleicht kann ich Ihnen ein Geschäft anbieten.«

»Ich dachte, ich bin gar nicht die, die Sie suchen.«

»Natürlich sind Sie es«, sagte Olander.

Andrea Pero legte ihren Kopf schief und betrachtete Olander aus Rehaugen. Dann sagte sie: »Na gut.« Und machte einen Schritt zur Seite.

Die Einrichtung überraschte. Olander hatte nicht mit einem solchen Kleinmädchenzimmer gerechnet. Barbies World. Nagellackfarben. Plüschtiere, die kaum Platz ließen. Ein Schminktisch. Vorhänge wie aus einem Hochzeitskleid geschnitten. Ein Kristalllüster aus Plastik. Kissen in Herzform. Ein üppig gerahmtes Foto von Lady Di.

»Wohnen Sie hier?«, fragte Olander ungläubig.

»Das ist mein Büro.«

»Was für ein Büro?«

»Ich dachte, Sie sind gekommen, um mir ein Geschäft vorzuschlagen. Dann muss das hier wohl ein Büro sein, nicht wahr?«

»Hören Sie, das ist kein Spaß. Ich suche seit zwei Mo-

86

naten nach meinem Kind. Denken Sie also nicht, dass ich …«

Sie unterbrach ihn: »Wenn das kein Spaß ist, dann dürfen Sie auch nicht von einem Geschäft sprechen.«

Olander tippte sich mit dem Finger zwischen die Augen, als markiere er eine Absturzstelle, und sagte: »Sie haben recht.« Mit der Bewegung eines müden Zirkuselefanten nahm er zwischen einer Gruppe von Rüsseltieren und Langohren und Stupsnasen Platz. Er sah Pero lange an, dann fragte er: »Ist wirklich alles so geschehen, wie Sie es der Polizei berichtet haben?«

Andrea Pero zögerte. Dann meinte sie: »Nicht ganz.«

»Was soll das heißen?«

»Ich riskiere viel, wenn ich mit Ihnen rede.«

»Ich finde, dass Sie mir das schuldig sind.«

»Wahrscheinlich schon.« Andrea Pero blickte kurz aus dem Fenster. Ein Sportflugzeug flog so knapp vorbei, als sitze darin ein winkender Verehrer. Die junge Frau wandte sich wieder an Olander: »Aber damit eines klar ist: Alles, was ich jetzt sage, sage ich alleine Ihnen. Sie brauchen nicht zu glauben, Sie könnten mich damit zur Polizei schleppen. Ich werde denen immer nur das Gleiche erzählen. Geht das in Ihren Kopf?«

»Ja, in Ordnung. Reden Sie. Die Polizei braucht nichts davon zu erfahren. Ich glaube sowieso nicht, dass die mir helfen können.«

»Das glaube ich auch nicht«, meinte Andrea Pero. Und nachdem sie ein paar Kuscheltiere von einem zartrosa Plüschsessel geschoben und sich gesetzt hatte, wurde sie konkret: »Man hat mich angeheuert.«

»Wofür?«

»Dort zu stehen, wo ich gestanden habe. Als der Unfall passierte.«

»Wie? Sie wussten, was geschehen würde?«

Statt zu antworten, sagte Andrea Pero: »Ich frage

Sie: Wo stirbt ein Taxifahrer normalerweise? Ich meine, wenn er nicht in seinem Bett stirbt.«

»In seinem Taxi«, antwortete Olander.

»Richtig.«

»Wollen Sie mir damit sagen, dass ...?«

»Der Taxifahrer war das Ziel. Er sollte dran glauben. Und das tat er ja auch. Meine Aufgabe dabei war es, genau an diesem Nachmittag an dieser Stelle zu stehen, um später bezeugen zu können, dass das Taxi zu schnell unterwegs gewesen war. Dass in jedem Fall den Fahrer des Lasters keine Schuld trifft. Und im Prinzip alles seine Ordnung hat. Ein Verkehrsunfall. Ein ganz normaler Verkehrsunfall. Nichts scheint harmloser, als wenn ein Taxifahrer auf eine solche Weise stirbt. Es war ein gutes Timing. Diese Leute haben alles richtig gemacht. Nur eines nicht: mich zu engagieren. Dabei habe ich einen guten Ruf.«

»Einen guten Ruf als was?«

»Nun, als Zeugin natürlich. Jemand will, dass ich eine gewisse Geschichte erzähle. Also bestellt man mich zu einem bestimmten Zeitpunkt an einen bestimmten Ort, und danach sage ich aus, was ich aussagen soll. Die Leute glauben mir. Die Polizei, die Richter, die Geschworenen. Oder auch nur die Privaten, denen ich ein Märchen auftischen soll. Dass ich diesen und jenen Menschen dort und dort gesehen habe. Dass dieser und jener das und das getan hat. Man sieht mich an und vertraut mir. Meistens.«

Olander war perplex. Sollte das wirklich möglich sein, dass ein Mensch hauptberuflich als Zeuge arbeitete? Er schüttelte den Kopf und erklärte, sich nicht vorstellen zu können, wie so etwas funktionierte. Es müsse doch auffallen, wenn jemand immer wieder auf eine derartige Weise ins Spiel komme.

»Sie überschätzen das Gedächtnis der Leute«, erklärte

Andrea Pero. »Und Sie überschätzen das Gedächtnis der Computer. Das wird gerne ignoriert, die Demenz vieler Maschinen. Noch dazu eine Demenz, die nicht bloß erblich ist, sondern auch ansteckend. Außerdem sehe ich natürlich zu, dass sich alles die Waage hält und ich nicht zweimal hintereinander vor demselben Beamten auftauche. Ich bin Profi. Zumindest war ich es bis vor kurzem.«

»Wie konnten Sie überhaupt wissen, wann genau das Taxi an diesem Platz vorbeikommt?«

»Mein Auftrag«, erklärte die junge Pero, »lautete, mich im Zentrum bereitzuhalten. Ich bekam einen Anruf über mein Handy, und man hat mir gesagt, wo man mich haben wollte. Alles geschah so, wie es geschehen sollte. Ein Laster fährt in ein Taxi. Schicksal! Ich hätte nicht einmal richtig hinzusehen brauchen. Es hätte genügt, auf die Polizei zu warten, mich vor die Beamten zu stellen und ihnen meine Zeugenschaft aufzudrängen. Aber mir ist ein Fehler unterlaufen. – Ich weiß schon, dass man eigentlich auf die Welt kommt, um Fehler zu machen. Aber dieser könnte mich das Leben kosten.«

»Meinen Sie mit Fehler das bisschen Courage, das es braucht, ein Kind retten zu wollen?«, fragte Olander.

Andrea Pero verzog ihre feinen, wie mit Blattgold überzogenen Lippen zu einem kleinen verächtlichen Ausdruck und erklärte: »Ich hätte mich an meine Anweisungen halten müssen. Es war völlig überflüssig, Ihre Tochter aus dem Wagen zu holen. Die Kleine hätte es auch ohne meine Hilfe geschafft.«

»So sicher kann man das nicht sagen.«

»Vielleicht haben Sie recht. Dennoch hätte ich mich nicht einmischen dürfen. Ich werde für meine Augen bezahlt, nicht für meine Hände. Der Unfall hätte geschehen können, wie er geschah, aber ohne jede nachfolgende Komplikation. Sie und Ihre Tochter wären nichts anderes gewesen als die zufälligen Beteiligten eines Verkehrsunfalls, die zufällig in diesem Taxi saßen. Aber ich blöde Kuh muss mich als Retterin aufspielen. Und flüchte auch noch mit der Kleinen. Ich dachte zunächst nämlich, es gehe irgendwie um das Kind. Um das Kind und Sie. Ging es aber gar nicht. Sondern um den Taxifahrer.«

»Wieso musste er sterben?«

»Ich weiß es nicht. Ich weiß ja auch nicht, wer die Leute sind, die mich beauftragt haben. Da gibt es keine Namen. Oder was denken Sie? Dass die sich einem vorstellen?«

»Natürlich nicht«, sagte Olander und wollte endlich wissen, was geschehen war, nachdem Andrea Pero herbeigeeilt war und Clara aus dem Wagen gezogen hatte.

»Ich war verwirrt«, erklärte Pero. »Hilflos. Unsicher, was ich tun sollte. Wohin mit dem Kind. Ich dachte ja noch immer, der Unfall sei darum inszeniert worden, damit Sie und das Kind sterben. Aber da stand plötzlich dieser Mann vor mir, dieser Sonnenbrillenmensch. Den gibt es nämlich wirklich. Er hat mich gefragt, ob ich den Verstand verloren hätte, das kleine Mädchen wegzuschleppen. Dafür werde ich nicht bezahlt, hier den Samariter zu spielen. Ich aber sage dem Kerl, dass ich diesen Job niemals gemacht hätte, wenn mir klar gewesen wäre, dass dabei ein Kind umkommen soll. Das hat ihm die Sprache verschlagen. Als er sie dann wieder hatte, hat er mich beschimpft, von wegen was für eine sentimentale Fotze ich wäre. Es sei doch nie um die Leute hinten im Wagen gegangen, sondern um den Fahrer. Wobei mich das ja gar nichts angehe. – Dann hat er mir das Kind aus der Hand gerissen und mir empfohlen, mich zum Teufel zu scheren.«

»Mein Gott«, stöhnte Olander, »er hätte doch zulassen können, dass Sie Clara zurückbringen. Er hätte sie selbst zurückbringen können. Er hätte einen x-beliebigen Passanten darum bitten oder Clara einfach auf der Straße stehen lassen können. Er hätte alles Mögliche tun können, anstatt sie mitzunehmen. Wenn sie doch gar keine Bedeutung hatte.«

»Ja, stimmt. Vielleicht aber war ihm das eben zu riskant. Vielleicht war er selbst in Panik, weil die Geschichte nicht so glatt abgelaufen war wie geplant. Weil eine *sentimentale Fotze* alles verkompliziert hat. Jedenfalls muss ich froh sein, dass ich noch am Leben bin. Und es ist mehr als selbstmörderisch, mit Ihnen zu sprechen.«

»Glauben Sie mir, es gibt Schlimmeres.«

»Das tröstet mich nicht. Schlimmeres gibt es immer.«

»Hatten Sie noch einmal Kontakt mit diesen Leuten, Ihren Auftraggebern?«, fragte Olander, der zwischen den Plüschtieren nervös hin und her rückte.

»Einer rief hier an und warnte mich, irgendetwas auszuplaudern. Sollte aber die Polizei auf mich stoßen, dann könne ich ja erklären ... nun, das, was ich dann auch ausgesagt habe. Ein altes Prinzip: die halbe Wahrheit sagen. Die halbe Wahrheit führt mehr in die Irre als eine ganze Lüge.«

»Was denken Sie ...?« Die Frage würgte Olander. Er konnte sie kaum aussprechen, atmete schwer, atmete wie eine flackernde Neonröhre. »Was denken Sie, dass diese Leute mit Clara gemacht haben?«

»Wie soll ich das wissen? Das sind Typen, die einen Zusammenstoß arrangieren, damit ein kleiner Taxifahrer von der Bildfläche verschwindet. Einerseits. Andererseits ... ich denke nicht, dass sie ein Kind töten würden, um es loszuwerden.«

Sagte sie das, um ihn zu beruhigen? Hatte sie überhaupt die geringste Ahnung?

»Man kann mir Clara doch einfach zurückgeben«,

flehte Olander. Und erklärte, so schnell wie möglich mit diesen ominösen Leuten in Kontakt treten zu müssen, um eindringlich zu versichern, nicht das geringste Interesse zu haben, irgendetwas auffliegen zu lassen. »Was interessiert mich ein scheißtoter Taxifahrer?«

Während er noch sprach, dachte Olander an die kleine Giraffe in seiner Tasche. Es war wohl nicht gerade ein Beweis für sein Desinteresse an einem Mann namens Giorgio Straub, dass er sich in dessen Wohnung eingekauft und dort in sämtlichen Schubladen und Schränken herumgekramt hatte. Wenn die Leute, bei denen Clara jetzt war, dies mitbekommen hatten – und das hatten sie mit einiger Wahrscheinlichkeit –, war das alles andere als geeignet, Vertrauen zu wecken.

»Ich muss mich denen unbedingt erklären«, sagte Olander. Dabei hob er die Hände zu einer beschwörenden Geste. Er stockte ein wenig. Es fiel ihm schwer, zu sagen, was gesagt werden musste. Aber er tat es: »Ich will wissen, ob Clara noch lebt. Und wenn das der Fall ist, will ich wissen, was ich tun muss, um sie zurückzubekommen. Wenn die wollen, dass ich mir das Hirn herausnehmen lasse, lasse ich mir das Hirn herausnehmen. Sie verstehen, was ich meine?«

»Ja, ich verstehe.« Pero seufzte. Und zwar tonlos. Sehr heilig. Am Horizont winkte die Sonne mit einem blutverschmierten Taschentuch.

»Sie müssen mir helfen. Bitte!« Olander sprach mit einer zerschnittenen Stimme.

Andrea Pero erinnerte daran, dass man diese Leute nicht in der nächsten Kneipe treffen konnte. Dass man warten musste, bis *die* sich meldeten.

»Aber es muss doch irgendeine Kontaktperson geben.«

»Gibt es nicht. Man hat mich angerufen und mir den Job angeboten. Kein Wort zu viel. – Nein, Herr Olander,

Sie müssen Geduld haben. So ist das. Jedenfalls werden diese Leute wissen, dass Sie hier sind. Das bekommen die mit, glauben Sie mir.«

»Was schätzen Sie, wer *die* sind?«

»Ich sagte Ihnen, ich habe keine Ahnung. Dazu müsste man wissen, weshalb einem kleinen Taxifahrer ein solcher Aufwand zuteilwird. Anstatt ihn einfach abzuknallen, wenn's schon sein muss.«

»Kennen Sie den Mann, der den Laster gefahren hat?«

»Nein.«

»Na, das kann man ja wohl herausfinden«, sagte Olander. Er wunderte sich über sich selbst. Wie wenig ihn bisher die Person jenes Mannes beschäftigt hatte, der den Unfall verschuldet hatte. Etwa im Vergleich zu dem Mann mit dem Feuerlöscher.

Olander nahm seine Geldbörse, holte einen kleinen Zettel heraus und schrieb darauf eine Nummer. Er reichte das Papier Andrea Pero und sagte: »Meine Handynummer. Rufen Sie mich an, wenn diese Leute sich melden. Rufen Sie mich an, wenn Sie reden möchten. Rufen Sie mich an, wann immer Sie wollen.«

»Ja«, sagte Pero. »Es tut mir so leid, was geschehen ist. Ich wollte Ihre Tochter nur beschützen.«

»Es ist meine Schuld. Ich hätte nicht in dieses Taxi steigen dürfen.«

»Sie konnten doch nicht ahnen ...«

»Ich hätte es wissen müssen«, meinte Olander. »Dieses Taxi stand in Flammen, lange bevor der Unfall geschah. Ich war blind für die Zukunft. Eine vermeidbare Zukunft.«

Die junge Frau begriff, dass es Olander ein Stück half, sich auf solch obskure Weise eine Schuld zuzuweisen. Darum widersprach sie auch nicht, sondern begleitete ihn ohne ein weiteres Wort nach draußen.

Die beiden verabschiedeten sich voneinander wie alte Bekannte. Freunde in der Not.

Unten vor dem Haus wartete der Taxifahrer in seinem Wagen. Die Dämmerung zog in kleinen, dunklen Windhosen über die Flächen. Es atmete sich wie unter einer Trockenhaube, die langsam erstarb. Olander stieg in den Wagen.

Der Fahrer startete. Olander nahm sein Handy und rief Longhi an.

Longhi klang ungehalten: »Es ist Feierabend. Ich sitze zu Hause bei meiner Familie.«

»Ich wäre jetzt auch lieber mit meiner Tochter zusammen«, sagte Olander, der wusste, dass Longhi Vater zweier Mädchen war.

»Okay«, sagte Longhi, »was wollen Sie?«

»Den Namen des Mannes, der den Laster fuhr.«

»Was soll das jetzt wieder?«

»Ich möchte nur mit ihm sprechen.«

»Das haben wir bereits getan, wie Sie sich denken können. Wie auch mit dem Mann, der Sie gerettet hat. Und mit allen anderen ebenfalls. Hören Sie auf, Olander, unsere Arbeit machen zu wollen.«

»Verstehen Sie doch. Es ist wie eine Therapie«, schwindelte Olander. »All die Menschen zu sehen, die damals dabei waren.«

»Gehört es zu Ihrer Therapie, Zeugen unsinnig zu verdächtigen? Denken Sie an letztes Mal.«

»Das tut mir leid. Es kommt nicht wieder vor«, sagte Olander. Es log sich immer leichter.

»Machen wir es folgendermaßen«, schlug Longhi vor. »Ich werde den Mann anrufen und ihn fragen, ob er bereit wäre, sich mit Ihnen zu treffen.«

»Und wenn er sich weigert?«

»Dann werden Sie das akzeptieren. Verstanden?«

»Gut. Haben Sie Dank«, sagte Olander. »Schönen Abend.«

»Ihnen auch«, erwiderte Longhi. Aber das war natürlich eine bloße Phrase. Einem Mann wie Olander konnte man keinen schönen Abend wünschen. Man konnte ihm nur wünschen, sein Kind zu finden.

SECHS

»Hallo! Können Sie mich hören? Spreche ich mit Herrn Vinzent Olander?«

Olander musste sich das erst aus dem Italienischen übersetzen. Er war aus seinem vorabendlichen Kurzschlaf aufgeschreckt, aus einem Traum mit ungnädigen Frauen. Wenn er von Frauen träumte, immer nur von ungnädigen. In seinen Träumen ging es noch weit schlimmer zu als im wirklichen Leben. Er hielt sich das Handy ans Ohr, oder zumindest in die Nähe seines Ohrs, und stammelte eine Antwort. Ja, er sei Olander.

Die Stimme von der anderen Seite der Verbindung erklärte, von der Polizei benachrichtigt worden zu sein. »Man sagte mir, Sie wollen mich treffen.«

Olander kam endlich zu sich. »Das wäre sehr freundlich von Ihnen, wenn Sie ein wenig Zeit hätten.«

»Worum geht es eigentlich?«, fragte der andere.

»Sie wissen doch, was mit meiner Tochter geschah.«

»Ja, das ist fürchterlich, aber ich denke nicht, dass ich Ihnen da helfen kann.«

»Ich würde Sie trotzdem gerne sprechen«, erklärte Olander, endlich hellwach, sich um einen rührseligen, unschuldigen Ton bemühend.

»Was soll das nützen?«, fragte der Mann. »Ich bin ein schlechter Zuhörer. Zusätzlich bin ich auch noch ein schlechter Erzähler. Ich war in einen Unfall verwickelt, das ist alles. Dass ein Kind entführt wurde, tut mir leid, aber …«

»Es ist wirklich wichtig«, drängte Olander.

Der solcherart Belagerte sprach jetzt am Hörer vorbei, gab irgendeine Anweisung in den Raum hinein, in dem er gerade stand, dann wandte er sich wieder an Olander: »Na gut, nächste Woche vielleicht.«

»Das dauert mir zu lange«, beharrte Olander und schlug vor, sich später am Abend in einer Kneipe im Zentrum zu treffen.

Der andere entgegnete, weit draußen zu wohnen und keine Lust zu haben, in die Stadt zu fahren.

»Dann komme ich zu Ihnen«, bot Olander im Ton einer Verfügung an.

»Also gut.« Der Mann ergab sich und nannte seufzend eine Adresse, die jenseits der A4 gelegen war. Das Lokal, in dem man sich treffen könne, sei das Alcina. Halb zehn, wenn es denn sein müsse.

»Wenn es sein muss«, dachte Olander, »stech ich dich ab.« Sagte aber: »Vielen Dank.«

Das Alcina erwies sich als eine kleine, verstaubte Kneipe, in welcher die Hitze des Tages Unterschlupf gefunden hatte. Eher ein Antiquitätenladen, in den der Besitzer eine dunkle, um den Ramsch herumführende Theke eingebaut hatte, dazu ein paar Tischchen, einige Pärchen, Leute aus der Gegend. An der Bar lehnten Männer, die miteinander redeten, ohne sich aber anzusehen, sondern quasi mittels des Wirts ihre Blicke tauschten. Der Wirt selbst sprach nichts. Er war bloß eine Brücke, ein Verteilerkreuz, über das die Blicke der Gäste auf- und abfuhren.

Am hinteren Ende der Theke saß ein Mann in Olanders Alter, mit einem dichten, dunklen Bart und einem Kopf, der ungehörig groß anmutete. Wie man das von expressionistischen Skulpturen kannte. Auch die Hände schienen größer als gewöhnlich. Sie erinnerten an dieses Picasso-Foto, wo der spanische Maler statt seiner Hände händeartige Brötchen vor sich auf dem Tisch liegen hat, während er seine Arme unter der Kante versteckt hält.

Olander hatte den Mann, der den Laster gefahren

hatte, nie zuvor gesehen. Aber er wusste gleich, dass nur dieser eine mit den mächtigen Pranken in Frage kam. Er ging direkt auf ihn zu und stellte sich mit seinem Namen vor.

Sein Gegenüber nickte und sagte: »Ich heiße To Albizzi.«

»Danke, dass Sie sich die Zeit genommen haben.«

»Sie sprechen ein gutes Italienisch«, stellte Albizzi fest.

»Clara, meine Tochter, sie ist halb Italienerin.«

»Und Sie?«

»Ich bin halb tot«, sagte Olander. Es war nicht witzig gemeint.

»Was trinken Sie?«, fragte Albizzi.

»Branca Menta«, antwortete Olander.

Albizzi gab dem Wirt eine Order. Dann beugte er sich leicht nach hinten, wie um seinen schweren Kopf besser auszutarieren, und meinte, dass dieser Unfall wirklich eine dumme Sache gewesen sei.

»Was meinen Sie mit *dumm*?«, fragte Olander.

»Der Taxifahrer war zu schnell unterwegs. Das war dumm. Und dass eben alles zusammenkommt, alles im Bruchteil einer Sekunde. Meistens geht so was ja gut aus. Aber damit es so oft gut ausgehen kann, muss es hin und wieder auch mal schlecht ausgehen. Das Schicksal kennt da kein Pardon.«

»Nicht nur das Schicksal nicht«, behauptete Olander.

»Wie soll ich das verstehen?«

»Kannten Sie den Taxifahrer?«

»Wie kommen Sie darauf?«

»Nein, Sie kannten ihn nicht, natürlich nicht. Dafür aber kannten Sie den Wagen, das Taxi.«

»Ich verstehe noch immer nicht.« Albizzi machte ein Gesicht, als sei er in einen Schwarm von Mücken geraten.

»Nicht der Taxifahrer war zu schnell unterwegs, sondern Sie. Sie wussten, welchen Wagen Sie abschießen müssen.«

Albizzi formte große Augen in seinem Gesicht und sagte: »Sind Sie verrückt?«

»Ein bisschen bin ich das. Wenn man nach seinem Kind sucht, bleibt man nicht normal. Man wird geradezu gefährlich.«

»Sie gehören zum Arzt gebracht. Oder zur Polizei«, meinte Albizzi.

»Schon gut«, sagte Olander. »Mir ist klar, dass Sie nicht ahnen konnten, dass hinten im Wagen ein Kind sitzt. Sagen Sie mir aber eins: Hätten Sie das Taxi gerammt, wenn Sie es gewusst hätten?«

»Ich muss mir das nicht anhören.«

»Ich denke schon, dass Sie das müssen. Sie werden mich nicht so einfach loswerden. Sie müssen mich schon kaltmachen, wenn Sie Ihre Ruhe haben wollen.«

»Kaltmachen? Was sind das für Ideen?«

»Stimmt. Sie sind kein richtiger Killer. Sie steigen nur einfach aufs Gas. Sie sind kein Scharfschütze, bloß ein vermeintlich schlechter Autofahrer.«

»Ich beende dieses Gespräch«, sagte Albizzi, legte einen Geldschein auf den Tresen und rutschte von seinem Hocker.

»Wenn Sie mir einen kleinen Tipp geben«, köderte Olander, »werde ich Sie in Frieden lassen. Einen Namen, eine Straße, eine Telefonnummer, etwas, mit dem ich weiterarbeiten kann. Niemand muss erfahren, dass ich es von Ihnen weiß. Niemand muss erfahren, dass wir beide miteinander gesprochen haben.«

»Ach!? Und Longhi?«, erinnerte Albizzi im Gehen an den Kriminalpolizisten, der dieses Gespräch praktisch vermittelt hatte.

»Gehört Longhi denn zu diesen Leuten?«, fragte

Olander, verließ ebenfalls seinen Sitz und lief hinter Albizzi her.

»Wenn die Polizei etwas weiß, weiß es bald die ganze Welt«, proklamierte Albizzi.

Das war natürlich übertrieben. Aber es gab leidgeprüfte Menschen, die hätten diese Übertreibung dreimal unterschrieben.

Die beiden Männer, der eine hinter dem anderen, verließen das Lokal. Auf der Straße drehte sich Albizzi um und sagte: »Ich möchte gerne darauf verzichten. Aber wenn Sie mir weiter folgen, schlage ich Sie zusammen.«

Olander betrachtete die kräftigen Hände, gewaltige Brötchen. »Und Sie meinen, Sie könnten sich auf diese Weise retten? Indem Sie mir mit dem Zusammenschlagen drohen. Mir, einem Mann, der durchs Feuer gehen würde, um sein Kind zu finden.«

Albizzi sagte nichts. Er marschierte einfach die Straße hinunter, wandte sich noch mehrmals um, setzte seinen Weg fort.

Olander überlegte. Was brachte es, durchs Feuer zu gehen, wenn man darin umkam? Er trat zurück in das Lokal, nahm wieder seinen Platz ein, winkte dem Mann hinter der Theke und verlangte ein Telefonverzeichnis. Der Wirt rührte sich nicht und blickte Olander stumm an.

»Sie kennen Herrn Albizzi, nicht wahr? Ich brauche seine Adresse. Es ist wichtig.« Olander hatte laut gesprochen, laut sprechen müssen, damit der Wirt ihn auch verstand. Was dazu führte, dass sämtliche an der Bar sitzenden Männer jetzt zu ihm herübersahen.

Der Wirt machte nun doch einen Schritt in Richtung Olander und erklärte in einem ruhigen, kalten Ton: »Ich gebe Ihnen zehn Sekunden, um das Lokal zu verlassen.«

»Sie schützen den Falschen«, sagte Olander.

Der Wirt nickte, als wäre dies sowieso das unbedingte Los von Kneipiers, immer die Falschen zu schützen. Mit einer nachlässigen Geste wies er zur Tür. Olander ging.

Draußen blieb er eine Weile im vom Neonlicht aufgewärmten Dunkel stehen. Was ihm jetzt fehlte, war eine Telefonzelle und darin ein Telefonbuch. Aber nach beiden Richtungen standen bloß geparkte Wagen, darunter sein eigener. Natürlich, morgen war auch noch ein Tag. Aber dieses Morgen schien fern. Die Zeit machte auf Olander einen gedehnten Eindruck, wie in einem Buch, wenn Hunderte von Seiten wenige Stunden beschrieben. Er verspürte eine Literarisierung der Zeit. Die Zeiger der Uhren kippten bedächtig. Er konnte nicht bis morgen warten. Morgen waren vielleicht alle Uhren tot.

Jemand war hinter ihn getreten. Olander zuckte zusammen, als erwarte er einen Hieb. Es war aber eine Stimme, die folgte. Die Stimme eines der Gäste aus dem Alcina: »To ist ein Schwein.«

Olander drehte sich um. Ein kleiner, dicker Kerl stand vor ihm und meinte: »Aber wahrscheinlich interessiert es Sie nicht, warum ich To für ein Schwein halte.«

»O ja, das tut es.«

»Er schläft mit meiner Frau.«

»Das sollte man ihm abgewöhnen.«

»Genau«, sagte der Mann, nannte eine Straße und eine Nummer, dann auch noch ein Stockwerk und die Lage der Wohnungstür und kehrte zurück in die Kneipe.

Was für ein kurzer Auftritt? Doch einen längeren hätte sich der kleine, dicke Mann, dessen Frau mit Albizzi schlief, selbst niemals zugestanden.

Noch nicht!

Wie die meisten Fremden führte Vinzent Olander einen Stadtplan mit sich. Er trat unter eine Laterne und entfaltete den nördlichen Teil der Karte. Albizzis Wohnung lag nur wenige Blocks entfernt.

Es handelte sich um einen modernen, mehrstöckigen Bau. Heller Beton. Wuchtige Balkone, dahinter wandhohe Scheiben. Auf dem Dach musste sich ein beleuchteter Pool befinden. Ein wenig von dessen Licht strahlte in den Himmel, dazu ein Gekreische und Geplansche. Trotz später Stunde.

Das alles war recht nobel für einen Mann, der Lastwagen fuhr. Nobler als Giorgio Straubs QT-8-Wohnung und natürlich sehr viel nobler als Andrea Peros Barbie-Salon in der Bronx.

Olander fand eine metallene Parkbank, von welcher er einen guten Blick auf das Haus hatte, dem eine breite Wiesenfläche vorgelagert war. Er setzte sich und holte ein Fläschchen Weinbrand aus der Tasche. Ein Schluck beizeiten war absolut notwendig, wollte er die Dinge in seinem Kopf in Ordnung halten. Der Alkohol war wie ein liniertes Blatt, auf dem die Buchstaben und Wörter halbwegs gerade erschienen. Halbwegs gerade und halbwegs lesbar.

Olander blickte in das dritte und vorletzte Stockwerk und erkannte in einem der erleuchteten Räume die Gestalt To Albizzis. Sein wuchtiger Kopf war selbst auf die Entfernung noch deutlich auszumachen. Albizzi war nicht alleine. Eine Frau stand neben ihm. Die beiden umarmten sich. Sie schienen nackt. Es war aber zunächst unklar, ob sie tanzten, sich würgten oder Sex hatten.

Gut möglich, dass es sich bei der Frau um die des kleinen, dicken Mannes aus dem Alcina handelte. Olander selbst hatte auch des Öfteren mit den Frauen anderer Männer geschlafen. Aber es war ihm stets unangenehm

gewesen. Eine Frau, die fremdging, erschien ihm maß-
los. Er seinerseits war nie fremdgegangen. Auch nicht
während der Zeit mit Yasmina. Und danach hatte er den
Sex sowieso aufgegeben. Er hielt das nämlich für notwendig, dass ein Mann ab einem bestimmten Moment
das Geschlechtliche als erledigt und abgeschlossen betrachtete. Um sich selbst einen Gefallen zu tun. Dass
die Sexualität des älteren und alten Menschen eine er-
füllende sein konnte, hielt Olander für ein Gerücht. Ein
Gerücht, das nur dazu diente, die Leute bei der Stange,
bei der Konsum-Stange zu halten. Ein Mensch, der Sex
hatte, war auch ein guter Konsument. Da konnte der
Sex noch so schlecht sein. Auch der schlechteste Sex ani-
mierte dazu, alles Mögliche einzukaufen, selbst Dinge,
bei denen man fünfmal um die Ecke denken musste, um
einen Bezug zum Sexuellen herzustellen.

Es widerte Olander an, diese beiden Menschen dort
oben zu sehen, wie sie nackt im Licht einer Stehlampe
standen und ihre Körper schlangenartig umeinander-
wickelten.

Und wenn Liebe im Spiel war?

Olander hatte aufgehört, an die Liebe zwischen
Mann und Frau zu glauben. Das redete man sich nur ein.
Wirkliche Liebe fand allein dort statt, wo sie frei war
von triebhaften Zuwendungen. Seine Liebe zu Clara war
echt. Ein Kind konnte man wahrhaftig lieben, ein Tier,
selbst noch eine Pflanze, nicht einen Partner. *Partner*
war das absolut richtige Wort, wenn man bedachte, dass
dieser Begriff auch geschäftliche Beziehungen benann-
te: eine im besten Fall für alle Seiten vorteilhafte Verbindung von Interessen.

Natürlich war Olander vom Leben enttäuscht. Aber
nur die Enttäuschten konnten das Leben in aller Klarheit sehen.

Was Olander im Augenblick sah, war, wie Albizzi die

Frau nach unten bugsierte, wohl auf ein Bett oder den Fußboden. Wie auch immer, auf diese Weise gerieten die beiden Silhouetten aus dem Blickfeld. Das Licht allerdings blieb an.

Und Olander wiederum verblieb auf seiner Bank. Er hoffte, dass die Frau irgendwann gehen würde. Was eine gute Stunde später auch tatsächlich der Fall zu sein schien. Eine weibliche Person verließ das Gebäude. Sie wankte etwas auf ihren dünnen Beinen, die auf noch viel dünneren Schuhen fußten. Währenddessen trat Albizzi auf den Balkon. Er war alleine. Die Frau drehte sich um und winkte hinauf. Albizzi hob zum Gruß seine Zigarette.

Olander wartete noch eine halbe Stunde. Wie um seinen Gegner zur Ruhe kommen zu lassen. Ihm die Zeit zu geben, aus den Ablenkungen des Körperlichen wieder herauszufinden. Ihm Zeit zu geben, sich zu waschen. Dann ging er hinüber zum Eingang, suchte und fand den Namen des Lastwagenfahrers auf der Liste der Gegensprechanlage und drückte. Wahrscheinlich dachte Albizzi, seine Geliebte sei zurückgekehrt. Jedenfalls sprang die Tür auf, ohne dass ein Wort gefallen wäre. Olander verzichtete auf den Aufzug und stieg die breiten, bei jedem Schritt hell klingenden Stufen nach oben.

»Sie? Was soll das?«, fragte Albizzi, der in Hose und Schuhen, aber mit nacktem Oberkörper in der Wohnungstür stand. Er hatte die Brust rasiert. Eine Brust wie ein Spiegel. Dazu die Haltung aller selbstgerechten Menschen, gleichzeitig leger und aufrecht.

»Ich sagte Ihnen doch«, erinnerte Olander, »dass Sie mich so schnell nicht loswerden.«

»Und ich sagte Ihnen, dass ich Sie zusammenschlage, wenn Sie nicht aufhören, mir auf die Nerven zu gehen.«

»Ja, ich weiß. Darauf bin ich vorbereitet«, erwiderte

Olander und zog eine Pistole hervor. Er hatte sie erst vor wenigen Tagen gekauft, in demselben Laden, in dem er seine Fernet-Vorräte bestellte. Es war die erste Waffe seines Lebens. Sie war ungeladen. Das Faktum eines gefüllten Magazins hätte Olander zu sehr verunsichert. Eine Welt der vollen Magazine war ihm einfach zu fremd. Aber eine ungeladene Waffe auf jemand richten, das schaffte er. Ganz offensichtlich.

»Na und?«, fragte Albizzi. »Wollen Sie mich denn hier im Stiegenhaus abknallen?«

»Nicht wirklich. Lassen Sie uns hineingehen«, sagte Olander und hob den Lauf der Waffe leicht an.

»Glauben Sie denn, Cowboy, dass mich das beeindruckt?«

»Sie sind ein harter Bursche, keine Frage«, sprach Olander. »Aber auch harte Burschen bestehen aus Haut und Fleisch und Knochen. Das ist eins der wenigen gerechten Dinge auf dieser Welt. Selbst Präsidenten sterben durch Kugeln, nicht wenige Diktatoren, Kriegshelden, Mafiabosse. Nur Comicfiguren nicht. Sind Sie eine Comicfigur?«

Albizzi zögerte. Klar, Olander war in solchen Dingen, in Pistolendingen, ein Anfänger. Das war deutlich zu erkennen. Aber auch Anfänger konnten abdrücken. Auch blinde Hühner konnten treffen. Und das mit dem leeren Magazin war ja nun wirklich nicht zu ahnen.

»Von mir aus«, sagte Albizzi. »Gehen wir hinein. Trinken wir was. Ich glaube, Sie brauchen einen Schluck, damit Sie sich beruhigen, Sie armer Mann.«

Es war eine geschmackvoll eingerichtete Wohnung. Im Stil des Memphis-Design. Mondän und poppig und auch noch gemütlich. Albizzi schenkte Whisky in zwei Gläser, hielt eines davon Olander entgegen.

»Stellen Sie es auf den Tisch«, forderte Olander, der eine vernünftige Distanz zu wahren versuchte.

»Sie schießen ja doch nicht«, meinte Albizzi, positionierte das Glas aber wie gewünscht.

»Wahrscheinlich nicht«, sagte Olander. Mehr sagte er nicht. Und das war klug. Das hatte er von Andrea Pero gelernt, wie wirksam es war, weniger zu sagen, als erwartet wurde.

Albizzi ließ sich betont unbekümmert auf einem zungenförmigen roten Sofa nieder, schlug die Beine übereinander und trank. Dann fragte er: »Wollen Sie denn stehen bleiben?«

Olander behielt seine Stellung bei und verlangte: »Keine Ausflüchte mehr. Sagen Sie mir, wie ich Clara finden kann.«

»Selbst wenn ich es wüsste, würde ich nicht reden. Selbst wenn ich ernsthaft fürchten müsste, dass Sie schießen. Lieber von Ihnen erschossen werden als von den anderen. Die anderen würden sich jede Menge Zeit nehmen, mir vorher wehzutun. Sie aber, Sie werden mir nicht wehtun.«

»Da haben Sie recht. In dieser Hinsicht bin ich stark im Nachteil«, erkannte Olander, steckte seine ungeladene Waffe wieder ein, setzte sich und griff nach dem Glas.

Albizzis demonstrativ pomadige Haltung wich echter Erleichterung.

Die Männer saßen sich gegenüber und schwiegen eine Weile. Olander unterbrach die Ruhe, indem er fragte, ob ihm Albizzi nicht wenigstens sagen könnte, welche Bedeutung dem toten Giorgio Straub zukomme.

»Bis zu diesem *Unfall*«, betonte Albizzi, »kannte ich nicht einmal seinen Namen. Ich wusste nur, dass ich allein den Fahrer des Taxis ins Visier nehmen sollte. Wenn andere Leute zu Schaden kommen würden, wäre das halt Pech. – Um Ihre Frage von vorher zu beantworten: Ich hatte einen Job zu erledigen, für den man mich gut bezahlt hat. Und ich wäre in jedem Fall in das Taxi hineingefahren. Wer da auf der Rückbank saß, war einfach nicht das Thema. Ich habe funktioniert wie der Pilot, der eine Bombe abwirft. Und der sich kaum Gedanken darüber machen kann, wen alles diese Bombe in den Tod reißen wird.«

»Halten Sie sich für einen Soldaten?«

»Wir sind alle Soldaten«, meinte Albizzi.

Olander gab ein Geräusch von sich, als zerbeiße er die eigene Zunge. Dann fragte er: »Woher wussten Sie, was Sie zu tun haben?«

»Man hat mich dort hinbestellt. Ich habe geparkt und gewartet. Dann kam ein Anruf. Ich bin losgefahren und habe versucht, das Taxi genau an der Stelle zu treffen, die man mir angegeben hat. Vorne links. Ich wurde ausdrücklich angewiesen, den Fahrer zu töten. Das ist keine Kleinigkeit. Es durfte nicht der geringste Zweifel aufkommen, dass es ein Unfall war. Darum hatten wir ja dieses Weibsstück, das alles bezeugen sollte – und stattdessen alles versaut hat. Hysterische Pute! Ich war schon immer der Meinung, dass Frauen im richtigen Leben nichts verloren haben. Jetzt haben wir den Schlamassel. Ein Vater sucht sein Kind, schnüffelt herum, rennt mit einer Pistole durch die Gegend, die Sache gerät in Unordnung.«

»Sie hätten also gerne Ihre Ruhe. Leute totfahren, aber seine Ruhe haben.«

»Genau so ist es, Cowboy.«

»Sie sind der erste Mensch, der mich Cowboy nennt.«

»Ich bin sicher auch der Erste, dem Sie eine Pistole unter die Nase gehalten haben.«

Olander kam nicht dazu, eine Antwort zu geben. Die Türglocke läutete.

»Gott, was ist heute los?«, beschwerte sich Albizzi.

»Ich sehe nach«, bestimmte Olander.

Es war jetzt spät in der Nacht. Keine Zeit für Postboten et cetera. Albizzi zuckte mit den Schultern. »Tun Sie ruhig, als wären Sie hier zu Hause.«

»Tue ich«, sagte Olander. Er spürte, dass sich etwas Wesentliches ereignen würde. Er spürte gewissermaßen, wie ein Bleistift sich rollend über die leichte Schräge einer Tischplatte bewegte, auf die Kante zu. Nur dass völlig unklar war, ob der Stift auf den Boden fallen würde oder nicht. So wie es unklar war, ob das, was auch immer dann eintrat, als ein gutes oder ein schlechtes Zeichen gelten konnte.

Der neue Gast stand bereits draußen vor der Wohnungstür. Es war der kleine, dicke Mann, der behauptet hatte, To sei ein Schwein, welches es mit seiner Frau treibe.

»Haben Sie ihn erledigt?«, fragte der kleine, dicke Mann.

»Tut mir leid, nein.«

»Ist auch besser so. Bei mir kommt es jetzt nicht mehr darauf an«, sagte er und marschierte an Olander vorbei in die Wohnung. Olander bemerkte die Pistole in der Hand des Mannes. Noch vor der Waffe aber die Spritzer von Blut auf dem weißen Hemd. Wenige Spritzer nur, wie von einer verletzten Hand. Doch da war nirgends eine Hand, die blutete.

Olander folgte rasch. Er sah noch, wie To Albizzi den Kopf schüttelte und lachte. Albizzi witzelte, was für ein verrückter Abend das sei. Das mache die Hitze. Dann stockte er. Nicht der Waffe wegen. Die musste er schon vorher bemerkt haben, ohne dass ihn das ernsthaft beunruhigt hätte. Eher amüsierte ihn, wie sich die Dinge wiederholten. Wie hier ein Anfänger dem nächsten folgte. Dann aber stachen ihm die Spritzer von Blut auf dem weißen Hemd ins Auge. Ihm wurde bewusst, dass man am Ende des Spaßes angelangt war. Flink drehte er sich zur Seite und griff nach einer Lade. Zu spät. Der kleine, dicke Mann schoss. Einmal, ein zweites Mal, nutzte eine kleine Pause, um den Arm noch eine Spur auszustrecken und diesmal richtig zu zielen, seufzte, schoss ein drittes Mal.

Die ersten zwei Schüsse hatten den rechten Arm und die rechte Schulter getroffen, im Grunde harmlose Treffer, die aber bewirkten, dass es Albizzi in seine alte Position zurückwarf, mit dem Rücken gegen das Sofa. Der dritte Schuss war dann in die schießscheibenartig dargebotene nackte Brust eingedrungen. Der Spiegel zerbarst. Albizzis Körper rutschte abwärts, über die Kante des Möbels, sodass er mit seinem Hinterteil auf dem Boden landete, mit dem Oberkörper aber aufrecht verblieb. Die Wunde in der Mitte seines Brustkorbs stand offen wie in einem Film von David Cronenberg.

Hier starb ein Mann. Man kann aber nicht sagen, dass sich jemand finden sollte, dem das wirklich leidtat. Denn die eine Frau, welcher der Tod dieses Mannes zu Herzen hätte gehen können, hatte kein Herz mehr, keines, das schlug. Ihr Ehemann hatte sie erschossen. Derselbe, der jetzt die Pistole auf den Boden fallen ließ, sich setzte und die Augen schloss. Er war unendlich müde, wie übrigens die meisten Mörder in der Folge ihrer Tat.

Olander war rasch näher gekommen und beugte sich über Albizzi.

»Schnell, reden Sie«, bedrängte er den Sterbenden. »Wo ist Clara? Um Himmels willen, sprechen Sie! Sprechen Sie, bevor Sie sterben.«

»Ich ... ich sterbe nicht«, stammelte Albizzi.

»Und wie Sie sterben«, insistierte Olander. »Das sieht man doch. Tun Sie sich einen Gefallen und reden mit mir, bevor Sie vor Ihren Schöpfer treten.«

Albizzi sah an sich herunter, starrte auf die große Wunde. Dann sagte er: »Ich träume das nur.«

»Wenn Sie das nur träumen, dann können Sie mir auch sagen, wo ich Clara finde.«

Albizzi wollte etwas antworten. Vielleicht sogar, dass Olander recht habe, dass es wirklich nicht darauf ankomme, solange dies alles nur ein Traum war. Aber die Worte wollten nicht heraus. Sie rutschten in die falsche Richtung.

Als der Sterbende dann doch noch etwas sagte, kam es Olander beinahe vor, als spreche Albizzi nicht durch den Mund, sondern aus der Wunde in der Mitte seiner Brust. Es war ganz leise, aber Olander war nahe genug, um es zu verstehen. Albizzi sagte: »Hilt...roff.«

»Hiltroff?«

»J...a«, bestätigte Albizzi mit einer derartigen Verzögerung, als müsse er die Buchstaben stricken, bevor er sie aus seiner Wunde entlassen konnte.

»Was ist das? Was ist *Hiltroff*? Was soll das bedeuten?«

»Es ist ... ein ... Ort.«

»Was für ein Ort?«

Albizzi sagte noch etwas. Aber – um bei obigem Beispiel zu bleiben – er verhedderte sich in der Wolle seiner Wörter. Er verstrickte sich. Er ließ seine Stricknadeln fallen.

Sodann rutschte sein Kopf ein wenig zur Seite, und seine Augen froren ein.

»Verdammt noch mal«, fluchte Olander. Besann sich dann aber. Er war Katholik. Ein recht ernster dazu. Er sagte: »Ruhe in Frieden.«

Als zwanzig Minuten später Longhi erschien, wurde der kleine, dicke Mann bereits an Handschellen aus der Wohnung geführt. Auch dessen Frau hatte man schon gefunden. Ebenfalls mit drei Kugeln im Leib. Die Sache war so klar wie selten ein Fall. Wenn man davon absah, dass sich ein Mann namens Vinzent Olander am Tatort befand.

»Sie haben die Polizei benachrichtigt?«, erkundigte sich Longhi, obgleich er das ja wusste.

»Ja«, nickte Olander. »Und ich habe denen auch gleich gesagt, sie sollen Sie anrufen.«

»Sehr aufmerksam von Ihnen. Und darf ich auch wissen, was Sie hier tun?«

»Das ist Ihnen doch bekannt, dass ich Herrn Albizzi treffen wollte.«

»Um diese Uhrzeit?«

»Warum nicht?«

»Und jetzt ist er tot«, stellte Longhi fest.

»Was soll ich machen? Ein Zufall. Dieser andere Mann kam herein und hat ihn erschossen.«

»Wer hat ihm die Tür geöffnet?«

»Ich. Albizzi hat mich darum gebeten.«

»Warum ist der Tote eigentlich halb nackt?«

»Er ist nicht halb nackt«, korrigierte Olander. »Er hat kein Hemd an. Und er hat mir das nicht erklärt.«

»Hat er Ihnen vielleicht etwas anderes erklärt, etwas, das ich wissen sollte?«

»Nein«, antwortete Olander. »Wir sprachen über den Unfall. Wie unglücklich sich alles gefügt hat. Mehr nicht. Mehr hatte ich auch nicht erwartet.«

»Na gut«, gab sich Longhi zufrieden und betrachtete den Toten – kurz und aus der Distanz. Er schien sich nicht die Mühe machen zu wollen, die Verletzungen zu begutachten. Was hätte das auch gebracht? Das war eine Sache der Ärzte. Das war Drecksarbeit. Longhi war jemand, der gerne wegsah.

Er fragte Olander: »Soll ich Sie nach Hause bringen lassen?«

»Nicht nötig, mein Wagen steht draußen.«

»Kann es sein, dass Sie getrunken haben?«

»Nein«, sagte Olander, drückte die Pistole in der Innentasche seines Jacketts mehr zur Achsel hin, verabschiedete sich und verließ die Wohnung.

Draußen vor dem Haus blieb er kurz stehen, sah in den klaren Sternenhimmel und sagte: »Hiltroff.«

Das Wort floss dahin und bildete eine Spur. Olander folgte ihr.

SIEBEN

»Jetzt verstehen Sie wohl, warum ich nach Hiltroff kam«, sagte Olander und drehte sein Glas in einer spiraligen Bewegung über den Tisch.

»Und haben nichts gefunden«, ahnte Job Grong.

»Gar nichts. Keine Spur von Clara. Nicht der geringste Hinweis, dass ihr Verschwinden und dieser Ort etwas miteinander zu tun haben könnten.«

»Und trotzdem sind Sie geblieben«, stellte Grong fest und erinnerte: »Drei Jahre.«

»Ja, drei Jahre«, wiederholte Olander und blickte in sein leeres Glas. Während er seine Geschichte erzählt hatte, war er mehrmals von Grong bedient worden, sodass nun auch die beiden Holyheads zu Ende konsumiert waren. Olander hatte die Grenze seines Rituals erreicht. Diesmal aber ignorierte er den Umstand. Mit einem Dackelblick sah er den Besitzer des POW! an.

Grong verzog sein Gesicht zu einer kleinen Welle. Er hielt die Einhaltung von Grenzen für das oberste Gebot. Andererseits hatte er keine Lust, Olander zu erklären, was richtig war und was nicht. Er holte die Flasche Holyhead und goss seinem Gast ein.

»Trinken Sie doch auch einen, bitte!«, ersuchte Olander.

Das war natürlich überhaupt das Letzte, wenn Wirte mit ihren Gästen tranken. Schlimmer wäre nur noch gewesen, gebrauchte Zahnbürsten auszutauschen oder sich gemeinsam in eine Badewanne zu setzen. Doch Grong überlegte. War es noch wichtig? Die Symbiose war sowieso dahin. Der Damm gebrochen. Schade um den Damm. Andererseits kam es jetzt auf einen Schluck Holyhead auch nicht mehr an. Grong nickte, nahm ein Glas und schenkte sich ein.

Wenigstens verzichteten die Männer darauf, sich zu-
zuprosten. Dafür gab es wirklich keinen Grund. Keinen
Grund zu feiern. Keinen Grund, sich zu verbrüdern.

Nachdem sie eine Weile geschwiegen hatten und jeder für sich dem eigenen Blick gefolgt war, nahm Grong
wieder das Gespräch auf. Er gab zu bedenken, dass
vielleicht noch andere Orte existierten, die sich Hiltroff
nannten. Und wenn nicht gleich eine richtiggehende
Ortschaft oder Gemeinde, so handelte es sich vielleicht
um den Namen eines Gutes, eines Waldstückes, eines
Gebäudes, eines Lokals.

»Richtig. Dieses Hotel hier ist *das* Hiltroff«, sagte
Olander.

»Ich meine ein Hotel an einem anderen Ort. Wo zwar
nicht der Ort, aber eine Familie diesen Namen trägt.«

»Gibt es nicht. Es gibt keine Leute, die so heißen, und
nur diesen einen Ort hier. Ich habe das recherchiert. Ich
wäre sonst auch gar nicht geblieben. Drei Jahre sind lange. Trotzdem gehe ich weiter davon aus, dass ich richtig
bin.«

»Sie glauben wirklich, Clara bei uns zu finden?«

Olander stierte auf die Glasplatte des Tisches. Er
murmelte etwas von wegen, dass er sich unwohl fühle.
Ein Schluck zu viel sei immer ein Schluck zu viel.

Da hatte er nun wirklich recht.

»Ich bringe Sie nach oben«, sagte Grong, erhob sich
im Stil einer rasch aufgehenden Blüte und half seinem
Gast auf die Beine beziehungsweise auf das eine Bein,
während das andere, das eingegipste, knapp über dem
Boden schwebte. Wie Felsbrocken schweben, wenn sie
schweben. Sodann verlängerte Grong Olanders Arme
mittels der Krücken und gab dem solcherart Eingerüs-
teten einen leichten Schubs.

»Werden Sie mir helfen?«, fragte Olander.

»Ja, ich bringe Sie nach oben.«

»Das meine ich nicht. Ich will wissen, ob Sie mir helfen, Clara zu finden.«

»Wie kommen Sie ...?«

»Sie haben mir das Leben gerettet«, erinnerte Olander.

»Jetzt reicht's aber.« Grongs Stimme hatte augenblicklich die Fahrbahn gewechselt. »Wollen Sie mich dafür bestrafen, dass ich Sie aus diesem Loch gezogen habe?«

»Nein, um Gottes willen, nein. Sie sind zu gar nichts verpflichtet. Es war nur eine Frage ...«

»Sparen Sie sich solche Fragen«, sagte Grong. Aber im Klang der Schärfe embryonalisierte bereits ein Zweifel an der eigenen Disziplin und Konsequenz.

Die beiden Männer gelangten etappenweise ins Hotel und nach oben. Grong führte Olander in sein Zimmer, unterließ es aber, ihm auch ins Bett zu helfen. Ihm ging das alles viel zu weit: einem Gast das Leben retten, sich mit ihm an einen Tisch setzen, sich eine solche Geschichte anhören müssen, zusammen trinken ... und dann auch noch die Bitte, mitzuhelfen, ein entführtes Kind zu suchen. Eine unsinnige Suche, wie Grong überzeugt war. Nie und nimmer würde das Mädchen hier auftauchen. Wo denn bitte? Hiltroff war ein überschaubarer Ort. Natürlich gab es auch in Hiltroff verschlossene Zimmer und familiäre Abgründe. Aber die Abgründe waren bekannt. Wenn sich hin und wieder ein Verbrechen ereignete, dann nie eines, das die Leute hätte überraschen können. Man gab sich zwar, wie überall, erstaunt, wenn einmal etwas passierte, aber man war es nicht. Alles, was geschah, geschah genau auf die eine mögliche Weise. Das Leben war eine Rechnung. Rechnungen kannten nur ein Ergebnis.

Wenn man richtig rechnete.

In den Wochen nach der Lebensrettung des Vinzent Olander wurde eine Veränderung bemerkbar. Es kamen mehr Leute ins POW!. Möglicherweise hielten es die Hiltroffer für ein gutes Zeichen, wenn ein Wirt mit solcher Fürsorge auf einen seiner Gäste Acht gab. Grong hingegen schien der Zulauf peinlich zu sein. Das Letzte, was er brauchen konnte, war eine allgemeine Erwartungshaltung betreffs Lebensrettung. Andererseits musste er aus wirtschaftlichen Gründen froh sein, dass endlich mehr Kunden sein Lokal aufsuchten. Auch blieben der Respekt und die Distanz, die jedermann gegenüber Job Grong empfand, aufrecht. Er war wie eh und je eine Institution. Nun eine besuchte Institution.

Es versteht sich, dass Olander seinen reservierten Stammplatz behielt, musste den Tisch nun aber immer öfter mit anderen Gästen teilen, mit geschwätzigen Menschen, die ihn versuchten auszuhorchen. In erster Linie natürlich wegen seines Wagens, dessen Zukunft und Schicksal den männlichen Bürgern wie kaum etwas am Herzen lag. Wenn man sich anderswo um gestrandete Wale kümmerte, kümmerte man sich hier um einen gestrandeten BMW. Olander wiederum begann seinerseits Fragen zu stellen, Fragen nach den hiesigen Familien, vor allem den Honoratioren des Ortes, die noch immer das POW! mieden, Fragen auch nach dem Mann, der Götz war und der einem reinweißen Kubus in ungewöhnlicher Lage seinen Namen lieh. Nicht, dass die Fragen wirklich auf einen entscheidenden Punkt zielten. Olander wusste ja nicht, wonach er eigentlich suchte. Außer natürlich nach Clara, worüber er aber weiterhin kein Wort verlor. Es blieb ein Geheimnis zwischen ihm und Grong.

Ein Geheimnis, das auch Grong hütete. Selbst seine Frau erfuhr nichts von dieser Geschichte. Eine Geschichte, die Grong gerne aus seinem Gedächtnis gestrichen hätte. Was ihm aber nicht gelang. Die Geschichte war eine Infektion. Grong hatte sich mit ihr angesteckt, auch wenn er gegenüber Olander so tat, als wäre das Ganze für ihn erledigt. Als glaube er kein Wort davon.

Job Grong mochte die siebzig bereits hinter sich haben, aber er war nicht nur ein Mensch im Vollbesitz seiner körperlichen Kräfte, sondern auch geistig überaus beweglich. Zudem jemand, der einen Computer besaß, einen Anschluss an das Internet, eine E-Mail-Adresse, und der all dies zu bedienen wusste, ohne deshalb auf seinen Schlaf verzichten zu müssen. Menschen, die sich von ihren Computern den Schlaf rauben ließen, fanden sich alsbald in einem Zustand der Hypnose wieder. Und die Frage war, *wer* sie da eigentlich hypnotisierte.

Job Grong setzte sich stets ausgeschlafen an sein Gerät, wenn er in das Wissen der Welt eindrang. Er tat dies in der Art eines Pathologen, der einen verunfallten, in große Unordnung geratenen Körper seziert. Etwa auf der Suche nach einer Milz, die überall sein konnte, nur nicht dort, wo sie hingehörte. Der Mensch im Internet benötigt somit weniger eine Kenntnis der Anatomie als einen sechsten Sinn und ein goldenes Händchen.

Ein solches goldenes Händchen besaß Grong und hatte recht bald eine Telefonnummer eruiert, die ihn in die Mailänder Scala führte. Grong sprach kein Italienisch, und es kostete ihn einige Mühe, bis er Frau Perrotti am Hörer hatte, welche über ein ganz passables Deutsch verfügte, allerdings höchst ungehalten wurde, als der Name Olander fiel.

»Was geht Sie das an?«, fragte sie. »Wer sind Sie überhaupt?«

»Ein Freund Ihres Mannes«, antwortete Grong, obwohl er sich keinesfalls als solcher empfand. Aber was hätte er sagen sollen? Der Wirt Ihres Mannes? Der Hotelier Ihres Mannes?

»Wenn Sie sein Freund sind«, meinte Yasmina, »dann bringen Sie ihn in eine Klinik.«

»Wieso?«, fragte Grong. »Weil er nach seinem Kind sucht?«

»Weil es kein Kind gibt«, antwortete die Frau.

Grong wusste eine Weile nicht, was er sagen sollte. Er hatte mit einer Überraschung gerechnet, mit einer kleinen, aber nicht mit einer großen. Nachdem er sich gefangen hatte, fragte er: »Wie soll ich das verstehen?«

»Habe ich das nicht deutlich gesagt? *Kein* Kind.«

Grong erzählte kurz von der Geschichte, die ihm Olander berichtet hatte, dem Unfall, dem Verschwinden Claras.

»Ja«, stöhnte Yasmina Perrotti, »alles ein Hirngespinst. Immer wieder der gleiche Roman. Und ich habe wirklich keine Ahnung, was dahintersteckt. Vinzent ist ein sehr kranker Mann. Ich habe das zu spät erkannt. Aber jetzt ist es vorbei, und ich will meine Ruhe. Ich bin von ihm geschieden, und niemand kann mich zwingen, mir um seinetwillen Sorgen zu machen.«

»Das war auch nicht mein Anliegen«, sagte Grong, versprach, nicht wieder anzurufen, verabschiedete sich und legte auf.

Okay, im Grunde war es gut so. Kein Kind. Keine kleine Tochter, die entführt worden war. Keine irre Geschichte um einen getöteten Taxifahrer und eine Frau, die sich als Zeugin verdingte. Kein dubioser Mensch mit Sonnenbrille und kein Lastwagenfahrer, den ein betrogener Ehemann eliminiert hatte. Nur ein verrückter Kerl, der jeden Tag unten im Lokal saß und die immer gleichen geographischen Punkte seines bedächtigen Alkoholismus absteckte.

Allein darum, um die geographischen Punkte, brauchte er, Grong, sich zu kümmern. Ihm fiel ein Stein vom Herzen.

Doch der Stein war ein Bumerang.

ACHT

Es wurde ein für Hiltroffer Verhältnisse recht warmer Sommer. Zwar lagen die Vormittage im üblichen Nebel begraben, aber ab der Mittagsstunde ergaben sich trockene, milde, helle Stunden, bisweilen war sogar ein Anflug von Hitze zu spüren, eine Kurzärmeligkeit des Wetters, sodass man etwa die Türen des Hallenbades weit öffnete und eine in den Jahren zuvor stark vernachlässigte Liegewiese von den zusehends farbigen Körpern ausgelassener Kinder bevölkert wurde.

Auch der Hauptplatz entwickelte sich nun zu einem Ort der Flaneure, wenngleich zumindest die Älteren ihre Jacken anließen. Sie trauten den Verhältnissen nicht, hielten das alles für einen Trick. Und wo ein Trick war, war ein Dämon.

Punkto Trick und Dämon sollte dieser Sommer eine ganz spezielle Ausformung nehmen. Es geschah nämlich, dass gegen Mitte August, an einem dieser vom Nebel noch eingeschneiten Vormittage, einige Kinder hinauf zum Mariensee gestiegen waren. Sie hatten laut eigener Aussage nichts Besonderes vorgehabt, Steine werfen, vielleicht sogar die Felsglocke besuchen, in der ein Mann fast ertrunken wäre. Jedenfalls hatten sie einen Fotoapparat dabei, eine dieser billigen Unterwasserkameras, die man nur einmal verwenden konnte und dann als Ganzes zum Entwickeln gab. Nicht, dass sie geplant hatten, in das kalte Wasser zu steigen und die Schwärze eines als tot verschrienen Gewässers abzulichten. Die Kamera war einfach dabei gewesen. Nach dem Besuch am Mariensee hatte man sicherlich ins Hallenbad gehen wollen. Dazu aber kam es nicht. Die Kinder, die leicht erhöht am felsigen Ufer standen, sahen etwas. Etwas, dass sie zu Tode erschreckte.

Aber was heißt das schon? Was heißt es, wenn Kinder, die mit Star Wars, Jurassic Park und Harry-Potter-Verfilmungen aufgewachsen sind, sich zu Tode erschrecken?

Folgerichtig besaß einer von ihnen die Nerven, die Kamera zu zücken und ein Foto von dem Ding zu machen, das sich für wenige Sekunden aus der Mitte des Sees erhoben hatte.

Das Ungeheuer vom Mariensee.

Natürlich konnte man es nur als einen schlechten Witz ansehen, dass dieses Foto Tage später in einer regionalen Zeitschrift abgedruckt wurde. Zusammen mit einem nicht weiter kommentierten Bericht der jugendlichen Augenzeugen. Auf der Abbildung war ein Wesen zu erkennen, das sich gleich einer Seeschlange in mehreren Buckeln und zuvorderst mit langem Hals und kleinem Kopf aus der leicht gekräuselten Wasseroberfläche erhob. Dieses Foto, das trotz der eigentlichen Farbigkeit schwarzweiß anmutete, erinnerte in höchstem Maße an jene berühmte Aufnahme des Ungeheuers von Loch Ness aus dem Jahre 1934, das bei den sogenannten Kryptozoologen den Verdacht hatte aufkommen lassen, es handle sich im Falle Nessies um ein lebendes Fossil, einen Nachfahren des Plesiosaurus. Wogegen es freilich viele vernünftige Argumente gab, etwa dass das schottische Gewässer eine zu geringe Größe aufweise und viel zu wenig Nahrung biete, um eine realistische Population solcher Urzeittiere zu gewährleisten. Ganz abgesehen davon, dass die Viecher ständig auftauchen müssten, um Luft zu holen, und dabei geradezu in ein Blitzlichtgewitter der Touristen geraten würden.

All die ominösen Sichtungen auf dem Loch Ness, die danach noch folgen sollten, wurden als Fälschungen oder Bilder von Ottern, tauchenden Vögeln und großen Stören qualifiziert. Und über das legendäre Foto von

1934 stülpte sich eine quasi aufklärerische Legende, die darin bestand, es handle sich in Wirklichkeit um einen schwimmenden Zirkuselefanten. Sodass also Aberglaube und Aufklärung sich dort kreuzten, wo alles Leben war: im Komischen.

Von einem Zirkuselefanten war nun im Falle der Erscheinung aus dem Mariensee nicht auszugehen. Und schon gar nicht von Ottern und Stören, wenn man das Fehlen von Leben in diesem schwarzen Gewässer bedachte. Zumindest von auffälligem Leben. Somit musste man eine Fälschung annehmen. Und wie selbstverständlich haftete der Aufnahme der typische Charakter solcher Dokumente an: ihre Unschärfe.

Aber das schien die Leute nicht abzuhalten. Man wollte sich das Wunder nicht nehmen lassen. Die Einheimischen waren rasch von einer großen Begeisterung für das Mysterium erfüllt und erklärten die geringe Qualität des Bildes damit, dass ja noch Nebel über dem See gehangen hat. Zudem war eine Wegwerfkamera, von einem erregten Dreizehnjährigen bedient, nicht das richtige Gerät zur präzisen Wiedergabe eines fünfzig Meter entfernten Objekts. Ein Ungeheuer, so die Leute, war nun mal kein Landtagsabgeordneter, der sich willig lächelnd vor gut postierte Zeitungsfotografen stellte. Wer etwa versuchte, eine stinknormale Hausmaus aufzunehmen, würde ähnliche Schwierigkeiten damit haben wie bei einem Wesen, das tief im See lebte und eine natürliche und sinnvolle Vorsicht pflegte. Nicht alle Tiere waren wie Delphine. Nicht alle Tiere waren wie Elefanten, die man in einen Zirkus zwingen konnte.

Gerade die Unschärfe erschien den Leuten als Beweis für die Authentizität des Bildes. Eine kleine Hysterie ging um. Und aus der kleinen wurde eine große. Aus der lokalen Erregung eine überregionale. Eine große österreichische Tageszeitung brachte das Foto, später auch eine ähnlich dem Boulevard verpflichtete in Deutschland. Erste Journalisten trafen in Hiltroff ein, machten sich breit, wurden aber von den selbstbewussten Einheimischen in die Schranken gewiesen. Was die Journalisten, vor allem die aus Deutschland, einigermaßen erstaunte. Sie waren devote, sich vollkommen in die Berichterstattung fügende Menschen gewohnt, nicht jedoch Leute, die zwar die Aufmerksamkeit genossen, aber nicht bereit waren, als Clowns zu fungieren. Etwa Trachten zu tragen, wo es doch in Hiltroff noch nie Trachten gegeben hatte. Selbst der Bürgermeister zeigte sich weise und sperrte den See, bevor dort eine Zeltstadt von Neugierigen errichtet werden konnte. Wer an den See wollte, benötigte eine Genehmigung. Das war nicht unklug. Das steigerte den Wert. Die Menschen blieben auf Distanz zum Geheimnis. Man sah den See nicht, man spürte ihn. Er glühte in der Ferne.

Freilich war es unmöglich, die Medien ihrer Funktion zu entheben, weshalb dann doch diverse Kamera- und Filmteams an den See gelassen wurden, dort ihre Geräte installierten und mit großem Fleiß die Landschaft fotografierten. – Man kennt das von den massenhaften Bildern des Loch Ness. Auch die leere, glatte Wasseroberfläche hat ihren Reiz. Eine pochende Leere. Ein Vakuum, aber voll.

Selbst Magazine wie der *Spiegel* berichteten, und *GEO* nahm die Geschichte zum Anlass, über die Historie solcher Erscheinungen zu schreiben, über die religiöse Implikation und das »notwendige Wunder« in Zeiten einer zur wissenschaftlichen Sicht verdammten Gesellschaft. Überhaupt wurde der Mariensee ganz grundsätzlich als ein höchst mysteriöses Gewässer in den Blickpunkt einer großen Öffentlichkeit gestellt. Wasseranalysen tauchten auf, die von einer ungewöhnlichen Zusammensetzung sprachen. Das Gerücht ging um, es seien

123

radioaktive Isotope des Edelgases Krypton festgestellt worden. (Krypton? Hieß so nicht der Planet, von dem Superman stammte? Für nicht wenige Menschen war Superman mindestens so real wie ein Edelgas mit der Ordnungszahl 36.) Auch machten divergierende Angaben über die Tiefe und Bodengestaltung die Runde. Überhaupt wurden alte Geschichten ausgegraben. Ein Bibliothekar in Linz verwies auf eine Illustration aus dem achtzehnten Jahrhundert, ein Bildnis des »Schwarzen Sees zu Hiltroff«, auf dem man ein schlangenartiges Seeungeheuer mit dramatisch geöffnetem, spitzzahnigem Maul erkennen konnte, welches von einem französischen Reisenden beschrieben worden war. Woraus sich jedoch nie eine Volkslegende oder Ähnliches entwickelt hatte. Niemand von den Hiltroffern konnte sich erinnern, eine derartige Geschichte erzählt bekommen zu haben. Selbst die hiesigen Urgroßmütter schüttelten auf Journalistenfragen ihre Köpfe. Ein Umstand, der jedoch ebenfalls dem Mysterium zugeordnet wurde und als hintergründige Verschwiegenheit Eingeweihter galt. Wie sagte ein Berichterstatter: »Diese Leute wissen etwas.«

Nun, sie wussten gar nichts. Aber auch dieses Nichts besaß eine beträchtliche Fülle, ein Potenzial. Das Nichtwissen besaß einen Bauch, nein, eine Wampe.

Was das Nichts vor allem aber braucht, um ein Etwas zu werden, ist ein Name. Ein namenloses Monster ist keines. Wobei sich selbst in diesem Punkt die Hiltroffer als hartnäckig erwiesen. Es gelang ihnen, das von den Medien ins Spiel gebrachte »Mary« zu unterbinden. Mit dem Namen der Heiligen Mutter Gottes trieb man keinen Schabernack. Stattdessen wurde im Eiltempo ein Wettbewerb unter den Hiltroffer Kindern ausgelobt, an dessen Ende eine vollkommen simple und in der Wissenschaft recht übliche Lösung stand, nämlich das gesichtete Objekt nach seinem Sichter zu benennen. Den Fisch nach dem Fischer. Der Junge, der das zwischenzeitlich berühmte Foto mit einer völlig trocken gebliebenen Unterwasserkamera geschossen hatte, hieß Viktor. Weil nun Seeschlangen einen weiblichen Artikel besitzen, wurde das Wesen aus dem See »Viktoria« getauft. Das war ein außergewöhnlich würdevoller Name, sehr weich vom Klang her, ohne dass jemand den Begriff des Sieges im Kopf hatte. Denn bei aller Begeisterung für dieses Tier wollte ja niemand von ihm besiegt werden. Eher dachte man an die freundlich lächelnde Kronprinzessin von Schweden als an eine altrömische Gottheit.

Die Presse beugte sich und sprach von nun an von einer Viktoria, nach der man den See absuche. Dieselbe Presse, die eine Beleuchtung des Gewässers während der Nachtzeit beantragte. Was der Bürgermeister ablehnte, und zwar mit dem einzig vernünftigen Argument, man dürfe Viktoria, wenn sie denn existiere, nicht verstören, indem man die Nacht zum Tage mache. Tatsächlich bestand nämlich in der Bevölkerung die Idee, es den Schotten gleichzutun und das hypothetische Tier unter Artenschutz zu stellen. Somit auch die Lebensgewohnheiten Viktorias einigermaßen zu erhalten, wozu eine Nacht gehörte, die auch dunkel war.

Das Argument, der See sei ohnedies dunkel genug, war typisch Presse.

Genau in einer solchen somit unbeleuchteten Nacht – und die Nächte dort oben waren schwarz wie ein Planetarium ohne Strom – geschah es nun, dass sich etwas auf dem See ereignete. Das Wasser geriet in Bewegung. Man konnte es deutlich hören. Und natürlich hatten die Fotoleute ihre empfindlichen Apparate aufgestellt, zuzüglich der Nachtsichtgeräte, und natürlich wurden wie wild Bilder geschossen und Videofilme gedreht. Doch der Spuk war rasch vorbei. Das Ergebnis aber beeindruckend, obwohl natürlich auch diesmal die Aufnahmen vom Prinzip der Unschärfe dominiert wurden.

Viktoria hatte sich gezeigt, zumindest mit ihrem Schädel, der ausgesprochen schlank schien. Das Maul war geschlossen geblieben, der ganze Ausdruck dieses Tiers mutete, trotz tiefer Augenhöhlen, freundlich an. Das war ein wenig enttäuschend, entsprach aber moderner Pädagogik: Monster, die sich als nett erwiesen. Was nichts daran änderte, dass die beinahe eingeschlafene Geschichte neuen Auftrieb erhielt. Jetzt wollte man es wirklich wissen.

Ein von einer deutschen Fernsehanstalt finanziertes Team von Wissenschaftlern sollte mit einem U-Boot, das über ein modernstes Ortungssystem verfügte, den See absuchen. Wenigstens seine wahre Tiefe und Beschaffenheit feststellen, Bodenproben nehmen und hoffentlich weitere verschwommene Aufnahmen von etwas machen, das dann durch die Köpfe der Betrachter als »wahrhaftige Kreatur« geistern konnte.

Im Kielwasser dieses U-Boots und dieser dreiköpfigen U-Boot-Mannschaft kamen weitere Schaulustige, die zwar größtenteils vom See ausgesperrt blieben, aber selbigen wandernd umgarnten. Und somit auch Hiltroff frequentierten und hier taten, was die eigentliche Pflicht von Ortsfremden darstellt, nämlich Geld ausgeben.

Nicht zuletzt das Hotel Hiltroff war Nutznießer dieses Rummels, wenngleich dort kaum ein Journalist nächtigte, sondern Ausflügler sowie der eine oder andere selbst ernannte Forscher und Abenteurer. Leute, die versuchten, sich heimlich Zugang zum Wasser zu verschaffen, oder einfach darauf warteten, dass der Tross der Medienleute abzog und der Mariensee wieder an das Volk freigegeben wurde.

Das POW! war nun Abend für Abend bestens gefüllt.

Anders als im Hotel fanden sich hier auch Presseleute ein, die die Kneipe auf eine ziemlich undefinierbare Weise für schick hielten. Überhaupt fiel auf, wie sehr diese Männer und Frauen aus der schreibenden und kommentierenden Zunft vom Zauber des Undefinierbaren beseelt waren. Darin schien das Wesen ihres Berufs zu bestehen, Dinge *nicht* sagen zu können. Das aber mit Worten.

Vinzent Olander war alles andere als begeistert von dieser Stürmung des Ortes. Es erschwerte seine Suche nach Clara. Zudem hatte er die Ruhe seines Stammlokals geschätzt, selbst noch das Zusammensein mit den einheimischen Saufköpfen. Aber die Fremden brauchte er nicht. Sie waren laut, sie störten. Er konnte nur beten, dass diese Viktoriascheiße endlich ein Ende fand. Spätestens wenn das U-Boot den nicht allzu großen See absuchen und das Sonar die absolute Leere dieses Gewässers feststellen würde. Oder man endlich den Witzbolden auf die Schliche kam, die dieses ganze Theater provoziert hatten.

Um der abendlichen Enge im POW! auszuweichen, begann Olander jetzt bereits am späteren Vormittag zu trinken. Am Morgen davor tat er jeweils das, was er als seine Suche nach Clara empfand, indem er ganz einfach durch den Ort marschierte und sich in alter Gewohnheit dem Schicksal stellte. Darauf wartete, dass ihn endlich jemand ansprach. Endlich jemand auf ihn zukam und einen Hinweis gab, was mit Clara geschehen war. Manchmal besuchte er auch das Gemeindearchiv und durchstöberte recht unkoordiniert die Geschichte des Ortes. Auch hier auf einen Hinweis hoffend. Im Grunde suchte er das Wort »Mailand«. Aber er fand es nicht.

Gegen zwölf wechselte Olander in seine Stammkneipe, die um diese Zeit noch so gut wie leer war, und begann damit – nach einigen Bieren, die wohl das repräsentierten, was man sich als feste Nahrung vorzustellen hat –, seine übliche Serie aus vier mal zwei Gläsern zu bewerkstelligen. Wenn dann um fünf herum das POW! sich füllte, war Olander betäubt genug, um sich von Grong nach oben bringen zu lassen, ins Bett zu fallen und in einen Schlaf zu finden, dessen Träume längst keine ungnädigen Frauen mehr zuließen. Olanders Träume waren nur noch abstrakte Bilder, nicht einmal Abstraktionen, bloß noch leblose, erstickte Farbe.

Mit einem Mal war der Hiltroffer Sommer vorbei, und es herrschten die alten Verhältnisse. Die dicken Hiltroffer Wolken kamen zurück, als wären sie einmal um die Erdkugel gezogen, nur um festzustellen, dass es woanders auch nicht besser war. Sie setzten sich in der gewohnten, tiefhängenden Weise über dem Land fest und ließen es tagelang regnen. Was einige der Journalisten dazu bewegte, den Heimweg anzutreten, und auch viele der Urlauber vertrieb. Er wurde ruhiger in Hiltroff. Das U-Boot, das an der einzigen günstigen Einstiegsstelle aufgebaut worden war, wurde mit Planen abgedeckt. Möglicherweise gab es auch noch ein paar technische Schwierigkeiten, aber in erster Linie war es sicher so, dass die deutschen Finanziers dieses Unternehmens – es hieß *Viktorianer* – es sich nicht nehmen lassen wollten, das Eintauchen des U-Bootes bei Schönwetter zu zelebrieren. Auf welches man nun wartete. Die Einheimischen wussten es besser und grinsten verschmitzt.

Auch im POW! nahm die Masse der Besucher wieder ab. Olander hatte sich aber schon so sehr an seine neue Schlafenszeit gewohnt, dass er sein System angepasst früher Trinkerei beibehielt. Er selbst nannte sich darum einen Neandertaler, in der Annahme, dass selbige zwischen fünf und sechs am Abend in ihre Höhlen gekrochen waren.

Man schrieb die dritte Woche des großen Regens. Olander saß wie üblich in seiner Ecke, das zweite Glas Portwein vor sich, als eine Frau bei der Lokaltür hereinkam. Olander bemerkte sie zunächst gar nicht. Grong natürlich schon. Und war vom ersten Moment an überzeugt, dass diese Person Schwierigkeiten bereiten würde. Das gibt es. Man sieht jemand und denkt sich: Hat der Teufel geschickt.

Dabei hatte diese Frau nichts Erschreckendes an sich. Mitte vierzig, aber recht unverwelkt. Mittelgroß, ein bisschen blond. Sie trug eine dieser Hosen mit tausend Bändern und Täschchen, so einen Rucksack von Hose. Ihr Coca-Cola-Shirt hingegen lag eng am Körper. Da war ein wenig Speck um ihre Taille, was aber gut zum Busen passte, der recht üppig ausfiel und völlige Schlankheit nicht gut vertragen hätte. Man sieht das oft, dass der Busen und der Rest nicht zusammengehen. Wenn Frauen sich ihre Brust vergrößern lassen, müssten sie hernach auch ein wenig zunehmen, das sollte man ihnen vielleicht einmal klarmachen.

Obgleich diese Frau den gesunden Teint eines Freiluftmenschen besaß, widersprachen ihre Augen dieser Gesundheit. Man kann sagen, ihre Augen waren blass und müde, hübsch blass und hübsch müde, sogar mädchenhaft, während der gesunde Rest ihrem Alter entsprach, auf eine gepolsterte Weise gefestigt. Die Augen aber schienen inmitten dieser Festigkeit einzustürzen.

Sie stellte sich an die Theke und bestellte einen Pernod. Grong betrachtete sie streng. Er hätte gerne ein Lokalverbot ausgesprochen, aber das ging nun mal nicht. Also schenkte er ein, ein Glas mit Pernod, dazu ein zweites mit Wasser, und stellte beide vor die Frau hin. Sie dankte, blickte sich um, nahm die zwei Gläser und ging hinüber zu dem Tisch, an dem Olander saß.

»Darf ich mich setzen?«, fragte sie.

Olander sah überrascht auf. Er hatte sie wirklich nicht bemerkt, war bereits ein wenig an den Schlaf gelehnt gewesen, welcher in ein paar Stunden folgen würde. Er griff nach der Kante des Tisches und versuchte seine Sprache zu finden.

»Ich wollte Sie nicht belästigen«, sagte die Frau, und ihre Augen bildeten einen schmalen Schlitz, durch den ein feiner Wind blies, ein Wind nicht minder feiner Gedanken.

Es war dieser Blick aus empfindlichen Augen – oder besser gesagt, die Hintertreibung eines Blicks –, von dem Olander sofort betört war. Diese Betörung zwang ihn rasch aus seinem Delirium heraus. Er nahm eine gerade Haltung an, fügte ein Lächeln in sein Gesicht und rief seine Sprache zur Ordnung. Die Sprache gehorchte. Olander sagte: »Bitte nehmen Sie doch Platz.«

Was die Frau auch tat. Gleich als sie saß, füllte sie ihren Pernod bis zur Mitte des Glases mit Wasser auf, sodass der Eindruck eines Zahnputzbechers entstand. Sie hob das Getränk ein wenig in Richtung Olander, welcher ihr seinerseits mit seinem Portwein zunickte.

»Sind Sie Journalist?«, wollte die Frau wissen.

»Sehe ich so aus?«

»Sie sehen nicht so aus, als würden Sie aus der Gegend stammen.«

»Nein, tue ich auch nicht. Aber ich lebe hier.«

»Kann man denn in Hiltroff leben? Ich meine als Fremder.«

»Finden Sie es denn so schrecklich?«, fragte Olander.

»Überhaupt nicht. Ich finde es ganz großartig, auch im Regen. Ich mag Wasser, in jeder Form und Gestalt. Ich frage mich nur, was man an so einem Platz tut, wenn man nicht dazugehört.«

»Was tun Sie denn?«, ging Olander den Weg der Gegenfrage.

130

»Ich warte darauf, dass man mich in mein U-Boot lässt.«

»Ach was!? Von dieser Partie sind Sie also.«

»Haben Sie Probleme mit *dieser Partie?*«

»Och, wissen Sie«, meinte Olander, »die Sache mit dem U-Boot finde ich ganz gut. Wenn Sie Ihren Job ordentlich machen, ist nachher wenigstens klar, dass in dieser schwarzen Pfütze maximal ein paar Autowracks zu finden sind. Kein Nazischatz, kein Ungeheuer, keine Nixe, bloß ein paar unschuldige Pflänzchen.«

»Ich dachte, hier im Ort glaubt *jeder* an das Tier.«

»Wie Sie schon richtig sagten, ich gehöre nicht dazu.«

»Dann müssen Sie mich für verrückt halten«, meinte die Frau und öffnete ein wenig den Schlitz ihrer Augen. Das schwache Braun der Iris verfügte über einen hellen, einen rosafarbenen Stich.

»Wieso verrückt?«, fragte Olander.

»Na, wenn jemand in eine Tonne steigt und nach einem – wie Sie das nennen – Ungeheuer sucht.«

»Nehmen Sie denn allen Ernstes an, dass Sie etwas finden werden?«

Sie antwortete nicht direkt, sondern sagte: »Ich leide unter Klaustrophobie.«

»Dann ist ein U-Boot aber ein schlechter Ort«, konstatierte Olander.

»Üblicherweise tauche ich. Ich bin Meeresbiologin. Es treibt mich zum Wasser hin. Aber so frei ich mich darin fühle, so wenig mag ich mich in eine dieser Konservenbüchsen zwängen. Leider gibt es im jetzigen Fall keine Alternative. Das ist kein See zum Schnorcheln. Vor allem ist das keine Pfütze, wenn man bedenkt, wie tief es hinuntergeht. Wenn ich mir also antue, in ein solches Vehikel zu steigen, dann muss ich wohl die Hoffnung haben, dass es sich auch lohnt.«

»Wahrscheinlich haben Sie recht«, sagte Olander. »Sie sind verrückt. Aber Ihre Augen gefallen mir trotzdem.«

»Meine Augen?«

»Das Rosa.«

»Ach so. Es erkennt nicht jeder. Ein schwacher, auf den Augapfel beschränkter Albinismus.«

»Ein schöner Albinismus«, stellte Olander fest.

»Wollen Sie mit mir anbandeln?«, fragte die Frau.

»Es waren, glaube ich, Sie, die sich hergesetzt hat, oder?«

»Schon gut. So ernst war es nicht gemeint«, sagte die Frau. Und, als wäre kein Moment günstiger: »Mein Name ist Marlies, Marlies Herstal.«

»Vinzent Olander.«

»Ich denke, ich hätte noch Lust auf einen Pernod«, meinte Marlies.

Olander gab Grong ein Zeichen, welches sowohl den Pernod als auch ein erstes Glas Quittenschnaps betraf. Und an Marlies gerichtet: »Ich trinke auch noch ein bisschen was.«

Als die frischen Gläser serviert und erste Schlucke getan waren, wollte Olander wissen, wie er sich das nun vorzustellen habe. Konnte man denn ernsthaft die Existenz eines Wesens annehmen, welches im Mariensee lebte? Einer Viktoria?

»Wie ernsthaft wollen Sie es denn?«, erkundigte sich Marlies. Und wurde dann auch wirklich ernst. »Als Wissenschaftlerin bin ich verpflichtet, mich an die Fakten zu halten. An das, was ich sehe. Darum gehe ich ja mit dem Boot nach unten, um dort etwas zu finden, was in der Folge ein Faktum darstellt. Eine bislang unbekannte Lebensform. Oder eine bestens bekannte, die wir für ausgestorben hielten.«

»Gott, was denn? Einen Plesiosaurus?«

»Eher nicht. Außer man denkt sich eine ziemlich

schräge Mutation. Wenn man weiß, wie der See so ist. Zumindest der Teil, den wir schon kennen.«

»Was glauben Sie denn zu entdecken? Ein Paradies unterhalb der Öde von Wasser, das nichts anderes als kalt und schwarz ist. Oben ein Keller und darunter das helle Wohnzimmer.«

»Das ist genau die Frage. Wie sieht dieser See wirklich aus? Ich will jetzt gar nicht spekulieren über Höhlen und tiefgelegene warme Quellen. Sie haben mich einfach nicht verstanden. Ich gehe da runter, weil einer das tun muss, damit die anderen nicht blöd bleiben. Wenn ich glaube, etwas zu finden, dann darum, weil ich immer etwas finde. Schon als Kind. Ich habe als Sechsjährige einen Käfer entdeckt. Mein Vater war Zoologe. Er hat festgestellt, dass niemand diesen Käfer kannte. Fünf Zentimeter groß, ein Muster aus zwei sich zugewandten Dreien, also eine gespaltene Acht. Eine rote Acht auf rotem Hintergrund.«

»Ein Feuerwehrauto«, phantasierte Olander.

»Wenn Sie so wollen. Jedenfalls hat mein Vater ihn nach mir benannt. Man trifft ihn aber kaum an. Ein scheuer Käfer, dessen präzise Einordnung noch immer aussteht. Seither stoße ich unentwegt auf solche Sachen. Gut, es gibt auch wirklich genügend aufzustöbern, sehr viel mehr, als der Laie sich das in einer angeblich erforschten Welt vorstellt. Wenn ich also glaube, etwas zu entdecken, dann weil ich weiß, dass überall etwas zu finden ist.«

»Ein mutierter Plesiosaurus ist was anderes als so ein Käfertier«, gab Olander zu bedenken.

»Das stimmt. Vom Standpunkt des Plesiosaurus wie vom Standpunkt des Käfers.«

»Und Ihr Standpunkt, Marlies?«

»Vor lauter Plesiosaurier die Käfer nicht zu übersehen.«

»Das ist jetzt wohl symbolisch gemeint.«

»Sie sind aber ziemlich klug«, fand Marlies Herstal.

»Ich bemühe mich«, sagte Olander mit einem fröhlichen Gesicht. Es war lange her, dass er sich so gut gefühlt hatte. Wobei er allerdings gleichzeitig dachte, dass dies nur ein schlechtes Zeichen sein könne. Als fange er einen Bleistift auf.

Es war jedoch ein anderes Zeichen, welches anzukündigen schien, was sich später ereignen sollte. Und es war Frau Grong, die es als Erste wahrnahm.

Wie von jeher erledigte sie selbst die Reinigung der Hotelzimmer. Bloß unterstützt von einer Frau aus dem Ort, die nie ein Wort sprach, vielleicht auch, weil sie die hiesige Sprache nicht beherrschte. Einige aber meinten, sie sei schlichtweg stumm. Sie wurde, ihrer wasserstoffgebleichten Haare und des ein wenig dunklen Teints wegen, für eine Rumänin oder Bulgarin gehalten. Und zudem für ein bisschen schwachsinnig. Sicher aber nicht von Frau Grong.

Die beiden Frauen waren gerade damit beschäftigt, das Zimmer eines Mannes zu säubern, der überall im Raum Steine aus der Umgebung des Sees aufgelegt hatte, als Lisbeth Grong die kleine Pfütze im Bad bemerkte. Eine Pfütze im Bad ist natürlich nicht gerade eine Sensation. Und auf Fliesen auch kein Unglück. Der Umstand verstörte Frau Grong nur darum, weil die Duschwanne und das Waschbecken völlig trocken waren und die Toilette zu weit entfernt lag, als dass es sich damit hätte erklären lassen. Frau Grong konnte nur hoffen, dass nicht irgendeine lecke Leitung sich solcherart offenbarte. Sie trocknete die Stelle auf und war zufrieden zu sehen, dass kein neues Wasser nachkam. Allerdings wurde sie am selben Nachmittag, in dem kleinen Frühstücksraum unten im Parterre, auf einen weiteren Wasserfund aufmerksam. Nicht größer als eine Untertasse, pures Wasser, wie es schien, und kein Hinweis darauf, wie es da auf den Parkettboden gekommen war. Frau Grong holte ihren Mann und gemeinsam blickte man auf die kleine Lache wie auf ein Weihnachtswunder.

»Vielleicht von draußen«, meinte Job. »Bei dem Regen.«

»Die Fenster sind aber die ganze Zeit geschlossen gewesen«, sagte seine Frau.

»Na ja, es ist ja nur Wasser.«

»Mir wäre ein Kothaufen, den ich mir erklären kann, lieber als Wasser, das ich mir nicht erklären kann«, äußerte Frau Grong.

»Hast schon recht«, sagte ihr Mann, »aber die Polizei kann man trotzdem nicht rufen.«

»Nein, natürlich nicht«, antwortete Frau Grong und trocknete die Stelle auf. Das Tuch warf sie weg. Wie man einen alten Verband wegwirft.

Am nächsten Tag stieß die Aufräumefrau auf eine weitere unerklärliche Pfütze im Flur, und Job Grong stellte eine ebensolche am Fuße der Theke im POW! fest. Dies war so mysteriös wie unspektakulär. Nichts, weswegen man eine Behörde einschalten konnte. Oder auch nur einen Installateur. Ein Defekt war so wenig offensichtlich wie eine Unachtsamkeit. Nicht einmal ein Bubenstreich. Man hätte Gäste verdächtigen müssen, zahlende Gäste. Wäre es nicht Wasser gewesen, sondern wenigstens Urin, hätte man vielleicht etwas unternehmen können. Aber so ...

Das war ganz typisch für das Auftreten konkreter Zeichen, sie entzogen sich einer »Festnahme«. Es war eben nicht wie in Horrorgeschichten, wenn Blasen von Blut aus dem Abfluss eines Waschbeckens drangen und hochschossen und somit ganz klar wurde, dass hier einzig und allein das Böse am Werk sein konnte. Was aber war von dem bisschen Wasser zu halten, welches da unvermutet auftauchte? Also nicht etwa in der Luft schwebte oder mit einer deutlich zu vernehmenden Stimme Obszönitäten von sich gab, sondern in der allernormalsten Pfützenform virulent wurde und sich ohne jede Gegenwehr entfernen ließ. Solche Zeichen ließen den Betrachter völlig ratlos zurück. Im Unterschied zu Wundern, die man nimmt, wie sie sind. – Zeichen und Wunder verhalten sich zueinander wie Donald Duck und Mickey Mouse. Die Maus bewegt sich im Reich der Dichtung und entrückter Phantasie, die Ente aber lebt unser reales Leben. Als Ente! Die Ente verwirrt uns, die Maus nicht.

Und noch etwas ist typisch für diese wirklichen Zeichen. Dass sie selten in Massen auftreten. Wie ja auch nicht ununterbrochen ein Stift vom Tisch rollt und nicht unentwegt ein vom Baum fallendes Blatt die gleiche Kontur besitzt wie das Profil des Menschen, der es gerade aufgehoben hat. Die Pfützen im Hotel Hiltroff und im POW! hielten sich in Grenzen. Darum auch sahen die Grongs keine andere Möglichkeit, als die zwei, drei Stück, die pro Tag auftraten, einfach fortzuwischen und den Hinweis mancher Gäste auf einen Wasserschaden zu ignorieren.

Jene rosaäugige Biologin namens Marlies Herstal, die bereits mittags Anisschnäpse zu sich zu nehmen pflegte, verließ einen Tag, nachdem sie mit Olander bekannt geworden war, Hiltroff, gab Interviews in Köln und Berlin, besprach sich in München mit ihren Auftraggebern und kehrte fünf Tage später zu ihrem U-Boot zurück, und zwar mit erstaunlicher Präzision. Nämlich bezüglich des Wetters. Praktisch mit ihrem Eintreffen klarte es auf.

Die Wolken trieben auseinander wie in einem Kinderspiel, wenn alle laut kreischend aus einem Kreis herauslaufen. Es war eine kräftige, geradezu bissige Sonne, die auf den Ort und die Umgebung fiel und die Dinge einweißte. Die Kameraleute legten Filter vor ihre Linsen, damit es nicht gar so hell und südländisch aussah. Man wollte hier schließlich keine Griechenlandwerbung machen, sondern eine als nasskalt verschriene Gegend präsentieren.

Warum müssen U-Boote eigentlich immer gelb sein?

Nun, dieses war es jedenfalls. Über lange Schienen glitt es ins Wasser, tauchte zu zwei Dritteln ein, fuhr zur Mitte hin und versank mit einem unspektakulären Blubbern in der Tiefe des Sees. Die Wasserdecke schloss sich und wenig später auch die Wolkendecke. Der Tag gewann seine alte Farbe zurück, grau wie die Wand, gegen die einer läuft.

Diesmal hatte der Bürgermeister den See freigegeben, weshalb eine Menge Einheimische und Fremde um das Wasser standen und nun auf die glatte, leere Oberfläche starrten. Doch nach und nach gingen die Schaulustigen dazu über, Lagerfeuer zu errichten und die mitgebrachten Würste auszupacken. Es wurde ein richtiger Grillnachmittag, denn der Regen blieb aus, und die Stimmung war gut. Jeder hier war überzeugt, dass die als *Viktorianer* bezeichnete dreiköpfige Mannschaft etwas finden würde. Nicht unbedingt einen Saurier oder ein Alien, aber doch etwas Bemerkenswertes. Und da sollten die Leute recht behalten.

Zunächst einmal muss aber erwähnt werden, dass ein Resultat des Tauchgangs darin bestand, die diversen Tiefenmessungen des Mariensees auf den Kopf zu stellen. Und das, obgleich natürlich luftgestützte Radarmessungen vorlagen. Aber was heißt schon »Luft«, wenn man sich in die umgekehrte Richtung bewegte. Und zwar ganze 280 Meter, was angesichts der relativ geringen Größe des Sees eine sensationelle Tiefe darstellte. Allerdings wurde es nach unten hin weder wärmer noch heller. Jedoch lebendiger. Der tote See erwies sich an seinem unteren Ende als bestens bevölkert. Eine Fülle von Kleinstlebewesen bot Nahrung für robuste Weichtiere, Gliederfüßer und Polypen. Auch sollte sich bei der Analyse einiger der gemachten Proben die Existenz einer bislang unbekannten gehäusetragenden Süßwasserschnecke herausstellen, die dem Plankton zugerechnet wurde und bei der es sich wahrscheinlich um eine endemische Art des Mariensees handelte. Ein Plankton war nun sicher kein Seeungeheuer, und dennoch war die Prophezeiung der Biologin Herstal, immer etwas zu finden, in Erfüllung gegangen. Zusätzlich aber auch in einer Weise, die sie weniger erwartet und erhofft hatte. Als nämlich das U-Boot nach der mehrstündigen Expedition wieder auftauchte, befand sich auf einer der Transportflächen, fixiert von den breiten Klemmen der beiden Roboterarme, ein helles, fragiles Objekt. Einer von den Zusehern am Ufer meinte, es handle sich um einen Haufen Knochen.

Nun, es waren Knochen. Allerdings waren sie weder urzeitlich, noch stammten sie von einem Tier. Die *Viktorianer* hatten zu ihrem eigenen Entsetzen auf dem Grund des Sees ein Skelett entdeckt. Das Skelett eines Menschen.

NEUN

Wenn der Mariensee und Hiltroff in den zurückliegen-
den Wochen Orte der Kryptozoologie gewesen waren, so
wurden sie nun zu Orten der Kriminologie. Bei alldem
assistierte weiterhin die Presse, die ohne Schwierigkeit
vom Plesiosaurus zum Homo sapiens wechselte, somit
von der Hoffnung, etwas Lebendes zu entdecken, zur
Gewissheit, auf etwas Totes gestoßen zu sein.

Wie sich dank eingehender Analysen herausstellte,
handelte es sich bei dem von jeglichem Fleisch vollkommen gereinigten Skelett um das Überbleibsel eines Körpers, der drei oder vier Jahre zuvor in den Mariensee
abgesunken war, und zwar an eine der tiefsten Stellen,
wo er einem natürlichen Zersetzungsprozess ausgelie-
fert gewesen war. Für diese überaus rasche Auflösung
des Gewebes schien in erster Linie ein ausgesprochen
gefräßiger Süßwasserwurm verantwortlich zu sein, dessen Vorhandensein im Mariensee die Fachwelt ein weiteres Mal erstaunte. Schnecken, Würmer, Algen, es ging
wild zu in dieser Tiefe. Jedenfalls war solch naschhaf-
ten Tierchen zu verdanken, dass man nicht eine dieser
grauslich aufgequollenen und verfärbten Wasserleichen
nach oben geholt hatte, wie sie Raymond Chandler in
seiner Geschichte *Die Tote im See* beschreibt – als das
»Ding, das einmal eine Frau gewesen war« –, sondern
eben ein reinweißes, von den Strömungen der Tiefe
geradezu poliertes und makelloses Knochengerüst, welches man in jedem Schulzimmer hätte aufstellen können. Und dennoch konnten die Journalisten jenen
Chandlerschen Titel zitieren und von einer »Toten im
See« sprechen. Denn das Skelett verwies auf den Körper einer Frau, einer jungen, am Ende des Wachstums,
also etwa zwanzigjährig. Ihre Zähne waren makellos,

was natürlich für die Gerichtsmedizin einen Nachteil bedeutete. Wie sie gestorben war, konnte man anhand des Funds nicht rekonstruieren. Aber dass sie gewaltsam aus dem Leben geschieden war, durch eigene oder fremde Hand, davon ging man aus. Und nicht etwa, dass sie beim Nacktbaden in die Mitte des kalten Sees gelangt und dort ertrunken war. Allerdings vermutete man durchaus, dass sie nackt gewesen war. Bei weiteren Tauchgängen, die Marlies Herstal mit einem Polizeibeamten unternahm, wurde nichts gefunden, was auf eine Kleidung schließen ließ, etwa eine für Würmer und Bakterien ungenießbare Gürtelschnalle, wobei solche Dinge natürlich auch im Sand versunken sein konnten. Ebenso wenig war klar, wie die Leiche den Grund des Sees hatte erreichen können. Es fehlten also Zeichen einer Beschwerung des Körpers. Das gab zu denken. Freilich war nicht auszuschließen, dass die sofortige Bergung durch die *Viktorianer* ein Fehler gewesen war. Dass man etwas verloren oder übersehen hatte und dass man bei dem nachfolgenden Tauchgang an eine falsche Stelle gelangt war. Zudem: Seile lösten sich auf wie Fleisch. Und Steine zum Beschweren waren auch nur Steine, die sich dort unten, zwischen anderen Steinen, nicht so schnell verrieten.

Was sich freilich sehr wohl verrät, das ist Metall, welches in der Markhöhle eines menschlichen Knochens einsitzt. Ein solches Metall, genauer gesagt einen medizinischen Nagel zur Knochenbruchbehandlung, fand man im linken Schienbein des Skeletts. Das Implantat aus Titan war von mehreren Schrauben fixiert und eine vollständige Heilung des Knochens erkennbar. Man konnte also annehmen, dass eine baldige Entfernung des eingenisteten Objekts angestanden hätte. Für die Ermittler allerdings war es ein großes Glück, dass der Nagel noch im Knochen steckte, ein gewissermaßen beschrifteter Nagel. In die Oberfläche war eine Folge von Zahlen und Buchstaben eingestanzt, deren Sinn sich aber zunächst auch den Spezialisten nicht erschloss. Und zwar darum, weil man davon ausging, dass die Operation in einem Krankenhaus des Inlands durchgeführt worden war. Wie man ja auch davon ausgegangen war, bei der Leiche handle es sich um eine Person, die wenn nicht aus Hiltroff – wo man offiziell niemand vermisste –, so doch aus der Umgebung stammte. Aber wie sich herausstellen sollte, war die Kennzeichnung des Metalls im Ausland vorgenommen worden. Ein Teil des Codes ließ sich als Hinweis auf das Spital entschlüsseln, in welchem der Eingriff erfolgt war, der Rest bezeichnete wohl die Patientin selbst.

Als man dann endlich das Krankenhaus eruiert hatte, stieß man zwar auf ein Computermodell, welches im Vorfeld der Operation erstellt worden war und dazu gedient hatte, das Verhältnis des Nagels zu seinem Wirtsknochen zu testen, aber im Zuge irgendeiner Schlamperei war der Name der Patientin verloren gegangen. Und keine Bemühung fruchtete, ihn wiederzufinden.

Dass solche Schlampereien ganz typisch für dieses bestimmte Ausland waren, wurde von der Presse nicht offen ausgesprochen, aber unterschwellig klang durchaus an, dass die Verhältnisse in einigen der italienischen Spitäler katastrophal seien. Denn eines war ja nun sicher, dass die Implantation des Knochennagels in einer Mailänder Klinik erfolgt war.

Es kann gesagt werden, dass man so gut wie alles über dieses behandelte Schienbein wusste, nichts aber über die Frau, der es einst gehört hatte. Ein Schienbein, das sich in diesem Moment im Besitz der österreichischen Polizei befand, die zusammen mit den italienischen Kollegen versuchte, die Identität der Toten aus dem See zu lüften.

Zunächst drängte sich die Frage auf, ob es denkbar war, dass eine aus Hiltroff oder der Umgebung stammende Frau nach Italien gereist war, um sich dort operieren zu lassen. Wieso? Weil dort die Nägel besser waren? Quasi statt des Shoppings. Nein, eher vermutete man, dass es sich bei der Person um eine Italienerin gehandelt hatte, die aus irgendeinem Grund nach Hiltroff gekommen war. Und die hier einem Verbrechen zum Opfer gefallen war, ohne dass man ihr Verschwinden bemerkt hatte.

Oder hatte man das durchaus?

Wenn zu Beginn der noch recht fröhlichen Geschichte vom *Ungeheuer vom Mariensee* die Presse gemeint hatte, die Leute, also die Hiltroffer, würden etwas wissen, es aber verschweigen, so wurde das im neuen Fall mit noch größerer Überzeugung angenommen. Zum verständlichen Ärger der Hiltroffer, die jetzt um die Journaille einen großen Bogen machten.

Keinen Bogen freilich konnte man um die Polizei machen, die in Hiltroff einfiel. Beamte aus der Bundeshauptstadt, Spezialisten, Leute, die ein Skelett zu interpretieren verstanden. Und die einen Mörder suchten, praktisch als Ersatz dafür, nicht wirklich beweisen zu können, dass ein Mord überhaupt vorlag. Das war sicher ein vernünftiger Weg, zuerst den Täter zu entlarven, welcher dann die Tat praktisch mitlieferte.

Die Hiltroffer sahen das natürlich anders.

Und Job Grong? Nun, er war zunächst vollkommen verwirrt gewesen. Für ihn war ja mit dem Telefonat, das er mit Olanders Exfrau geführt hatte, die Mailänder Geschichte erledigt und vergessen gewesen. Eine leichte Unruhe hatte ihn erst dann wieder erfüllt, als Tage vor dem Fund des Skeletts rätselhafte Pfützen von Wasser aufgetreten waren. Und jetzt also ein Nagel aus Mailand.

Zwei Tage rang Grong mit sich. Von seiner Theke aus

beobachtete er Olander, welcher in keiner Weise von den Ereignissen am See beeindruckt wirkte. Nur ganz zu Anfang, als allein von einem Knochenfund im Mariensee die Rede gewesen war, hatte ihn deutlich Panik erfasst. Als dann aber klar war, bei der Toten handle es sich um eine Erwachsene, hatte er sich rasch wieder beruhigt und schien sich nicht weiter für den Fall zu interessieren. Auch nicht, als die Nachricht in die Öffentlichkeit drang, jenes Implantat sei in einem Mailänder Krankenhaus in den Knochen gefügt worden.

Gerne hätte Grong Olander gefragt, was er davon halte. Ob er sich denken könne, wer diese Frau sei. Doch war es eine eiserne Regel im Verhältnis zwischen einem Wirt und seinem Gast – so sehr dieses Verhältnis durch eine Lebensrettung auch getrübt sein mochte –, dass der Gast sich von selbst offenbare oder gar nicht. Es ging nicht an, Olander auf die Zehen zu steigen und zum Sprechen zu zwingen, wenn er nicht sprechen wollte. Andererseits fühlte sich Grong verpflichtet, etwas zu unternehmen. Er war alles andere als ein Querulant, aber er kannte seine Bürgerpflicht. Hier lag möglicherweise ein Verbrechen vor, und möglicherweise wusste er, Grong, wer die Tote war. Der Weg zur Polizei war unvermeidbar.

Die Polizeibeamten, die nach Hiltroff gekommen waren, hatten sich im Hotel Mariaschwarz einquartiert, wo sie auch eine Art Büro führten. Es war ganz offensichtlich, wie sehr diese Stadtleute die örtlichen Kollegen übergingen, gewissermaßen den hiesigen Sheriff abservierten. Umgekehrt empfanden die Hiltroffer die städtischen Polizisten als »CIA-Leute«, die »CIA-Methoden« praktizierten.

Der Chef dieser ermittelnden Sondergruppe war ein gewisser Chefinspektor Lukastik, ein als unsympathisch, selbstherrlich und irritierend unorthodox verschriener Kriminalist, den einst eine verrückte Liebe mit dem philosophischen Werk Ludwig Wittgensteins verbunden hatte. Eine Liebe, die in die Brüche gegangen war. Wenn man Lukastik hätte ärgern wollen, hätte man – so wie man jemand damit ärgert, indem man den Namen »Uschi« erwähnt – einfach »Tractatus« ausrufen müssen. Aber niemand wollte Lukastik ärgern. Es war auch so genügend Dunkles und Unerfreuliches an ihm.

Als Job Grong ins Hotel Mariaschwarz kam und um eine Unterredung mit Lukastik bat, wurde er zunächst in einen Nebenraum geführt und dort eine halbe Stunde sitzen gelassen, bevor jemand ihn holte und in das improvisierte Büro des Chefinspektors führte. Lukastik, ein Mann um die fünfzig, pflegte immer unter Bildern, nein Gemälden zu sitzen, auch hier. Es fühlte sich dann um einiges kompletter an als vor leeren Wänden oder bloßen Fensterscheiben. Im konkreten Fall hatte der Besitzer des Hotels, Herr Götz, ein recht wertvolles Ölbild aus seiner eigenen Sammlung zur Verfügung gestellt, einen Max Weiler. Tirol abstrakt. Das Faktum, unter diesem Bild zu sitzen, erfreute Lukastik mehr als alles andere. Auch mehr als die Küche eines pensionierten Haubenkochs.

Der Chefinspektor bat Grong, sich zu setzen, erkundigte sich nach dessen Personalien und fragte sodann, worum es gehe, und ersuchte Grong auch gleich, sich kurz zu halten, man sei beschäftigt.

»Ich kann auch wieder gehen«, antwortete Grong, der keineswegs vorhatte, hier den devoten Bauerntrottel zu geben.

»Ich bat Sie nur, mir einen Roman zu ersparen«, antwortete Lukastik, ohne sein Gegenüber anzusehen.

»Ich schreibe keine Romane«, sagte der.

»Dann ist es ja gut. Also ...«

»Ich möchte Sie bitten zu überprüfen, ob eine gewisse Frau, die in Mailand lebt, vermisst wird oder nicht. Und ob es sie überhaupt gibt.«

»Sie sprechen von der Person, deren Skelett wir im See gefunden haben.«

»Ich bin nicht sicher, ob ich das tue. Aber wenn Sie sich die Mühe machen und den Namen überprüfen, kann ich Ihnen hernach sagen, was ich weiß. Oder mich – was ich sehr hoffe – dafür entschuldigen, Ihnen die Zeit gestohlen zu haben.«

»Also gut. Versuchen wir's.«

»Die Frau heißt Andrea Pero«, teilte Grong mit. »Ich kann nur sagen, dass sie in einem bestimmten Viertel von Mailand, dem Quarto Oggiaro leben soll. Sie dürfte um die zwanzig sein.«

»Hat sie einen Beruf?«

»Soweit ich weiß, arbeitet sie nicht in einem konventionellen Sinn.«

»Sondern ...«

»Lassen Sie einfach nachsehen, ob diese Frau existiert, ob eine Frau dieses Namens in den letzten Jahren verschwunden ist. Dann können wir weiterreden.«

»Ich mag es nicht«, sagte Lukastik, »wenn andere das Tempo bestimmen.«

»Bedenken Sie, dass ich ein alter Mann bin. Da kann man doch ein Auge zudrücken.«

»Da haben Sie auch wieder recht«, meinte Lukastik, der bei aller Vermessenheit auch zur Einsicht fähig war. Er bat Grong um dessen Telefonnummer.

Grong gab sie ihm, verabschiedete sich und verließ das Hotel, welches um so viel vornehmer war als sein eigenes.

Nur zwei Stunden später saß Job Grong erneut im Zimmer des Chefinspektors, der nun an der Kante seines Tisches lehnte und die betont legere Haltung von Fallschirmspringern und lebenden Kanonenkugeln einnahm. In seinem Blick lag ein mangelhaft unterdrückter Ausdruck von Spannung und Aufmerksamkeit. Der ganze Lukastik hockte in einem Startblock. Er sagte: »Erzählen Sie mir, was Sie von dieser Frau wissen. Von Andrea Pero.«

»Sie existiert also«, konstatierte Grong.

»Ja, und sie wurde vor drei Jahren als vermisst gemeldet. Wir wissen auch, dass sie einen Unfall hatte. Sie ist in eine Straßenbahn gelaufen, und ihr wurde ein Nagel eingesetzt. Genau der, den wir in dem Skelett fanden. Wir haben jetzt also einen Namen für unsere Tote. Und nun, Herr Grong, würde ich gerne erfahren, woher Sie wussten, nach wem wir suchen müssen.«

»Ich dachte, Sie werden mich als Erstes fragen, ob ich der Mörder bin.«

»Nein, das tue ich nicht. Ich stelle nur sinnvolle Fragen. Ich frage immer nur die Mörder, ob sie die Mörder sind. – Also bitte, erzählen Sie.«

Grong war beeindruckt. Dieser Lukastik mochte ein Ungustl sein, aber ein interessanter Ungustl.

Job Grong begann seine Schilderung. Wie er Olander kennengelernt, ihn aus einem Wasserloch gerettet und wie dieser ihm vom Verschwinden seiner Tochter und der Suche nach ihr berichtet hatte. Einer Tochter, die es laut Olanders geschiedener Frau gar nicht gab. – Grong ließ kein Detail aus. Er besaß ein gutes Gedächtnis, und er besaß die Gabe, einen Bericht abzuliefern, ohne etwas hinzuzudichten. So etwas geschah selten. Die meisten Berichte waren Variationen auf ein Thema von Bach.

Als Grong geendet hatte, nämlich mit dem Hinweis, wie wenig sich Olander um den Knochenfund zu kümmern scheine, rutschte Lukastik von der Tischkante, spazierte einmal um Grong herum und nahm dann wieder unter der abstrakten Tiroler Landschaft seinen Platz ein. Er legte seine Hände mit geschlossenen Fingern auf der Tischfläche ab und sagte: »Na, dann werden wir uns mal mit Herrn Olander unterhalten.«

Nicht dass Olander verhaftet wurde. Vielmehr war es so, dass am gleichen Nachmittag Lukastik im POW! erschien, bei Grong einen Kaffee bestellte und sich sodann zu Olander an den Tisch setzte. Olander steuerte soeben auf die Mitte seiner Vier-mal-zwei-Serie zu, hatte einen letzten Schluck Branca Menta im Glas.

»Sie wissen, wer ich bin?«, fragte Lukastik.

»Der neue Dorfpolizist«, antwortete Olander.

»Was bringt das? Wollen Sie, dass ich mich ärgere, dass ich böse werde, dass ich Sie zu einem ungemütlichen Verhör abschleppen lasse?«

»Stimmt, das war dumm von mir«, zeigte jetzt auch Olander Einsichtsfähigkeit. Er sagte: »Sie sind der Chefinspektor aus Wien.«

»Und Sie sind ein Mann, der sich seit gut drei Jahren an einem Ort befindet, an dem er eigentlich nichts verloren hat.«

»Sie werden doch wohl schon herausbekommen haben, dass ich nach meiner Tochter suche.«

»Sie haben keine Tochter.«

»Wer sagt Ihnen das?«

»Denken Sie, ich bin unvorbereitet? Ich habe Erkundigungen eingeholt. Wie lästige Polizisten das so tun. Ich habe mit Longhi gesprochen. Sie kennen Longhi doch?«

»Er war nicht sehr engagiert in dieser Sache.«

»Er hat den Unfall untersucht«, sagte Lukastik. »Den Tod des Taxifahrers. Und später dann den Tod des Mannes, der den anderen Wagen steuerte. Und er hat versucht herauszufinden, was *Sie* damit zu tun haben. Ein Mann, der am Flughafen in ein Taxi steigt, ein Taxi, das

147

später verunglückt. Ein Mann, der dem Feuertod entkommt, aber einige Tage im künstlichen Koma liegt. Ein Mann, der, als er erwacht, von seiner Tochter spricht. Was für eine Tochter?, fragen alle. Aber Sie bleiben dabei, behaupten, da sei dieses Kind gewesen. Und da sei diese junge Frau gewesen, die das Kind an sich nahm.«

»So war es.«

»Nein, so war es nicht, Herr Olander. Faktum ist, dass Sie ganz alleine in diesem Taxi gesessen haben. Und Faktum ist, dass Sie keine Tochter haben.«

»Sie heißt Clara.«

»Es gibt keine Clara«, sagte Lukastik. »Darum dachte Longhi auch, es würde diese junge Frau, von der Sie sprachen, ebenfalls nicht geben.«

»Andrea Pero.«

»Ja. Longhi hat gemeint, diese Frau sei genauso ein Hirngespinst wie ein Mädchen namens Clara.«

»Longhi hat keine Ahnung.«

»Und Ihre Frau? Ihre Exfrau? Sie weiß nichts von einem Kind. Es ist doch so: Entweder hat man ein Kind oder man hat es nicht. Es wird geboren, geimpft, wird ein Staatsbürger, geht in den Kindergarten, in die Schule, hat einen Pass, lächelt auf Fotos ... Haben Sie ein Foto von Clara, Herr Olander?«

»Ich kann Fotos nicht ausstehen. Vor allem Kinderfotos nicht. Fotos verderben ein Gesicht.«

»Sie haben allein im Flugzeug nach Mailand gesessen«, stellte Lukastik fest.

»Was wollen Sie mir sagen? Dass ich verrückt bin. Dass ich mir Dinge einbilde. Danke schön, ich hab's verstanden.«

»Eigentlich könnte man es damit bewenden lassen«, meinte Lukastik. »Niemand kann Ihnen verbieten, ein Kind zu suchen, das gar nicht existiert. Aber jetzt ist nun mal dieses Skelett aus dem Mariensee aufgetaucht. Und wir wissen, dass es zu einer Frau namens Andrea Pero gehört, die vor drei Jahren aus Mailand verschwunden ist. Eine Frau, die Sie einige Wochen vor ihrem Verschwinden aufgesucht haben.«

»Ach was, ich dachte, das entspringt alles nur meiner Phantasie.«

Während er das sagte, schaute Olander hinüber zu Grong, der gerade einige Gläser polierte und seinerseits herübersah. Lukastik bemerkte den Blick und meinte: »Kommen Sie ja nicht auf die Idee, Herrn Grong einen Vorwurf daraus zu machen, mit uns gesprochen zu haben.«

»Keineswegs. Er ist ein integrer Mann, der nur redet, wenn er reden muss. Abgesehen davon, dass ich ihm mein Leben verdanke. – Er hat sich Ihnen also anvertraut. Nun, dann wissen Sie, dass ich Andrea Pero aufgesucht habe, weil ich hoffte, sie könnte mir sagen, wo meine Tochter ist. Sie denken aber, ich habe keine Tochter. Gut, dann war ich auch nie bei dieser Frau Pero. Ich stehe auf dem Standpunkt, dass entweder alles oder nichts eine Erfindung ist.«

»Das ist ein bequemer Standpunkt«, fand Lukastik, »den ich mir leider nicht erlauben kann. Eine Clara gab es nie, eine Andrea Pero durchaus. Und es würde mich natürlich brennend interessieren, wieso diese Frau nach Hiltroff kam.«

»Vielleicht aus dem gleichen Grund wie ich. Herr Grong hat Ihnen doch sicher auch erzählt, dass dieser andere Fahrer – der das Taxi rammte und den Taxichauffeur tötete, bevor er dann selbst an die Reihe kam –, dass er mir diesen Ort hier nannte. Wie es scheint, ruft Hiltroff die Leute zu sich. Ich bin dem Ruf gefolgt. Pero ist dem Ruf gefolgt. Und einige andere vielleicht ebenso.«

»Ich denke eher, dass Sie selbst es waren, der Frau Pero nach Hiltroff gelockt hat.«

»Zu welchem Zweck?«

»Zu dem offenkundigen Zweck. Sie wissen ja, in welchem Zustand die junge Frau aus dem Wasser gezogen wurde.«

»Für mich zählt nur, dass es nicht das Skelett meines Kindes ist.«

»Sie wollen also behaupten, nach Ihrer Zeit in Mailand nie wieder von Andrea Pero gehört zu haben.«

»Das habe ich nicht gesagt. Ich hatte ihr damals, in ihrer Wohnung, meine Handynummer gegeben, aber nicht wirklich geglaubt, dass sie sich melden würde. Sie schien ja in Angst zu leben. Umso mehr war ich erstaunt, als sie mich dann hier in Hiltroff anrief und mir erklärte, sie würde oben am Mariensee auf mich warten. Ich bin sofort hinaufgestiegen, doch sie war nicht da. Ich bin mehrmals um den See, aber keine Spur von ihr. Das war's auch schon. Und jetzt, drei Jahre später, findet man ihre Knochen.«

»Sie können schwerlich von mir verlangen, dass ich Ihnen das glaube.«

»Natürlich nicht. Sie müssen mich logischerweise für den Mörder dieser Frau halten. Und wenn ich so verrückt bin, wie Sie meinen, muss ich es mir selbst zutrauen. Was mir jedoch als die eigentliche Frage erscheint, ist die, wieso Andrea Pero nach Hiltroff kam.«

»Ich spekuliere mal«, sagte Lukastik. »Vielleicht hatte sie ein Verhältnis mit Ihnen.«

»Dafür muss man nicht nach Hiltroff gehen.«

»Frau Pero stammt aus einer ziemlich wilden Familie. Ihre Brüder hatten sicher etwas dagegen, dass da ein Nichtitaliener gehobenen Alters mit ihrer geheiligten Schwester herummacht.«

»Sie haben recht, das wäre ein Argument gewesen. Aber es ist nun mal so, dass ich mit Andrea Pero nie geschlafen habe. Oder sonst was.«

»Ihre Exfrau ist aber auch ziemlich jung.«

»Das war ein Fehler, wie ich heute weiß. Jedenfalls sind junge Frauen nicht etwa eine Leidenschaft von mir. Es geht wirklich um etwas anderes ... Ich werde es aber Ihnen und mir ersparen, jetzt wieder damit anzufangen, von einem Kind zu sprechen, an das Sie nicht glauben wollen.«

»Ich würde gerne daran glauben. Geben Sie mir irgendetwas in die Hand. Einen kleinen Beweis. Ist das zu viel verlangt?«

»Wenn ich Clara gefunden habe, und Gott gebe, dass ich sie lebend finde, dann wird das genug Beweis sein.«

Lukastik seufzte. Das war ein unguter Fall. Denn dieser Vinzent Olander erschien ihm alles andere als jemand eindeutig Schizophrener. Natürlich war die Sache mit dem Kind Unsinn. Lukastiks Mitarbeiter hatten rasch belegen können, dass aus der Ehe zwischen Olander und Perrotti keine Kinder hervorgegangen waren. Übrigens auch aus keiner anderen Beziehung Olanders. Ebenso klar war, dass niemand von den Zeugen des Taxiunfalls in Mailand ein kleines Mädchen bei Olander gesehen hatte. Oder eine Frau, die ein solches Mädchen aus dem Wagen gehoben hätte.

Besonders irritierend war der Umstand, dass Vinzent Olander sich am Tage der Ermordung des anderen Unfallbeteiligten, To Albizzi, in dessen Appartement befunden hatte. Aber für diesen Mord gab es nun mal einen tadellosen Schuldigen, jenen geständigen Ehemann der Geliebten To Albizzis. Der kleine, dicke Mann war ein offenes Buch, das man schließen konnte. Wie schön!

Jetzt brauchte es noch einen ebenso tadellosen Mörder für den Fall Andrea Pero. Aber das war wohl ein Traum.

»Ich werde Sie vorerst nicht festnehmen«, sagte Lukastik. »Ich habe einfach zu wenig in der Hand. Lauter Indizien, wenig Spruchreifes. Aber glauben Sie nicht, dass Sie sich hinter Ihrem Irrsinn verstecken können.«

»Verstecke ich mich denn?«, fragte Olander und breitete die Arme weit aus.

»Indem Sie von einer Tochter sprechen, die Clara heißt ...«

»Wenn Sie wollen, kein Wort mehr über Clara.«

»Also gut. Halten Sie sich zur Verfügung. Ich meine, dass Sie den Ort nicht verlassen dürfen.«

»Sie belieben zu scherzen. Ich halte mich seit drei Jahren zur Verfügung«, sagte Olander. »Und habe seit drei Jahren den Ort nicht verlassen.«

Nun, das stimmte. Grong hatte es schon zuvor erwähnt, wie offenkundig sich Olander in diesen Jahren präsentiert hatte. Wie sehr er stets bemüht gewesen war, auf sich aufmerksam zu machen. Da zu sein, wenn man ihn rufen würde. Nur, dass niemand ihn gerufen hatte.

Lukastik wollte sich gerade erheben, da betrat Marlies Herstal das POW!. Für die nächsten Tage war ein letzter Tauchgang geplant, da man noch einmal versuchen wollte, Spuren im Bereich der Fundstelle zu entdecken. Daneben sollten zusätzliche Proben aus dem Bodenschlamm des Mariensees entnommen werden. Herstal hatte den ersten Schock ganz gut weggesteckt. Sie war entschlossen, sich den naturwissenschaftlichen Zauber dieses Sees nicht von einem Kriminalfall rauben zu lassen und eine fortgesetzte Erforschung des schwarzen Gewässers zu betreiben.

Auch sie war im Hotel Mariaschwarz untergekommen, plante jedoch ins Hiltroff umzuziehen. Sie mochte die Grongs, ja und sie mochte Olander. Lukastik aber mochte sie nicht. Lukastik war einfach kein Frauentyp, obgleich er nicht unattraktiv war. Aber die Frauen spürten seine Kälte, sein geometrisch-philosophisches Wesen, trotz Abkehr von Wittgenstein. Sie spürten, dass dieser Mann für das richtige Gemälde an der Wand sofort eine potenzielle Geliebte geopfert hätte. Und so was konnten Frauen nun mal nicht leiden.

Lukastik blieb sitzen. Er hatte keine Ahnung gehabt, dass Marlies Herstal diesen Olander kannte, was augenscheinlich der Fall war. Herstal nahm bei den beiden Männern Platz und bekam auf ein kleines Zeichen hin ihren Pernod serviert. Es war etwas sehr Vertrauliches an der Art, in der sie mit Olander sprach und von einer neuen Erkenntnis *ihre* Süßwasserschnecke betreffend erzählte, während der Ton, in dem sie Lukastik anredete, so trocken und kühl war, wie Marlies wohl meinte, dass Lukastik trocken und kühl war.

Was Lukastik in keiner Weise störte. Er gehörte zu den Menschen, die nicht den geringsten Wert darauf legten, beliebt zu sein. Er war kein Fußballer, kein Schlagersänger, keine duftende Blüte und kein futterabhängiges Schoßhündchen.

Hingegen störte es ihn absolut, und zwar aus Sicherheitsgründen, dass Marlies Herstal eine Art von Freundschaft mit Olander zu pflegen schien. Denn ab dem heutigen Tag musste Vinzent Olander als möglicher Mörder von Andrea Pero gelten. Darüber hätte man Frau Herstal eigentlich informieren müssen, ihr sagen müssen, dass sie eventuell mit einem Frauenmörder zusammensaß. Jedenfalls mit jemand, mit dem man nicht etwa in ein U-Boot steigen sollte.

Aber das konnte Lukastik hier und jetzt nicht verkünden, ohne seine Souveränität einzubüßen. Oder gar den Eindruck zu vermitteln, Olander um seine spürbare Wirkung auf Frau Herstal zu beneiden. Nur das nicht!

Also stand er einfach auf und erklärte, noch zu tun zu haben. Er sah Olander an und sprach: »Sie denken daran, was ich Ihnen gesagt habe.«

»Sie werden mich nicht los, keine Angst«, erwiderte Olander.

»Und Sie, Frau Herstal?«, erkundigte sich Lukastik.

»Was denn?«, fragte Herstal in diesem herausfordernden Fick-dich-doch-selbst-Ton.

»Passen Sie einfach auf sich auf«, sagte der Kriminalist, nickte dem Wirt zu und verließ das Lokal.

Doch natürlich war es so, dass Lukastik sich nicht darauf verlassen wollte, dass Marlies Herstal auf sich selbst Acht gab. Er wies einen Mitarbeiter, der draußen im Wagen wartete, an, Vinzent Olander im Auge zu behalten. Und er versprach, einen zweiten Mann zu schicken. Dann marschierte er zu Fuß zum Hotel Mariaschwarz zurück.

Die Wolken waren jetzt gelb wie in einer Hexenküche. Vom See her fiel ein Nebel auf die Ortschaft. Man sah ihn zügig näher rücken, in Form einer kompakten, abgegrenzten Masse, als einen großen Ballen von weißem Rauch.

»Ich hasse diesen Ort«, dachte Lukastik. Aber wann dachte er das nicht?

Es gab ein Gefühl, welches Lukastik als das allerlogischste erschien: Ekel vor der Welt.

ZEHN

Das Flugzeug hatte Verspätung. Lukastik saß auf einer Bank des Warteraums, eingezwängt zwischen Geschäftsleuten, die auf ihren Laptops herumspielten. Es sah aus, als würden all diese eifrigen Männer und Frauen Kochplatten auf ihren Schenkeln balancieren und Eierspeisen zubereiten. Eierspeisen, die um die Welt gingen.

Im vorliegenden Fall aber ging es nicht gleich um die ganze Welt, sondern bloß nach Mailand. Beziehungsweise ging es vorerst nirgends hin, da wohl eine Bombendrohung irgendeinen europäischen Großflughafen lahmgelegt und das System ständig startender und landender Flugzeuge durcheinandergebracht hatte.

Lukastik hatte keinen Laptop. Auch telefonierte er nicht. Obgleich er natürlich seinen Termin mit Longhi nicht einhalten konnte. Aber das würden die Italiener schon bemerken, wenn der Flieger nicht rechtzeitig ankam. Lukastik benutzte selten ein Handy oder Telefon. Weil jeder Anruf, den man tätigte, Anlass für ein Missverständnis bot. Viele Dinge erledigten sich eher, wenn sie nicht besprochen wurden.

Auch Lukastik war ein Anzugträger, aber ein richtiger Anzugträger. Eben keiner von diesen Businessmenschen hier, die vom vielen Anzugtragen vollkommen vergiftet und verstrahlt schienen. Lukastiks Anzüge waren älter, antiquarisch, ausgegiftet, maßgeschneidert, aber eben nicht für ihn maßgeschneidert, sondern für andere Leute, die bereits tot waren.

Den Anzug, den Lukastik im Moment trug, hatte er von seinem Großvater geerbt. Freilich waren einige Änderungen vorgenommen worden. Jetzt passte er perfekt. Er zwickte nicht, machte sich nicht selbständig, war ein guter Freund. Sommerleinen, dunkelocker mit einem grünlichen Stich, als betrachte man Moos durch lehmiges Wasser.

Auch Lukastik hatte seine beiden Oberschenkel belastet. Auf dem linken Bein die ersten sechsunddreißig Seiten eines Buches, auf dem rechten die verbleibenden siebenhundertirgendwas ... Dicke Bücher waren ihm ein Gräuel. Dieses hier aber hatte ihn interessiert, als er durch den Flughafenkiosk geschlendert war. Was sich als ein Fehler herausgestellt hatte, es zu kaufen. Der linke Schenkel mit seinen sechsunddreißig Seiten spürte sich um so viel besser an als das ungleich stärker beladene Gegenüber. Natürlich, Oberschenkel waren keine Intellektuellen, die für das Abenteuer des Geistes das Gewicht Hunderter Seiten von Papier gerne in Kauf nahmen. Aber wenn dieses Abenteuer des Geistes ohne großen Reiz blieb, dann wurde auch der ganze Leser zum wehleidigen Oberschenkel.

Lukastik tat nun Folgendes: Er übte Gerechtigkeit, indem er nämlich die nächsten dreihundert Seiten überblätterte und in etwa ein Gleichgewicht herstellte, beide Schenkel in gleichem Maße in die Verantwortung nehmend. Allerdings verlor er dabei auch die Lust, weiterzulesen, war nur noch ein Träger dieses Buches. Er lugte neben sich, zu einem Sitznachbarn, auf dessen Monitor ein Film lief, der eben erst begonnen hatte. Lukastik erkannte das Gesicht von Jodie Foster. Man sah sie zusammen mit einem Mädchen, das offenkundig die Rolle der Tochter spielte. Die beiden nahmen in der hinteren Reihe eines Flugzeuges Platz.

Auch wenn Lukastik nun keine Möglichkeit hatte, zu verstehen, was in diesem Film gesprochen wurde, und er zunächst auch nur sporadisch mitsah, begriff er dennoch, um was es in der Hauptsache ging. Und wurde zusehends aufmerksamer und interessierter. Denn es geschah in diesem Film, dass Jodie Foster, nachdem sie

156

auf ihrem Sitz einschläft und wieder erwacht, feststellen muss, dass ihre Tochter verschwunden ist. In einem Flugzeug! Foster beginnt zu suchen, findet das Kind aber nicht, gerät immer mehr in Aufregung, drangsaliert die Crew und steht alsbald vor dem Problem, dass nicht nur ihre Tochter nicht auftaucht, sondern zudem von jedermann bezweifelt wird, dass dieses Kind überhaupt je an Bord kam.

Natürlich, auch wenn niemand von der Mannschaft und den anderen Fluggästen das Kind bemerkt zu haben scheint, die Zuseher des Films natürlich schon. Sie waren Zeuge. Aber was haben sie da wirklich gesehen? Einen Traum? Eine Halluzination? Halluziniert von Jodie Foster, die ihrerseits anfängt, an der eigenen Version zu zweifeln. Am eigenen Verstand.

Es gibt nun eine Sequenz in diesem Film, die nach Lukastiks Anschauung großartiger nicht hätte sein können. In dem Augenblick nämlich, da die völlig verzweifelte Jodie Foster an ihren Platz zurückgelangt und endlich bereit ist, sich selbst als wahnsinnig zu begreifen, stiert sie auf das Sichtfenster, atmet aus und haucht dabei die Scheibe an. Auf diese Weise wird ein kleines Herz sichtbar, eine Fingerzeichnung, die nur von ihrer Tochter stammen kann.

Man kennt das ja selbst, die Fingertapser der Kinder auf den Badezimmerspiegeln, Spuren, die sich ewig zu halten scheinen und bei etwas Feuchtigkeit oder dem richtigen Lichteinfall wie aus dem Inneren des Spiegels erneut auftauchen, sich zeigen, eine unverkennbare Chiffre des Lebens bilden. So wie dieselben Kinder später auf die Wände von Toiletten kritzeln, *hier pisste …*

Jodie Foster identifiziert den Abdruck eines Fingers und damit den Abdruck der Wirklichkeit. Ihre Tochter existiert, muss sich an Bord des Flugzeugs befinden.

Der traurige Rest des Films erschöpfte sich in konventioneller Action. Achterbahnfahrt im Bauch des Fliegers, Pistolen, Bomben, ein Bösewicht, viel Glück und Zufall und zum Schluss ein amerikanischer Seelenfrieden. Mutter und Tochter, alles gut.

Natürlich hatte sich Lukastik nur darum von diesem Film nicht losreißen können, weil selbiger ihn so sehr an das Dilemma des Vinzent Olander erinnerte, dem ja auch niemand glaubte, dass er eine Tochter besaß, die entführt worden war. Als wäre eine Entführung nicht schon schlimm genug.

Eins freilich war im Falle Olanders deutlich anders. Er schien in keiner Weise daran zu zweifeln, dass seine Tochter existierte, seine Clara. Gleich, was die anderen sagten. Die anderen waren für Olander Betrogene und Blinde. Er selbst aber, er benötigte keinen kleinen Abdruck einer Hand. Er benötigte nicht einmal ein Foto in seiner Geldbörse. Er wusste, was er wusste. Und genau dies erschien als ein Beweis für seine Verrücktheit. Ein Mensch, der sich für wahnsinnig hält, ist es nicht. Der Wahnsinnige aber hält alle anderen für verrückt. Und da ist ja auch etwas dran, wenn wir die Welt durch zwei teilen.

Olander brauchte also keinen Händeabdruck. Was aber würde geschehen, wenn Lukastik einen solchen entdeckte, einen Hinweis auf Clara? Daran dachte er jetzt. Fast wünschte er sich etwas Derartiges, überzeugt jedoch, dass es nicht geschehen würde.

Nach einer ewigen Warterei stieg man endlich in den Flieger und war eine Stunde darauf in Mailand. Für ein Treffen mit Longhi war es zu spät. Ein Carabiniere brachte Lukastik in sein Hotel, wo er nach einem kurzen Abendessen auf sein Zimmer ging und eine ruhige Nacht verbrachte. Er schlief gut in fremden Betten, so wie er gut in fremden Anzügen lebte.

Dementsprechend ausgeruht, traf er sich am nächsten Morgen mit Longhi in einem Café aus viel rotlackiertem Holz. Longhis Stammlokal, schien es. Der Kommissar wurde behandelt, als sei er der Patron. Man saß in einer hinteren Ecke mit Abstand zu den restlichen Tischen. Wenn ein Kellner erschien und etwas servierte, tat er das, als laufe er barfüßig über heiße Kohlen.

Longhi stocherte in einem weichen Ei herum. Es sah nicht aus, als wollte er es essen. Nur ein bisschen sekkieren. Er sagte, in das misshandelte Ei schauend, aber Lukastik meinend, weil er ja sonst kaum sein gutes Deutsch benutzt hätte: »Können Sie ihn überführen?«

»Im Moment sieht es schlecht aus«, gab Lukastik zur Antwort. »Olander hat nichts getan, was ihn wirklich belastet. Er kannte Frau Pero, das ist richtig. Und Frau Pero reiste offenkundig nach Hiltroff. Aber wir können so wenig ausschließen, dass sich Andrea Pero das Leben genommen hat, wie, dass jemand ganz anderer, jemand, von dem wir noch gar nichts wissen, das Verbrechen begangen hat. – Ich würde sehr gerne mit Olanders Exfrau sprechen. Können Sie ein Treffen arrangieren?«

»Ich habe das bereits veranlasst. Frau Perrotti ist am Vormittag in der Scala beschäftigt, aber mittags hat sie Zeit. Passen Sie aber auf, die Dame ist kein Zuckerschlecken. Wenn sie nichts sagen will, sagt sie nichts. Doch sie weiß natürlich auch, dass sie mit uns reden muss, dass sie mit *Ihnen* reden muss. Ein bisschen zumindest.«

»Gut«, sagte Lukastik, trank den schwarzen, bitteren Kaffee, der wie ein hochkonzentrierter Mariensee in der kleinen weißen Schale schwamm, und erkundigte sich nach dem Unfall damals vor vier Jahren, nach dem Taxifahrer und dem anderen Mann, To Albizzi.

»Was soll ich sagen?«, meinte Longhi und streute Pfeffer in das Ei, wie man sagt, jemand streue Salz in eine offene Wunde. »Es scheint ein simpler Unfall gewesen zu sein. Ich habe den Fall zunächst nur darum untersucht, weil wir diesen Taxifahrer, Giorgio Straub, schon seit Monaten unter Beobachtung hatten. Er hat Drogen verteilt. Die Kunden vom Flughafen abgeholt und quasi mit der Taxirechnung den Stoff übergeben. Meistens an Leute aus dem Showgeschäft, Künstler, Architekten, Modemenschen natürlich und so weiter. Darum waren wir an ihm dran.«

»Soll das heißen, Sie haben diesen Straub beschattet, als Vinzent Olander in sein Taxi stieg?«

»Richtig. Wir haben eine Liste der Leute angelegt, die Straub befördert hat. Befördert und beliefert.«

»Was denn? Olander ein Konsument? Ich hatte nie den Eindruck, er wäre süchtig. Ein Trinker, das schon. Aber keine Drogen.«

»Da liegen Sie richtig. Vinzent Olander scheint ein ganz normaler Taxikunde gewesen zu sein. Aber als dieser Unfall dann geschah – der Wagen mit unseren Leuten wäre fast auch hineingefahren –, haben wir uns gefragt, ob das alles mit rechten Dingen zugeht. Und dann fängt Herr Olander, als er aus dem Koma erwacht, auch noch an, von seiner Tochter zu erzählen und von einer Frau, die das Kind entführt haben soll.«

»Und Sie hatten keine Ahnung, dass er damit Andrea Pero meinte?«

»Nein. Obwohl diese Frau schon länger im Visier der Polizei stand. Sie wissen ja, dass sie gewissermaßen im Versicherungsgeschäft tätig war. Aufseiten der Versicherten. Spielte die Zeugin. Auch bei Autounfällen, um nachher zu beeiden, dass etwas so und so vonstatten gegangen war. Diese Pero hatte ein Gesicht wie von Raffael. Man hat ihr gerne alles geglaubt. Dass *sie* es aber war, von der Olander sprach, kam uns trotzdem nicht in den Sinn. Ein Name ist nie gefallen.«

»Könnte es sein, dass Frau Pero wirklich am Unfallort war?«

»Wie will man das ausschließen? Wie gesagt, es war ihr Job, als Zeugin aufzutreten. Die Frage ist, was sie in dieser Geschichte hätte bezeugen sollen. Jedenfalls ist von unserer Seite nichts gefunden worden, was auf einen absichtlich herbeigeführten Zusammenstoß hinweist. Es war ein Unfall. Und die Ermordung des anderen Fahrers, To Albizzi, hat damit nichts zu tun. Ein Beziehungsdrama, nichts weiter.«

»Ein Beziehungsdrama in Anwesenheit Herrn Olanders«, ergänzte Lukastik.

»Ja, das gefiel mir auch nicht. Aber ich konnte Olander nichts nachweisen. Da geht es mir wie Ihnen. Diesem Mann ist nicht leicht beizukommen, obwohl er mir gar nicht so clever erscheint.«

»Seine Cleverness«, meinte Lukastik, »ergibt sich daraus, dass er nicht bei Sinnen ist.«

»Vielleicht.«

»Was ist eigentlich von der Familie zu halten, aus der Andrea Pero kommt?«, wollte Lukastik wissen. »Könnten diese Leute mit ihrem Tod etwas zu tun haben?«

»Glaube ich nicht«, meinte Longhi. »Das sind Kleinkriminelle. Was nicht heißt, dass sie keinen Mord begehen können. Aber dafür würden die nicht an einen Ort fahren wie ...«

»Hiltroff.«

»Die Peros leben in der Bronx. Alles, was sie tun, erledigen sie auch dort. Doch wenn Sie wollen, Herr Lukastik, können Sie sich die Familie Pero ja einmal ansehen. Nette Leute. Ich würde Ihnen einen Kollegen mitgeben, zum Hinfahren und zum Übersetzen.«

»Ja, das Angebot nehme ich an. Die *Bronx,* das klingt gut.«

Longhi machte ein Gesicht wie von verdorbenem

Apfelmus und schob sein Ei zur Seite. Dann fragte er, wann das Skelett freigegeben und nach Italien überführt werde.

»Wir sind noch bei der Untersuchung«, antwortete Lukastik, dem die Langsamkeit seiner Leute peinlich war.

»Na, eilt ja nicht«, gab sich Longhi großzügig.

Diese beiden Polizisten unterschieden sich deutlich. Longhi mochte ein guter oder zumindest ordentlicher Kriminalist sein, aber ihn kümmerte nicht wirklich, was in der Welt geschah. Eben schon gar nicht, was sich in der Bronx abspielte. Wenn er dort hinfuhr, nahm er ein paar Leute fest, als sei er auf Büffeljagd, danach fuhr er wieder nach Hause und genoss die Verhältnisse eines privilegierten Daseins. Eine Komposition von Albinoni stand ihm näher als der Sumpf der Stadt.

Lukastik hingegen, mit seinem Ekel vor den Dingen, war immer ganz bei der Sache. Es gab für ihn kein Leben außerhalb dessen, mit dem er sich von Berufs wegen zu beschäftigen hatte. Alles Private hatte er ausgeschieden. Wozu in letzter Konsequenz auch gehört hatte, seine Liebe zu Wittgenstein zu eliminieren. Philosophie war okay, aber nicht Liebe. Liebe war für Lukastik eine Kinderkrankheit für Erwachsene. Davon hatte er sich befreit (oder glaubte es wenigstens). Es ist ja bekannt, dass man Masern und Windpocken in der Regel nur einmal bekommt. Es gab somit nichts, womit man Lukastik hätte erpressen können. Und ganz gleich, ob man ihn als einen guten oder schlechten oder merkwürdigen Kriminalisten einstufte, eins war er ganz gewiss, ein ganzer und damit auch perfekter Polizist.

Kurz nach der Mittagszeit saß der perfekte Polizist in einem hellen, weiten, von warmer Luft durchwehten Büro, das zum Teatro de la Scala gehörte. Yasmina Perrotti, einer der Stars der europäischen Bühnenbildnerei, saß ihm gegenüber und schenkte ihm einen Blick, der geeignet gewesen wäre, einen Steinpilz zu vergiften.

Aber Lukastik war kein Steinpilz. Er war unvergiftbar. Zumindest solange er seinen Anzug trug. Er legte die Fingerkuppen aufeinander, bedankte sich dafür, empfangen worden zu sein, und brachte das Gespräch auf ein Mädchen namens Clara.

»Es gibt keine Clara«, sagte Frau Perrotti. »Wissen Sie das nicht?«

»Ihr geschiedener Mann versucht mir aber ständig einzureden, dass ein Kind mit diesem Namen existiert.«

»Wollen Sie mich provozieren«, fragte Perrotti, »indem Sie so tun, als würden Sie diesem Verrückten glauben?«

»Ich möchte nur gerne begreifen, was Herrn Olander dazu veranlasst, sich eine solche Geschichte auszudenken.«

»Da sind Sie nicht alleine.«

»Warum kam er überhaupt nach Mailand? Ich meine an diesem bestimmten Tag, als der Unfall geschah.«

»Wir hatten noch ein paar finanzielle Dinge zu regeln.«

»Viel Geld?«

»Kleinkram.«

»Ich wäre Ihnen sehr verbunden«, erklärte Lukastik, »wenn Sie mir sagen könnten, was ich wissen muss.«

»Ich weiß nicht, was Sie wissen müssen«, reagierte Frau Perrotti und spitzte ihren Blick. Ein Steinpilz wäre jetzt tot gewesen.

Lukastik aber saß da und wartete. Es war ganz klar, er wollte hierbleiben, bis er etwas in die Hand bekam, was ihn halbwegs weiterbrachte. Was ihn motivieren würde, aufzustehen und den Raum zu verlassen.

»Soll ich etwas erfinden für Sie?«, spottete Perrotti.

»Nein«, antwortete Lukastik und wartete weiter.

Die Frau begriff. Hier saß nicht der Lebemann Longhi. Hier saß nicht irgendein Mensch, der seinen Job tat. Hier saß wahrscheinlich überhaupt kein Mensch. Eher eine Maschine, die wie die meisten trickreichen Maschinen die Kabel nicht heraushängen ließ. Und nicht blinkte und blitzte und wie durch einen Lautsprecher redete.

»Also gut …«, meinte Perrotti und stieg über das eigene Zögern, »da ist etwas, das ich Ihnen …«

»Ich höre.«

»Es gibt tatsächlich ein Kind, ein Mädchen … Clara.« Sogleich hob sie hervor, dass dieses Kind nicht von Vinzent Olander sei. »Ich war relativ jung, als ich schwanger wurde, gerade achtzehn. Ich hatte nicht die geringste Lust, Mutter zu werden. Und habe heute noch keine Lust dazu. Eigentlich wollte ich abtreiben. Aber die Vorstellung, etwas Lebendes aus seinem Körper herauskratzen zu lassen, war mir dann doch zuwider. Also habe ich das Kind ausgetragen und zur Adoption freigegeben. Das mag Ihnen hart erscheinen, aber damals war ich eine mittellose Studentin im ersten Semester, ohne Kontakt zur eigenen Familie, ohne irgendjemand, der mir geholfen hätte. Und ohne die Lust, mein Leben in einem Berg von Sorgen zu begraben. Nein, es war eine gute Entscheidung, die ich nicht bereue. Man kann solche Dinge auch sachlich betrachten. Ein Kind soll dort sein, wo es gewollt wird. Alles andere ist nur der Anfang vom Unglück.«

»Wer hat das Kind adoptiert?«

»Ich habe keine Ahnung. Ich wollte es nicht wissen, und man sagte mir, die Adoptiveltern seien damit einverstanden. Somit kann ich Ihnen also nicht sagen, wo Clara heute lebt. Ich habe mich nie darum gekümmert und werde einen Teufel tun, das Kind aufzustöbern und dadurch zu verunsichern, dass plötzlich seine richtige Mama in der Tür steht und irgendwelche Gefühle einfordert.«

»Olander hat das anders gesehen, nehme ich an.«

»Als er erfuhr, dass ich eine Tochter habe, hat er ein Riesentheater gemacht. Dass wir das Kind zu uns nehmen müssten und so weiter und so fort. Der übliche sentimentale Quatsch, ohne Rücksicht auf die Psyche des Kindes. Von der rechtlichen Seite einmal abgesehen. Vinzent hat von Verantwortung gesprochen. Für mich aber besteht meine Verantwortung darin, dieses Kind in Ruhe zu lassen. Man setzt keinen Baum im Wald ein, um ihn Jahre später auszugraben und in den eigenen Garten zu stellen.«

»Ist Ihre Ehe darum zerbrochen?«

»Sagen wir, es war nicht förderlich. Vinzent hat mich ständig gedrängt, über die Sache zu sprechen. Dabei waren wir uns bei der Heirat doch einig gewesen, keine Kinder bekommen zu wollen. Aber von da an, wo Vinzent von Clara wusste, war er wie ausgewechselt.«

»Das Mädchen müsste jetzt zehn Jahre alt sein.«

»Elf im Oktober.«

»Und Sie wissen wirklich nicht, wo es sich befindet?«

»Ich habe sofort nach der Geburt eine Mauer zwischen mich und das Kind gesetzt. – Wer meint, der Sinn einer Mauer bestehe darin, sie zu überwinden, hat das Wesen von Mauern nicht verstanden.«

»Aber der Name ... Clara ... war doch Ihre Idee, oder?«

»Ja. Das wollte ich noch selbst erledigen. Es war wie ein kleines Geschenk an dieses Wesen, ihm einen Namen mitzugeben. Aber heute ist mir klar, dass es fairer gewesen wäre, es den Adoptiveltern zu überlassen, wie ihr Kind heißt.«

»Ich könnte mir vorstellen, dass Olander versucht hat, Clara auf eigene Faust zu finden.«

»Vielleicht. Aber wie hätte er das schaffen sollen? Er wusste doch gar nicht, wo anfangen. Ich habe ihm nicht einmal verraten, an welchem Ort ich entbunden habe. Ob überhaupt in Mailand. Auch wäre er nie an solche Informationen gelangt. Er war mein Mann, nicht mein Vormund.«

»Apropos Mann. Wer ist der Vater des Kindes?«

»Ich weiß es nicht. Ich hatte damals viel Sex. Geschützten Sex zwar ...«

»Ach was!«

»Keine Ahnung, bei wem der Schutz versagt hat. Es kämen eine Menge in Frage, hat mich nie interessiert.«

»Eins noch: Wer hat die Adoption organisiert?«

»Das geht Sie nichts an. Ich habe Ihnen das alles erzählt, damit Sie vielleicht verstehen, was in Vinzent vorgeht. Er hat sich aus Gründen, die ich nicht kenne, nach diesem Kind gesehnt. Und als er dann in dem brennenden Taxi eingeklemmt gewesen war, hat es wohl auch in seinem Hirn zu brennen begonnen. Eine Folge davon scheint zu sein, dass er sich ein Kind einbildet, dem er nie begegnet ist. Das Kind steckt in seinem Kopf. – So! Können wir das jetzt beenden?«

»Ja, natürlich«, sagte Lukastik. Ruhig löste er sich von seinem Stuhl, betrachtete den Raum wie am Ende einer Besichtigung und erklärte: »Ich danke Ihnen.«

Er wollte schon gehen, aber es war nun Perrotti, die ihn zurückhielt: »Ich habe gehört, dass man dort, wo Vinzent jetzt lebt, eine Frauenleiche gefunden hat.«

»Ein Skelett.«

»Hat Vinzent etwas damit zu tun?«, fragte Yasmina Perrotti.

»Nein, ich glaube nicht«, antwortete Lukastik, verabschiedete sich und trat hinaus.

Warum hatte er das gesagt? Er wusste es nicht. Es war spontan gewesen. Sein Instinkt – der in Wiener Polizeikreisen gefürchtete Lukastik-Instinkt – hatte einen neuen Weg gewiesen. Das Klima hatte sich geändert. Die Dinge rochen plötzlich anders.

Am späten Nachmittag kam Lukastik aus seinem Hotel und stieg in den Wagen, den Kommissar Longhi ihm geschickt hatte. Darin saßen zwei Männer, der eine fuhr, der andere sprach, und zwar Deutsch, welches aber wesentlich bescheidener ausfiel als das Longhis. Es handelte sich um einen jungen Mann mit viel zu langen Beinen und zu langen Armen, die er ständig versuchte in eine halbwegs passende Position zu befördern, wie Leute, die einen halben Tag brauchen, um ein paar Hemden in einer Schublade einzuordnen.

Während er also seine Beine und Arme dauernd verrückte, redete der junge Mann über Mailand und speziell über das Viertel, in das man sich nun begab. Und wie sehr die Menschen dort jede Hoffnung verloren hätten.

»Woher wissen Sie das?«, fragte Lukastik.

»Weil ich komme daraus, aus Bronx«, sagte Longhis Mann.

»Ausgezeichnet«, fand Lukastik. Genauso meinte er es.

Die Wohnung der Peros war sehr viel ordentlicher, als man das aus der Erzählung Olanders beziehungsweise der Nacherzählung Grongs hätte annehmen können. Weder lag der Müll haufenweise auf dem Boden herum, noch stank es nach zerkochtem Fleisch. Auch waren die Durchgänge, die sämtliche Wohnungen der Etage zu einem einzigen Revier verbanden, nicht einfach in die Wand gehauen, wie Olander behauptet hatte, sondern verfügten über billige Türstöcke aus Holzimitat. Was nun allerdings mit Olanders Bericht übereinstimmte, war die Gestalt jener Frau, die unbeweglich und vollgefressen in einem Fernsehsessel saß und eine sterbende Königin verkörperte. Eine Königin, die quasi ewig dahinschied. Ihr Gesicht war ein roter Schwamm, die Äuglein irgendwo. Man hörte sie schnaufen, wie aus vielen Löchern, aber ihr Mund war geschlossen. Vielleicht atmete sie durch die Ohren, wer weiß.

Longhis Mann redete auf die Frau ein, erklärte, wer Lukastik sei und dass er über das Verschwinden Andreas sprechen wolle. Mama Pero zeigte mit keiner Bewegung und keinem Ton an, dass sie begriffen hatte, worum es ging.

Die vier Halbwüchsigen, die auf dem Sofa saßen, zerkugelten sich. Ein fünfter lehnte gegen einen Einbauschrank und machte ein Gesicht, als verspeise er Cops zum Frühstück. Er war hier wahrscheinlich der Obergangster. Er trug ein Sweatshirt mit der Aufschrift »Kill the Beast«. Ja, das war nun tatsächlich die Frage, wer jeweils die Bestie war.

Während Longhis junger Kollege weiter versuchte, Frau Pero zu bewegen, ein Signal zu geben, nach dem man beurteilen konnte, ob sie noch am Leben war oder einfach nur atmete, und der zweite Polizist in der Tür stehen geblieben war, bewegte sich Lukastik auf den Kill-the-Beast-Typen zu und schaute ihm in die Augen.

Das ist ja ein beliebtes Spiel bereits bei Babys, zu sehen, wer da länger einem Blick standhält. Der Junge war natürlich überzeugt, locker mit so einem fremdländischen Bullen fertig zu werden. Aber er begriff nun mal nicht, es mit einer Maschine zu tun zu haben. Eine Maschine konnte man so wenig unter den Tisch saufen, wie man ihr Angst machen konnte, wenn sie nicht darauf programmiert war, unter den Tisch gesoffen oder geängstigt zu werden.

Der Junge sagte etwas. Dabei verzog er seinen Mund zu einer Masse, die wie ein Erdrutsch aussah. Es klang sehr verächtlich. Aber während er es sagte, senkte er seinen Blick.

Verloren!

Der Sieger Lukastik wies mit dem Kopf um die Ecke. Der Junge ging voraus und führte den Chefinspektor durch einen langen Flur und sodann in das Zimmer, das einst Andrea Pero gehört hatte. Lukastik schloss die Tür, drückte dem Jungen zwei Geldscheine in die Hand, setzte sich auf das rosafarbene Sofa und forderte ihn in Englisch auf, ihm alles zu berichten, was er über das Verschwinden seiner großen Schwester wisse.

Der Junge betrachtete höhnisch das Geld und meinte, im Stil eines Rappers sprechend, *Mann, Mann, sieh dich an, mit zwei Scheinen kannst du meinen Mund verkleben, aber nie und nimmer mit mir reden.*

»Really?«, gab sich Lukastik erstaunt und stand auf.

Pero junior zuckte zusammen, aber Lukastik ging ganz einfach an ihm vorbei, ohne zuzuschlagen, wie der Junge es erwartet hatte, oder auch nur ein einziges weiteres Wort zu sprechen, wechselte wieder hinüber ins Wohnzimmer und erklärte Longhis Mann, dass das hier nichts bringe. Immerhin habe er jetzt die Verhältnisse gesehen, in denen Andrea Pero gelebt habe.

»Sie wollen ... richtig schon gehen?«, staunte Longhis Mann.

»Ja«, sagte Lukastik, drehte aber noch eine bedächtige Runde durch den Raum, betrachtete mehrere Fotos an der Wand – ließ sich also ein bisschen Zeit –, nickte sodann und verließ die Wohnung. Hinter sich die beiden irritierten Polizisten.

Als man gemeinsam aus dem Gebäude trat, dort wo der Wagen parkte, klebte ein Zettel hinter dem Scheibenwischer. Longhis Mann wollte danach greifen.

»Das ist für mich«, sagte Lukastik, machte einen langen Schritt und nahm das Papier an sich.

Lukastik konnte Jugendliche nicht leiden. Aber er wusste, wie sie funktionierten. Noch am gleichen Abend saß er in einer Kneipe, jener, deren Name auf dem Zettel gestanden hatte. Ihm gegenüber der Junge mit dem Kill-the-Beast-Sweatshirt. So lief das meistens. Harten Jungs musste man Angst machen, damit sie spurten. Und Angst machte man ihnen, indem man etwas unternahm, womit sie nicht rechneten. Zum Beispiel *nicht* zuschlagen, *nicht* toben, *nicht* mit dem Arschaufreißen und dem Halsumdrehen drohen – daran waren sie ja gewöhnt, seit Kleinkindertagen –, sondern einfach, wie Lukastik es getan hatte, das Zimmer verlassen. Das war eine überdeutliche Warnung gewesen, denn der Junge hatte ja die beiden Geldscheine bereits in seiner Hand gehalten. Und war sich rasch bewusst geworden, dass er für dieses Geld auch etwas würde tun müssen. Ja, dass er es nicht einmal zurückgeben konnte, was ihm am allerliebsten gewesen wäre. Aber Zurückgeben ging nicht. Nicht bei einem Mann wie Lukastik.

Darum war der Junge noch vor den Polizisten nach unten gefahren und hatte den Zettel mit dem Lokalnamen und einer Uhrzeit vor die Scheibe geklemmt. Und jetzt saß er da. Und der Letzte, den das überraschte, war Lukastik. Denn im Bewusstsein von Maschinen arbeitet natürlich auch das Leben wie eine Maschine. Alles ist logisch und absehbar.

Aber so ganz hatte der junge Pero noch immer nicht kapiert. Er verkündete, für diese zwei lumpigen Scheine nicht bereit zu sein, die ganze Wahrheit zu sagen. Da müsse schon ein dritter und vierter herüberwachsen.

»Bist du taub, Kleiner, ich sagte doch recht deutlich *nein*«, erklärte Lukastik. Mehr erklärte er nicht.

Und auch diesmal handelte er richtig. Denn seiner Erfahrung gemäß war es so, dass gerade eine Erhöhung der Prämie den jungen Pero veranlasst hätte, eine Lüge zu erzählen. Eins war nämlich klar: Die Wahrheit war exakt zwei Scheine wert. Ein dritter und vierter Schein hätte alles zunichtegemacht. (So ist das oft im Leben. Viele Leute verdienen zu viel. Die Höhe ihrer Gehälter verführt sie dazu, etwas anderes zu tun, als das, wofür man sie eigentlich bezahlt.)

Der Junge seufzte, schob sich zwei weiße Pülverchen in den Mund und nahm einen Schluck aus einer hellgrünen Flasche. Dann begann er zu erzählen. Von dem Mann, der mehrmals gekommen war, Andrea zu besuchen. Ein schnieker Typ, der stets gestreifte Seidenhemden getragen habe, ein Ausländer. Konnte Italienisch, aber sein Akzent sei komisch gewesen. Irgendwie verbogen. Draußen habe immer ein Taxi gewartet.

»Was für ein Taxi?«, fragte Lukastik.

»Weiß nicht. Taxi eben.«

»Was wollte der Mann von deiner Schwester?«

»Ich dachte, er will sie flachlegen. Ein Opa in gestreiften Hemden. Hat er aber nicht. Nicht bei uns. Die beiden haben was bequatscht. Und hin und wieder hat der Streifen-Opa Andrea mitgenommen. In dem Taxi.«

»Hat er das Taxi selbst gefahren?«

»Nein, da war ein Fahrer dabei.«

»Immer der gleiche.«

»Kann ich nicht sagen.«

»Was hat deine Schwester dir erzählt?«

»Dass sie weggehen wird. Wollte raus aus der Bronx. Weg von ihren Barbiepuppen. Barbie wohnt hier nicht mehr, verstehn Sie?«

»Hat Sie von einem Ort namens Hiltroff gesprochen?«

»Nein.«

171

»Von einem Mädchen mit Namen Clara?«

»Ja, da war was mit einer Clara. Ich hab aber nicht verstanden, von was sie überhaupt redet.«

»Erzähl es trotzdem«, forderte Lukastik.

»Ist ziemlich krass. Einmal hat Andrea gesagt, sie hätte jetzt ein Kind, ein Mädchen, das Clara heißt. Was für 'ne Clara, hab ich gefragt. Da hat sie mich nur angelacht und in den Haaren gekrault.«

»War Andrea je schwanger?«

»Denken Sie, Mann, ich konnt in ihren Bauch reinschaun?«

»Sichtbar schwanger«, präzisierte Lukastik.

»Nein, eigentlich dacht ich immer, sie ist Jungfrau. Hat nie mit Typen rumgemacht. Das war schon irre, wie sie sich die Wichser vom Hals halten konnte. Da hat sich keiner getraut, sie auch nur blöd anzuschaun. Ich glaub, sie war 'ne Hexe, 'ne gute Hexe wahrscheinlich, aber 'ne Hexe.«

»Fällt dir zu der Geschichte mit Clara noch was ein? Das ist ganz wichtig, Junge.«

»Einmal war Andrea fix und fertig. Das war ein paar Wochen, bevor sie abgehauen ist. Sie hat geheult. Das hat sie sonst nie getan. Darum bin ich zu ihr ins Zimmer. Ich durfte das. Niemand anderer sonst. Ich schon. Bin einfach rein und hab gefragt, was los ist. Da hat sie gesagt, Clara ist weg. Was heißt weg, hab ich gefragt. Mir war das unheimlich, dieses Claratheater. Andrea hat gesagt, jemand hat das Kind entführt. Leute, hat sie gesagt. Was für Leute, hab ich gefragt. Verdammte Schweine, hat sie gesagt. Schweine also. Na, kein Wort hab ich verstanden. – Verstehen *Sie* was?«

»Sind irgendwelche Namen gefallen?«, fragte Lukastik weiter. »Ortsnamen? Familiennamen?«

»Einen Tag später, nach dieser komischen Heulerei, hat sie gesagt, du, ich muss unbedingt nach Mandello del Lario. Ich hab sie zum Bahnhof gebracht. Drei Tage, dann war sie wieder zurück. Sie hat mir aber nicht erzählt, was dort war. Aber sie war schlecht drauf, hat man gesehen. Kein gutes Gesicht mehr. Keine Madonna mehr.«

»Als Andrea dann von Mailand wegging, wie hat sie das begründet?«

»Nix da begründet. Hat jedem 'nen Kuss gegeben und ist einfach davon. Wir dachten, ist ja nur für kurz. Und dass sie sich wenigstens meldet. Hat sich aber nicht gemeldet. Nicht ein einziges Mal. Mir war das unheimlich. War nicht ihre Art. Sie war unsere große Schwester, immer für uns da. Darum bin ich zur Polizei. Hat mich Nerven gekostet, mit den Bullen reden. Getan haben die sowieso nichts. Haben gesagt, Andrea ist 'ne Schlampe. Und Schlampen verschwinden hin und wieder.«

»Wie sagtest du, wie heißt dieser Ort? Mandella ...«

»Mandello del Lario. Das ist oben beim Lago di Como. Moto Guzzi.«

»Wie Moto Guzzi?«

»Guzziii! Scheißmopeds! Die haben dort ihre Fabrik«, brüllte der Junge und zog in einem langen Schluck den Rest seines Getränks herunter. Was auch immer er zuvor eingeworfen hatte, es begann zu wirken. Man würde jetzt nicht mehr lange vernünftig mit ihm reden können. Aber Lukastik war sowieso überzeugt, alles erfahren zu haben, was der junge Pero wusste. Dessen Verwirrung bezüglich der »Mutterschaft« seiner Schwester war echt gewesen.

»Okay, Kleiner«, sagte Lukastik, »wir sind fertig.«

»Na, dann haun Sie doch endlich ab«, erwiderte der Junge, in dessen Augen ein kleines Feuer brannte, das ihm Tränen in die Winkel trieb.

Nun, der kleine Pero hatte recht. Das hier war *sein*

Ort. Und Lukastik musste froh sein, nicht angerempelt zu werden, als er jetzt aufstand und sich zwischen den Halbwüchsigen nach draußen schlängelte.

ELF

Am nächsten Morgen saß Lukastik im Zug Richtung Como, von wo er nach Mandello del Lario weiterreisen würde. Er benutzte ausnahmsweise sein Handy, um Longhi darum zu bitten, den Polizeichef der Zehntausend-Seelen-Gemeinde von seiner Ankunft zu informieren.

»Sie hätten ruhig ein bisschen warten können«, meinte Longhi. »Ich hätte Ihnen einen meiner Leute mitgegeben.«

»Ich bin ein Eigenbrötler«, erklärte Lukastik. Und fügte das Ersuchen an, die Polizei von Mandello del Lario möge die Daten all jener Familien der Stadt aufrufen, in denen adoptierte Kinder leben. Und sodann nachsehen, ob eins dieser Kinder den Vornamen Clara trage.

»Was soll das, Herr Lukastik?«, ärgerte sich Longhi. »Fangen Sie jetzt auch noch damit an?«

»Ja, ich fange auch damit an«, antwortete Lukastik trocken. Supertrocken. Das konnte er wirklich.

»Sie wissen hoffentlich«, erinnerte Longhi, »dass selbst in Italien ein Datenschutz existiert.«

»Ich will ja nicht«, erklärte Lukastik, »dass Sie die Telefongespräche der Gemeindeoberen abhören. Es geht mir bloß um ein adoptiertes Kind. Ich folge einer Spur, die vielleicht etwas wert ist, vielleicht auch nicht.«

»Ich werde sehen, was ich für Sie tun kann. Aber vergessen Sie bitte nicht, dass Sie ein Ausländer sind.«

»Selbstverständlich nicht«, gab Lukastik zur Antwort. Er sah aus dem Zugfenster und schlürfte Kaffee. Den dicken Roman hatte er in den Müll geworfen. Ein wenig sehnte er sich nach seiner alten Liebe, den handlichen hundertvier Seiten des *Tractatus*.

Auch Maschinen haben Gefühle.

Was auch immer Longhi dem Polizeichef dieser Stadt – welche geradezu verschlüsselt, ja unentschlüsselbar zwischen einem ziemlich tiefen See und einem Gebirgsmassiv namens Grigna lag, ehemals langobardisch, jetzt in der Hand der Moto-Guzzi-Leute – erzählt hatte, es schien den Mann beeindruckt beziehungsweise gewarnt zu haben. Er war zum Bahnhof gekommen, um Lukastik persönlich zu empfangen und ihm zu versichern, dass man gerne bereit sei, bei den Ermittlungen zu helfen. Nur wäre es unklug, irgendeine Unruhe in die Bevölkerung zu tragen. Adoptionen seien naturgemäß ein heikles Thema. Traumata allerorts, Sensibilitäten, Verschwiegenheitspflicht ...

Das alles wurde von einem jüngeren, schlanken Mann übersetzt, der den wuchtigen Polizeichef wie ein leichtes Segel ergänzte.

Lukastik betonte, keineswegs vorzuhaben, irgendeine Unruhe zu verursachen, zumindest keine, die das nicht auch wirklich verdiene.

Auf der Stirn des Polizeichefs bildete sich ein faltiges Kreuz böser Ahnungen. Was ihn aber nicht davon abhielt, mit einer einladenden Geste Lukastik den ersten Schritt zu lassen. Den ersten Schritt in eine verwinkelte Stadt.

Es wurde rasch klar, dass sich Lukastik am richtigen Ort befand. Zwar gab es unter den Kindern, die in Frage kamen, keines mit Namen Clara. Aber es existierte eine Chiara. Chiara war die italienische Form des lateinischen Clara. Das alleine wäre es natürlich nicht gewesen, aber auch diese Chiara war vier Jahre zuvor verschwunden. Allerdings zusammen mit ihrer Mutter, ihrer Adoptivmutter. Man war damals zur Anschauung gelangt, dass die Frau ihren Mann verlassen und das Kind mit sich genommen hatte. Selbiger Mann, ein Mailänder Universitätsprofessor mit nicht geringem Einfluss, hatte alle Hebel in Bewegung gesetzt, um Frau und Tochter ausfindig zu machen. Ohne Erfolg. Die beiden waren verschollen geblieben, während der Mann, so schien es, resigniert hatte. In jeder Hinsicht. Er lebte zurückgezogen in seinem Landhaus, das am Ende einer kleinen Allee deren Abschluss bildete. Seine Professur hatte er niedergelegt. Keiner wusste, was genau er da in seinem Anwesen trieb. Ob er sich zu Tode trank oder sonst was. Er war aber noch immer das, was man eine anerkannte Persönlichkeit nannte. Niemand, den die Polizei einfach überfiel.

»Ich störe diesen Mann nur sehr ungern«, erklärte der Polizeichef. »Das war eine schlimme Geschichte damals mit seiner Frau. Selbst ein robuster Mensch kann bei so etwas verrückt werden.«

»Darum möchte ich ja zu ihm«, bekräftigte Lukastik. »Um zu sehen, wie sehr ihn die Sache verrückt gemacht hat.«

»Ich sagte nicht, er sei ... Also gut, ich werde anrufen und fragen, ob er Zeit für uns hat.«

»Sie bestimmen, wie wir vorgehen«, äußerte Lukastik und verbog eine halbe Lippe. Dann fragte er: »Wie heißt der Mann eigentlich?«

»Kasos. Professor Kasos. Er hat griechische Vorfahren.«

»Was für ein Professor?«

»Alte Bücher«, übersetzte der junge, segelartige Mann die Antwort des Polizeichefs und fügte eigenständig hinzu – weil ihm wohl die Bezeichnung »alte Bücher« nicht nur ungenau, sondern auch irreführend erschien –, dass Kasos auf dem Gebiet der Hieroglyphik unterrichtet habe, vor allem aber berühmt geworden sei durch die Entwicklung einer Kunstsprache, welche von einem fiktiven, im Inneren der Welt lebenden Volk, den *Win-*

177

deworps stamme. Diese Sprache und Schrift gehe von der Prämisse stark verminderten Sehvermögens aus, bei gleichzeitiger Konzentration auf Hör- und Geruchssinn und einige telepathische Fähigkeiten. Zwischenzeitlich würden einige tausend Menschen auf der Welt Windeworp beherrschen und benutzen. Es existiere ein richtiggehender Kult. Manch einer würde sogar die Überzeugung vertreten, diese Rasse sei tatsächlich …

Der Polizeichef unterbrach rüde seinen Übersetzer und ließ einen Schwall eindeutig italienischer Sätze hervor. Der junge, schlanke Mensch erstarrte, senkte seinen Kopf und biss sich in die Lippe, während der Polizeichef augenblicklich seine Mimik austauschte und Lukastik ein freundliches Lächeln schenkte. Eine kalte Platte von Lächeln.

Es dämmerte bereits der Abend, als man die kleine Allee erreichte, die ein wenig außerhalb der Stadt lag, ein letztes flaches Stück bildend, bevor es dann steil aufwärts ging. Der See war von dieser Stelle nicht zu sehen, nur zu erahnen. Die im späten Licht lodernden Pappeln flankierten in schöner Ordnung den hellen, an vielen Stellen aufgebrochenen Betonweg. Jenseits der Bäume erstreckten sich Wiesen, während jedoch das Haus im Schutz hoher Hecken stand beziehungsweise zur Rückseite hin im Schatten des aufsteigenden Waldes. Solcherart bildete das einstöckige, trotz seines massiven, rechteckigen Baukörpers sanft auf die Landschaft drückende Gebäude einen Endpunkt menschlicher Kultur. *Kasos' Point*. Oder vielleicht besser *Kasos' Head*, wenn man die Gelehrsamkeit dieses Mannes bedachte, der seiner raffinierten Sprachsynthesen wegen verehrt wurde. Nicht nur von Kollegen und angehenden Linguisten, auch von jenen Teilen der Subkultur, die auf Hermetik abfuhren. Junge Leute, die sich viel lieber – so theoretisch das sein mochte – mit Individuen aus dem Drago-System unterhielten als mit den eigenen Eltern und Lehrern und Sozialarbeitern. Die Innovationen des Professor Kasos waren eine Vorbereitung auf andere Welten. Wie man eine fremde Sprache lernt, bevor man auf Urlaub geht.

Es brannte Licht. Die drei Männer verließen den Wagen. Voran der Polizeichef, der nahe der offenen Eingangstür stehen blieb und nach dem Professor rief. Von drinnen war eine feste Stimme zu hören, sehr viel fester, als man es von einem gebrochenen Menschen hätte erwarten dürfen.

Der Raum, in den man mit dem Eintreten gelangte, machte praktisch die gesamte Fläche des Grundrisses aus, sodass sich die Frage stellte, worauf eigentlich das obere Stockwerk ruhte. Nun, einerseits auf den Außenwänden natürlich, andererseits – konnte man meinen – auf den wandhohen, mit Büchern gefüllten Regalen, die den Raum nach drei Seiten hin ausstaffierten, Bücher, die kreuz und quer standen, schwere Folianten, viele alte Einbände. Türme der Bildung, die einen erschlagen konnten. So oder so.

In einer unbeleuchteten Ecke führte eine Treppe nach oben. Auf der Rückseite, gegen die Mitte gerückt, stand ein mächtiger Schreibtisch, eher eine Schlachtbank, darauf Stöße von Papieren, wie auch am Boden. Das mittelalterliche Gelehrtenambiente wurde nur unterbrochen von einigen Flachbildschirmen und einem schwarzweiß gefleckten Sofa. Der Mann hinter dem Schreibtisch, hinter dem Bildschirm, hinter dem eigenen dichten Bart und unter dem vollen, schwarzen, jugendlich gescheitelten Haar war nur schwer zu erkennen. So eine Art Bergsteiger oder Nordpolforscher.

Die drei Polizisten blieben in einigen Schritten Entfernung vor dem Schreibtisch stehen. Der Polizeichef, seine Hände zu einer breiten Entschuldigung anhebend, erklärte, warum man hier war. Zumindest hörte Lukastik mehrmals den Namen Chiara aus der Rede heraus, eine Rede, die er im Übrigen nicht übersetzt bekam.

Nachdem der Polizeichef geendet hatte, sagte Professor Kasos ein paar Worte. Der Übersetzer informierte Lukastik darüber, dass Kasos bereit sei, sich mit ihm zu unterhalten. Unter vier Augen.

»Ist mir nur recht.«

»Wir warten draußen auf Sie«, sagte der Übersetzer.

»Nicht nötig. Ich komme schon irgendwie in die Stadt zurück.«

»Aber ...«

»Wenn wir fertig sind«, mischte sich Kasos ein, »fahre ich Herrn Lukastik gerne in sein Hotel zurück.« Kasos hatte Deutsch gesprochen. Welches er bestens zu beherrschen schien. Natürlich tat er das. Der Mann war ein Sprachgenie. Er hätte sich mit einem Portugiesen genauso gut unterhalten können wie mit einem Koreaner. Für Kasos war Deutsch eine bloße Fingerübung, bevor er begann, sich mit jemandem auf Klingonisch zu unterhalten.

Der Polizeichef war alles andere als deprimiert, Lukastik loszuwerden. Andererseits fürchtete er eine Komplikation. Er fürchtete ständig Komplikationen. Er gehörte zu den Menschen, die beim Anblick eines Küchenmessers nie an das absichtliche Durchschneiden einer Wurst, sondern immer an das unabsichtliche oder halb unabsichtliche Durchschneiden eines Fingers dachten. Er roch das Unglück, zumindest sein Potenzial.

Nichtsdestotrotz gab er sein Einverständnis. Er konnte nur beten, dass alles gutging. Er betete viel. Zusammen mit dem Übersetzer verließ er das Haus.

»Nehmen Sie bitte Platz«, sagte Kasos, der im stärkeren Licht der von der Holzdecke strahlenden Spots weniger bärtig und starkhaarig wirkte. Aber schon noch wie ein Bergsteiger. À la Messner. Im kräftigen Wind zur Blüte gereift.

Lukastik sank in das Sofa, welches aussah wie eine gefleckte Kuh, eine gefleckte Kuh im Stil von Jackson Pollock, und nahm ein Glas Rotwein in Empfang. Ohne eigentlich gefragt worden zu sein, ob er das auch wolle. Aber er wollte es ohnedies.

Kasos schob einen Sessel herbei, quasi den abgetrennten Kuhschädel, setzte sich und sagte: »Ein interessanter Name, *Ihr* Name. Woher stammt er?«

»Eine Erfindung, nehme ich an«, antwortete Lukastik.

»Wie meinen Sie das?«

»Na, ich meine, dass einst zwei Brüder lebten, die – sagen wir – Lukavit hießen. Nachdem sie sich zerstritten hatten, gab sich einer von ihnen einen neuen Namen, Lukasit. Dieser Lukasit wiederum entzweite sich mit seinem Sohn, und dieser Sohn ... Ich glaube, Namen sind ein Resultat unserer Streitkultur, eins von den besseren Resultaten. Aber gut, Sie sind hier der Sprachwissenschaftler, nicht ich. Ich bin der Polizist. Als solcher bin ich gekommen.«

»Dann wissen Sie sicher«, äußerte Kasos, der in keiner Weise nervös oder beunruhigt wirkte, »dass ich aufgegeben habe, nach meiner Tochter zu suchen.«

»Hatten Sie eine Spur?«, fragte Lukastik.

»Ich wusste, lange bevor das geschah, dass meine Frau etwas im Schilde führt. Etwas von der perfiden Art. Darum habe ich höllisch aufgepasst, was sie so treibt. Ich habe sie nie mit dem Kind allein gelassen.«

»Im Ernst?«

»Im Ernst. Doch an dem Tag, als Chiara verschwand,

waren wir in Mailand. Mein Fehler war, zu denken, ich müsste einfach meine Frau im Auge behalten. Es wäre aber wichtiger gewesen, auf meine Tochter Acht zu geben. Immer, wenn wir uns in der Stadt aufhielten, hatten wir für diese Zeit ein Kindermädchen. Ich hätte nie geglaubt, dass sie mit meiner Frau gemeinsame Sache macht.«

»Wieso nicht?«

»Weil ich das Kindermädchen gevögelt habe. Ich war überzeugt, die Kleine sei mir hörig. Aber die beiden Weibsbilder haben mich hereingelegt. – Ich hoffe, Herr Inspektor, es stört Sie nicht, wenn ich so offen spreche.«

»Genau darum bin ich hier«, sagte Lukastik, »um Ihnen zuzuhören, wenn Sie offen sprechen.«

Kasos nickte und setzte fort: »Das Kindermädchen hat vorgegeben, sie wolle mit Chiara in den Zoo. Während meine Frau bei mir blieb. Ich hatte einen Vortrag zu halten. Sie an meiner Seite. Eine schöne Frau. Wissen Sie das?«

»Nein.«

»Ich werde Ihnen nachher ein Foto zeigen. Ja, eine schöne Frau. Und eine große Schauspielerin. Als Chiara und das Kindermädchen nicht zurückkamen, haben wir sofort die Polizei benachrichtigt. Wir dachten an eine Entführung. Meine Frau hat herumgeheult, hat eine Riesenshow abgezogen. Ich Idiot habe ihr das sogar noch abgenommen. Habe nicht aufgepasst. Eine Stunde später war sie weg. Ich könnte nicht einmal mehr sagen, wo genau ich sie verloren habe. Plötzlich war sie verschwunden. Großer Gott, ich hätte sie mit Handschellen durch die Gegend zerren sollen.«

»Sie und Ihre Frau hatten offensichtlich ein Beziehungsproblem.«

»Mit Irene hätten Sie auch eines gehabt.«

»Vielleicht. Allerdings glaube ich nicht, dass ich mit

einem Kindermädchen – wie Sie so schön sagen – gevögelt hätte.«

»Haben Sie was gegen das Wort?«

»Ich bin ein Spießer«, offenbarte Lukastik. Da war kein Fünkchen Ironie in seiner Stimme. »Aber ich glaube kaum, dass Ihre Frau allein wegen der Geschichte mit dem Kindermädchen auf und davon ist.«

»Und? Was glauben Sie dann?«

»Haben Sie Ihre Frau geschlagen?«, fragte Lukastik. »Haben Sie das Kind geschlagen? Schlimmeres?«

»Hören Sie doch auf!«, wurde Kasos ein wenig heftig. »Ich bin kein Monster, nur weil ich es mit großjährigen Babysittern treibe.«

»Na gut, gehen wir also davon aus«, meinte Lukastik, »dass Ihre Frau sich an solchen Dingen ... an solchen Babysitter-Dingen gestoßen hat. Manche Frauen sind da kleinlich. Und dass sie also ein anderes Leben führen wollte.«

»Hätte Sie tun können. Aber die Zeiten sind vorbei, wo jede Ehefrau, die zu faul ist, eine Beziehung durchzustehen, sich mit ihren Kindern absetzen kann. Die Kinder wie einen Schutzschild gegen eine ach so böse Welt einsetzend. Nein, nein, ich habe meiner Frau immer klargemacht, dass Sie jederzeit gehen kann, sogar mit einer großzügigen Abfertigung, dass aber Chiara bei mir bleibt. Ich bin kein kleiner Sozialhilfeempfänger, den man einfach ausstechen kann. Ich trinke nicht einmal. *Sie* zum Beispiel, Herr Inspektor, *Sie* trinken.«

Kasos zeigte auf das Glas mit Wein, das Lukastik in der Hand hielt. Und es stimmte, Kasos selbst war ohne Glas. Das war nun überhaupt kein Indiz für irgendeine Integrität, aber es bewies ein gewisses Raffinement des Professor Kasos, wie er sich ohne großen Aufwand in einen Vorteil zu setzen verstand. Durch bloßes Nichttrinken.

Das hatte ganz offensichtlich auch seine Frau gewusst. Ihre Chancen waren wohl denkbar gering gewesen, diesem Mann auf legalem Wege Paroli zu bieten. Aber das Legale war ohnehin allein die Domäne der Mächtigen. Die Ohnmächtigen waren auf das Illegale angewiesen. Und auf den Moment der Überraschung. Darum die Inszenierung einer Entführung. Sodann die Flucht mit dem Kind.

Was aber war mit dem Kindermädchen gewesen?

Lukastik zog ein Foto aus seiner Tasche, das Longhi ihm gegeben hatte. Gewissermaßen ein Madonnenbildnis. Er hielt es Kasos entgegen und fragte: »Ist sie das?«

»Oh ja«, schreckte der Professor hoch. »Hat man das Miststück endlich erwischt.«

»So kann man sagen«, meinte Lukastik und steckte das Bild zurück. »Sie war also das Kindermädchen. Wie hat sie sich genannt?«

»Chloe. Wobei mir immer klar war, dass das nicht der richtige Name der kleinen Nutte ist.«

»Ich habe gehört«, bemerkte Lukastik, »Sie hätten eine eigene Sprache entwickelt. Wie heißt da eigentlich ›Nutte‹?«

»Cârsplot-je. Aber können wir das nicht lassen? Sagen Sie mir lieber, wo man die gute Chloe gefunden hat.«

»Ihr richtiger Name ist Andrea Pero. Und wir haben sie nicht direkt gefunden. Bloß noch das Skelett. Man hat es aus einem See gefischt. So wie es aussieht, hat sie drei Jahre dort unten gelegen.«

»In drei Jahren haben Sie kein Skelett«, äußerte Kasos.

»Doch«, entgegnete Lukastik und erklärte, dass in diesem See kleine Aasfresser lebten, die dazu durchaus in der Lage seien. Diese Tierchen bräuchten keine drei Jahre, um einen toten Wal zu verschlingen.

»Wo liegt dieser See?«, fragte Kasos.

»Das werden Sie erfahren, wenn ich es für richtig halte.«

»Oho!«, höhnte Kasos und fragte: »Wer glauben Sie denn, wer Sie sind? Ich weiß, Sie sind Chefinspektor. Aber doch nicht Chefinspektor von Oberitalien, oder?«

»So viel kann ich Ihnen gerne verraten«, äußerte Lukastik, »dass der Fundort der Leiche sich in *meinem* Einflussbereich befindet. Und versuchen Sie gar nicht erst, mir drohen zu wollen. Ich bin auf diesem Ohr praktisch taub.«

»Sie sind also von der harten Fraktion«, stellte Kasos fest.

»Ganz richtig«, bestätigte Lukastik und fragte den Meister der Hieroglyphen und Kunstsprachen, wie weit ihn seine Suche nach der Mutter und dem Kind eigentlich gebracht habe.

»Nicht weit«, antwortete Kasos. »Die Spur verliert sich rasch. Ich habe Spezialisten engagiert. Diese Leute sind in der Welt herumgefahren und haben Spesen angehäuft. Das war's auch schon. Darum können Sie sich vielleicht vorstellen, dass es mich rasend interessiert, wie der Ort heißt, wo man die Leiche Chloes ... also die von Andrea Pero gefunden hat.«

»Ja, das kann ich schon verstehen. Aber Sie sind doch ein kluger Mensch und werden wissen, was dabei herauskommt, wenn Amateure vorpreschen. Amateure sind ungeschickt, darin besteht ihr Wesen. Amateure scheuchen das Wild auf. Lassen Sie mich also vorangehen. Sobald ich es für richtig halte, werde ich Sie rufen.«

»Werden Sie das wirklich?«

»Ja«, bestätigte Lukastik, so wie er meistens »Ja« sagte, als bohre er ein Loch in die Wand und verkitte es gleich wieder.

»Na gut, es ist Ihr Fall, aber es ist mein Kind, bedenken Sie das.«

»Ein adoptiertes Kind«, erinnerte Lukastik.

»Na und? Meinen Sie, ich hätte darum keine Rechte?«

Statt zu antworten, erinnerte Lukastik: »Ich weiß immer noch nicht, wie Ihre Frau aussieht.«

Kasos erhob sich, ging zu seinem Schreibtisch und kam mit einem Bild zurück, dass er Lukastik überreichte. Dazu kommentierte er: »Meine Frau und ich. Zusammen mit dem Papst. Wir hatten eine Privataudienz.«

»Das ist ein Witz, oder?«, fragte Lukastik.

»Was? Dass wir eine Privataudienz hatten?«

»Nein, dass Sie mir ein Papstbild geben, damit ich Ihre Frau identifizieren kann.«

Kasos schien ehrlich überrascht. Er meinte, es sei ein ausgesprochen hübsches Foto, alle drei, er selbst, wie er da stehe, seine streng gekleidete, wunderschöne Frau, der majestätische Papst, das alles würde ein besonderes Bild ergeben.

»Ein besonderes Bild *wovon*?«, fragte Lukastik.

Kasos war verwirrt. Auch wenn er einen griechischen Namen trug und mit Hieroglyphen und subterranen Dialekten experimentierte sowie ein Faible für Kindermädchen hatte, so war er dennoch ein typischer italienischer Katholik, für den die Bedeutung des Pontifex außer Frage stand. Und für den es selbstverständlich war, sämtliche Dinge in einen Bezug zur Kirche und zum Papst zu stellen. Auch wenn der Bezug nur ein dekorativer war.

»Wenn Sie wollen«, meinte Kasos in beleidigtem Ton, »hole ich ein anderes Foto.«

»Lassen Sie. Ist schon okay«, sagte Lukastik und führte das Bild näher an seine Augen heran. Er betrachtete die schwarz gekleidete Frau neben dem Papst. Ein wenig größer als dieser, mit ernsten, ja dunklen Zügen. Eine Frau wie aus der Stummfilmära, auf eine zerbrechliche

Weise steinern. Dabei wirkte sie nicht etwa unmodern, aber sie war frei von Mätzchen. Zudem so gut wie ungeschminkt, und sicher nicht nur, weil gleich neben ihr das Oberhaupt der katholischen Kirche stand.

Wenn Kasos meinte, es handle sich um eine schöne Frau, dann im Sinne einer neorealistischen Ästhetik. Man denke an Anna Magnani. Mehr eine Frau als sonst was.

Lukastik hatte das Gefühl, diese Person schon einmal gesehen zu haben. Natürlich nicht an der Seite des Papstes. Vielleicht auch in anderer Aufmachung, unauffälliger, weniger präsent und die Blicke einfordernd.

War es in Hiltroff gewesen?

Lukastik besaß nun nicht gerade das, was man ein fotografisches Gedächtnis nannte. Auch war er kein Physiognom. Bei ihm funktionierten Überlegungen eher in einer intuitiven Weise, die er als eine logische interpretierte. Dennoch dachte er nun angestrengt nach, wo und wann er dieses Gesicht gesehen hatte. Es war jedenfalls keine Hauptfigur gewesen, keine Person, die im Zentrum einer Gesellschaft oder einer Situation gestanden hatte. Sondern einer dieser Menschen, die rasch vorbeihuschen oder unbeweglich in den dunklen Nischen irgendeines Hintergrunds verharren.

»Wie, sagten Sie, heißt Ihre Frau?«

»Sie sind ganz schön vergesslich, Herr Inspektor.«

»Ach wissen Sie, das mag ja stimmen, aber meine Fälle löse ich trotzdem alle.«

Bumm! Das war ein Argument. Kasos stülpte halb anerkennend, halb verächtlich seine Lippen nach vorn und sagte: »Ihr Name ist Irene. Aber so heißt sie jetzt sicher nicht mehr.«

»Darum geht es nicht«, erklärte Lukastik. »Sondern darum, wie ich sie rufen soll, falls ich meine, ich hätte sie gefunden. Die Menschen mögen sich neue Namen zulegen, aber es dauert ewig, bis sie aufhören, auf die alten zu reagieren.«

»Da haben Sie sicher recht«, stimmte der Professor zu. Er wirkte jetzt weniger forsch und selbstherrlich als noch kurz zuvor. Er hatte sein Pulver verschossen. Denn selbstverständlich war er trotz seiner kräftigen Stimme ein geknickter Mann. Wahrscheinlich liebte er nicht nur seine Tochter, sondern auch noch immer seine Frau und konnte einfach nicht begreifen, warum sie ihn verraten hatte. Denn er sah sich selbst ja wirklich nicht als Monster. Besitzergreifend, das schon, rechthaberisch, launisch und kränkend, natürlich. Aber schließlich war er nicht Professor geworden, um in Demut alt und älter zu werden. Zudem konnte er auch liebevoll sein. Hin und wieder war ihm danach. Er war ein typischer Primat. Ausgesprochen unbelehrbar. Die Uneinsichtigkeit als intelligenten Zug missverstehend.

Lukastik dagegen war kein Primat. Allerdings war die Geschichte seines Liebeslebens eine traurige zu nennen. Das soll jetzt nicht in einem kausalen Zusammenhang gesehen werden. Aber dass Männer, die zur Treue neigen, sexuell beliebt sind, kann auch nicht unbedingt behauptet werden.

Der sexuell erfolglose Polizist erkundigte sich nun beim sexuell erfolgreichen, aber nicht minder desillusionierten Sprachwissenschaftler, ob es noch irgendetwas gebe, was er, der Polizist, wissen müsse.

»An was denken Sie?«, fragte Kasos.

»Zum Beispiel, woran ich Ihre Frau erkenne, falls es mir nicht mittels dieses wunderschönen Papstfotos gelingt.«

»Sie haben recht. Sie wird natürlich einiges getan haben, um sich zu verändern. Andere Haare, einen anderen Stil ... mein Gott, heutzutage kann man seine Augenfarbe austauschen. Und Chiara ist jetzt fast elf.

In so einem Alter sind ein paar Jahre eine Epoche. Ich stelle mir vor, es könnte geschehen, dass ich an meiner eigenen Tochter vorbeilaufe.«

»Sie haben meine Frage nicht beantwortet«, erinnerte Lukastik. »Woran ich Ihre Frau erkenne, wenn ich sie nicht gleich erkenne.«

»Ich wüsste nichts, was einem direkt ins Auge sticht. Kein Sternkreiszeichen aus Muttermalen auf der Stirn, kein nervöses Liderzucken, kein verkürztes Bein, kein Sprachfehler. So was meinen Sie doch?«

»Ja.«

»Na, vielleicht haben Sie ja vor, Irene auszuziehen.«

»Das hoffe ich nicht«, meinte Lukastik. »Wenn ich es mit nackten Frauen zu tun habe, sind sie in der Regel tot.«

»Sie hat eine ziemlich große Narbe auf ihrem linken Oberschenkel, fast an der Leiste, über die ganze Breite.«

»Woher?«

»Eine Sache mit einem Messer.«

»Eine Sache?«

»Sie hat sich selbst verletzt.«

»Wie selbst verletzt?«, fragte Lukastik.

»Wir hatten einen Streit. Sie hat nach einem Messer gegriffen ... Gott weiß, warum Frauen immer nach Messern greifen.«

»Nach meiner Erfahrung«, sagte Lukastik, alles andere als ein Frauenversteher, »greifen zum Beispiel Karatekämpferinnen nie nach Messern.«

»Wie auch immer«, ignorierte Kasos den Einwurf, »ich habe versucht, ihr das Messer aus der Hand zu nehmen. Da ist es passiert. Ein Unfall.«

»War Chiara dabei?«

»Was hat das damit zu tun?«

»Einiges.«

»Sie hat oben geschlafen.«

»Ist der Vorfall aktenkundig?«

»Der Unfall ja. Der Streit nicht. Was verlangen Sie, Inspektor? Ich erzähle Ihnen das, damit Sie Anhaltspunkte haben, nicht, um mir moralische Vorträge zu halten.«

»Würde mir nicht einfallen. Aber Sie verzeihen schon, dass ich mir ein Bild mache. Quasi ein Bild ohne Papst.«

Kasos schüttelte den Kopf und erklärte: »Ich bringe Sie jetzt in Ihr Hotel. Dort können Sie weitertrinken.«

Lukastik hatte gerade mal das eine Glas halb geleert. Aber es war wohl ein oft geübter Trick des Professors, andere Leute in die Alkoholikerecke zu stellen.

Der Leider-nein-Alkoholiker Lukastik stand bereits an der Tür und richtete sein Sakko, als er wie nebenher fragte, ob Kasos je Chiaras richtige Mutter kennengelernt habe.

»Was ist denn für Sie eine *richtige* Mutter?«, übernahm nun Kasos die moralische Linie.

»Sie wissen, wie ich es meine.«

»Ich habe keine Ahnung von dieser Frau. Wir wollten sie nicht kennenlernen, und sie wollte uns nicht kennenlernen.«

»Haben Sie je den Namen Vinzent Olander gehört?«

»Wer ist das?«

»Ob Sie ihn gehört haben?«

»Nein.«

»Noch etwas! Der Name Ihrer Tochter ... War das Ihre Idee, aus Clara eine Chiara zu machen?«

»Ich verstehe Sie nicht, Inspektor. Wir haben das Kind gleich nach seiner Geburt adoptiert. Es hatte keinen Namen. Zumindest keinen, von dem wir wussten.«

»Und Chiara hat also nie von ihrer leiblichen Mutter erfahren?«

»Nein, und ich würde Sie sehr bitten, dass wenn Sie

Chiara finden – gleich, was dann geschieht –, diese Sache aus dem Spiel zu lassen.«

»So weit das möglich ist, gerne. Es drängt mich sowieso nicht, mit einem Kind zu reden.«

»Sie mögen keine Kinder?«

»Ich habe noch nie eines erlebt, das mich verstanden hätte. Warum also sollte es umgekehrt so sein?«

Kasos nickte. Dieser Standpunkt war ihm fremd, aber er anerkannte den Nutzen für sich selbst.

Auf der Fahrt sprachen die beiden Männer kein Wort. Es gab jetzt mehr zu bedenken als zu besprechen. Vor dem Hotel reichten sie einander die Hand. Kasos fuhr zurück in seine Bücherfestung, und Lukastik verlängerte noch ein wenig den Abend, indem er sich an die Bar stellte, wie das Männer seines Alters so zu tun pflegen.

Eine Bar ist wie ein Rollstuhl, der nicht rollen kann.

ZWÖLF

Am nächsten Morgen fuhr Lukastik zurück nach Mailand. Er fühlte sich unwohl. Er war nicht gerne in Italien. Er mochte das Licht nicht. Das Licht, von dem so viele schwärmten wie von warmen Semmeln. Ihm aber erschien dieses Licht umgemein aufdringlich. Es verfolgte einen. Und zwar ganz in der Art eines Fernsehstars, dem man nicht entkommt, auch wenn man gar keinen Fernseher besitzt. Weil dieser Fernsehstar von jeder Plakatwand herunter- und aus jeder Zeitschrift herauslächelt.

Genau so verhielt es sich mit diesem italienischen Licht, welches jetzt durch die Jalousie von Lukastiks Zugabteil eindrang, Loch für Loch, die Lücken des Gewebes nutzend. Es war eben naiv zu glauben, der Verzicht auf ein Fernsehgerät sei die Lösung. Oder man bräuchte bloß einen Vorhang zuzuziehen, eine Sonnenbrille aufzusetzen, die Augen zu schließen, sich totzustellen. In Bezug auf ein solches Licht und auf die Leute aus dem Fernsehen nützte es nicht einmal, wenn man gar kein Mensch war, sondern bloß eine Maschine wie Lukastik. Das italienische Licht machte vor nichts und niemand halt, drang in ein jedes Auge ein, auch in ein geschlossenes, auch in ein künstliches.

In Mailand angekommen, traf sich Lukastik mit Longhi in dessen Stammlokal, wo man erneut in einem separierten Bereich saß. Lukastik berichtete, was er zusammengetragen hatte, berichtete von dem Kind, das Yasmina Perrotti in die Welt gesetzt hatte und bei dem es sich mit großer Wahrscheinlichkeit um dasselbe handelte, das von dem Ehepaar Kasos adoptiert worden war. Ein Kind, welches zusammen mit seiner Adoptivmutter ausgerechnet an jenem Tag verschwand, da Vinzent Olander in ein Spital eingeliefert wurde, um dann später bei seinem Erwachen zu erklären, seine Tochter sei aus dem verunfallten Taxi heraus entführt worden.

»Ich habe von diesem Professor Kasos schon mal gehört«, sagte Longhi. »Er ist doch der, der eine eigene Sprache entwickelt hat, nicht wahr?«

»Die Sprache der Windeworps.«

»Ach ja. Ich hatte aber keine Ahnung, dass ihm seine Frau davongelaufen ist.«

Für einen Polizisten wie Longhi stellte es nicht das geringste Problem dar, etwas nicht zu wissen. Er war erfolgreich, aber nicht ehrgeizig. Und in keiner Weise hektisch. Die neuen Erkenntnisse stachelten ihn wenig an, sich eingehend mit dem Fall zu beschäftigen. Zumindest nicht, bevor Andrea Peros skelettierter Körper in Mailand angekommen war. Für ihn gab es nichts, was jetzt eilte.

Anders Lukastik. Er wollte sich beeilen. Und sei es auch nur, um so bald als möglich dem italienischen Licht zu entkommen. Vorher aber musste er sich die Wohnung des zu Tode gekommenen Taxifahrers ansehen.

»Was hoffen Sie dort zu finden?«, fragte Longhi.

»Eine zweite Giraffe«, antwortete Lukastik.

»Na, von mir aus«, meinte Longhi, ohne eine Erklärung zu verlangen, »Sie werden schon wissen, was Sie tun. Ich schicke Ihnen am Nachmittag die zwei Kollegen, die Sie bereits kennen.«

Lukastik dankte und erhob sich. Ihm fiel auf, dass Longhi diesmal sein gekochtes Ei gegessen hatte. Ein wenig enttäuschte ihn dieser Umstand, welcher Longhi als einen gewöhnlichen Mann erscheinen ließ. Auch nur ein Eierdieb wie alle anderen. Kein Magier. Kein Hexenmeister, der aus dem Dotter die Zukunft las. Und hernach das Ei wieder schloss.

Es war übrigens kein Scherz gewesen, wenn Lukastik erklärt hatte, in Giorgio Straubs Wohnung nach einer zweiten Giraffe zu suchen. Denn er wusste ja aus Job Grongs detaillierter Erzählung, dass Olander eine kleine, leicht beschädigte Tierfigur von dort hatte mitgehen lassen. Und auch wenn nun das meiste, was Olander dem Kneipenwirt des POW! berichtet hatte, in einer metaphernartigen oder verschlüsselten Weise zu verstehen war, konnte man dennoch davon ausgehen, dass so etwas wie eine Giraffe in dieser Wohnung gestanden hatte. Und dass diesem Etwas eine Bedeutung zukam. Ansonsten hätte Olander nicht davon berichtet. Denn der Mann war schließlich verrückt. Verrückte taten nie etwas ohne Sinn. Während gesunde Menschen andauernd etwas unternahmen, was ohne Sinn blieb. Das war das Privileg der Gesunden, etwa einen Satz zu sagen, der nichts bedeutet.

Straubs Neffe, ein etwas derangiert anmutender Student, öffnete. Der junge Mann schien seit seinem Einzug kaum etwas verändert zu haben. Die kleine, vollgeräumte, von Gleichgültigkeit gekennzeichnete Wohnung wirkte weniger als das Resultat schlechten Geschmacks denn puren Zufalls. Giorgio Straub hatte wohl zu jenen Menschen gehört, die es vorziehen, den nächstbesten Sessel und den nächstbesten Tisch zu kaufen. Weil sie meinen, ein Tisch und ein Sessel sei wie der andere. So, wie sie auch meinen, ein Bild und ein Buch sei wie das andere.

Es war jetzt am Nachmittag ausgesprochen dunkel in den Räumen, obwohl ungebrochen die Sonne schien. Man konnte meinen, dass sich hier drinnen die Nacht versteckt hielt und darauf wartete, bis draußen die Luft rein sein würde. Lukastik bewegte sich langsam vom Wohn- ins Schlafzimmer und wieder zurück. Er fasste nichts an, betrachtete bloß die Einrichtung, sah auf die Laden und Türen der Schränke. Lukastik war der Meinung, dass wenn etwas zu entdecken war, es sich dem Betrachter offenbarte. Man sah es einem Schrank an, wenn eine wichtige Sache sich in ihm verbarg. Diese Schränke hier, davon war Lukastik überzeugt, verbargen nichts außer alter Wäsche und ein paar Dingen aus dem Besitz des Studenten. Auch war nirgends eine zweite Giraffe zu entdecken. Allerdings ein schmales, längliches, an die Wand gerücktes Tischchen, auf dem dick der Staub lag, wie auch auf den Gegenständen, die auf der gläsernen Platte sorgsam aufgereiht standen. Nur an einer Stelle zeichnete sich ein fehlendes Objekt ab, erstens dadurch, dass eine deutliche Lücke in der sonst geschlossenen Formation von Figuren klaffte, und zweitens, indem besagter Flecken eine deutlich geringere, wenngleich ebenfalls beachtliche Staubdichte aufwies. Staub, der sich in den vier Jahren gebildet hatte, seit Olander hier gewesen war, um eins der Gebilde aus der Ansammlung zu nehmen. Keine Giraffe, eher einen Affen. Denn Affen stellten sämtliche Figuren dar, die hier platziert waren. Affen, die menschliche Handlungen vollzogen oder kopierten, in einem Buch lasen, mit weggestrecktem kleinen Finger aus einer Tasse tranken, sich das Kopfhaar kämmten, ein Deo unter die Achsel hielten, Schlittschuh liefen. Es handelte sich um etwa sieben Zentimeter große Figuren aus bemaltem Plastik, das sich ausgesprochen weich anfühlte, ein wenig wie morsches Holz. Billige Spielfiguren, konnte man meinen, in großen Massen hergestellt, aber sicher nicht für Kinder. Einer der Affen onanierte, ein anderer hielt sich eine Pistole an die Stirn, ein dritter rauchte. Und wenn man Letzteres bedachte, musste man sagen: Viel schlimmer geht es eigentlich nicht mehr.

»Fragen Sie unseren jungen Freund«, sprach Lukastik seinen Übersetzer an und zeigte gleichzeitig auf die

Lücke, »ob er weiß, was für eine Figur hier gestanden hat.«

Aber Straubs Neffe hatte keine Ahnung. Er wirkte überhaupt ein wenig zurückgeblieben. Ein talentierter Physiker, was Lukastik nicht wissen konnte. Jedenfalls war er keine Hilfe.

»Ich will die Schwester sprechen«, sagte Lukastik. »Die Schwester von Giorgio Straub.«

Er bekam, was er wollte. Eine halbe Stunde später wackelte eine Frau ins Zimmer, deren Mund vom vielen Keifen völlig aus der Form war. Sie war sichtbar wütend, denn eins war ihr klar, sie würde kein Geld dafür bekommen, irgendetwas auszusagen. Sie betrachtete Lukastik mit Verachtung. Sie fragte sich, was sich dieser Polizist eigentlich einbildete.

Lukastik blieb ungerührt, wies auf den kleinen leeren Flecken, gewissermaßen auf die unsichtbar in der Luft stehende Form und stellte seine Frage. Der Übersetzer übersetzte.

Die Frau trat näher an die Stelle heran, verzog Lippen, die eigentlich kaum noch zu verziehen waren, und kniff die Augen zusammen.

»Una Giraffa«, drang es dunkel aus ihrem abgründigen Mund.

»Was denn?« Lukastik zeigte sich verwundert. Immerhin handle es sich hier um eine Ansammlung von Affen. Was habe da eine Giraffe verloren gehabt.

Die Frau entließ einen heftigen Schwall rasch gesprochener Worte, dann drehte sie sich um, nahm ihren Sohn an der Hand und trat hinaus auf den kleinen Balkon. Man hörte weiter ihre Stimme, immer neue Kreise sägend, Vorwurf an Vorwurf reihend. Wahrscheinlich hielt sie ihrem Sohn eine Strafpredigt, weil er die verdammte Polizei in die Wohnung gelassen hatte.

Währenddessen war der Übersetzer näher an Lukastik herangetreten, um ihm zu erklären, dass es sich nach Auskunft der Frau bei der fehlenden Figur ebenfalls um einen Affen gehandelt habe. Nur dass dieser Affe bloß noch mit den Füßen als solcher zu erkennen gewesen war. Der restliche Körper aber hätte in einem Giraffenkostüm gesteckt. Ein verkleideter Affe also.

Lukastik fragte den Übersetzer, ob er solche Figuren schon einmal gesehen habe. Dieser verneinte, hob aber eins der Dinger vom Tisch, den mit Abstand Unschuldigsten, einen Affen mit Handy am Ohr, drehte ihn um und betrachtete den Aufdruck auf der Unterseite des flachen Sockels.

»Colanino«, las Longhis Mann und erklärte, dass ihm dieser Name durchaus ein Begriff sei. Bei der *Gruppo Colanino* handle es sich um einen Konzern, der so ziemlich alles herstelle. Von Autoersatzteilen bis zu Fertigteilhäusern. Offensichtlich auch Trashnippes wie diese perversen kleinen Figuren. Dann hielt er Lukastik den Aufdruck entgegen und meinte, das könnte interessant sein. Und das war es in der Tat. Denn dort, wo üblicherweise *Made in China* oder *Made in Portugal* stand, war nun zu lesen: *Made in Austria*.

Es dauerte keine zwei Stunden, da bekam Lukastik bestätigt, was er in dem Moment, da ihm die »Insignien« seines Heimatlandes ins Auge gestochen waren, bereits geahnt hatte. Das Unternehmen Colanino ließ seine Plastikfiguren in Hiltroff produzieren. Das war kein Geheimnis, allerdings auch nichts, was der Mailänder Konzern an die große Glocke hängte. Schließlich handelte es sich beim Großteil der Produktion um billigen Ramsch, der zumeist als Sammelspielzeug in durchsichtigen Beutelchen angeboten wurde. Spidermanfiguren, Schlangenmenschen, aufziehbare Robotermännchen, futuristische Saurier, solche Dinge eben, Firlefanz, der die

Welt überflutete. Aber wie gesagt, normalerweise von China aus. Und nicht von einem kleinen, nebeligen Ort in Mitteleuropa.

Das mit den Affen war allerdings eine speziellere Sache. Die kleinen Figuren stammten aus einer Art Überraschungsei für Erwachsene. Etwas größer und um einiges schwerer als die bekannten Ü-Eier oder Sorpresas für Kinder. Dickwandige Schokoladehohlkörper, die mit Orangenlikör gefüllt waren. In der zähflüssigen Spirituose schwamm dann jeweils so ein Äffchen. Wie sich herausstellte, besaßen diese Figuren eine Art Kultstatus. Sicher nicht wegen der Qualität des Likörs, in dem sie wie konservierte Kadaver einlagen. Aber die Erzeuger waren so klug gewesen – ohne dies je offiziell zugegeben zu haben –, die unterschiedlichen Figuren dieser Serie in sehr unterschiedlichen Stückzahlen in die Eier und damit auf den Markt zu bringen. So existierten etwa eine Unmenge von lesenden Affen und telefonierenden Affen und Fußbälle balancierenden Affen, aber nur wenige Affen auf einem Einrad. Und noch weniger mit einem Blumentopf unter dem Arm. Wie sich das mit dem Modell »Affe als Giraffe« verhielt, war natürlich eine interessante Frage. Aber eine, die zunächst niemand beantworten konnte oder wollte. Hingegen war sich der Sprecher des Colanino-Konzerns, welcher telefonisch Auskunft gab, absolut sicher darüber, dass selbstverständlich niemals Figuren produziert worden seien, die irgendwelche anstößigen Handlungen zur Schau stellen würden. Also sicher keine onanierenden oder rauchenden Primaten. »Ich selbst«, meinte der Sprecher, »wenn Sie mir diese Bemerkung erlauben, finde bereits einen in einem Buch lesenden Affen hart an der Grenze.« Jedenfalls stünde es außer Frage, dass es sich bei Figuren, die irgendetwas Widernatürliches illustrieren würden, um Fälschungen handeln müsse. Und sobald Colanino über nähere Informationen verfüge, werde man eine Klage einreichen, zur Not auch gegen unbekannt. Im Übrigen könne das Unternehmen derzeit keine weiteren Auskünfte geben.

Was sich nun auch ohne die Hilfe des Konzernsprechers leicht eruieren ließ, war, dass sich am Rande von Hiltroff – in entgegengesetzter Richtung zum POW! – eine recht umfangreiche Fabrikanlage befand, in welcher in den neunzehnsiebziger und neunzehnachtziger Jahren Kunststofftüten hergestellt worden waren, bevor dann der Betrieb geschlossen wurde und das Objekt viele Jahre leergestanden hatte. Irgendwie hatten es die Hiltroffer aber geschafft, dass die Colanino-Gruppe die nicht unerhebliche Produktion ihrer Plastikfigürchen an das österreichische Nest vergeben hatte. Nicht jedoch die Herstellung der Schokolade beziehungsweise die Füllung dieser Schokolade mit einem aus Istrien stammenden Likör. Somit auch nicht die Verpackung der Eier, die von einer bedruckten Alufolie umgeben waren, auf der man einen stark behaarten Primaten mit Sonnenbrille sah. Offenkundig hielt man bei Colanino rauchende Affen für widernatürlich, Sonnenbrillen tragende aber nicht.

»Erstaunlich«, fand Lukastik, als er wenig später bei Longhi im Büro saß, »dass die Colanino-Leute eine solche Fabrikation nicht in irgendein Billiglohnland auslagern, sondern ausgerechnet ein kleines österreichisches Dorf auswählen, wo zweimal am Tag der Bus fährt. Der Schulbus wohlgemerkt.«

»So was kommt schon mal vor«, meinte Longhi. »Ich glaube nicht, dass wir deshalb die Wirtschaftspolizei einzuschalten brauchen. So wenig wie uns diese Spielzeugsachen interessieren müssen. Da hat sich jemand einen schlechten Scherz erlaubt, sich seine eigenen Colanino-Affen gegossen. Was soll das bitte schön mit einer toten Frau in einem kalten See zu tun haben? Sie verrennen sich, Kollege. Aber das ist natürlich Ihr gutes Recht. Zumindest, wenn Ihre Vorgesetzten nichts dagegen haben.«

»Ich habe meine Vorgesetzten im Griff«, verkündete Lukastik, um sodann die Frage nach jenen Herrschaften und Seilschaften zu stellen, die hinter dem Colanino-Konzern stehen würden.

»Was für Herrschaften denn?«, fragte Longhi. Und erklärte: »Da ist niemand, der auffällt. Niemand, der die Welt zu erobern versucht. Da ist kein Berlusconi zu entdecken. Kein kleiner Duce, kein Pate. *Gruppo Colanino* ist ein Zusammenschluss von Firmen, die nichts anderes wollen, als Geld verdienen. Dazu braucht man heutzutage keine Regierungen zu kaufen und die Menschen klein zu halten. Die Menschen halten sich selbst klein.«

»Warum gibt's dann überhaupt noch Berlusconis?«

»Weil es netter aussieht. Wir brauchen sichtbare Bösewichte. Wir brauchen Dr. Nos und Blofelds. Wir wollen ein Bild des Bösen. Nicht ein paar gesichtslose Vorstände, deren ganze Utopie darin besteht, ein bisschen reicher als im letzten Jahr zu werden und mehr Mitarbeiter freizusetzen als die Konkurrenz. Berlusconi ist anders. Bei dem hat man den Eindruck, er könnte den Mond erobern, um von dort aus seine Feinde mit Laserkanonen zu bombardieren. Aber wenn Sie mich nach den Personen fragen, die die *Gruppo Colanino* führen ... keine Teufel, keine Engel, keine Helden und sicher keine Monderoberer. Ein paar Damen und Herren in Kostümen und Anzügen, die um einen großen Tisch sitzen und den besten Espresso der Stadt trinken.«

»Ist das nicht gar ein bisschen einfach gedacht?«

»Das ist es sicher«, sagte Longhi. »Die Einfachheit ist das Perfide. Wie sehr die Dinge von selbst laufen. Die Welt entwickelt sich zurück und schrumpft auf eine einzige Zelle. Und zudem ...«

Longhi unterbrach sich. Er bat um Verzeihung. Das sei eigentlich nicht seine Art, sich solche Ausflüge ins Abstrakte zu erlauben.

»Meine Schuld«, sagte Lukastik, der gern hin und wieder eine Schuld auf sich nahm, so wie man sich hin und wieder gerne zu seinen eigenen Ungunsten verrechnet. Man fühlt sich nachher einfach besser. Vom Schicksal bestraft, aber auf eine vernünftige, erträgliche Weise.

Lukastik sah auf die Uhr. Er wollte seinen Flieger nicht versäumen. Er wollte das italienische Licht hinter sich bringen, bevor noch die nicht minder schlimme italienische Nacht einsetzte. Und er wollte zurück nach Hiltroff, um sich die Fabrik anzusehen und Olander nach der Bedeutung einer Giraffe zu fragen. Einer Giraffe, die in Wirklichkeit ein Affe war.

»Ich werde meinen Leuten Dampf machen«, kündigte Lukastik an, »damit die sterblichen Überreste von Frau Pero nach Mailand überführt werden können. Die Frau soll ihre Ruhe bekommen. Damit wenigstens einer seine Ruhe hat.«

»Das soll sie«, bestätigte Longhi und legte seine Hände derartig sorgfältig übereinander, als schließe er eine Ehe mit sich selbst.

Das Ungute an diesem Fall war, dass es wahrscheinlich zwei Fälle waren, wenn nicht noch mehr. Immerhin fühlte sich Lukastik sehr viel wohler, als er aus dem heißen, an diesem Abend vom vielen Licht geradezu eingedickten Mailand herauskam und nach Wien flog. Dort blieb er einen Tag, um zu Hause ein Bad zu nehmen, den Anzug zu wechseln und sodann seinen Vorgesetzten über den Ermittlungsstand in Kenntnis zu setzen. Der Vorgesetzte schüttelte nur den Kopf und meinte: »Ich versteh nicht, Lukastik, warum alles, womit Sie zu tun haben, immer so kompliziert wird.«

»Es war Ihr eigener Wunsch«, erinnerte Lukastik, »dass ich mir die Hiltroffer vorknöpfe.«

»Ich habe Sie wegen einer Toten im See zu diesen Wilden geschickt, und jetzt kommen Sie mit einer absurden Plastikfigur daher, einem toten Taxifahrer, mit einem adoptierten Kind, einem Mann, der Sprachen erfindet, und was da noch alles folgen mag.«

»Wollen Sie mich dafür verantwortlich machen? Denken Sie, dass es meine Untersuchungsmethoden sind, die dieses Durcheinander bewirken? Denken Sie, ich bin schuld an der Wahrheit?«

»So will ich es nicht ausdrücken, aber irgendwie ...«

»Irgendwie was?« Lukastik konnte dieses ungenaue Geschwafel, diese schwammige Verdächtigungslitanei nicht ausstehen.

»Was soll's, es ist Ihr Fall«, kapitulierte der Vorgesetzte, wie er immer vor Lukastik kapitulierte. Gleich den anderen hatte auch er eine starke Aversion gegen seinen Untergebenen. Er fühlte sich körperlich unwohl in dessen Gegenwart. Man konnte diesem Mann nicht beikommen. Schon gar nicht, wenn man sein Chef war. Jedes Chefgetue prallte an Lukastik ab. Lukastik arbeitete für höhere Mächte, nicht für den österreichischen Staat.

Der solcherart unantastbare Chefinspektor ließ sich am nächsten Tag im Dienstwagen nach Hiltroff bringen, wo er sich als Erstes davon überzeugte, dass Olander weiterhin im Hotel Hiltroff und im POW! zu finden war. Mit ihm würde er sich später unterhalten. Zuerst aber wollte er die Fabrik besichtigen, in welcher das Colanino-Unternehmen seine Affen und Drachen und Supermänner und allerlei komische Zwerge und Feen und grinsende Gespenster herstellen ließ.

Bei dem Komplex handelte es sich um einen historischen Backsteinbau, der, ein wenig außerhalb der Ortschaft, auf einer zwischen kleinen, moosigen Hügeln begradigten Fläche stand. Ein moderner Zweckbau war seitlich angefügt worden. Das ganze Objekt machte den Eindruck, als hätten hier die Denkmalschützer ein Wörtchen mitzureden gehabt. Zwei Schornsteine – ein kunsthistorisch relevanter und ein zeitgenössisch aktiver – ragten in den vernebelten Himmel. Im Hof wartete bereits das Empfangskomitee, der Fabrikleiter, dessen Prokurist und eine Dame aus dem Büro des Bürgermeisters, eine übertrieben elegante Erscheinung, mit einem sehr roten Mund, durch den die Wörter wie tausenderlei silberne Löffelchen drangen. Woraus sich ein hochgestochener Ton ergab, ein quasi edelgastronomischer Klang.

»Was tun Sie hier?«, fragte Lukastik die Dame. Er hatte sich noch nie von Silberbesteck beeindrucken lassen.

»Der Bürgermeister schickt mich.«

»Und warum tut er das?«

»Wir wollen Sie in jeder Hinsicht unterstützen, Herr Chefinspektor.«

»Ach nein!?« Lukastik hätte die Madame gerne zum Kaffeeholen und Bleistiftspitzen abkommandiert. Aber er begnügte sich damit, ihre Anwesenheit mit einer wegwerfenden Geste zur Kenntnis zu nehmen, und richtete sich in der Folge an den Fabrikdirektor, einen farblosen, wohlgenährten, ein wenig nervösen Menschen. Einen von diesen Männern, denen selbst maßgeschneiderte Anzüge nicht passen, entweder weil der Anzug sich wehrt oder der Körper sich wehrt oder Körper und Anzug sich ständig in den Haaren liegen. *Ohne mich wärst du gar nichts, ohne mich ...* Und so weiter.

Lukastik bat darum, durch den Betrieb geführt zu werden.

»Gerne«, sagte der Werksleiter, erkundigte sich aber,

worin genau das Anliegen des Herrn Chefinspektors eigentlich bestehe.

»Ich nehme doch an«, äußerte Lukastik, »dass Ihre italienischen Freunde Sie vorgewarnt haben.«

»Mir wurde gesagt ... es gehe um die Figuren für die Liköreier.«

»Ich möchte mir ansehen, wie sie hergestellt werden.«

»Aber Sie können doch nicht glauben, dass unsere Produktion in irgendeiner Weise mit dem Leichenfund im Mariensee zu tun hat. Ich bitte Sie!«

»Wenn zwei Fäden sich verwickeln«, dozierte Lukastik, »wird man natürlich versuchen, sie voneinander zu lösen. Mitunter aber ist es so, dass zwei Fäden sich als einer erweisen.«

Das gab es nämlich ebenfalls: zwei Fälle, die in Wirklichkeit einer sind.

Der Direktor machte ein angestrengtes Gesicht und beutelte sich leicht, als schüttle er Flöhe ab. Es war zu sehen, wie unbehaglich er sich fühlte. Er ging voraus.

Er bemühte sich nun um eine ganz normale Führung und lotste Lukastik durch die hohen, von einem Oberlicht erhellten Hallen, unterstrich die architekturhistorische Bedeutung des Äußeren wie die modernen Arbeitsbedingungen im Inneren, erklärte Maschinen, beschrieb Werkprozesse, sprach von der Kombination neuartiger Thermoplaste, von hochwertigem Polyethylen sowie von einer hier in Hiltroff entworfenen Madonnen-Serie, auf die man besonders stolz sei. Man könnte nämlich glauben, diese kleinen Heiligenfiguren seien aus altem Holz geschnitzt und mit einer originalen mittelalterlichen Bemalung versehen, während sie natürlich, wie alles hier, aus Kunststoff hergestellt wurden. Und zwar aus erstklassigem Kunststoff, wie zu betonen wäre. Denn leider würden die meisten Menschen zwar zwischen gutem und minderwertigem Holz unterscheiden, nie aber zwischen solchem und solchem Plastik. Als sei jedes Wasser trinkbar.

Um den Charakter einer alltäglichen Werksbesichtigung noch hervorzuheben, bat der Direktor einige der Arbeitenden, ihre Arbeit zu unterbrechen und Lukastik zu erklären, was sie hier taten und wie zufrieden sie mit ihrem Job wären. Und in der Tat schien alles auf diesem Gelände mustergültig zu sein. Die Apparaturen verströmten freundlichen Maschinismus, die Luft war erstaunlich gut, und auf dem weißen Boden spiegelten sich die Gestalten der ebenfalls weiß gekleideten Menschen wie in einem dermatologischen Beratungszentrum. Ja, man konnte den Eindruck gewinnen, dass in dieser Anlage pharmazeutische Waren hergestellt wurden. Aber wahrscheinlich bestand heutzutage ohnehin kaum noch ein Unterschied zwischen miniaturisiertem Kinderspielzeug und irgendwelchen Pillen. Nicht umsonst konnte man das Wort »Pille« mit *kleiner Ball* übersetzen. Spielzeug für den Körper.

»So, und hier werden unsere Ahnen fabriziert«, erklärte der Direktor, als man eine neue Halle betrat, in der vor einer lang gestreckten Werkbank ein Dutzend Frauen saßen, mit weißen Kitteln und weißen Häubchen, welche mit feinen Pinseln ihre auf kleine Drehplatten aufgesteckten Plastikrohlinge bemalten.

»Ahnen?«, fragte Lukastik.

»Wir vermeiden das Wort *Affen*«, erklärte der Direktor. »Es ist ein missverständliches Wort.«

Lukastik trat näher an die Gruppe der arbeitenden Frauen heran.

»Eine Spezialfarbe«, meldete sich jetzt der jugendliche Prokurist zu Wort. »Entlässt keinerlei Giftstoffe in den Alkohol. Das Genehmigungsverfahren war alles andere als einfach. Aber unser Produkt hält stand. In jeder Hinsicht.«

»Wie schön«, meinte Lukastik und beugte sich zu einer der Figuren hinunter. Ein Affe, der ein Ei in die Höhe hielt und selbiges eingehend betrachtete. Jede der Arbeiterinnen hatte gerade ein solches Motiv in Arbeit.

»Das ist derzeit unser Themenschwerpunkt. Forschende Ahnen«, erklärte der Direktor.

»Interessant«, sagte Lukastik. »Der Affe betrachtet das Ei, aus dem er stammt.«

»So würde ich das nicht sehen«, erwiderte der Direktor. »Der Ahne studiert ein unbestimmtes Ei, nicht unbedingt ein Überraschungsei. Nein, das würde mir zu weit gehen, wobei natürlich der Konsument letztlich selbst entscheidet, was er da sieht.«

»Tut er das?«

»Selbstverständlich«, sagte der Direktor mit einiger Empörung. Er fürchtete, dass Lukastik in irgendeiner Weise ein Antikapitalist war. Antikapitalisten gehörten nicht in die Polizei, sondern auf die Straße.

Die Arbeiterinnen taten indessen, als würden sie keine Sekunde mitbekommen, dass sie nicht alleine waren. Sie werkten stumm, konzentriert, robotisch.

Der eigentliche Roboter hier, Lukastik, griff nun in seine Tasche und holte ein kleines Objekt hervor. Denn auch er hatte ja, wie Jahre zuvor Olander, eine Figur aus der Wohnung des Giorgio Straub mitgehen lassen. Er hielt diese Figur nun unter die Nase des Fabrikleiters und erkundigte sich, ob auch dieser Affe in der Hiltroffer Manufaktur hergestellt worden sei.

Der Direktor nahm das Gebilde in die Hand, drehte es um, drehte es auf den Kopf, betrachtete es mit stark zugespitzten Augen, schüttelte den Kopf und erklärte, dass diese Figur zwar vom Material und der Bemalung her den Hiltroffer Erzeugnissen ähnlich sei und auch die Kennzeichnung auf der Sockelunterseite dem Original entspreche, er jedoch mit Gewissheit erklären könne, dass niemals – niemals! – ein Ahne produziert worden sei, welcher etwas derart Groteskes ...

Er vermied es, fertig zu sprechen, und gab Lukastik die Figur zurück. Meinte bloß noch, dass es sich dabei wahrscheinlich um eine chinesische Fälschung handle. So sei das ja meistens, wenn etwas nicht stimme. Nichts gegen China an sich, eine großartige Kultur, aber das aktuelle China entwickle sich zur weltweiten Plage.

Lukastik steckte den kleinen Affen wieder in seine Tasche und erwähnte nun die Giraffen-Figur. Doch auch diesmal verneinte der Direktor. Ebenso sein Prokurist. Nein, keine Giraffe. Nichts dergleichen.

»Ist es möglich«, fragte Lukastik, »dass diese Figuren ohne Ihr Wissen hergestellt wurden? Ich meine, hier in der Fabrik. In kleinster Auflage.«

»Was glauben Sie eigentlich?« Der Direktor war rechtschaffen erregt. Seine Stimme schwoll an. Er machte darauf aufmerksam, dass man sich nicht in der Skulpturenklasse einer Volkshochschule befinde. Und dass man hier nicht ein und aus gehen könne, wie es einem beliebe.

»Wenn Sie wüssten, was ich weiß«, sagte Lukastik, »würden Sie leiser reden.«

»Ich rede so laut ...«

»Schon gut«, beschwichtigte Lukastik, bedankte sich, und bevor noch einer etwas sagen konnte, drehte er sich einfach um und verließ den Raum.

Es war ein typischer Lukastik-Auftritt gewesen. Lukastik ließ eine schlechte Stimmung zurück, ein Unbehagen, nicht zuletzt das Unbehagen darüber, dass man nicht sicher sein konnte, wie viel er eigentlich wusste, ja, ob er überhaupt etwas wusste oder nur so tat. Und wenn er denn ein Blender war, ob er nicht gerade dadurch ans Ziel kam, indem er sich gewissermaßen ins Ziel hineinblendete.

Die drei Leute, denen Lukastik so abrupt den Rücken gekehrt und sie bei einem Dutzend Arbeiterinnen und einem Dutzend Plastikäffchen zurückgelassen hatte, meinten natürlich, dass der unsympathische Wiener Polizist sich nun alleine zum Ausgang zurückbegeben würde. Was Lukastik aber keineswegs tat, sondern den Weg, den er gekommen war, an einer Abzweigung verließ und durch eine automatisch sich öffnende, hohe Metalltür in einen Bereich eintrat, der während der Betriebsbesichtigung ausgespart geblieben war.

Jedoch war da nichts anderes zu erkennen als eine weitere Halle mit weiteren Maschinen und Arbeitskräften, nur dass es hier ein wenig lauter und wärmer war. Am Ende dieses Raums durchschritt Lukastik erneut eine selbständig sich weitende Tür, allerdings kleiner und aus Glas. So fand er sich wieder in einem lang gestreckten, fensterlosen Gang, in dem alles, das Licht, der Spannteppich, die weißen Wände, selbst die warme Luft etwas Niveaartiges besaß und man sich wie in einer Tube oder Dose eingesperrt fühlte. Nivea!? Offensichtlich war Lukastik in den Bürobereich gelangt.

An den Wänden rechts und links hingen kleine Plexiglasvitrinen, in denen je eine ausgewählte Plastikfigur aus der Hiltroffer Produktion ausgestellt war. Figuren, die dank solcher Präsentation einen sehr edlen, einen künstlerischen und musealen Eindruck vermittelten. Natürlich war eine Madonna darunter, auch ein Affe, der ein Ei betrachtete. Im Übrigen sah man eine bekannte Disneyfigur, weiters ein kleines Männchen, das trotz seiner Winzigkeit unverkennbar die Züge und die Gestalt eines ehemaligen russischen Präsidenten aufwies, Zwerge mit Laserschwertern, ein wolfloses Rotkäppchen und ...

Lukastik führte sein Gesicht ganz nahe an eine Scheibe heran. Was er nun erkannte, war eine Art Seeschlange beziehungsweise ein Seeschlangenkostüm, unter welchem die unverkennbaren Füße eines Affen hervorlugten. Die ganze Gestalt verwies in ihrer dramatisch verspielten Verschlungenheit auf eine Laokoon-Gruppe. Und tatsächlich existiert ja ein berühmter Affen-Laokoon von Tizian. Dann war dies hier quasi ein Affen-Laokoon für nur einen Affen und nur eine Seeschlange, im Unterschied zu den zwei Seeschlangen aus der Antike. Zudem handelte es sich um eine Symbiose von Täter und Opfer, indem der Affe die Schlange verkörperte, die ihn tötete.

In jedem Fall war es eine schön gestaltete Figur, die Lukastik an jene historische Graphik aus einem Linzer Archiv erinnerte, welche das *Monster aus dem Mariensee* darstellte (und ein bisschen erinnerte es ihn auch an das von jugendlichen Hiltroffern geschossene Foto). Vor allem aber dachte er an den Affen in seiner eigenen Tasche. Es war deutlich zu sehen, dass die beiden Figuren aus der gleichen Produktion stammten, dass sie Teil einer Serie maskierter Affen waren. Und dass somit der Leiter der Fabrik gelogen hatte. Ja, dass alle hier logen, was natürlich nichts Neues war, diese permanente Lügerei, die nicht allein die Not gebar, sondern ein Prinzip repräsentierte. Die Menschen logen in derselben Weise, wie sie atmeten und schwitzten. Wenn sie die Wahrheit sagten, dann war das so, als würden sie die Luft anhalten. Dennoch war Lukastik verärgert. Er fragte sich, wie er diese ganze Bagage zur Räson bringen konnte. Ob er nicht noch viel stärker den Exekutor aus der Bundeshauptstadt zum Besten geben, die Leute zum Verhör holen und ihnen Angst machen sollte.

Aber er entschied sich dagegen. Wahrscheinlich konnte er diese Leute besser einschüchtern, indem er ihnen nicht direkt drohte. Immerhin hatte er es mit sturen Bauernschädeln zu tun – Bauern ohne Höfe, Bauern ohne Kühe, Plastiktierbauern.

Während er über diese Dinge nachdachte, öffnete sich ganz hinten im Gang eine Tür, und eine Frau mit einem Staubsauger trat drei Schritte auf eine gegenüberliegende Tür zu, öffnete sie und verschwand so rasch, wie sie aufgetaucht war. Nicht in Eile, das nicht.

Es war eine Frau mit wasserstoffblonden Haaren und einem dunkelblauen Arbeitskittel gewesen, eine typische Putzfrauenerscheinung, geisterhaft. Es sieht immer aus, als würden diese Frauen schweben. Kaum blickt man nochmals auf, sind sie schon beim nächsten Tisch, beim nächsten Fenster, hört man sie nur noch aus dem Nebenzimmer, wie jetzt auch, als der Motor des Staubsaugers in Betrieb gesetzt wurde und durch die geschlossene Tür ein Geräusch drang, als wären neun Opernsänger – vier Tenöre und fünf Countertenöre – stimmlich wie körperlich in der Art einer Mannerschnitte aneinandergepresst.

Bei diesen Putzfrauen stellte sich die Frage, ob sie tatsächlich auf die Welt gekommen waren, um den Dreck anderer Leute zu entfernen. Wenn das nämlich der Fall war, und das schien es ja, musste irgendein teuflischer Plan dahinterstecken. Das konnte kein Zufall sein. Das war, als würde man jemand engagieren, der an eigener statt die Nahrung aufnimmt, sie kaut, sie verdaut, sodann eine fremde Notdurft verrichtet, der also nicht nur für einen das Klo putzt, sondern auch für einen dieses Klo benutzt, der vertretungsweise dicker oder dünner wird, während man selbst ... Ja, was ist eigentlich umgekehrt von denen zu halten, die nicht einmal die eigene Wohnung aufräumen können? Sind das noch Menschen? Wo ist die Grenze zu ziehen? Wann wird es so weit sein, dass Haushaltskräfte beginnen, die Kinder ihrer Dienstgeber auszutragen? Damit man sich die blöde Schwangerschaft und diesen Scheißschmerz erspart.

Irgendetwas war im Gange. Schon seit einiger Zeit. Der Teufel schien Großes vorzuhaben.

Richard Lukastik jedoch dachte an etwas anderes. Und zwar daran, dass ihm diese Putzfrau schon einmal über den Weg gelaufen war. Ja, sie gehörte wohl zu jenen, die im Hotel Mariaschwarz die Zimmer richteten, Bettdecken in Ordnung brachten, lüfteten, staubsaugten und aus den Badezimmern alle möglichen Körperhaare und Flecken entfernten. Die Späne gehobelter Körper. Und somit eine reinliche Basis für neuerliche Verschmutzungen schufen.

Es kam Lukastik vor, als hätte er diese Frau auch im Hotel Hiltroff gesehen. Aus der Ferne bloß, wie sie rasch vorbeigeschwebt war. Freilich hatte er sie auch da nur vage wahrgenommen und nicht im Bewusstsein ihrer ganzen Erscheinung. Quasi immer nur den Umstand wasserstoffgebleichter Haare registrierend. Möglicherweise aber waren es drei verschiedene, bei ungenauer Betrachtung leicht zu vertauschende Frauen ...

Doch sein Instinkt sagte Lukastik, dass es sich um ein und dieselbe Person handelte. Was ja auch gar nicht als Wunder angesehen werden musste, eine solche Vielputzerei an einem relativ kleinen Ort.

Aber da war noch etwas. Noch eine Ähnlichkeit, die Lukastik jedoch nicht benennen konnte. Trotz schärfstem Nachdenken nicht.

Das Geräusch des Staubsaugers erstarb. Die Frau kam aber nicht aus dem Raum. Lukastik verwarf den Gedanken, dass sie irgendeine Rolle spielte. Er durfte sich nicht verrennen. Da hatte Longhi schon ein bisschen recht. Auch wenn es sich der Mailänder gar zu einfach machte. Weiche Eier verzehren und ansonsten tatenlos bleiben.

DREIZEHN

Während für den Chefermittler Lukastik und einige andere Leute erwiesen war, dass es sich bei dem im Mariensee entdeckten Skelett um die sterblichen Überreste der vor drei Jahren zwanzigjährig verstorbenen Mailänderin Andrea Pero handelte, war diese Erkenntnis der Presse und den Medien noch unbekannt. So wenig wie all die Umstände und Hinweise, welche direkt auf den Wahl-Hiltroffer Vinzent Olander hinführten. Selbiger saß unbehelligt und unbemerkt wie eh und je in seinem Stammlokal und vollführte seine alkoholische Pflicht, seine vier spirituösen Bogenachter.

Die Presse aber war auf die Idee gekommen, das tote Mädchen und jenes Ungeheuer namens Viktoria in einen Zusammenhang zu stellen, also allen Ernstes den Verdacht auszusprechen, die junge Frau sei beim Baden von dem Tier erfasst und in den Abgrund gezogen worden. Nicht aber, um dort gefressen zu werden. Das nicht, denn sonst hätte man ja wohl kaum ein derart unversehrtes, anatomisch in bemerkenswerter Ordnung befindliches Gerippe geborgen. Gut möglich, dass dieses Tier ein Pflanzenfresser war, aber eben einer, der es nicht mochte, wenn jemand durch seinen See schwamm. Über die Person der Toten wurde weniger spekuliert, man nannte sie die »Frau aus dem Mariensee« und vermutete eine italienische Rucksacktouristin, die am See wild kampiert hatte. Die Möglichkeit eines klassischen, aber eben auch simplen Verbrechens wurde verworfen. Es wäre einfach zu schade gewesen, das »Ungeheuer vom Mariensee« so sang- und klanglos wieder abtauchen zu lassen.

Lukastik schüttelte amüsiert den Kopf, als er einen dieser Berichte las. Er saß soeben auf dem Beifahrersitz und ließ sich hinüber zum POW! bringen. Es war deutlich kalt geworden. Der Nebel umhüllte unbarmherzig ein jedes Ding, in ein jedes Ding eindringend, mit kleinen Rüsseln das Blut der Dinge aussaugend. Das war kein Nebel, der böse war im Sinne eines mystischen Fluchs, der über die Menschen kam, aber er war eine Plage. Wie Heuschrecken eine Plage sind. Und die betroffenen Menschen sich nicht ganz zu Unrecht die Frage stellen: Wieso gibt es Heuschrecken?

Kurz nach sechs betrat Lukastik das zur Hälfte gefüllte Lokal. An Olanders Tisch saß Marlies Herstal. Es schien aber weniger so zu sein – und Lukastik begriff das jetzt –, dass die beiden ein Liebespaar bildeten, viel eher ein Trinkerpaar. Oder anders gesagt, ihre gegenseitige Zuneigung erschöpfte sich im geselligen, ja inniglich geselligen Zechen.

Erschöpfte sich? War das eine passende Formulierung? Lukastik hatte doch gerade erfahren, was es bedeutete, wenn Menschen sich leidenschaftlich begegneten, herumstritten, nach Messern griffen, an den Kindern zogen wie an Seilen, die Ehe benutzten, um eine deformierte Psyche voll auszuleben. Die Liebe war eine Granate, die immer nur gezündet wurde, wenn jemand anderer nahe genug stand, um ihn auch sicher in den Tod mitzureißen.

Gerade im Falle Olanders war es darum mehr als ein gutes Zeichen, dass er wenig Anstalten zu machen schien, Marlies Herstal in einem anderen Kontext zu erleben, als dem des gemeinsamen Alkoholkonsums. Man sah, wie die beiden ihre Gläser zärtlich aneinanderrieben. Zärtlich, jawohl.

»Tut mir leid, dass ich störe«, sagte Lukastik, »aber ich muss Herrn Olander unter vier Augen sprechen.«

213

Sofort wollte Marlies Herstal sich aufregen, aber dann erkannte sie, dass Lukastik seine Entschuldigung ernst meinte. Und so geschah es zum ersten Mal, dass sie ihn freundlich anblickte, aus Augen, deren Rosa jetzt wie kleine, sehr hübsch gefaltete Servietten die Pupillen schmückte. Herstal erhob sich und marschierte im Stelzschritt leichten Betrunkenseins hinüber an die Theke, wo sie zwischen zwei hocherfreuten Rentnern Platz nahm und eine Pause vom Pernod nahm, wenn auch nicht vom Alkohol.

Natürlich, es heißt, Zoologen trinken nicht. Aber es heißt auch, wir leben in der besten aller möglichen Welten. Aha!

Lukastik setzte sich, zog eine seiner Hin-und-wieder-Zigaretten aus einer verdrückten Packung und fragte, sich an Olander wendend: »Wissen Sie, wofür ich bei meinen Kollegen gefürchtet bin?«

»Ich höre.«

»Dass ich die Verdächtigen, gegen die ich ermittle, immer gerne auf dem neuesten Stand meiner Ermittlungen halte.«

»Sie haben sicher gute Erfahrungen damit.«

»Natürlich. Denn ich sage mir, dass wenn ich jemand schlussendlich sowieso überführe, es doch besser ist, ihm zu zeigen, was ich schon alles weiß. Also, wie nahe ich an ihm dran bin.«

»So aber warnen Sie Ihre Gegner«, meinte Lukastik.

»Warum sollte ich nicht offenbaren, welche Zahl ich gewürfelt habe, wenn ich jemand anders mit dieser Zahl aus dem Spiel werfen kann? Ich gebe ihm nur die Möglichkeit, seine Figur selbst herauszunehmen. Das ist würdevoller. Und juristisch gesehen meistens von Vorteil.«

»Sie wollen, dass ich mich stelle?«

Anstatt darauf zu reagieren, erzählte Lukastik von

seiner Reise nach Mailand und dass er Olanders Exfrau gesprochen habe. »Ich weiß jetzt, dass Ihre Frau, als sie noch nicht Ihre Frau war, ein Kind zur Adoption freigab.«

»*Unser* Kind«, betonte Olander. Sein Blick verhärtete sich wie feiner Sand, auf den ein Tropfen Meerwasser fällt.

»Sie sind nicht der Vater dieses Kindes, soweit ich weiß.«

»Darauf kommt es nicht an. Yasmina und ich waren verheiratet. Ein Stiefvater ist auch ein Vater.«

»Ein Adoptivvater aber ebenfalls.«

Olander zeigte einen verbissenen Ausdruck und erklärte: »Yasmina hätte Clara gar nicht erst hergeben dürfen. Egal, wie schlecht die Umstände damals waren. Aber wenigstens hätte sie die Sache wieder in Ordnung bringen müssen.«

»Man kann so etwas nicht einfach rückgängig machen«, ließ sich Lukastik schweren Herzens auf die Thematik ein. »Ihre Frau hat eine Vereinbarung unterschrieben. Außerdem scheint sie bis heute nicht das geringste Bedürfnis zu haben, daran etwas zu ändern. Vernünftigerweise, wie ich sagen muss.«

»Sagen Sie also. Als hätten Sie irgendeine verdammte Ahnung.«

»Ich ...«

»Hören Sie, Sie Superpolizist, Sie werden jetzt sicher gleich ganz glücklich sein, eine Psychoschiene bedienen zu können – macht nichts, ich erzähl's Ihnen trotzdem. Claras Schicksal gleicht nämlich meinem eigenen. Auch ich wurde adoptiert. Meine richtige Mutter hatte offenkundig keine Lust, einen Balg durchs Leben zu schleppen. Siebzehnjährige sind so, sie gebären ein gesundes Kind, als wär's ein Abort. Man schaut nicht mal hin. Hernach eine Unterschrift und dann ab in die Disko. Aber wie gesagt, Siebzehnjährige sitzen noch in der Sandkiste des Lebens und träumen davon, ein Engel für Charly zu sein oder über Laufstege zu stolzieren. Da kann man einen quengelnden Hosenscheißer nicht gebrauchen. Aber man bleibt ja nicht ewig siebzehn, und ich finde nun mal, dass Mutter und Kind eine Einheit bilden. Das sie zusammengehören. Ich sage es so: besser später, als gar nicht. In meinem Fall aber hat das bedeutet: gar nicht. Als ich meine Mutter endlich fand, lag sie bereits unter einem hässlichen kleinen Grabstein und kriegte ihren Mund nicht mehr auf.«

»Und Ihre Adoptiveltern?«

»Das waren gute, brave Leute. Haben alles getan, was man tun konnte. Aber als ich begriffen habe, dass sie nicht meine richtigen Eltern sind, waren sie das auch nicht mehr. Nicht für mich. Sondern eben gute Menschen, die sich lange um mich gekümmert haben. Gute Menschen gibt es nun mal auf der Welt. Es gibt sie, damit Gott die Welt auch mal lächelnd betrachten kann. Aber bin ich Gott? Ich wollte meine Mutter sehen, gleich, was sie getan hat. Sie aber hat sich geweigert. Ein Leben lang. Wie auch Yasmina sich geweigert hat, nach Clara zu suchen. Ich habe sie beschworen, etwas zu unternehmen. Ich wusste doch, was das für ein Kind bedeutet.«

»Kinder sind verschieden«, sagte Lukastik wenig überzeugend. Das war einfach nicht sein Gebiet.

»Kinder sind alle gleich. In diesem Punkt auf jeden Fall. Früher oder später kapieren sie, was los ist. Früher oder später ist es ein Problem.«

»Sie haben sich auf die Suche gemacht, auf die Suche nach Clara.«

»Yasmina wollte das nicht.«

»Das hat Sie aber nicht abgehalten, oder?« Lukastik war jetzt wieder dort, wo er sein wollte.

»Nein, es hat mich nicht abgehalten«, bestätigte Olander, verfiel aber gleich darauf in ein Schweigen. Sein Blick hatte einen zweiten Tropfen Meerwasser abbekommen.

»Und? Haben Sie Clara gefunden?«

Keine Antwort.

»Na gut. Dann sage ich es Ihnen. Sie haben das Kind aufgestöbert. Irgendwie ist es Ihnen gelungen. Sind ein zäher Bursche, und ich denke, Sie waren einmal ein gewiefter Geschäftsmann. Vor dem ganzen Alkohol. Sie konnten Türen öffnen, und Sie konnten Informationen beschaffen. Auch in Italien. Und dann hatten Sie es heraus: Kasos. Herr und Frau Kasos und ihre Tochter Chiara.«

»Wie lächerlich«, meinte Olander, »aus einer Clara eine Chiara zu machen, nur weil man in Italien ist. Und so was schimpft sich Professor.«

»Was geschah dann, als Sie das Mädchen gefunden hatten?«

»Ich wollte mit diesen Leuten reden, sie davon überzeugen, wie wichtig es wäre – für alle wichtig –, dem Kind von seiner richtigen Mutter zu erzählen.«

»Ihre fixe Idee.«

»Wie Sie meinen, Inspektor. Sie können das offensichtlich nicht begreifen. Wie es ist, wenn man erkennt, dass nichts – absolut nichts – so wichtig ist wie ein bestimmtes Kind. Dass der Rest vollkommen bedeutungslos ist. Geradezu unsinnig. Normalerweise sind es eher die Frauen, die das begreifen. Die Notwendigkeit, alles andere auszublenden. Weil alles andere stören würde.«

»Sprechen Sie von Glucken, die Muttersöhnchen und Nesthocker produzieren?«

»Das ist ganz typisch, dass Sie das so sehen. Ich habe es früher auch so gesehen. Aber die Wahrheit ist die, dass unsere Gesellschaft Väter und Mütter diffamiert, die sich um ihre Kinder auch wirklich kümmern. Und die Pädagogen spielen mit. Quasseln was von sozialer Kompetenz, möchten Kindergartenkinder in die Schule stecken und Säuglinge in den Kindergarten, und liefern auf diese Weise den Brennstoff, um jene zu stigmatisieren, die ihre Kinder nicht abschieben. – Glucken!? Was haben Sie gegen Glucken? Mir sind Glucken beim Arsch lieber als diese Weiber, die ihre Kinder am liebsten im Büro zur Welt bringen. Früher wurden die Leute zu so was gezwungen, heute muss man sie zwingen, es zu unterlassen. Natürlich nur wegen der blöden Hygiene.«

»Da hatten Sie nun aber großes Pech«, erklärte Lukastik, »dass Herr und Frau Kasos ähnlich vernarrt in dieses Kind sind.«

»Das stimmt nicht ganz.«

»Sie haben mit den beiden also gesprochen.«

»Mit dem Mann konnte man nicht sprechen.«

»Und mit der Frau?«

»Irene.«

»Wie? Sie nennen sie bei ihrem Vornamen!?«, staunte Lukastik.

Olander sah ihn herausfordernd an und meinte: »Tja, und daraus müssen Sie sich jetzt etwas zusammenreimen.«

Was Lukastik nie so recht bedacht hatte, war die Möglichkeit, dass nicht nur Frau Kasos und ihr damaliges Kindermädchen Pero unter einer Decke gesteckt hatten, sondern dass auch Vinzent Olander Teil dieser Gruppe gewesen war, Teil der Verschwörung gegen den Professor. Schließlich hatte Olander ganz eindeutig Kontakt zu Andrea Pero gehabt.

»Was hat der Unfall für eine Bedeutung?«, fragte Lukastik. »Der Unfall in Mailand.«

»Finden Sie es heraus«, forderte Olander.

»Ja«, sagte Lukastik in seiner gewohnten Art. »Aber

nicht mehr heute. Ich bin müde. Doch morgen, morgen finde ich es heraus.«

Es hörte sich an, als habe er soeben beschlossen, am kommenden Tag einen Baum zu fällen, daraus Papier herzustellen, ein Buch zu schreiben und es zu drucken. Wie man das eben an einem Tag so macht.

Bereits im Aufstehen begriffen, sagte Lukastik: »Aber etwas anderes noch.« Er zog seine kleine Affenfigur aus der Tasche und platzierte sie auf dem Tisch, vor Olander hin.

»Und? Was ist damit?«, fragte Olander.

»Seien Sie doch so gut und stellen Ihre Giraffe daneben.«

»Wenn Sie wollen«, meinte Olander ruhig, griff seinerseits in die Brusttasche seines Jacketts und beförderte den als Giraffe verkleideten Affen ans Tageslicht.

»Was bedeutet Ihnen dieses Ding?«, fragte Lukastik.

»Es ist ein Andenken«, sagte Olander.

»An den Taxifahrer?«

»Ich habe diesen Mann, bevor ich in das Taxi stieg, nie gesehen. Warum sollte ich mich an ihn erinnern wollen?«

»Na gut, weshalb waren Sie dann in seiner Wohnung?«

»In der Hoffnung, etwas zu finden. Ich habe aber nichts gefunden. Es war pure Verzweiflung, dass ich die Giraffe nahm. Ein Andenken an Mailand. Daran, welche Schmerzen mir diese Stadt zugefügt hat.«

»Eine gute Wahl«, meinte Lukastik.

»Was?«

»Die Giraffe. Wissen Sie, dass sie in Hiltroff hergestellt wurde?«, fragte Lukastik.

»Wie bitte!?«

Lukastik bemerkte eine echte Verblüffung. Ja, Olander, der bislang in einem leisen, abwesenden Ton ge-

219

sprochen hatte, war in die Höhe gefahren. Seine Pupillen schrumpften wie unter plötzlichem Lichteinfall. Der Mann war jetzt deutlich aufgewacht. Er fragte: »Wie soll ich das verstehen?«

»Hier im Ort steht eine Fabrik, die diese Dinger herstellt. Sie reden dort nicht von Affen, sondern von Ahnen. Aber wie auch immer, sie produzieren das Zeug. Im Auftrag einer Mailänder Firmengruppe. *Gruppo Colanino*. Sie kennen die Fabrik doch, oder?«

»Ja, natürlich. Aber ich dachte, die stellen Überraschungseier her.«

»Nicht die Eier, nur die Überraschung«, erläuterte Lukastik.

»Solche Figuren wie diese hier, im Ernst?«

»Im Ernst«, bestätigte Lukastik.

»Aber dann ...«

Ssssssssssssssm! Frrrp! Knack!

Es ging so schnell, wie solche Dinge schnell gehen. Ein Schuss war gefallen. Von draußen. Die Kugel drang durch ein seitliches Fenster, das offen stand. Das Gute an dieser Kugel war, dass sie niemand traf und stattdessen in der hölzernen Tischplatte stecken blieb. Das Schlechte an ihr war, dass man nicht genau sagen konnte, ob sie Olander oder Lukastik gegolten hatte oder ob sogar versucht worden war, mit dieser einen Kugel beide Männer zu treffen, den einen von hinten, den anderen von vorn, immerhin war das Projektil so knapp an Olanders linker Wange vorbeigeflogen, dass er den Druck zur Seite geschobener Luft gespürt hatte, während wiederum der Einschlagsort der Kugel im Tisch nur Zentimeter von der Kante entfernt war, vor welcher Lukastik saß. Aber wahrscheinlich hatte man es hier einfach mit einem schlechten Schützen zu tun. Welcher auch keine zweite Chance bekam, denn zur Not konnte Lukastik auch schnell sein. Er langte über den Tisch, packte Olander am Hemdkragen und beförderte ihn und sich aus dem Schussfeld.

Natürlich war auch möglich, dass diese Attacke eine bloße Warnung darstellte. Freilich keine Warnung an Lukastik, die Maschine von der Polizei. Aber eine Warnung an Olander. Doch selbiger fühlte augenblicklich eine große Euphorie. Etwas tat sich. Nachdem er drei Jahre lang scheinbar sinnlos in Hiltroff herumgewartet hatte, spitzten sich die Ereignisse mit einem Mal zu.

Marlies Herstal und die beiden Rentner waren erstarrt. Job Grong hingegen bewies Ruhe und Übersicht, trat von der Seite her an das Fenster, hob den Vorhang über die Scheibe und zog ihn vor. Das war so einfach wie sinnvoll.

Dann ging er zurück hinter seine Theke und schüttelte den Kopf.

»Ich hätte ... jetzt ... gerne ...«, stammelte Marlies Herstal.

»Natürlich«, antwortete Grong und nahm eine Flasche vom Regal.

Währenddessen bediente Lukastik widerwillig sein Handy und alarmierte die Kollegen. Es versteht sich, dass er niemals auf die Idee gekommen wäre, wie ein Verrückter loszuspurten und nach draußen zu laufen, in der Hoffnung, den Täter zu stellen. Um diesem solcherart die Chance zu geben, heute doch noch jemand umzulegen. Nein, Lukastik gab dem Täter viel eher die Chance zu flüchten. Was dieser auch tat. Als die Kollegen kamen, war er verschwunden. Die Ermittlungen ergaben, dass der Schütze aus einem Fenster des Hotels geschossen hatte, allerdings nicht aus dem Zimmer Olanders, was ja auch zu viel des Guten gewesen wäre. Nein, aus einem unbelegten Zimmer. Aber außer einem geöffneten Fenster und einer aufgebrochenen Zimmertür gab es nicht den geringsten Hinweis auf ihn. Weder

Fingerabdrücke noch Ohrenabdrücke. Denn neuerdings wurde ja auch nach den Spuren von Ohren gesucht, etwa wenn sich ein Täter mit dem Kopf gegen die Wand gelehnt hatte. Ohren waren so Unverwechselbar wie Finger, woran aber nur wenige Kriminelle dachten. Sie trugen Handschuhe, aber keine Ohrenschützer.

Doch hier gab es weder solche noch solche Spuren.

»Jetzt ist es aber wirklich Zeit«, wandte sich Lukastik an Olander, nachdem man das Zimmer des Schützen begutachtet hatte und an einer Horde von Ermittlern vorbei in den Hiltroffer Abendnebel hinausgetreten war.

»Wofür denn?«, fragte Olander ein wenig lallend und mit kleinen Augen. Attentat hin oder her, für ihn war jetzt Schlafenszeit.

»Dass Sie mit der ganzen Wahrheit herausrücken«, erklärte Lukastik. »Und hören Sie endlich auf, den Verrückten zu spielen.«

»Sie sagten zuvor, Sie seien müde«, erinnerte Olander.

»So, und jetzt bin ich müde. Ich wäre fast erschossen worden.«

»Sie leben«, sagte Lukastik, wie man sagt: Sie riechen nach Knoblauch.

»Morgen«, erklärte Olander, Lukastik paraphrasierend, »morgen, da rede ich mit Ihnen. Heute ist es zu spät.«

»Also gut. Morgen ist der Tag.«

Da hatte Lukastik recht. Morgen würde der Tag sein.

VIERZEHN

Es versteht sich, dass die Polizisten von Hiltroff sowie deren Kollegen aus Wien noch in der gleichen Nacht alles unternahmen, um die Sicherheit des Vinzent Olander zu gewährleisten. Es war ein hehres Prinzip der österreichischen Polizei, sich nicht einfach den Hauptverdächtigen in einer Mordsache wegschießen zu lassen.

Leider weigerte sich Olander, ins Hotel Mariaschwarz zu übersiedeln. Weshalb dann Lukastik in der Herberge der Grongs ein Zimmer bezog, um Olander nahe zu sein. Die rosaäugige Marlies Herstal war schon eine Woche zuvor ins Hotel Hiltroff gewechselt, wahrscheinlich nicht nur, um Olander nahe zu sein, sondern auch dem Alkohol des POW! zuliebe, Alkohol, den sie mit bewundernswerter Erhabenheit zu konsumieren verstand. Selbst wenn sie später am Abend ein wenig wankte oder ein wenig undeutlich sprach, wirkte sie in keinem Moment vulgär oder willenlos oder heruntergekommen, sondern ... man hatte das früher einmal »beschwipst« genannt. Ja, Damen waren früher beschwipst gewesen, nie besoffen. Man erinnert sich gerne.

Solcherart fand nun also eine schleichende Neugewichtung des Verhältnisses zwischen den beiden Hotels statt. Das Grong-Hotel (wie es neuerdings genannt wurde) schien dem so viel nobleren Hotel Mariaschwarz den Rang abzulaufen. Allein der sichtbare Polizeiring um das Grong-Hotel imponierte.

Die Nacht verging ohne weitere Zwischenfälle. Als Lukastik am nächsten Morgen das POW! betrat, saßen Olander und Marlies Herstal bereits an dem Tisch, aus dem die Ballistiker am Abend zuvor ein Metallstück gezogen hatten, das an einen verbogenen Goldzahn erinnerte. *Neun Millimeter*, was immer so toll klingt, ähnlich wie zwanzig Lichtjahre oder Vierzigtonner oder sechzig Minusgrade.

Lukastik setzte sich dazu und bestellte eine Tasse Kaffee. Grong nickte. An der Bar saß ein Uniformierter. Um einen Tisch herum Einheimische, die herübersahen, als warteten sie darauf, die Maße zur Anfertigung eines Sarges mitgeteilt zu bekommen.

»Ausgeschlafen?«, erkundigte sich Lukastik, wartete aber die Antwort nicht ab, sondern forderte Olander auf, zu berichten, wie sich alles zugetragen hatte.

»Es stimmt«, sagte Olander, wie ein Patient sagt: Es wirkt.

»Was stimmt?«

»Dass ich damals das Ehepaar Kasos aufgesucht habe. Ich wollte reden ... sachlich reden. Stattdessen hat mir dieser sogenannte Adoptivvater damit gedroht, die Polizei zu rufen und mich aus Mandello del Lario hinauswerfen zu lassen. Seine Frau Irene, sie wollte einlenken. Nicht, dass sie etwas gesagt hätte ... es war bloß eine Geste, eine winzige Geste von Verständnis. Verständnis für mich. Aber ihr Mann hat das in keiner Weise zugelassen. Ein Blick von ihm hat genügt. Ich habe gleich gewusst, was das für ein Typ ist. Absoluter Machtmensch. Ohne Pardon. Keine Chance, so jemand um etwas zu bitten. Ich war damals Geschäftsmann. Ich wusste bestens, mit welchen Leuten man Geschäfte machen kann und mit welchen Leuten nicht. Und wann es sich anbietet, den Betreffenden übers Ohr zu hauen. Wenn er sich hauen lässt.«

»Und? Ließ er sich hauen?«

»Ich habe heimlich Kontakt zu seiner Frau aufgenommen. Sie wollte zuerst nicht. Sie hatte Angst vor ihrem Mann, echte, pure Angst. Aber ich war lästig. Irgendwann hat es geklappt, und wir haben uns getroffen. Aber ohne Chiara. Ich ...«

224

Olander zögerte.

»Was ist?«

»Hetzen Sie ihn nicht so«, mischte sich die Zoologin ein. Dabei tropfte sie ein wenig Rum in ihren Kaffee.

Olander erklärte, sich in Irene Kasos verliebt zu haben. Und sie in ihn. Wobei diese Liebe wohl von beiden Seiten Ausdruck einer Verzweiflung gewesen war. (Es mag banal klingen, und dennoch ist es wichtig, dies festzuhalten: Liebe ist eine Reaktion darauf, ohne Liebe zu sein. Sie entsteht aus einem Mangel. Der Mangel ist das berühmte Hormon, von dem alle reden.)

»Sie wollte unbedingt weg von ihrem Mann«, sagte Olander. »Aber auf eine korrekte Weise. Ich habe ihr klargemacht, dass es eine korrekte Weise nicht geben wird. Dass wir ohne Tricks, ohne Betrug nicht auskommen werden. – Sie hat das eingesehen und zugestimmt.«

Es war klar gewesen, dass die Chancen, in welcher Form man auch immer Professor Kasos hinters Licht führen wollte, in Mailand besser sein würden als in Mandello del Lario, wo Kasos eine umfassende Hausmacht besaß.

»Irene hat mir von Andrea Pero erzählt«, berichtete Olander. »Das Kindermädchen, wenn man in Mailand war. Übrigens wusste Irene, dass ihr Mann mit Andrea schlief. Sie wusste aber auch, dass Andrea keine dumme Nuss war. Ich habe Kontakt zu Andrea Pero aufgenommen. Sie war sofort Feuer und Flamme. Dass sie mit dem Professor schlief, hieß nicht, dass sie ihn mochte. Ganz im Gegenteil, sie hasste diesen Mann. Jedenfalls war es nicht schwer, sie auf unsere Seite zu ziehen. Und dann haben wir diesen Plan ausgeheckt. Die kleine Chiara war ja unter ständiger Kontrolle des Professors oder einer seiner Leute.«

»Was für Leute?«

»Keine Ahnung. Vielleicht Studenten, die er bezahlte. Kasos hatte eine heillose Angst, seine Frau könnte mit dem Kind davonlaufen.«

»Die Angst war wohl berechtigt«, meinte Lukastik.

Olander zwinkerte, als bemühe er sich, mit seinem Augenlid einen vorbeifliegenden Liliputaner zu zerdrücken. Dann erwiderte er: »Ich würde eher sagen, zuerst war die Angst und dann die Berechtigung. Jedenfalls haben wir uns diese Angst zu eigen gemacht. Wir haben genau das getan, wovor sich Kasos so fürchtete. Wir haben eine neue Existenz geplant, eine Existenz für uns drei und das Kind. Na, das glaubte ich wenigstens. Schöner Irrtum! Die beiden Frauen dachten sich die Sache ohne mich. Ich war bloß der Ideengeber. Ich habe ein Boot gebaut, auf dem ich dann nicht mitfahren durfte. Wobei ich lange überzeugt war, Andrea Pero sei die treibende Kraft gewesen. Der lenkende Geist.«

»Aber sie blieb doch noch ein ganzes Jahr in Mailand.«

»Das ist richtig. Aber ich hielt das für ein Manöver. Dieses Leben in der Bronx, bei dieser unglaublichen Mutter, dieser reizenden Familie.«

»Sie haben sie öfters dort aufgesucht, nicht wahr?«

»Ja, immer wieder. Zuerst habe ich ihr gedroht, auch damit, Kasos zu erzählen, wo er sie finden könne. Doch sie wusste, dass ich das nicht tun würde. Schließlich habe ich sie angefleht, mir zu sagen, wo Irene und Clara sind. Das eine hat so wenig genutzt wie das andere. Und jetzt, wo man Andreas Leiche im See gefunden hat, ist mir klar geworden, wie sehr ich Andrea überschätzt und Irene unterschätzt habe. Irene kam mir damals so schwach vor, alles andere als kaltblütig.«

»Ich habe ein Foto von ihr«, sagte Lukastik. »Da ist sie zusammen mit dem Papst. Privataudienz. Ich finde, sie sieht darauf aus, als wäre Kaltblütigkeit durchaus eine ihrer Gaben. Ich rede nicht von einer Kampfmaschine, eher von einer Giftmischerin.«

»Ja, da könnten Sie recht haben. Wer sonst auch könnte es gewesen sein, der Andrea umgebracht und in den See geworfen hat?«

»Aber aus welchem Grund?«

»Ich weiß nicht. Vielleicht haben sich die Frauen zerstritten. Vielleicht wollte Andrea zurück zum Professor. Vielleicht wollte sie ihm verraten, wo sich sein Kind befindet. Vielleicht wollte Sie *mir* verraten, wo das Kind ist«, zählte Olander auf und erinnerte daran, dass Andrea Pero ja etwa zu der Zeit starb, als er, Olander, nach Hiltroff gekommen war.

»Und Sie haben den Tipp, nach Hiltroff zu gehen, wirklich von diesem Mann, der in dem anderen Auto saß? Der den Taxifahrer tötete.«

»Es ist so, wie ich es beschrieben habe. Zumindest in diesem Punkt ist es so.«

»Das könnte heißen«, meinte Lukastik, »dass Irene Kasos und Ihre Tochter in Hiltroff sind.«

»Daran glaube ich mehr denn je.«

»In drei Jahren hätten Sie die beiden aber finden müssen.«

»Irene vielleicht. Aber nicht Clara. Ich bin dem Kind nie begegnet.«

»Wie bitte!?«

»Das ist alles sehr schwierig für mich«, sagte Olander. Er wirkte jetzt krank, blutarm. Marlies legte ihre Hand auf die seine.

Olander erklärte, dass er dieses Kind von Anfang an geliebt habe. Aber er hätte die Kleine nie zu Gesicht bekommen. Auch keine Fotos von ihr. Es gab keine Fotos von Clara. In diesem einen Punkt wenigstens schienen alle einer Meinung gewesen zu sein, dass man Kinder nicht fotografieren sollte. Den Papst ja, und sich selbst mit dem Papst ebenfalls. Aber nicht Kinder. Kinder zu fotografieren, hätte Irene immer erklärt, bringe Unglück. Jedenfalls kannte er, Olander, das Kind nur aus den Erzählungen Irenes, dann, wenn er sich heimlich mit ihr traf.

»Man muss ein Kind nicht gesehen haben, um es zu lieben«, erklärte Olander. »Es geht eher um das Prinzip der Liebe. Außerdem war ich fest entschlossen, der Vater Claras zu werden. Ein sehr viel besserer als dieser Professor Kasos. Und ein besserer natürlich als der leibliche, welche Ratte das auch immer gewesen sein mag.«

Lukastik zog eine kleine Grimasse der Überforderung. Dann fragte er: »Wie war das an dem Tag des Unfalls? Was ist da geschehen?« Und während er das fragte, steckte er seinen kleinen Finger in das Einschussloch in der Tischplatte, als versuche er eine Blutung zu stoppen.

»Ich sollte die drei am Flughafen treffen. Die beiden Frauen und das Kind. So war der Plan. Ich hatte die Tickets für einen Flug nach Kanada.«

»Warum flüchten die Menschen immer nach Kanada? Um sich zwischen Bäumen zu verstecken?«, überlegte Lukastik laut und zog den Finger wieder aus dem Loch, wie um diesen Tisch nun doch verbluten zu lassen.

»Nun, wir sind ja nicht nach Kanada«, sagte Olander. »Die Frauen kamen nicht. Und keine ging ans Handy. Ich dachte, etwas sei schiefgegangen. Ich konnte ja nicht ahnen, dass gar nichts schiefgegangen war. Zumindest nicht für Andrea und Irene. Nur für mich. Ich war kopflos, wusste nicht, was tun. Ich bin aus dem Flughafen hinaus und habe mich in dieses Taxi gesetzt. Mir fiel nichts Besseres ein, als mich in die Scala fahren zu lassen. Zu Yasmina. Und dann geschah der Unfall, und ich wäre beinahe verbrannt. Als ich aus dem Koma erwachte ... nun, ich war nicht ganz bei Sinnen ... die Sache mit dem Kind ... ich ... ich habe fest daran geglaubt, dass

Clara im Wagen gewesen ist. Für mich war das die Wirklichkeit. Und im Grunde ist sie das bis heute. Verstehen Sie mich?«

»Ich denke schon. Allerdings begreife ich immer noch nicht, was für eine Rolle der Taxifahrer spielte.«

»Es bleibt dabei, dass ich diesen Mann nie zuvor gesehen hatte. Ich kann also nicht sagen, warum er sterben musste.«

»Die Affenfiguren aus Straubs Wohnung ... die verweisen auf Hiltroff. Alles verweist auf Hiltroff.«

»Natürlich tut es das. Warum glauben Sie denn, dass ich es seit drei Jahren in diesem Kaff aushalte?«

»Und was werden Sie machen, wenn Sie Clara tatsächlich finden?«

»Mit ihr reden. Ihr von ihrer Mutter erzählen.«

»Was denn? Wollen Sie dem Mädchen eine Mutter schmackhaft machen, die nichts von ihr wissen will? Tolle Idee. Da dürfen Sie sich nicht wundern, dass Irene Kasos Sie hereingelegt hat.«

»Ich dachte, Irene hätte das eingesehen, die Notwendigkeit, mit Clara darüber zu sprechen. Lieber früher als später. Wenn Kinder solche Dinge zu spät erfahren, werden sie krank davon. Man spricht doch immer von der biologischen Bombe, die tickt. Das wäre auch so eine Bombe, die tickt. Kindern nicht die Wahrheit sagen.«

Lukastik verzog den Mund zu einer dünnen Spange und sagte: »Offenkundig hat Irene Kasos weit weniger von der Wahrheit gehalten.«

»Irene und ich waren ein Paar«, erwiderte Olander. »Ich hatte nicht vor, ihr etwas Schlechtes anzutun.«

»Das scheint sie nicht kapiert zu haben.«

»Sie haben recht. So scheint es.«

»Könnte sein«, meinte Lukastik, »dass Irene Kasos dachte, Sie würden Clara zu ihrer leiblichen Mutter zurückbringen wollen.«

»Diese Idee hatte ich aufgegeben. Ich wollte nur, dass das Kind von diesen Dingen weiß. Dass keine Lüge zwischen uns allen steht.«

Lukastik schüttelte innerlich den Kopf. Dieser Olander war ihm ein Rätsel.

(Früher einmal hatte sich Lukastik an die Maxime gehalten: Rätsel gibt es nicht. Davon war er jedoch abgekommen. Rätsel existierten. Freilich als ein Teil der Natur. In der Art von Bindegliedern zwischen zwei Entwicklungsstufen. Bindeglieder sind immer ein wenig komisch, wie nachträglich hinzugefügt, damit keine Lücken bleiben. Echsen, die Vögel sind. Affen, die Menschen sind. Bindeglieder erklären sich nicht. So wenig wie Rätsel das tun, stimmigerweise. Will man also weiterkommen, muss man die Rätsel überspringen.)

Für Lukastik lag die primäre Aufgabe noch immer darin, den Tod von Andrea Pero aufzuklären und nicht alles und jeden zu enträtseln.

Nach einer Pause, in der jeder stumm in sein Glas geschaut hatte, hob Marlies Herstal den Kopf und fragte: »Wollen Sie mitkommen? Beide!« Dabei führte sie ihren Blick von Olander zu Lukastik und wieder zurück.

»Wie meinen Sie das?« Lukastik kniff die Augen zusammen wie unter dem Einfall von zu viel italienischem Licht.

»Ein letzter Tauchgang steht an«, erklärte die Zoologin. »Das Boot hat Platz für vier Leute. Ich bin diesmal allein mit dem Piloten. Sie beide könnten mich also begleiten. Oder auch nur einer von ihnen.«

Lukastik nickte. Ja, er würde sich gerne die Stelle ansehen, an der das Skelett gefunden wurde.

»Und Sie, Vinzent?«, fragte Marlies.

Ober Olanders Gesicht zog sich eine diagonale Spur. Eine Peitschenhiebspur. Er erklärte, enge Räume nicht zu mögen.

»Sie wissen doch, ich mag auch keine engen Räume«, erinnerte Marlies. »Aber ich denke, zu zweit hält man das viel eher aus.«

»Zu zweit wird es noch enger«, bemerkte Olander.

»Kommen Sie jetzt mit oder nicht?« Marlies hatte ihre Stimme ein wenig angehoben. Sie wusste ganz gut, wann es an der Zeit war, die Geduld zu verlieren.

Auf diese Weise in die Schranken gewiesen, sagte Olander: »Natürlich komme ich mit.«

»Schön«, antwortete Herstal.

»Das wird sich noch zeigen.« Lukastik begann gerade, seine Entscheidung zu bereuen. Auch er war kein Freund der Enge.

Im Hintergrund stand Job Grong, der alles mitangehört hatte. Niemand machte sich die Mühe, etwas vor ihm verheimlichen zu wollen. Er war der Wirt hier. Somit ein Wesen höherer Art. Was aber nichts daran änderte, dass er sich auf die kleine Pfütze am Boden, die er soeben entdeckt hatte, auch keinen Reim machen konnte.

»Was soll das jetzt wieder?«, fragte Lukastiks Vorgesetzter via Handy. »Ich dachte, dieser Olander ist der Hauptverdächtige. Und jetzt gehen Sie mit ihm schwimmen?«

»Ich gehe mit ihm tauchen.«

»Bringen Sie mich nicht auf die Palme, Lukastik.«

Lukastik blieb völlig gelassen. Er erklärte: »Wenn er der Täter ist, dann befördere ich ihn praktisch an den Tatort zurück. Eine Art Lokalaugenschein. Und wenn nicht – woran ich immer mehr glaube –, dann hat es eben keine Bedeutung, ob er dabei ist oder nicht.«

»Ich dachte, man hat auf den Mann geschossen.«

»Vielleicht hat man auf mich geschossen. Das ist nicht so sicher«, sagte Lukastik, der am Ufer des Mariensees stand, ein wenig abseits der Stelle, wo man letzte Vorbereitungen für den Tauchgang traf.

»Hören Sie mir zu, Kollege Lukastik, wenn da etwas schiefgeht ... und ich spüre, dass da was schiefgeht, dann will ich nichts davon gewusst haben, was für Sachen Sie dort draußen treiben. Verstehen wir uns?«

»Ich kann mich schon jetzt nicht mehr erinnern, je mit Ihnen gesprochen zu haben«, sagte Lukastik und drückte die rote Taste seines Handys. Ein Impuls trieb ihn dazu, das lächerliche kleine Telefon ganz einfach in den See zu werfen. – Und siehe da, der Impuls triumphierte. Lukastik schleuderte das Gerät in einem hohen Bogen ins Wasser. Es klatschte auf und versank. Lukastik war von jeher ein Telefonhasser gewesen. Und endlich hatte er getan, was er schon immer hatte tun wollen. Das würde zwar die Welt nicht retten, natürlich nicht, aber für einen kleinen Moment war die Welt besser als vorher. Und das ist schließlich auch etwas wert.

Befreit von der teuflischen Last, die solche Geräte über die Menschheit gebracht haben, bewegte sich Lukastik hinüber zu der Gruppe aus Presseleuten, Technikern und Polizisten, die das zitronengelbe Tauchboot umgaben, während hinter einer ebenfalls gelbfarbenen Absperrung sich die Schaulustigen versammelt hatten. Es war windig und kühl, der Nebel aber hielt Distanz. Es war definitiv der letzte Tag, an dem das U-Boot zur Verfügung stand. Es war die letzte Chance für einen Hinweis auf Viktoria.

»Entschuldigen Sie, Inspektor.« Ein Mann kam auf Lukastik zu. Es war einer der Mitarbeiter von der Spurensicherung. Mit Abstand der Kompetenteste und Engagierteste. Lukastik hatte ihm am Abend zuvor die kleine Affenfigur in die Hand gedrückt und ihn darum gebeten, sich das Ding genau anzusehen.

Nun, der Mann hatte sich das Ding genau angesehen. Er sagte: »Plastik ist das nicht.«

»Herrje! Und was ist es dann?«

»Ich möchte vorsichtig sein mit meinen Äußerungen.«

»Bei mir müssen Sie nicht vorsichtig sein«, erklärte Lukastik.

»Die Bemalung gibt der Figur einen kunststoffartigen Eindruck. Auch das relativ geringe Gewicht täuscht einen. Aber ich würde sagen, es handelt sich hier um einen Knochen. Ich schätze, es ist ein tierischer Knochen, um jetzt nicht gleich das Schlimmste anzunehmen. Ein Rinderknochen. Ein Artefakt, so wie die frühen Menschen es herzustellen pflegten. Natürlich ist das hier raffinierter. Richtiggehend Trompe-l'Œil. Eigentlich kennt man das eher umgekehrt. Kunststoffe, die sich für etwas anderes ausgeben. Hier aber haben wir Plastik, das keines ist. Ich denke ...«

»Was denken Sie?«

»Darf ich spekulieren?«

»Ich bitte darum.«

»Ich denke, dass wir es hier mit einer Art von Grabbeigabe zu tun haben. Einer modernen Grabbeigabe, versteht sich. Ein Affe, der eine Menschenmaske trägt. Ich habe heute früh jemand kontaktiert, der sich auskennt. Er hat mir erzählt, dass diese Figuren aus den Überraschungseiern – die für Kinder ebenso wie die für die Erwachsenen – immer häufiger als moderne Grabbeigaben verwendet werden. Es ist ein ganz neues Phänomen. Beziehungsweise die Wiederbelebung eines recht alten.«

»Reden wir jetzt von Figuren aus Plastik oder aus Knochen?«

»Ich spreche von den Plastikdingern. Wer will sich auch einen Knochen in einem Überraschungsei vorstellen?«

»Ich hätte wirklich geschworen, es sei aus Kunststoff.«

»Wie ich sagte, eine äußerst geschickte Arbeit. Ich werde natürlich noch präzisere Analysen vornehmen müssen, bevor ich ein abschließendes Urteil geben kann.« Der Mann drehte sich hinüber zu dem U-Boot und fragte: »Wollen Sie da wirklich hineinsteigen? Ich dachte eigentlich, Sie mögen Wasser nicht.«

Er spielte auf eine Geschichte an, die Jahre zuvor geschehen war und in welcher es Lukastik mit einem ganzen Schwarm Haie zu tun bekommen hatte. Er war dabei nur knapp dem Tod entgangen. Allerdings eher dem Tod durch Ertrinken als dem durch Haie. Jedenfalls hieß es seither, Lukastik halte wenig von Wasser.

Nun, er war auch vorher schon keine Wasserratte gewesen. Aber als die Polizistenmaschine, die er war, gab es für ihn keine Ausreden. Er sagte, wie um vom Wasser abzulenken: »Ich mag enge Räume.«

»Ach so, dann«, meinte der Mann von der Spurensicherung, lächelte milde und versprach, noch heute nach Wien zu fahren, um die Figur mit allen technischen Möglichkeiten einer Prüfung zu unterziehen. »Und wenn Sie die Seeschlange sehen, könnten Sie mir bitte ein Foto für meine Kinder machen?«

»Gerne«, sagte Lukastik, als meinte er das ernst. In Wirklichkeit war es so, dass er ja nicht nur ein Telefonhasser, sondern auch ein Fotoapparathasser war. Kein Technikfeind an sich, das nicht. Es deprimierte ihn bloß, was die Technik aus den Leuten machte. Wie tief sie die Menschen sinken ließ. Unter dem Einfluss der Technik war der Homo sapiens zum primitivsten Wesen geworden, das je existiert hatte. Und es war sicher nicht so, dass Lukastik dies vergaß, als er jetzt in ein hochmodernes, aus weiß der Teufel was für Titanlegierungen und Superacrylglas bestehendes U-Boot hineinstieg.

Viel Glück, Richard Lukastik!

FÜNFZEHN

»Ist das wirklich für vier Leute gedacht?«, fragte der Chefinspektor.

Marlies antwortete: »Sie haben jetzt die letzte Gelegenheit auszusteigen.«

»Schon gut«, sagte Lukastik mit einem Lächeln, als verbiege er mit den Lippen einen Kaffeelöffel.

Das Geräusch der sich automatisch schließenden Einstiegsluke ging über in das Piepsen jenes Geräts, mit dem die Schallortung vorgenommen wurde. Und was da sonst noch so piepste. Das Piepsen beruhigte. Es kündete vom Funktionieren der Apparate. Das Boot glitt über eine Schiene ins Wasser, wo drei Taucher es empfingen und wie einen jungen Wal sachte hinaus ins »offene Meer« geleiteten.

Die vier Personen saßen in einer durchgehenden Kapsel aus dickem Acrylglas, sodass man einen Panoramablick auf die gesamte Umgebung hatte. Lukastik sah hinüber auf die Menge der Schaulustigen, die hinter dem gelben Band wie aufgefädelt standen. Frauen, Kinder, Männer, ganz normal.

Normal?

Wie normal ist wasserstoffgebleichtes Haar? Lukastik bemerkte den hellen Kopf, diese radikale Verblondung eines Schopfes, bemerkte die Frau in der Menge. Sie hielt ein Kind an der Hand. Es musste sich bei der Frau um die gleiche Person handeln, die Lukastik in der Fabrik gesehen hatte, als sie für einen kurzen Moment in den Gang getreten war.

Lukastiks sechster Sinn rührte sich. Ganz in der Art eines Kükens, das endlich aus seiner Eischale bricht.

So sehr Lukastik Handys und Fotoapparate verabscheute, so sehr schätzte er Feldstecher. Mit Feldstechern verband er die schönsten Erlebnisse seiner Jugend. Feldstecher hatten ihm stets die Sicherheit gegeben, Dinge aus der Nähe betrachten zu können und ihnen gleichzeitig ferne zu sein. Wobei hier nicht von Voyeurismus die Rede ist. Keine nackten Frauen und so. Sondern Architektur, Landschaft, Oper.

Lukastik zog das handliche Utensil aus seiner Tasche, ein Birdwatching-Gerät von *Verlaine*, eine Firma, die eigentlich für ihre Pistolen berühmt war, aber auch ganz wunderbare Ferngläser herstellte. Die optischen Apparate von *Verlaine* waren eine Garantie dafür, dass man genau das ins Auge bekam, was man auch bekommen wollte.

Im Falle Lukastiks war das nun jene durch die Hotelzimmer und die Büros dieser Stadt fegende und wischende blondierte Person, die bisher von niemand beachtet worden war. Dass dies ein Fehler gewesen war, dämmerte Lukastik jetzt. Auch wenn er sich nicht ganz sicher sein konnte. Darum kramte er das Foto hervor, welches das Ehepaar Kasos zusammen mit dem Papst zeigte. Natürlich, hier auf dem Foto war eine explizit dunkelhaarige Frau mit einem relativ hellen Gesicht zu sehen, während dort draußen am Ufer eine explizit hellhaarige Frau mit einem relativ dunklen Gesicht stand. Und dennoch, die Züge waren die gleichen, der gleiche feste Blick, die gleiche kantige Fülle des Gesichts, der gleiche Eindruck des Schwarzen und Weißen, bloß vertauscht, auf dem Foto schwarzweiß, drüben an Land weißschwarz.

Lukastik war nun überzeugt, dass sich unter den Schaulustigen Irene Kasos befand, ihre Tochter Chiara an der Hand.

»Schnell, schauen Sie mal«, packte Lukastik Olander an der Schulter, drückte ihm den Feldstecher in die Hand und gab Anweisung, in welche Richtung er sehen und welchen Punkt er anvisieren musste: ein von seinen Farbpigmenten befreites Haar. Beziehungsweise das Gesicht darunter.

»Wieso?«

»Fragen Sie nicht, machen Sie schon. Sie werden gleich verstehen.«

Oh ja, Olander verstand schnell. Unter den beiden Röhren des *Verlaine*-Glases stöhnte er ein »Das kann nicht wahr sein!« hervor.

Gleichzeitig mit dieser Anrufung startete der U-Boot-Pilot das strahlend gelbe Vehikel, welches die hübsche Bezeichnung 333 trug.

»He! Bleiben Sie oben!«, rief Lukastik.

Marlies Herstal wandte sich um und sah den Chefermittler verärgert an: »Was schreien Sie so?«

»Wir müssen zurück.«

»Hören Sie«, sagte Herstal, »wir sind jetzt nicht auf der Polizeiwache. Hier habe ich das Kommando. Wir tauchen. Geht das in Ihren Kopf, Inspektor?«

»Aber draußen ...« Lukastik verstummte. Ihm war klar, dass Marlies Herstal sich von keinem Argument würde abhalten lassen, diesen Tauchgang fortzusetzen. Dies war ihre letzte Chance, etwas zu finden. Etwas, das mehr Beachtung finden würde als irgendeine neuartige Süßwasserschnecke. Mit neuartigen Schnecken konnte man vielleicht ein paar Kollegen beeindrucken, doch nicht die Welt. Genau das aber wollte Herstal, die Welt erobern, am besten die ganze. Sie wollte Geschichte schreiben.

Während die 333 in leichter Schrägstellung abwärtsglitt und bereits nach wenigen Metern in ein beträchtliches Dunkel gelangte, wandte sich Lukastik an Olander: »Es stimmt doch, diese Frau dort draußen, das muss Irene Kasos sein, oder?«

Olander blickte starr auf ein grünes Pünktchen, das

sich über einen der Monitore bewegte. Er stammelte etwas Unverständliches. Offenkundig war er fassungslos. Fassungslos ob der eigenen Blindheit, mit der er drei Jahre geschlagen gewesen war.

Lukastik fasste Olander am Handgelenk und holte ihn mit einem kräftigen Druck ins Diesseits zurück.

Olander zuckte. Dann sagte er: »Ja. Das ist Irene.«

Er erinnerte sich, die Frau mit dem grellen Haar und dem ständig gleichen dunkelblauen Arbeitskittel ab und zu im Hotel gesehen zu haben. Nie von vorne, selten von der Seite, meistens von hinten. Putzfrauen sieht man fast immer nur von hinten. Das ist so normal, dass keiner auf die Idee kommt, es könnte mit Absicht geschehen. Jedenfalls hatte sich Olander nichts dabei gedacht. Er hatte überhaupt nichts gedacht. Er hatte diese Person schlichtweg ignoriert, bloß das künstliche Weiß ihres Haars registrierend. Wie man an einem vorbeifahrenden Wagen allein seine knallige Farbe wahrnimmt, aber nicht sagen könnte, welche Marke das gewesen war. Oder wie man über eine Werbung lacht, ohne nachher zu wissen, wofür da eigentlich geworben wurde.

Ja, diese Frau hatte sein Zimmer geputzt, Tag für Tag seine Bettdecke glatt gestrichen, das Fenster geöffnet, den Aschenbecher geleert, die Haare aus der Duschtasse gezogen, zuletzt auch jene mysteriösen, aber nicht weltbewegenden Wasserpfützen aufgewischt. Und er, Olander, hatte sich nicht die Mühe gemacht, auch nur einmal in ihr Gesicht zu schauen. Er war dumm genug gewesen, sich nicht vorstellen zu können, dass jemand wie Irene Kasos, eine Professorengattin, eine Papst-Privataudienzlerin, sich für einen solchen Job hergeben könnte. Dass jemand, der früher die anderen hatte putzen lassen, nun selbst putzte.

»Das Mädchen neben der Frau ...«, begann Lukastik.

»Es muss Clara sein, bestimmt«, sagte Olander. »Sie müssen sofort Ihre Kollegen benachrichtigen.«

Lukastik dachte an sein Handy. Er schmunzelte.

»Warum lachen Sie?«, fragte Olander.

»Nur so«, wich Lukastik aus. Natürlich wäre es möglich gewesen, einen Funkspruch durchzugeben. Oder die anderen um ein Handy zu bitten. Noch war man nicht sehr tief. Aber er entschied sich dagegen. Er sagte: »Alles zu seiner Zeit. Außerdem kann ich die Frau nicht einfach verhaften lassen. – Jetzt schauen wir uns erst einmal den See an. Ich glaube nicht, dass Irene Kasos uns davonläuft. Warum auch, wenn sie es bisher nicht getan hat? Wir werden nichts überstürzen.«

»Ihre Entscheidung«, sagte Olander bitter.

Marlies Herstal zischte: »Könnten die beiden Herren jetzt endlich ruhig sein.«

Die beiden Herren verstummten. Solcherart zur Ruhe gekommen, fiel ihnen wieder ein, wie eng es hier drinnen war. Und wie dunkel und leer draußen. Die Einheimischen hatten schon recht, wenn sie meinten, in diesem See würde sich das Weltall spiegeln. Doch wie bei jedem Nichts braucht es ein Etwas, damit man die Leere überhaupt als solche empfinden kann. Durch den Lichtstrahl der Scheinwerfer bewegte sich ein verloren anmutender Schwarm kleiner Fische. Es ging ganz rasch, zwei, drei Sekunden nur, dann waren die Tiere verschwunden. Ja, so wenig das Weltall vollkommen tot ist, so wenig war es dieser schwarze, tiefe, so lange Zeit für unbewohnt gehaltene See.

Das Boot sank und sank. Lukastik kam sich vor wie bei einer Hypnose, wenn man rückwärts zählen und sich dazu abwärtsführende Stufen vorstellen musste. *Sie sind müde, sehr müde ...* Ja, er war müde, sehr müde, keine Frage.

»Hier«, sagte Marlies Herstal und zeigte in Richtung

der beiden Scheinwerferstrahlen. Man hatte den Boden des Sees erreicht. Eine helle, beinahe weiße Ebene, auf der in regelmäßigen Abständen verschieden große Felsbrocken sich aus dem leicht gewellten Sand erhoben. Der Anblick erinnerte an einen kunstvoll arrangierten japanischen Garten. Nach der Hypnose also die Meditation.

»Wo sind die vielen Tiere, von denen Sie gesprochen haben?«, fragte Lukastik.

»Die meisten sind so klein, dass man sie nicht gleich sieht.«

»Wir suchen aber ein ziemlich großes Tier«, erinnerte Lukastik.

»Ja, wir werden es sicher nicht übersehen, wenn es da ist.«

Der Pilot erklärte, er glaube die Stelle erreicht zu haben, wo das Skelett gelegen hatte. Er steuerte das U-Boot langsam um die eigene Achse und leuchtete solcherart den gesamten Bereich aus. Aber auf den ersten Blick war nichts zu erkennen, was auf den Leichenfund hingewiesen hätte. Keine Spuren, nichts, was nicht hierhergepasst hätte. Alles wirkte so überaus sauber und geordnet. Dunkelgraue Steine und hellgrauer Sand. Und es schien also gar nicht verwunderlich, dass auch das Skelett der Andrea Pero in einem vollkommen sauberen und geordneten Zustand entdeckt worden war.

»Da ist etwas!« Lukastik zeigte auf ein Ding, von dem nur eine winzige Spitze, gewissermaßen ein Fingernagel, aus dem Sand ragte.

»Sie haben gute Augen«, stellte Herstal fest.

»Wenn man etwas sehen will, ist es auch da«, meinte Lukastik, der immer wieder vergaß, dass er eigentlich nichts mehr mit Philosophie zu tun haben wollte.

Der Pilot steuerte einen der Roboterarme nach unten, führte ihn tief in den Sand und packte den Gegenstand. Welcher jedoch feststeckte. Also graben.

Es dauerte eine ganze Weile, bis das Objekt freigelegt war und auf einer kleinen, vom Bug abstehenden Plattform untergebracht werden konnte. Es schien sich um ein Motorteil zu handeln. Vielleicht bloßer Schrott, vielleicht aber der Gegenstand, der verhindert hatte, dass Andrea Peros Leiche nach oben getrieben war.

»Ich würde mir gerne alles hier ansehen, den gesamten Seegrund«, erklärte Lukastik.

»Genau das hatte ich vor«, antwortete Marlies Herstal und gab Anweisung, das Boot Richtung *Mariator* zu steuern. Marlies hatte nämlich nach den ersten beiden Tauchgängen und mit Hilfe der Aufzeichnungen des Sonars eine Karte der Topographie des Sees zusammengestellt, wobei sie die lokalen Punkte ganz im Stil einer Mondkarte mit diversen Namen und Bezeichnungen versehen hatte: *Stein der Weisen, kleiner Krater Zeppelin, Korb der Nüchternen, die Katze am Ende der Straße* und so weiter. Und eben auch *Mariator*, ein bogenförmiger Stein von einem halben Meter Höhe.

Die Übersichtlichkeit des Grundes war nur scheinbar von Vorteil. Das gleich bleibende Aussehen verwirrte, diese Ansammlung ähnlicher Findlinge, die in konstanten Abständen ein Feld bildeten. Ein Grabsteinfeld, wie Lukastik jetzt mit einigem Unbehagen dachte. So gesehen war der kleine steinerne Bogen ein markantes, aus dem Feld herausstechendes Objekt. Herstal präsentierte den Solitär wie eine Sehenswürdigkeit.

»*Marliestor* wäre doch auch ein passender Name gewesen«, fand Lukastik.

Herstal erwiderte: »Ich möchte lieber die Seeschlange nach mir benennen, wenn's recht ist?«

»Natürlich«, äußerte der Chefinspektor und äußerte auch, dass hier unten alles ausgesprochen künstlich aussehe, hingestellt, ausgedacht.

»Das ist wie mit Kristallen«, sagte Herstal. »Wenn sie

ungehindert wachsen können, könnte man meinen, sie seien geschliffen. Merkwürdigerweise schreiben wir der Natur das Chaos zu und uns die Ordnung. Dabei ist es sicher umgekehrt.«

Vom *Mariator* aus bewegte sich das U-Boot nach Norden hin, einem Bereich, den Herstal den *blinden Fleck* getauft hatte, und zwar darum, weil sie diese Zone erst auf Grund der letzten Sonaraufzeichnungen entdeckt hatte. Der Bereich lag gewissermaßen um die Ecke, wobei sich diese Ecke aus einer mauerartig glatten Erhebung ergab. Dahinter lag eine Fläche von der Größe eines Volleyballfeldes, bevor dann eine weitere Steilwand beinahe gerade hinauf zum Ufer führte, und zwar ziemlich genau zu jener Stelle, an der Vinzent Olander in eine steinerne Glocke gefallen war und beinahe ertrunken wäre. Wäre da nicht ein aufmerksamer Wirt gewesen.

Der U-Boot-Pilot richtete die beiden Scheinwerfer etwas höher aus und erweiterte den Winkel, um die gesamte Fläche so gut als möglich ins Licht zu stellen. Quasi eine mächtige Bresche in das Dunkel schlagend. Und man darf sagen: Es zahlte sich aus.

Ja, Marlies Herstal würde berühmt werden. Allerdings nicht mittels einer Seeschlange. Was ja auch zu schön gewesen wäre. Selbst Rätsel und Wunder müssen sich an gewisse Spielregeln halten. Freilich existieren auch Regeln, von denen wir keinen blassen Schimmer haben.

»Gott, was ist das?«, fragte Lukastik.

Statt einer Antwort griff sich Marlies Herstal ans Herz und sagte: »Mariaundjosef!«

Was für ein passender Ausruf. Nämlich wenn man bedachte, dass zu jeder richtigen Maria auch ein Josef gehörte und dass ein solcher Josef stets hinter seiner Maria stand, also von ihr, der ungleich Wichtigeren, verdeckt wurde.

Während Marlies Herstal dieses »Mariaundjosef!«
ausrief, schwebte die 333 auf eine etwa zehn Meter lange und einige Meter breite, unregelmäßig ovale, dunkle
Fläche zu, die von einem uferartigen Rand begrenzt
wurde. Uferartig? Nein, das stimmte nicht. Vielmehr
handelte es sich tatsächlich um ein Ufer. Diese Fläche
hier war eine Oberfläche, die Oberfläche eines weiteren Gewässers. Das, was die vier Personen zu Gesicht
bekamen, das war ein See im See, ein kompaktes, sich
in keiner Weise mit dem Wasser des Mariensees ver-
mischendes Gewässer, ein dunkler Tümpel, der das
Prinzip einer russischen Puppe erfüllte. Der Anblick
schien so ungemein grotesk, so wunderbar zauberisch.
Beziehungsweise ganz normal, wenn man sich einfach
das Faktum wegdachte, dass man sich fast dreihundert
Meter unter der Seeoberfläche befand und nichts anderes betrachtete als einen kleinen Teich.

Das U-Boot glitt nun über diesen Teich, der mit einer
öligen Schicht bedeckt schien. Aber das kam wohl vom
vielen Salz, vermutete Marlies Herstal, die sich rasch
wieder gefangen hatte und sogleich über dieses Wunder
der Natur zu spekulieren begann. Ganz neu war es ja
nicht. Herstal berichtete darüber, dass man 1990 einen
derartigen »inneren See« im Golf von Mexiko entdeckt
hatte. Dort schien es sich um Süßwasser zu handeln,
welches möglicherweise von einem Unwetter stammte,
nach unten gespült und mittels des gewaltigen Drucks
in eine wannenartige Vertiefung gepresst worden war,
um nun in achthundertzwanzig Metern ein autonomes
Dasein zu führen. Solcherart war ein vom Sonnenlicht
völlig unabhängiges Biotop entstanden, das man im
Kontrast zu den »heißen Schloten« »kalte Quellen«
nannte.

Gut, hier war nicht der Golf von Mexiko, hier fegten
keine Tornados übers Meer und schraubten Süßwasser

in Salzwasser, bis dann die Schraube an der tiefsten Stelle stecken blieb. Hier war Mitteleuropa, hier war ein Süßwassersee. Und genau darum hatte Marlies Herstal sogleich vermutet, dass es sich bei diesem »See im See« um Salzwasser handeln müsse, welches schwerer war als das umgebende Süßwasser. Wie auch immer es an diesen Ort gekommen war.

»Nehmen Sie eine Probe«, wies sie den Piloten an.

»Sollten wir nicht vorsichtig sein?«, fragte dieser, kein Wissenschaftler, sondern Journalist und Abenteurer. – Die heutigen Abenteurer neigen zur Besorgnis. Sie würden in keinen fremden Schlafsack kriechen, ohne sich vorher gegen jegliche Art von Hepatitis-Viren geimpft zu haben. Das ist sicher vernünftig, aber was hat es noch mit Abenteuer zu tun? Solche Leute machen sich in die Hose, wenn sie auf den Mars fliegen, ohne ihr Handy mitnehmen zu dürfen.

Marlies Herstal war da anders. Sie hätte sofort ihr Leben riskiert – und das von einem jeden anderen auch –, um die Wahrheit herauszufinden. Darum wiederholte sie: »Eine Probe! Sind Sie taub?«

Der Pilot verzog den Mund, fuhr jedoch einen der Roboterarme aus, an dessen »Handgelenk« ein automatisch sich öffnender und schließender Behälter montiert war. Der Arm fuhr nach unten und glitt von einem Wasser in das andere, ohne dass die Grenze zwischen beiden in Unordnung geraten wäre.

»Perfekt«, sagte Lukastik. Er meinte die zwei nassen Elemente, die sich wie ein altes Ehepaar verhielten. Ein Ehepaar, das keinen Sex mehr nötig hatte. Und auch keinen Streit.

Olander hingegen schwieg. Ihm war dies alles völlig gleichgültig. Selbst wenn man ein Rudel Plesiosaurier entdeckt hätte. Na und? Er dachte an Clara. Das Kind stand dort oben am Ufer. Hand in Hand mit der Frau, die ihn, Olander, betrogen und hereingelegt hatte. Das war es, was ihn beschäftigte. Das war es, was ihm die Luft nahm. Und nicht dieses bisschen Wasser an – zugegeben – ungewöhnlicher Stelle.

Der Pilot steuerte den Roboterarm samt dem gefüllten und geschlossenen Behälter wieder aus dem Unterwassersee heraus.

»Hören Sie«, wandte sich Herstal an alle drei Männer im Boot, »mir wäre lieber, wenn zunächst einmal nicht darüber gesprochen wird, was wir hier gesehen haben. Ich will vorerst die Probe auswerten, damit wir so ungefähr sagen können, womit wir es eigentlich zu tun haben. Es wäre also dumm, die Leute schon jetzt verrückt zu machen. Können wir uns darauf einigen?«

»Von mir aus«, sagte Lukastik, »genau genommen geht dieser Unterwassersee die Polizei nichts an. Zumindest solange nichts darin gefunden wird, was mit unserem Skelettfund zusammenhängt.«

Die 333 trieb noch einige Male um das Gewässer herum. Man sah jetzt, dass der Uferrand aus einem schwammartig durchlöcherten Gestein bestand. Aber keine Spur von sichtbarem Leben, das sich in diesem Bereich niedergelassen hatte, während der Mariensee ja an anderen Stellen durchaus über ein solches verfügte.

Der furchtsame Pilot erinnerte an den Zeitplan. Herstal nickte. Wehmütig sah sie auf den dunklen Flecken.

Ein weiterer See wurde nicht entdeckt, auch kein zusätzlicher Hinweis auf Andrea Pero. Von einer Seeschlange ganz zu schweigen. Doch wie sich bald herausstellen sollte, war jene Probe, die man aus dem Unterwassersee gezogen hatte, sehr viel mehr wert als ein simples Monster. Dieses Wasser war ein Fossil, ein in sich geschlossener urzeitlicher Komplex, sehr viel älter als das übliche fossile Wasser, auf das man in tiefen Gesteinsschichten stieß. Nein, dieses Wasser hier war gut vier Milliarden Jahre alt, stammte also aus einer Zeit, als sich das erste Leben entwickelt hatte und aus einem anorganischen schwarzen Zylinder ein organisches weißes Kaninchen herausgesprungen war.

Der an seiner tiefsten Stelle keinen Meter messende Unterwassersee, der passenderweise – als hätte Marlies Herstal es vom ersten Moment an gewusst – von den Einheimischen den Namen *Josefsee* erhalten würde, dieser Josefsee also, war ein Überbleibsel jener frühen Hydrosphäre, die allgemein als Ursuppe bezeichnet wird. Und hätte es nicht so vollkommen paradox geklungen, so hätte man eigentlich von einer »Versteinerung« sprechen müssen. Einer Versteinerung im Zustand des Flüssigen. Ja, dieses Wasser funktionierte wie ein erstarrtes Material. Und indem Marlies Herstal eine Probe genommen hatte, war das so gewesen, als hätte sie einen kleinen Brocken heruntergeschlagen.

So ging es oft aus. Man suchte einen Vogel und fand stattdessen sein Nest. Die Wissenschaft geriet mit diesem Fund nicht nur in allergrößte Aufregung, sondern auch in allergrößte Unordnung. Einige Ansichten mussten revidiert, neue Modelle entwickelt werden. Eine bislang unbekannte Säure war entdeckt worden, eine Säure, die alles nur noch schwieriger und komplizierter machte. Pläne, den gesamten »Stein« zu bergen, mussten wieder verworfen werden. Auch weil die Bevölkerung ernsthaften Widerstand androhte. Hiltroff war berühmt geworden. Nicht wie zuvor, dank Seeschlange, auf eine clowneske Weise, sondern nun auf eine ernsthafte, auf eine gleichzeitig wissenschaftliche wie mirakulöse. Hiltroff hatte sich praktisch zum Zentrum der Erde gemausert, zum Ausgangspunkt allen Lebens. Nie und nimmer wollte man bereit sein, sich den Josefsee von der internationalen Wissenschaft rauben zu lassen, um dann nachher wieder nichts anderes zu sein als ein hinterwäldlerisches Kaff mit viel Nebel und wenig Sonne. Auch bestanden große Ängste, mit der Hebung des Josefsees könnte irgendeine Form von Kontamination einhergehen. Schlimm genug, dass Marlies Herstal eine Probe genommen und diese über die Grenze und in ein Münchner Labor hatte bringen lassen.

Diese Probe ging als »Herstal-Fragment« in die Geschichte ein. Und wenn man schon nicht in der Lage war, die gesamte Hiltroffer Ursuppe aus dem See zu heben – den Josef aus der Maria –, wollte man wenigstens mit diesem einen »Fragment« experimentieren. Den Stein zum Leben erwecken, die erstarrten Prozesse erneut in Gang setzen.

Die Frage war aber die: Wie macht man etwas flüssig, was schon flüssig ist?

Noch aber befand man sich weit entfernt von all den Aufregungen und Streitereien um ein vier Milliarden Jahre altes Wasser. Das U-Boot tauchte auf und wurde von einer enttäuschten Menschenmenge in Empfang genommen. Enttäuscht darum, weil man natürlich gehofft hatte, etwas Dramatisches würde sich ereignen. Stattdessen verließen die vier Passagiere das U-Boot, ohne von einer Sensation zu berichten. Marlies Herstal sprach bloß von dem, was sie *nicht* gesehen hatte. Kein Wort also über einen unterirdischen See.

Lukastik und Olander hatten natürlich sofort versucht, Irene Kasos und das Kind, das Clara sein musste, in der Menge auszumachen. Aber schon vom Boot aus, den Feldstecher Marke *Verlaine* benutzend, war zu erkennen gewesen, dass die Frau und das Kind verschwunden waren. Was sich jetzt nur noch bestätigte.

Lukastik ging zurück zum Boot und sah sich den Gegenstand an, den man aus dem Grund des Mariensees herausgegraben hatte. Tatsächlich handelte es sich um einen Motor, wahrscheinlich von einem Traktor, alter Diesel. Aber da war noch etwas. Lukastik bemerkte jetzt die verrostete Handschelle, die von einer Getriebestange baumelte. Auch der andere Teil der Handschelle war geschlossen. Offensichtlich war die Leiche mittels dieser Vorrichtung am Motor fixiert gewesen.

Lukastik stellte sich vor, wie Andrea Pero, unten am Grund des Sees, gleich einer wehenden Flagge von dem Traktorenmotor weggestanden hatte, vom Wasser getragen, treibend in den Strömungen der Tiefe, bevor dann ihr Körper sich so mit Wasser gefüllt hatte, dass er zu Boden gesunken war. Es war mit Sicherheit den Bewegungen des Wassers und des Sandes zu verdanken, dass irgendwann die entfleischten Handknochen aus dem Reifen der Handschelle gerutscht waren und der schwere Motor sich tief in den lockeren Grund eingegraben hatte. In drei Jahren waren solche Verschiebungen kein Wunder.

Na gut, hier stand wenigstens so etwas wie ein Beweisstück.

»Wir fahren zum Hotel«, sagte Lukastik, »und reden mit den beiden Grongs. Die werden ja hoffentlich wissen, wo Irene Kasos wohnt.«

Natürlich war Irene Kasos nicht unter diesem Namen in Hiltroff bekannt. Sie nannte sich Dora Kolarov, eine Frau mit bulgarischen Papieren, die vor vier Jahren nach Hiltroff gekommen war, zusammen mit ihrer Tochter, die alle Ilva riefen. Frau Kolarov hatte kaum ein Wort Deutsch gesprochen, aber recht schnell Arbeit gefunden. So wie Lukastik vermutet hatte, putzte sie in beiden Hotels, reinigte die Büros der Fabrik und kümmerte sich um die Wohnungen einiger Hiltroffer Bürger. Sie galt als fleißig und ruhig, ja schweigsam, obwohl Frau

Grong meinte, Dora hätte rasch die neue Sprache erlernt. Daran könne es also nicht gelegen haben, dass sie in diesen Jahren so zurückhaltend gewesen sei.

»Das war schon immer mein Eindruck«, äußerte Frau Grong, »dass Dora aus den besten Verhältnissen stammt. Man kann das sehen. Auch wenn sich jemand gebückt gibt, man merkt das Aufrechte, das Gerade, die Haltung einer Reiterin, einer Pianistin. Nicht, dass ich Dora je darauf angesprochen hätte. Wenn jemand ordentlich arbeitet, kann er von mir aus vortäuschen, was er will.«

»Wo wohnt Frau Kolarov?«, fragte Lukastik.

»Oben, in der weißen Kiste. Im *Götz*.«

»Ich dachte, man würde dort nur Konferenzgäste beherbergen.«

»Sie hat die Hausmeisterwohnung bekommen.«

»Wie schön«, meinte Lukastik und gab Olander ein Zeichen, nach draußen zu gehen.

Dort wartete ein Polizeiwagen mit zwei Uniformierten. Doch Lukastik fragte Olander, wie es wäre, den BMW zu nehmen. »Ich finde es ein bisschen schade, wenn ein so schöner Wagen einfach verrottet. – Stört es Sie, wenn ich fahre?«

Gleichgültig sagte Olander: »Von mir aus.«

Lukastik schickte die beiden Kollegen vor. Dann stiegen er und Olander in den einzig eleganten BMW der BMW-Geschichte. Aber braucht es mehr als *ein* Meisterwerk? Braucht es mehr als *ein* Universum?

Mit dem Schließen der Türen wurde es dunkel und ruhig. Wie in einem Märchenwald, wo es nur noch Schatten gibt und jeder Schatten einen Schatten wirft. Verschachteltes Schwarz. Ewige Verdunkelung.

Es gefiel Lukastik, diesen Wagen zu steuern. Er fuhr nicht schnell. Er fuhr mit Gefühl, liebevoll, als sitze er auf einem Drachen, den man ja tunlichst gut behandeln sollte.

Dann sahen sie ihn, den *Götz,* jenen reinweißen Kubus, von dem einmal gesagt worden war, sein Weiß erinnere an gewässerte Milch. Halbiertes Weiß.

Doch als nun die beiden Männer auf dem neuen, glatten, dudengelb markierten Zufahrtsweg nach oben fuhren, da wirkte der Baukörper vor dem Hintergrund des gewittrigen Himmels so ungemein kompakt und strahlend. Eher wie Weiß hoch zwei.

Trotz der Nähe zum See war es das erste Mal, dass Lukastik dieser Architektur ansichtig wurde. Er fragte Olander: »Kennen Sie sich in dem Gebäude aus?«

»Ich war nie drinnen.«

»Na gut. Dann ist jetzt der richtige Zeitpunkt.«

Sie parkten auf einer betonierten Fläche, die wie eine umgefallene Wand neben dem Komplex lag. Darauf drei Reihen mit Mietwagen. Offenkundig war ein Kongress im Gange. Und in der Tat, über dem Eingang aus undurchlässig rotem Glas flatterte ein Transparent und kündete von einer Veranstaltung mit dem Titel: *Strings, Branen und Beutel – Neue Vermutungen über den Raum im Raum.*

Lukastik gab seinen uniformierten Kollegen ein Zeichen, im Wagen zu warten. Er war kein Freund großer Aufgebote. Zusammen mit Olander ging er zum Eingang. Sie traten nahe vor die rote Scheibe hin, aber die automatische Tür blieb geschlossen. Lukastik drückte auf einen im weißen Mauerwerk beinahe unsichtbaren Knopf – auch so ein Raum im Raum.

Es dauerte eine halbe Minute, da öffnete sich das Rot. Aus dem Inneren näherte sich eine Frau. Ihre kräftig bemalten Lippen waren quasi ein Ersatz für die zur Seite geglittene Glastür. Lukastik seufzte bei ihrem Anblick. Es war die, welcher er bereits in der Fabrik begegnet war. Jene Sekretärin des Bürgermeisters. Obgleich man sie eher für das Orakel des Bürgermeisters hätte halten können, so wie sie da stand, in einem grauen Kostüm von stählerner Wirkung. Sie klang jetzt sehr viel reservierter als beim ersten Mal. Sie fragte, was sie für den Herrn Chefinspektor tun könne.

»Zunächst mal uns freundlich hereinbitten«, empfahl Lukastik.

Anstatt genau dies zu tun, erklärte die Dame, dass soeben die Eröffnung eines Kongresses im Gange sei. Eines ausgesprochen wichtigen Zusammentreffens herausragender Experten. Der Bürgermeister habe gerade seine Begrüßungsworte gesprochen. Und nun warte man mit der allergrößten Spannung auf den Eröffnungsvortrag von Ilsa Danrall. Sie werde ihre neuen Erkenntnisse bezüglich extradimensionaler Räume ...

Sie unterbrach sich selbst: »Wissen Sie überhaupt, von wem ich spreche?« Dabei betrachtete sie Lukastik, als überlege sie, ob es dieses Jahr besser wäre, den Klärschlamm auszulagern oder im Ort zu behalten.

Lukastik lächelte mit der rechten Hälfte seiner Zähne. Natürlich wusste er, wer Ilsa Danrall war. Sie war genau das, was die Leute heutzutage liebten. Ein Genie, das sexy war. Eine langhaarige Blondine, die gerne als drahtig bezeichnet wurde, vielleicht weil das so gut zur String-Theorie passte. Man sah Frau Danrall am liebsten neben diesem Mann im Rollstuhl. Wie wunderbar schräg! Ein in seinem verfallenden Körper eingeschlossener Physiker und ein sauberes Blondi, und beide genial. Das war ein Bild, das die Leute völlig high machte. Sicher sehr viel higher als vierdimensionale Teilchen und dazu Gleichungen, deren bloßer Anblick deprimierte.

»Hören Sie«, sagte Lukastik, »von mir aus können Sie mich für blöd halten, aber stehlen Sie mir nicht die Zeit. Es ist bedeutungslos, ob ich weiß, wer Ilsa Danrall ist. Schließlich will ich nicht zu ihr, sondern zu Dora Kolarov. Ich möchte also nicht das Genie stören, sondern die Putzfrau. Das müsste sich doch machen lassen, oder?«

»Es ist jetzt aber trotzdem ungünstig.«

»Umso länger man wartet, umso ungünstiger wird es«, erklärte Lukastik und ging an der Bürgermeisterdame vorbei in das Innere des *Götz*. Olander folgte ihm. Die Dame hinter ihnen her. Sie sagte, sie werde sich beschweren.

»Gerne. Aber vorher bringen Sie uns zu Frau Kolarov.«

»Ich denke nicht daran.« Sie wandte sich um, trat durch eine Tür und war auch schon verschwunden.

»Ein echter Schatz, diese Frau«, kommentierte Lukastik. »Na, wir werden das schon alleine hinkriegen.«

Lukastik setzte voraus, dass eine Hausmeisterwohnung ebenerdig untergebracht war, doch es erwies sich, dass der unterste Bereich – entlang der drei fensterlosen Seiten – allein aus Toiletten, Ruhe- und Fernsehräumen und einer kleinen Kapelle bestand. Zur gläsernen Front hin, die einen weiten Blick auf die tief abfallende Karstlandschaft gewährte, befand sich ein großer Saal, der aber leer war, da die Veranstaltung der theoretischen Physiker im zweiten Stock abgehalten wurde. Wohin sich Lukastik und Olander nun begaben und den vollen Konferenzsaal betraten. Obgleich sie es vorsichtig taten und die Tür sich vollkommen geräuschlos bewegte, wandten sich die Köpfe sämtlicher Zuhörer in ihre Richtung. Für einen Moment war der Vortrag Ilsa Danralls über extradimensionale Räume durch jenen gewissermaßen ebenfalls extradimensionalen Raum unterbrochen, welchen Lukastik und Olander als Duo bildeten. Eine kleine, beutelartige Sphäre, in der ein Polizist und ein Trinker steckten.

Die beiden »Beutler« sahen sich kurz um, verließen wieder den Saal und gelangten durch einen breiten Gang in einen futuristisch eingerichteten Speisesaal und von dort in eine Küche, wo endlich Menschen standen, die so aussahen, als könnte man sie auch ansprechen.

Lukastik zog seinen Dienstausweis und hielt ihn einem Mann entgegen, der hier entschied, wie viel Trüffel auf die Teller kam.

»Ich suche Dora Kolarov«, sagte Lukastik.

»Oberstes Stockwerk«, antwortete der Chefkoch, ein Mann mit einem Gesicht, das vom vielen Kochen einen gedünsteten Eindruck machte. Und einen beleidigten. Gedünstetes Fleisch ist immer auch beleidigtes Fleisch.

»Wo genau?«, fragte Lukastik.

»Das blaue Zimmer. Sie können es nicht verfehlen.«

Über eine Treppe, die mit breiten, luftig angeordneten Stufen aus dem Speisesaal nach oben führte, stiegen Lukastik und Olander hoch, dorthin, wo die Zimmer der Symposiumsteilnehmer lagen. In den weißen Wänden steckten Türen aus dem gleichen roten Glas wie unten am Eingang. Keine Zimmernummern, auch sonst nicht die geringsten Unterscheidungsmerkmale. Dafür aber am Ende eines der drei Gänge tatsächlich eine Tür aus blauem Glas – als lebte hier der letzte Mensch, der sich noch traute, zurückzureden.

»Ein bisschen vorsichtig sollten wir schon sein«, meinte Lukastik, seine Stimme leiser drehend. Dennoch klopfte er an, das gehörte sich nun mal. Er hasste die Vorstellung, eine Frau – ob sie nun schuldig war oder nicht – in ihrer Unterwäsche zu überfallen.

Doch niemand rührte sich. Lukastik drückte die kleine, silberne Schnalle. Die blaue Tür ging auf, auch sie geräuschlos. Lukastik betrat einen dunklen, kurzen Vorraum, der in ein sehr viel helleres Zimmer führte. Von oben fiel Tageslicht herein und bestreute den Raum. Durch das quadratische Deckenfenster waren jene Wolken zu sehen, die es immer wieder nach Hiltroff zog. Der

Teppichboden war so blau wie die Tür, dunkles Kobalt. Ein modernes Gästezimmer, das übliche breite Designerbett, der übliche glatte Wandschrank aus dunklem Holz, sogar eine Minibar, die einen kleinen Tresor trug, vielleicht auch umgekehrt. Die kalte Ordnung wurde allerdings konterkariert von einigen Spielsachen. Da lagen Plüschtiere auf dem Bett, Rollschuhe in der Ecke und gestapelte Brettspiele auf einer Kiste. An den Wänden hingen Kinderzeichnungen. Auf einem gegen die Wand gerückten Tisch stand ein gerahmtes Foto. Lukastik erkannte es sofort. Es war jenes, auf dem man Irene Kasos neben dem Papst sehen konnte. Diesmal aber ohne ihren Mann, den Professor, der von dem Bild heruntergeschnitten worden war. Exkommuniziert von seiner Gattin.

Es stimmte also. Dora Kolarov war Irene Kasos. Die geflüchtete Ehefrau als Putzfrau von Hiltroff. Unbemerkt sogar von Vinzent Olander, der mit dieser Frau einst ein Verhältnis gehabt hatte. Passenderweise sagte Olander, als er jetzt zu Lukastik getreten war und das Foto betrachtete: »Irrsinn.«

»Ja, wenigstens brauchen wir jetzt keinen Zweifel mehr zu haben«, ergänzte Lukastik. Hingegen war er durchaus im Zweifel darüber, ob er und Olander sich alleine in dieser Wohnung aufhielten. Er wusste nicht gleich, was es war, das ihn irritierte. Ein Geräusch? Nein, es war wohl eher die deutliche Einbuchtung auf der ansonst so sorgsam glatt gestrichenen Bettdecke. So, als hätte gerade noch jemand auf diesem Bett gesessen.

Lukastik machte einen Schritt auf das Bett zu, ging ein wenig in die Knie und griff wie nebenbei in die Mulde. Er meinte die Wärme zu spüren, die irgendein Hinterteil an dieser Stelle zurückgelassen hatte. – War das überhaupt möglich, dass man so etwas spürte? Nun, Lukastik mochte eine Maschine sein, aber eine Maschine mit einem kreatürlichen Kern. Mit dem Herzen einer Hauskatze und der Nase eines Hundes. Wenn es etwas zu riechen gab, roch er es.

Er drehte den Kopf zur Seite, nicht zu rasch, nicht zu langsam. Da war ein Spalt in der Tür, der rechts am Doppelbett in einen dahinterliegenden Raum führte, wahrscheinlich das Badezimmer. Und während nun ... Der Spalt vergrößerte sich, langsam, stückchenweise. Lukastik erkannte einen aufblitzenden kleinen Stern, Licht, das sich auf irgendeiner reflektierenden Fläche spiegelte. Das konnte eine Brosche sein, ein Feuerzeug, ein Weinglas, irgendetwas, das in Brusthöhe gehalten wurde. Und natürlich auch eine Pistole. Was war wahrscheinlicher: Pistole oder Brosche?

Lukastiks Katzenherz sagte ihm, dass es sich bei dem, was da so schön blitzte, ganz sicher um keine Brosche, sondern mit einiger Wahrscheinlichkeit um eine Waffe handelte. Und dasselbe Katzenherz sagte ihm auch, dass diese Waffe kaum von Dora Kolarov gehalten wurde. Und schon gar nicht von einer kleinen Elfjährigen.

Für Lukastik ergab sich daraus eine jener Situationen, in denen es besser war, einen Fehler zu riskieren, als gar nichts zu tun. Also zog er seine Waffe und schoss augenblicklich, und zwar ohne zuvor eine dieser überflüssigen Warnungen – Hallo! Hier ist die Polizei! – ausgerufen zu haben. Auch zielte er nicht etwa auf den Plafond oder Richtung Boden. Das wäre ja auch lächerlich gewesen, jemand außer Gefecht setzen zu wollen, indem man einen kobaltblauen Spannteppich perforierte.

Nicht, dass Lukastik zu den Polizisten gehörte, die gerne schossen. Aber wenn er es tat, dann ordentlich. Ein Schuss sollte eine Situation bereinigen, nicht sie verkomplizieren.

Der Winkel lag günstig, das Projektil flog geradewegs

in den handbreiten Türspalt und traf das, was sich hinter ihr befand. Jemand fiel zurück und krachte auf eine harte Fläche auf. Und dann noch etwas Zweites, was jedoch einen sehr viel helleren Klang besaß, eben den Klang von Pistolen oder Broschen, die auf Badezimmerböden aufschlagen.

Lukastik schob den verblüfften Olander ein wenig zur Seite und wies ihn an, sich nicht zu rühren. Sodann bewegte er sich mit vorgehaltener Pistole auf die Tür zu, die er mit der freien Hand nach innen drückte. Der jemand, den Lukastik getroffen hatte, war weit nach hinten katapultiert worden. Man sah nur seine Beine im einfallenden Licht. Lukastik drehte den Schalter an, und viele kleine Röhren flammten auf. Es war tatsächlich das Badezimmer. Auf dem Boden aus weißen Fliesen lag ein Mann und hielt sich die Schulter, in welche die Kugel eingedrungen war. Seine Hand war rot vom austretenden Blut. Die Pistole des Mannes lag in einer entfernten Ecke. Lukastik ging hinüber, hob sie auf und legte sie auf den Spülkasten. Er wollte sie nicht einstecken, ihm reichte das lästige Gewicht der eigenen Waffe, welche er nun am Körper verstaute, dieses ungeliebte Instrument, gegen das er aber im Moment beim besten Willen nichts einwenden konnte.

Lukastik trat zu dem Getroffenen und beugte sich hinunter. »Nehmen Sie die Hand mal weg, ich sehe mir die Wunde an.«

»Lecke du mich«, antwortete der Mann mit einem italienischen Akzent. Ein Akzent, der seinem mediterranen Gesicht entsprach, seinen Muschelaugen und Seegraslippen.

»Von mir aus«, antwortete Lukastik, richtete sich ohne weiteres wieder auf, kehrte zurück ins Wohnzimmer und schaute sich um. Es tat ihm gut, ohne Handy zu sein und ganz wie früher sich die Zeit nehmen zu müssen, nach einem Telefon zu suchen. So eine Zeit war wertvoll. Man konnte dann ein bisschen nachdenken oder auch nur durchatmen. Lukastik atmete durch.

Im Vorraum fand er einen Apparat. Er hob den Hörer hoch, wählte eine Nummer und sagte: »Servus! Schick mir die Mannschaft hinauf zum *Götz*. Und einen Rettungswagen. Wir haben hier einen Verletzten. – Nein, nicht Olander. Jemand aus Italien. Und sag den Leuten von der Rettung, sie brauchen sich nicht zu beeilen. Nicht wegen eines Italieners. – Nein, das war ein Scherz.«

Als würde Lukastik je Scherze machen.

Er ließ den Hörer zurück auf die Gabel fallen. Ein schönes Geräusch. Wie wenn man eine schwere Truhe schließt und hernach ist das ganze Gold und Silber wieder in Sicherheit. Denn das Schönste am Telefonieren ist natürlich, wenn es zu Ende ist.

Urgh!

Das war das Geräusch, das jemand machte, dem die Luft ausging.

Lukastik eilte zurück ins Badezimmer. Olander hatte den Mann, der am Boden lag, am Hals gepackt. Lukastik sah noch ein wenig zu, dann fasste er Olander sachte an der Schulter und sagte mit ruhiger Stimme: »Lassen Sie das bleiben.«

Olander ließ es bleiben. Der Mann am Boden krümmte sich zur Seite und hustete.

»Warum wollen Sie ihn erwürgen?«, fragte Lukastik.

»Er soll mir sagen, wo Irene ist.«

»Wer ist der Kerl überhaupt?«

»Er war damals dabei ... als der Unfall geschah. Er ist der Mann mit dem Feuerlöscher.«

»Der Ihnen das Leben gerettet hat?«

»Ja, um es mir jetzt wieder zu nehmen«, beschwerte sich Olander und meinte, dass es sich ja ganz sicher um den Schützen handeln würde, der gestern auf sie beide geschossen hatte.

Lukastik beugte sich erneut zu dem Mann und fragte ihn: »Wer schickt Sie? Wo ist Frau Kasos? Wo ihre Tochter? Wenn Sie reden, kleiner Mann, werden Sie Freunde gewinnen. Sie wollen doch Freunde gewinnen?«

Nein, wollte der Mann nicht. Er schwieg. Sein Blick war leer. Er grinste nicht einmal. Man würde sich schwer tun, etwas aus ihm herauszubekommen.

So wie Lukastik noch kurz zuvor, in fast dreihundert Metern Tiefe, den winzigen, aus dem Sand herausstehenden Teil eines Traktorenmotors bemerkt hatte, bemerkte er jetzt die Spitze von etwas Weißem hinter dem Revers des Jacketts, das der Verletzte trug. Er griff danach. Der Verletzte wehrte sich, packte mit seiner blutverschmierten Hand Lukastik am Ärmel.

»Was wollen Sie eigentlich?«, fragte Lukastik. »Dass ich noch einmal auf Sie schieße?«

Der Italiener ließ los. Lukastik zog ein zusammengelegtes Blatt hinter dem Revers hervor und erhob sich damit. Er öffnete das Papier, hielt es ein Stück von sich weg und las:

Hört auf, mich zu verfolgen. Alle! Vinzent, mein Mann, dieser Polizist. Hört auf damit!

Ich habe Andrea nicht umgebracht. Natürlich nicht, sie war mir neben Chiara das Liebste auf der Welt. Als sie endlich nach Hiltroff kam, fand ich sie todkrank. Sie starb in diesem Zimmer, auf diesem Bett, ohne dass jemand davon erfuhr. Ich hätte mir so gewünscht, sie wäre auf ewig unentdeckt geblieben. Es gab keinen besseren Ort für ihren schönen Körper als diesen tiefen, dunklen See. Wenigstens habt ihr bloß noch ihre Knochen gefunden. Das ist wohl das Schicksal der Menschen, dass ihre Knochen übrig bleiben. Und wo es Knochen gibt, gibt es immer jemanden, der die

Knochen ausgräbt. Selbst nach Millionen Jahren besteht noch die Gefahr, von irgendwelchen Ehrgeizlingen aus der Erde geschaufelt zu werden.

Es war Andreas Idee gewesen, dass Chiara und ich nach Hiltroff gehen, um uns dort in eine neue Identität zu fügen, fern von meinem Mann, über den ich hier kein Wort verlieren möchte, weil er kein einziges verdient, nicht einmal ein schlechtes. Er verdient den Tod. Möge sich ein ungnädiger Teufel seiner annehmen.

Andrea kannte Hiltroff aus den Erzählungen des Taxifahrers Giorgio Straub, der früher hier gearbeitet hat, in der Kunststofffabrik, ein Laden, der in Wirklichkeit von den Italienern kontrolliert wird, der Colanino-Mischpoche. Straub war Andreas Freund, ich denke, der einzig wirkliche, den Andrea hatte. Straub hat immer von diesem See geschwärmt, vom vielen Nebel und den schweren Wolken, was ihm so viel lieber war, als in Mailand zu sein. Straub hat den See geliebt. Er hat uns gesagt: Der See wird euch glücklich machen. Straub hat uns geholfen, die Sache vorzubereiten, neue Papiere, einen neuen Namen, Kontakte nach Hiltroff, zur Fabrik, wo ich anfangs zu den Frauen gehörte, die die Figuren bemalten. Aber ich vertrug die Farbe nicht. Also begann ich die Büros zu putzen, später auch die beiden Hotels. Ich putzte da und dort. Ich kann sagen, ich putzte das Dorf. Und dann bekam ich dieses Zimmer hier, das blaue Zimmer, wie sie es nennen. Man soll nicht glauben, wie wenig man braucht, um zufrieden zu sein. Einen kleinen Beruf, ein Kind, das man heranwachsen sieht, Spaziergänge im Nebel, hin und wieder einen Film im Kino, sonntags in die Kirche ... Ich habe Vinzent in diesen drei Jahren, seit er in Hiltroff ist, kein einziges Mal in der Kirche gesehen. Ich dachte, er ist Katholik. War ihm die Kirche nicht groß genug? Nicht kunsthistorisch genug? Hat er die Kirche gemieden, weil dort kein Alkohol ausgeschenkt wird?

Wäre er in die Kirche gegangen, hätte er mich vielleicht

erkannt. *Heilige Maria, was für ein blinder, selbstgerechter Mensch. Es stimmt, ich habe ihn einmal geliebt, ich dachte einmal – als ginge das wirklich, als könnte man einen schlechten Mann durch einen guten ersetzen, als könnte man Schnaps, der einen blind macht, in Schnaps, der einen schön macht, verwandeln – ich dachte also, er könnte Teil meines neuen Lebens werden. Im Grunde war es ja seine Idee gewesen, meinen Mann zu verlassen und das Kind mitzunehmen. Auch Vinzent wollte neu anfangen. Alle Menschen wollen das. Aber dann ist mir klar geworden, dass Vinzent nicht der Richtige ist. Nicht der richtige Mann für mich und nicht der richtige Vater für meine Tochter. Straub sollte ihm das sagen. Nicht, dass die beiden sich kannten. Aber Straub wusste, wie Vinzent aussah. Und er wusste, wo er war. Er brauchte ihn nur vor dem Flughafen abzupassen und ihm dann zu erklären, dass ich es mir anders überlegt hätte. Und dass ich ihn inständig darum bitte, mir nicht hinterherzufahren, mich nicht zu suchen, mich in Ruhe zu lassen. Es würde schlimm genug sein, mich vor meinem Mann verstecken zu müssen. Ja, das sollte Straub ihm sagen. Aber dazu scheint es nicht gekommen zu sein. Es geschah dieser Unfall, der gar kein Unfall war. Die Leute, für die Straub von jeher gearbeitet hat, wollten ihn aus dem Verkehr ziehen. Vollkommen abstrus. Straub war doch bloß ein kleiner Kurier gewesen, ein kleiner Zuträger, kein Mann, der eine Staatsaffäre hätte lostreten können. Aber es gibt diese Mächtigen, die immer ganz sichergehen wollen. Die immer übertreiben müssen. Colanino! In Italien ist die Übertreibung zu Hause. Ein schreckliches Land. Gott behüte, dass ich je wieder zu diesen Barbaren muss.*

Wie es scheint, hat Vinzent nach dem Unfall ein paar Dinge durcheinandergebracht. Sich Sachen eingebildet. Der verrückte Kerl. Er hat sogar Andrea aufgetrieben. Es muss so sein, dass er ihr nach Hiltroff gefolgt ist. Wie auch sonst hätte er herfinden können? Der Plan war gewesen, dass

Andrea ein Jahr abwartet, so lange, bis ich alles geordnet habe. Und dass sie dann Mailand verlässt und zu uns zieht. Aber als sie dann wirklich kam, kam sie nur noch, um hier zu sterben. Über ihre Krankheit möchte ich nicht reden, das geht niemanden etwas an. Sie hätte dort unten, am Grund des Sees, ihre ewige Ruhe finden können. Aber dann muss diese verdammte Seeschlange auftauchen. Wie grotesk! Ein Bubenstreich. Und was machen die unseligen Deutschen? Rücken gleich mit einem U-Boot an. Ich habe noch gehofft, die Sache würde einschlafen, die Polizei würde einschlafen, alles würde im Schlaf versinken und seinen alten Lauf nehmen. Aber das hat es nicht.

Jetzt haben die von Colanino sogar einen Mann geschickt. So eine Art Killer. Er hat auf Vinzent geschossen, ihn aber verfehlt. Oder wollte er den Polizisten treffen? Wollte er überhaupt jemanden treffen oder einfach nur Angst schüren? Ich weiß nicht. Ich weiß bloß, dass es jetzt nur noch schlimmer werden kann.

Ich werde noch ein letztes Mal mit Chiara zum See gehen. Wir lieben diesen See, so wie Giorgio Straub ihn geliebt hat. Einmal noch zum See und dann weg. Weg von Hiltroff. Das ist schade. Denn es waren die besten Jahre meines Lebens.

Lasst mich in Frieden!

Dora Kolarov

»So kann man sich irren«, meinte Lukastik, faltete das Papier in der vorgegebenen Form und steckte es ein.

Man konnte davon ausgehen, dass Irene Kasos … nein, Lukastik wollte ihr den Gefallen tun und sie von nun an nur noch Dora Kolarov nennen, dass Dora Kolarov also diesen Brief irgendwo im Zimmer zurückgelassen hatte und dass der Italiener, der »Colanino-Mann«, ihn gefunden und eingesteckt hatte. Sein Job wäre es wohl gewesen, wie man so sagt, sauber zu machen. Stattdessen war er selbst es, der jetzt Dreck verursachte.

Mit seinem Blut den Badezimmerboden verunreinigte, während ausgerechnet jene Frau, die während der letzten Jahre in Hiltroff blitzblanke Böden garantiert hatte, verschwunden war.

Natürlich hätte Lukastik sofort eine Fahndung nach Dora und dem Kind veranlassen können. Und sei's nur, um gewisse Gegensätze zu klären und die genauen Umstände des »natürlichen Todes« von Andrea Pero zu ermitteln. Aber es widerstrebte ihm. Wie gesagt, er war ein selbstherrlicher Polizist, selbstherrlich genug, jene laufen zu lassen, die er *gerne* auf freiem Fuß sah.

Olander, der nun endlich das meiste begriffen hatte, stand da wie nach dem Beschuss durch unsichtbare Teilchen, unzählige winzige Ohrfeigen. Aus der Ferne vernahm man die Sirenen der anrückenden Rettungs- und Polizeiwagen. – O ja, dieses Hiltroff! Ein Kaff. Aber was für ein Kaff! Wenn man bedachte, dass ein Killer hier am Boden lag, während ein Stockwerk tiefer die Weltelite der theoretischen Physik über verborgene Universen diskutierte und hinter dem nächsten Hügel sich ein wunderbar schwarzer See erstreckte, der in seinen Tiefen über eine vier Milliarden alte, erstarrte Ursuppe verfügte. Was für eine Konzentration! Zukunft (Universen), Vergangenheit (Ursuppe) und Gegenwart (Killer).

»Net so schlimm«, meinte der Arzt, nachdem er den Verletzten untersucht hatte. Welcher weiterhin schwieg und dies wahrscheinlich bis zum Sankt-Nimmerleins-Tag tun würde.

Soeben war der Bürgermeister im blauen Zimmer erschienen. Der Lärm der Einsatzkräfte hatte ihn aus dem Physikerkongress gescheucht. Man sah ihm an, wie verärgert er war. Sich mit lauter Stimme an Lukastik wendend, wollte er wissen, ob es denn nicht möglich gewesen wäre ...

»Was denn?«, unterbrach ihn Lukastik. »Später schießen? Den Mann entkommen lassen, damit niemand von Ihren Gästen gestört wird?«

»So habe ich das nicht gesagt«, erklärte der Bürgermeister, kein Bauer, auch kein Bäcker, nicht einmal ein Jäger. Ein Bürokrat auf dem Lande. Ein bisschen dicklich und ein bisschen steif. Auch ein bisschen durchtrieben. »Was ist überhaupt geschehen?«

Lukastik unterließ es, den Bürgermeister aufzuklären, sondern stellte seinerseits eine Frage. Was es eigentlich mit der Kunststofffabrik auf sich habe.

»Ich verstehe Sie nicht. Dort wird gearbeitet. Nichts sonst.« Der Volksvertreter blähte sich etwas auf. Wohl um zu vertuschen, dass er gerade geschrumpft war.

»Wissen Sie was?«, entgegnete Lukastik. »Ich habe es mir gerade anders überlegt. Ich frage Sie nicht, was es damit auf sich hat. Ich finde es selbst heraus.«

Er ließ den Bürgermeister einfach stehen, gab Olander ein Zeichen. Sie verließen das Gebäude. Der Bürgermeister rief etwas hinterher. Lukastik verstand es nicht und wollte es auch nicht verstehen. Es war jetzt an der Zeit aufzuräumen.

Aufräumen und *sauber machen* und *putzen*, das ist nicht alles das Gleiche.

SECHZEHN

Lukastik kam gar nicht erst auf die Idee, sich mit der Staatsanwaltschaft in Verbindung zu setzen und einen Durchsuchungsbefehl für die Fabrik zu beantragen. Mit welchem zwingenden Argument auch? Nein, das konnte er sich sparen. Stattdessen fuhr er zusammen mit Olander hinüber zu der Anlage aus rotem Backstein und parkte den Wagen vor der Einfahrt.

Olander protestierte. Er wollte nach Irene und dem Kind suchen.

»Die beiden sind weg«, erinnerte Lukastik. »Und ich finde, wir sollten die Frau wirklich in Ruhe lassen.«

»Sie glauben ihr?«

»Ja, ich glaube ihr.«

»Aber das Kind …«

»Sie haben sich da in was verrannt, Olander, das wissen Sie. Hören Sie auf damit. Auch Sie müssen zur Ruhe kommen.«

»Und was meinen Sie, was ich mit dieser Ruhe anfangen soll? Bis ans Ende meiner Tage in Hiltroff sitzen und saufen?«

Lukastik antwortete: »Ich finde, Frau Herstal ist eine faszinierende Frau.«

»Was soll das wieder heißen?«

»Das soll heißen, dass es viel weniger darauf ankommt, *wo* man säuft, sondern mit *wem* man säuft. So viel zum Saufen. Also, steigen wir aus.«

Das taten sie und gingen durch den alten, hohen Torbogen, auf dem in Fraktur stand: *Der Arbeit ihre Freiheit*. Im Hof kam ihnen der Prokurist entgegen.

»Wo ist der Direktor?«, fragte Lukastik.

»Werden Sie von ihm erwartet?«, fragte der junge Mensch zurück.

»Was wollen Sie? Dass ich mit zehn Scharfschützen hier einmarschiere? Oder doch lieber, dass wir die ganze Angelegenheit in einer kultivierten Weise zu einem Ende führen. Und ein Ende muss es nun mal geben.«

»Gut, ich bringe Sie zu Dr. Pichler. Er ist in seinem Büro.«

»Na, dann gehen wir«, trieb Lukastik den jungen Mann an, meinte aber plötzlich, er würde gerne den Weg über die Werkshalle nehmen.

»Das ist aber umständlich.«

»Trotzdem«, sagte Lukastik.

»Na, wie Sie wollen.«

Auf diese Weise gelangte man in jenen lang gestreckten, fensterlosen Verbindungsgang, in welchem Plastikfiguren aus der Hiltroff-Produktion ausgestellt waren. Aber etwas hatte sich verändert. Lukastik bemerkte es sofort. Dort, wo am Vortag noch ein als Seeschlange verkleideter Primat zu sehen gewesen war, befand sich nun eine andere Figur, ein Troll mit Schwert.

»Wo ist die Seeschlange?«, fragte Lukastik und zeigte auf den betreffenden Schaukasten.

»Seeschlange? Sie verwechseln da etwas. Die Seeschlangen gibt's im See.«

»Schon gut«, meinte Lukastik und kündigte an: »Die Wortspielerei wird Ihnen noch vergehen.«

»Haben Sie ein Problem, weil wir hier nicht in der Stadt sind? Ein Problem mit der Provinz?«, fragte der Prokurist.

»Nein, nur mit den Provinzlern«, antwortete Lukastik, beendete mit einer knappen Geste die kleine Schaumschlägerei und ließ sich ins obere Stockwerk führen.

Entlang einer durchgehenden Scheibe, hinter der ein paar Büroleute die Köpfe reckten, erreichte man eine massive Wand aus grob behauenem Kalkstein. Ein wenig links von der Mitte befand sich eine Tür aus undurchlässig farbigem Glas, nicht kobaltblau, nicht rot wie die Lippen eines Orakels, sondern schwarz wie der Mariensee.

Eine Sekretärin kam von der Seite her, erklärte, der Chef wolle nicht gestört werden.

»Polizei«, sagte Lukastik, wie man sagt: Kaiserschnitt.

Er gab der Sekretärin und dem Prokuristen zu verstehen, sich entfernen zu dürfen, und öffnete – ohne diesmal geklopft zu haben, weil ja keine Dame in Unterwäsche drohte – die schöne schwarze Glastür.

Es war ein richtig schickes Büro, ein Stadtbüro mit Aussicht aufs Land. Seitlich eine Wand von dem gleichen hellen Kalkstein, darauf – weil der Zufall es so und nichts anders wollte – ein repräsentatives Gemälde von Roy Lichtenstein, nicht so gelungen wie das *Sweet Dreams Baby* im POW!, aber groß und in Acryl.

Dr. Pichler, der Firmenchef, saß hinter einem mächtigen Tisch aus weißem Kunststoff, auf dem einige Bücher und Papiere verteilt waren. Vor Dr. Pichler jedoch lag eine Pistole. Keine neun Millimeter und keine französische *Verlaine*, sondern eine österreichische *Glock*, einen Millimeter darüber.

Dr. Pichler sah abrupt hoch, als falle er direkt aus einem Traum. Keinem schönen Traum. Er wollte nach der Waffe greifen. Lukastik aber mahnte: »Nicht.«

»Ich will doch gar nicht *Sie* erschießen«, erklärte Dr. Pichler.

»Schon klar. Aber so geht das leider nicht. Bei mir hat sich schon einmal einer umgebracht. Einmal genügt. Die Wiederholung ist der Tod des Originals.«

»Sie können mir nicht verbieten …« Dr. Pichler sprach im Ton eines wütenden, verzweifelten Kindes, das mit den Tränen kämpft.

»Ich kann durchaus«, erklärte Lukastik, drehte sich

zu Olander und wies ihn an, die Tür hinter sich zu schließen. Dann tat er die vier Schritte, die nötig waren, den Bürotisch zu erreichen, beugte sich vor, nahm die Waffe aber nicht weg, sondern schob sie nur so weit zur Seite, dass Dr. Pichler sie von seinem Sitz aus nicht mehr erreichen konnte.

Das war recht nobel von Lukastik, Dr. Pichler nicht dermaßen zu erniedrigen, ihm seine Waffe zu konfiszieren, eine Waffe, für die es ja ganz sicher eine Legitimation gab. Nein, Lukastik deutete bloß an, dass Selbstmord zwar eine Lösung darstellte, aber nicht hier und jetzt. Nicht solange er in diesem Raum war und seine Ermittlungen betrieb.

»Also, wie ist das?«, fragte Lukastik und nahm Dr. Pichler gegenüber Platz. »Die ganze Geschichte bitte.«

Pichler zögerte. Noch einmal sah er sehnsuchtsvoll zu seiner Waffe hinüber. Dann begann er zu erzählen: »Es ging uns ziemlich schlecht, damals, Ende der Achtzigerjahre. Wir mussten zusperren, waren nicht konkurrenzfähig. Und dann kam dieses Angebot aus Mailand, von der *Gruppo Colanino*, wie aus heiterem Himmel. Ich habe keine Ahnung, wie die auf uns gestoßen sind. Jedenfalls standen sie plötzlich in der Tür und boten uns an, die Fabrik zu sanieren und sie erweitern zu lassen. Außen renovieren, innen modernisieren. Zusätzlich ein Büroanbau und ein erstklassiges Labor. Dabei wollten die Italiener keinesfalls als Eigentümer oder Investoren auftreten, sondern bloß als spätere Auftraggeber. Sie wissen ja, die Figuren für die Überraschungseier. Natürlich war uns klar, dass da irgendein Haken sein musste. Andererseits läuft nichts in der Wirtschaft ohne Haken ab. Die Haken gehören dazu. Weil es ja sonst keine richtige Angel wäre. Man hofft halt immer, dass der Haken nicht zu groß sein wird und einem nicht das ganze Maul aufreißt, wenn es dann so weit ist.«

»Aber der Haken war wohl etwas größer als erwartet.«

»Er war vor allem *anders* als erwartet. Zunächst aber lief alles wunderbar. Wir bekamen über Umwege und Schleichwege die Finanzierungsmittel, erhielten die Baupläne, die Listen der neuen Maschinen, wurden lasterweise mit Laborausstattung beliefert, konnten aber gleichzeitig für die meisten Arbeiten Handwerker und Baufirmen aus Hiltroff beschäftigen. Das hebt die Stimmung, das hebt das Niveau eines Ortes. Hin und wieder besuchte uns ein Anwalt aus Wien und sah nach dem Rechten. Dann war die Fabrik fertig, wir stellten Leute ein und begannen zu produzieren, Plastikfiguren, Spritzpistolen, Bobby-Cars, alle möglichen Arten von Gehäusen. Es war wie im Märchen – arbeiten und Geld verdienen. Das Labor hingegen stand eine Weile leer herum. Wir ahnten schon, dass das Labor der heikle Punkt sein würde. Dann erreichte uns die Anweisung aus Mailand, eine bestimmte Gruppe von Leuten einzustellen. Diese Leute kamen und führten sich auf, als hätten wir ihnen nichts zu sagen. Nun, wir hatten ihnen ja auch nichts zu sagen. Sie haben sich im Labor eingesperrt und herumexperimentiert. Damit wir uns verstehen, Herr Chefinspektor, da wurden keine Mafialeichen in Säurebädern aufgelöst, sondern Wissenschaft betrieben, die Entwicklung neuer Kunststoffe, vor allem konjugierte Polymere, die man als organische Halbleiter in Bildschirmen verwendet. Fast zehn Jahre funktionierte das alles hervorragend. Wir hatten auch immer wieder Gastarbeiter aus Italien. Ich denke, einige von ihnen haben als Kuriere gearbeitet. Doch wir selbst haben davon wenig mitbekommen.«

»Wollten Sie denn etwas mitbekommen?«

»Nein, natürlich nicht«, gestand Dr. Pichler. Er zündete sich eine Zigarette an. Er wirkte jetzt ruhiger als noch kurz zuvor. Er war wohl einer von denen, die erst beim Reden zu atmen beginnen, aber eben nur beim Reden, sodass jedes Schweigen, praktisch jedes Alleinsein, zu einer Atemnot, einer Beklemmung führt.

Pichler erzählte, wie sich vor einigen Jahren etwas zusammengebraut hatte. Offensichtlich war man im Labor auf eine bedeutende Sache gestoßen. Der Anwalt aus Wien kam jetzt immer öfter. Ein Teil der Produktion musste auf Anweisung aus Mailand umgestellt werden. Neue Maschinen wurden angeliefert, auch neue Arbeiter.

»Ich wusste ja gar nicht, was genau da eigentlich fabriziert wird«, sagte Pichler. »Kleine, weiße Blöcke, die man für Würfelzucker hätte halten können. Ich hatte schon irgendeine Drogengeschichte befürchtet. Man stellt sich immer vor: Drogen oder Waffen. Aber dann fand ich heraus, dass die Laborleute an biologisch abbaubaren Polymersorten forschten, an Kunststoffen, die schneller als bisher zerfallen sollten, ohne gleich ihre Vorteile einzubüßen, Biegsamkeit, Härte und so weiter. Und wie es aussieht, dürfte tatsächlich etwas ganz Außerordentliches gelungen sein, etwas Revolutionäres, etwas – und das sollte ja vielleicht zu denken geben –, das niemals auf den Markt gekommen ist. Zumindest nicht offiziell. Oder haben Sie von einem Kunststoff gehört, der sich in programmierbaren Abläufen quasi in Luft auflöst, und zwar in gute Luft, wenn Sie so wollen, in Hiltroffer Landluft? Haben Sie je was davon gehört?«

»Nein.«

»Sehen Sie. Es gibt Dinge, die werden nur entwickelt, damit man sie in der Hand hält, bevor andere sie entwickeln. Oder Dinge, deren Verwertung stets eine inoffizielle bleibt. Mein kleiner Verstand reicht nicht aus, um mir vorzustellen, was man alles mit einem Polymer machen kann, das sich steuern lässt, als wäre es ein dressiertes Hündchen. Ein Kunststoff, der auf sein

Herrchen hört. Ein Kunststoff, der lebt. Und der stirbt, ohne dass etwas von ihm zurückbleibt außer ein wenig frischer Luft. Ich habe mich gefragt, ob das das Material ist, aus dem man einmal Androiden bauen wird. Denn Sie wissen ja wie ich: Die Zukunft gibt es, damit sie irgendwann auch eintritt.«

»Schön und gut«, meinte Lukastik, »das ist alles kein Grund, sich erschießen zu wollen.«

»Sie haben das noch nicht begriffen«, sagte Pichler, »alles hier in Hiltroff hängt von dieser einen Fabrik ab. Nicht von unserem Freund Götz und seinem Kubus und seinem Hotel und nicht von einer Seeschlange, die nie auftauchen wird. Sondern von diesem einen Betrieb. Alle sitzen in Wirklichkeit in diesem einen Fabriksboot. So ist das an solchen Orten wie Hiltroff. Aber jetzt ... Colanino will die Fabrik zusperren. Die Scheißitaliener wollen uns bestrafen, für Vorgänge, für die wir nichts können. Aus dem Labor wurden Unterlagen entwendet, auch scheinen einige dieser kleinen weißen Würfel verschwunden zu sein. Industriespionage, heißt es. Schwere Versäumnisse, heißt es. Man wirft uns praktisch vor, auf unsere Mitarbeiter nicht aufgepasst zu haben. Herr im Himmel, wir wussten doch nicht einmal, worum genau es geht, wie wichtig diese kleinen Dinger sind, wie sehr sie das Gefüge aus Müll und Müllverwertung in Ordnung oder Unordnung bringen können. Ja, und nun auch noch dieser Mordfall und diese blöde Seeschlange. Die Italiener haben sich Hiltroff ausgesucht, weil hier nichts los war, mitten in Europa das Ende der Welt. Und über allem ein Nebel, auch ein sprichwörtlicher. Damals gab es ja auch den *Götz* noch nicht. Und jetzt?! Jetzt haben wir hier mehr Presse und Polizei und Geistesgrößen und Verrückte als im Zentrum von Mailand. Auffälliger geht's schon nicht mehr. Darum ist es ja auch nur logisch, dass Sie, Herr Chefinspektor, nun hier sitzen und mich zwingen, Ihnen das alles zu erzählen. Dabei sollte ich schweigen. So ist es doch, oder? Das gestrige Attentat war eine Warnung. Eine Warnung an alle hier in Hiltroff, den Mund zu halten. Über die Finanzen, über die Forschung, über einen bestimmten Kunststoff ... vor allem keine Namen.«

»Ach wissen Sie, Herr Doktor, das Schweigen bringt einen auch nicht weiter, glauben Sie mir. Wir haben übrigens den Schützen von gestern Abend bereits erwischt. Es scheint tatsächlich so zu sein, dass der Mann für Ihre italienischen Freunde arbeitet. Was natürlich einmal zu beweisen wäre. – Übrigens, können Sie sich an einen Mitarbeiter namens Giorgio Straub erinnern?«

Pichler musste gar nicht erst nachdenken. »Sicher. Der Name fiel mir gleich auf. Straub war auch einer von denen, die uns Colanino geschickt hat. Der Mann selbst war unscheinbar. Hat so ungefähr zwei Jahre hier gearbeitet, fuhr ab und zu nach Mailand, kam ein paar Tage später wieder zurück. Das ist alles. – Warum fragen Sie?«

»Straub ist tot. Wissen Sie das nicht?«

»Nein.«

»Und er hat Figuren gesammelt. Figuren, die hier angeblich gar nicht hergestellt werden. Wie jene unten im Durchgang. Den Affen ... pardon, den *Ahnen* mit der Schlangenmaske.«

»Sie haben ihn gesehen?«

»Mhm.«

»Es stimmt. Wir haben einmal eine kleine Serie produziert, nur für die Leute im Haus, die Mitarbeiter, eine sehr schön gearbeitete Gruppe in kleinster Auflage. Eher Kunst als Spielzeug, wenn ich das sagen darf. Die Objekte waren sehr begehrt. Wenn Colanino-Figuren ein Kult sind, dann erst recht diese kleine Gruppe aus Karnevalsfiguren, Ahnen unter Masken. Die meisten Mitarbeiter haben ihre Figuren an Sammler verkauft.«

»Giorgio Straub aber nicht, wie es scheint.«

»Mir war gleich unwohl«, sagte Pichler, »als Sie da Ihre Figur – den Ahnen mit der Menschenmaske – aus der Tasche gezogen haben. Ich war unsicher. Ich wollte lieber nicht darüber reden.«

»*Nicht reden?* Sie haben mich angelogen, das ist etwas anderes.«

»Sagen Sie immer die Wahrheit?«, fragte Dr. Pichler.

»Wenn ich lüge, dann weiß ich, was ich tue«, posaunte Lukastik.

Pichler nickte. Ja, das war wohl tatsächlich ein Unterschied. Er, Pichler, wusste schon seit einiger Zeit nicht mehr, was er tat. Zu viel Ängste bestimmten sein Handeln. Ängste vor den Italienern. Ängste vor dem Untergang der Fabrik, dem Untergang des Dorfes, dem Untergang der eigenen Familie, der eigenen Person. Pichler gehörte nicht zu denen, die ganz einfach den Job wechseln und ein anderes Unternehmen würden leiten können. Nein, diese Fabrik oder keine. Für die Pichlers dieser Welt gab es immer nur ein Hiltroff.

»Da wäre noch eine Person«, sagte Lukastik, »nach der ich Sie fragen muss: Dora Kolarov.«

»Die Putzfrau?« Dr. Pichler schien ehrlich erstaunt. »Was wollen Sie denn von der?«

»Wie kam Sie zu Ihnen?«

»Äh … Kann ich mich nicht erinnern. Da müsste ich nachfragen.«

»Fragen Sie nach«, ordnete Lukastik an.

Pichler nahm den Hörer zur Hand, ließ sich mit der Personalabteilung vermitteln, sprach, hörte zu, murmelte, legte auf. Er blickte Lukastik aus geschwollenen Augen an und sagte: »Langsam verstehe ich, worauf Sie hinauswollen. Es war dieser Giorgio Straub, der uns gebeten hat, Frau Kolarov anzustellen. Er rief uns aus Mailand an. Wenn ein Colanino-Mann uns um etwas bittet, dann erfüllen wir ihm selbstverständlich seinen Wunsch. Ohne nachzufragen. So ist die Regel. Doch davon abgesehen, kann ich nichts Schlechtes über Frau Kolarov sagen.«

»Die perfekte Putzfrau.«

»Sie sagen es«, stimmte Pichler zu und lehnte sich zurück. Er hatte sich endgültig gefangen. Er wirkte jetzt wieder direktoral und geschäftsmännisch. Als hätte er eine Menge Arbeit. Als hätte er eine Zukunft, während das natürlich genau das war, was er nicht hatte.

Lukastik erhob sich, betrachtete kurz den Roy Lichtenstein an der Wand – eher abfällig, wie man Geweihe oder auf Safaris erlegte Tiere abfällig betrachtet –, wandte sich wieder Pichler zu und fragte: »Dieser Anwalt aus Wien. Wer ist das?«

»Ein Dr. Grünberg.«

»Und wo finde ich den?«

»Wieso? Wollen Sie sich mit den Colaninos anlegen? Das wäre sehr vermessen, wenn Sie erlauben, dass ich das sage.«

»Nein, ich erlaube nicht. Also: Die Adresse von diesem Anwalt.«

»Eine Handynummer«, sagte Pichler. »Mehr habe ich nicht.«

»Also gut«, meinte Lukastik und ließ sich die Nummer geben. Dann blickte er hinüber auf die Zehn-Millimeter-Pistole und erklärte: »Ich bin nicht Ihr Vormund. Darum lasse ich die Waffe hier. Ich werde Sie nicht einmal darum bitten, vernünftig zu sein.«

»Zu gütig«, antwortete Pichler, der natürlich wusste, dass Lukastik als Erstes die Wirtschaftspolizei darüber informieren würde, das Hiltroffer Unternehmen genauestens unter die Lupe zu nehmen. Andererseits: Die Lupen in diesem Land funktionierten anders: Aus Fliegen wurden Elefanten, das ist nicht neu, aber vor allem aus Elefanten Fliegen.

Olander hatte die ganze Zeit über am Fenster gestanden, um hinunter aufs Land zu sehen, auf die schwermütig dahinsinkenden Wellen aus löchrigem Karst. Er hätte sich so sehr gewünscht, dem Mädchen, das für ihn immer nur Clara gewesen war, einmal zu begegnen. Sie einmal in die Arme nehmen und ihr etwas versprechen zu können. Es musste schön sein, Kindern etwas zu versprechen. Kinder glaubten an Versprechungen.

Die traurige Realität war nun aber die gewesen, dass Olander in einem U-Boot sitzend und durch ein Fernglas sehend das erste und einzige Mal dieses Kind zu Gesicht bekommen hatte. Und ein tiefes, stechendes Gefühl sagte ihm, dass es auch das letzte Mal gewesen war. Dass er dieses Kind nicht verdiente.

Aber was verdiente er denn eigentlich? Eine Frau wie Marlies Herstal? Oder verdiente er es, bis ans Ende seiner Tage in Hiltroff zu sitzen, genauer gesagt im POW!, um dort sein kleines Vermögen tröpfchenweise in die Geldbörse des Wirts Job Grong sickern zu lassen? Und dabei immerhin eine Symbiose zu leben.

Gab es de facto etwas Besseres als diese Symbiose?

»Ich würde gerne zurück ins POW! fahren«, bat Olander. »Ich habe Durst.«

»Gut, machen wir«, antwortete Lukastik.

Ohne Gruß verließen sie Pichlers Büro, verließen das Gelände und stiegen in den BMW. »Ich werde nach Wien fahren«, kündigte Lukastik an, »und mir diesen Dr. Grünberg vorknöpfen. Sie bleiben hier.«

»Natürlich bleibe ich hier«, sagte Olander. »Wohin auch sollte ich gehen?«

Ja, wohin sollte dieser Mann gehen?

Bevor sie das POW! erreichten, bog Lukastik in eine Tankstelle ein und sagte: »Wenn Sie erlauben, Olander, spendiere ich dem Wagen eine Autowäsche.«

»Halten Sie das für nötig?«

»Oh ja, das tue ich.« Lukastik steuerte das stark verdreckte, hinter der Schmutzschicht fast schon unförmige Automobil in die Waschstraße hinein.

Als man sich nun in jener gerippten Dunkelheit befand, die an einen vors Gesicht gehaltenen Waschlappen erinnerte, drehte sich Olander zu Lukastik und sagte: »Ich mag nicht glauben, dass Sie Irene wirklich laufen lassen.«

»Ja und nein«, antwortete Lukastik. »Natürlich kann ich nicht so tun, als hätte diese Frau nie existiert. Sie steht ja noch immer im Verdacht, etwas mit dem Tod Andrea Peros zu tun zu haben. Und mit dem Verschwinden der Leiche sowieso. In jedem Fall müsste man sie befragen.«

»Aber Sie wollen gar nicht mit ihr reden, habe ich recht?«

»Sagen wir so: Ich will der Frau, die sich Dora Kolarov nennt, einen Vorsprung verschaffen. Ich finde, das steht ihr zu. So ungefähr bis morgen früh. Und dann werde ich meinen schlechtesten Mann auf sie ansetzen.«

»Sie sind ein komischer Polizist«, meinte Olander.

»Wieso?«

»Sie spielen Gott.«

»Ich finde, ich spiele besser als Gott«, verkündete Lukastik. Und wenn er sagte *besser*, dann meinte er *gütiger*.

Die beiden Männer verfielen in ein Schweigen. Sie hockten in ihrem beutelartigen Extrauniversum und sahen hinaus auf die rotierenden Bürsten, auf eine verrückt sich drehende Außenwelt.

Als sie die Waschstraße verließen, sang ein Vogel. Dabei wird immer behauptet, in Hiltroff gebe es keine Vögel.

SIEBZEHN

Lukastik machte sich auf den Weg. Und zwar in jenem so lange vernachlässigten BMW M1 des Vinzent Olander. Die Waschung dieses Wagens hatten die Hiltroffer als einen christlichen Akt begriffen. Welcher allerdings rasch von dem Gerücht ersetzt worden war, der verdammte Wiener Polizist habe den Wagen konfisziert. Was bildete sich der Kerl ein? Dass er Clint Eastwood war? Man hätte diesen Stadtbullen am liebsten lynchen mögen.

Doch der Stadtbulle fuhr in die Stadt. Hinüber nach Wien, so wie man sagt, *man gehe ein bisserl sterben*. Diese dauernde Sterberei in Wien ist mehr als ein Klischee, es ist ein Superklischee, die Veredelung eines Klischees, die Smaragdisierung eines Klischees. Dabei dreht es sich weniger um den Tod als um das Reden darüber. Die Begeisterung für eine Sache, die man für exklusiv hält. Als seien letztendlich nur geborene Wiener in der Lage, wirklich und richtig zu sterben. Und nicht dauernd wiedergeboren zu werden und solche Halbheiten.

Kurz bevor Lukastik diese dotterartig in ihrem Klischee schwimmende Stadt erreichte, hielt er erneut an einer Tankstelle. In der Manier all der Zeitreisenden, die versuchen praktisch bei sich selbst in der Zukunft anzurufen, sah er nach einem Münztelefon. Er fand eines, nahm den kalten, ungewohnt schweren Hörer und wählte die Nummer, die ihm Pichler gegeben hatte.

»Sie sprechen mit Dr. Grünberg«, meldete sich eine Stimme, die etwas von einem perfekt gegen die Wand geschraubten Brett hatte. Ein Brett, das man nie wieder von dieser Wand herunterbekam. Und man also im Ernstfall nicht das Brett, sondern die ganze Wand würde abreißen müssen.

Lukastik sagte, wer er sei. Und fügte an: »Wir sollten uns sehen.«

»Zu welchem Zweck?«, fragte Grünberg.

»Vielleicht brauche ich ja einen Anwalt.«

»Bei allem Respekt, Herr Chefinspektor, aber glauben Sie wirklich, Sie können sich mich leisten?«

»Leisten sicher nicht. Aber man darf einander ja helfen.«

»Wie wollen *Sie* mir helfen?« Grünberg lachte.

»Indem ich von den Schwierigkeiten«, lachte Lukastik zurück, »die ich imstande bin, Ihnen zu bereiten, die sinnlosen weglasse.« Sodann erklärte er knapp, in Hiltroff zu ermitteln. Und sich vor allem für die Fabrik zu interessieren.

»Dort geht es ganz schön wild zu, in der Einöde«, meinte Grünberg, »Seemonster, Skelettfunde ... Aber was hat das mit der Anlage zu tun? Ein mustergültiger Betrieb. Ich kann mir nicht denken, wo Ihr Problem liegt.«

Lukastik vermied eine Antwort. Er sagte: »Also, wo kann ich Sie treffen?«

»Wenn es denn unbedingt sein muss: im Kunsthistorischen Museum.«

»Ach was?! Ist dort Ihr Büro?«

»Ich habe kein Büro. Ich habe Orte. Einer dieser Orte ist eben die alte Bilderburg.«

Lukastik gab ein knackendes Geräusch von sich, als kaue er an einer gerösteten Libelle, dann sagte er: »Wie in diesem Buch von Thomas Bernhard, *Alte Meister.*«

»Aha, Sie sind also ein Mann der Bildung, wie schön.«

»Na, ich kann zur Not einem Verdächtigen auch die Finger brechen«, versicherte Lukastik. Und fügte an: »Ich sage das nur, damit Sie mich nicht für einen verweichlichten Intellektuellen halten, über den man sich lustig machen kann.«

»Gut«, äußerte Grünberg, »ich werde auf meine Finger aufpassen. Treffen wir uns morgen im Museum. Sie wissen ja, wann und wo.«

Grünberg legte auf, ohne ein weiteres Wort gesprochen zu haben. Lukastik runzelte die Stirn. Er hatte sich da ein bisschen zu weit aus dem Fenster gelehnt. Nicht zuletzt, indem er das Buch von Thomas Bernhard erwähnt hatte. Denn erstens war es unvernünftig, einem Anwalt gegenüber die eigene Gescheitheit kundzutun. Und zweitens war es um diese Gescheitheit nicht ganz so gut bestellt, wie Lukastik vorgegeben hatte. Auch wenn er vor langer Zeit einmal *Alte Meister* gelesen hatte und natürlich wusste, dass darin einer dieser gegen die österreichische Weltkrankheit aufbegehrenden Bernhardschen Nörgelvirtuosen unentwegt ins Kunsthistorische Museum marschiert, so konnte sich Lukastik beim besten Willen nicht mehr daran erinnern, um welche genau festgelegte Uhrzeit die Hauptfigur die Gemäldesammlung jeweils aufsucht und vor welchem Bild sie ständig zum Stehen und Sitzen kommt.

Und *das* hatte Grünberg ja wohl gemeint.

Darum war es notwendig, dass Lukastik, nachdem er Wien erreicht hatte, eine große Buchhandlung anfuhr und zu einigem Erstaunen der Verkäuferin nach den *Alten Meistern* verlangte. Einen Thomas Bernhard zu kaufen fiel zwischenzeitlich in die Kategorie des Exzentrischen und des Gestrigen. Man wurde dann behandelt wie jemand, der auf dem Mond lebte. Beziehungsweise wie jemand, der noch immer glaubte, dass einst Leute aus Amerika auf diesem Mond gelandet waren. Ja, Thomas Bernhard kaufen, das war wie Äpfel essen, ohne sie vorher zu waschen, oder Schuhe zum Schuster bringen, anstatt sie wegzuschmeißen, oder ein gebrauchtes Fernsehgerät erstehen oder für gutmütige Frauen schwärmen. So war das.

Aber selbstverständlich bekam Lukastik anstandslos den Suhrkamp-Band überreicht, wobei ihn der Umstand unangenehm berührte, dass auch der kleine, rote, schmale Wittgenstein-Tractatus, den er so viele Jahre mit sich getragen und schließlich aus seinem Leben verbannt hatte, ein Suhrkamp-Buch gewesen war. Was machten diese Suhrkämper? Warum war ihnen das so wichtig, immer diese schwierigen Bücher in die Welt zu setzen? Bücher, die man nur in hysterischem Maße lieben oder in paranoider Form ablehnen konnte. Bücher für Leute, für die Lesen bedeutete, in den Krieg zu ziehen. Mit Hurra oder O weh.

Solcherart mit den *Alten Meistern* ausgestattet, lenkte Lukastik sein vielbeachtetes Auto – es war, als würde er eine blinde, aber gleichzeitig nackte Frau über die Straße führen – hinüber in den Bezirk Brigittenau, in eine kleine, vollkommen gesichtslose, nicht einmal richtig hässliche Gasse, die den dramatischen Namen *Universumstraße* trug.

Wenn man sich das Weltall als einen in erster Linie leeren Raum vorstellte, in dem sich nichts an nichts rieb oder bloß unsichtbare Fäden herumschwirrten, deren einzige Aufgabe darin bestand, die Gleichungen der Physiker zu bestätigen, dann war diese konturlose Gasse sicher ein geeigneter Ort, um dem Universum einen zutiefst wienerischen Ausdruck zu verleihen. Das Nichts als Etwas.

Allerdings war es nicht so, dass Lukastik hier lebte. Und selbstverständlich war in der Universumstraße auch keine Dienststelle der Polizei untergebracht. Es gab allein Wohnhäuser, die sich kaum voneinander unterschieden, dazu in einheitlichen Abständen Bäume, die gleich den Autos bloß zu parken schienen. Wurzellose Imitate, wie ja auch die Wagen aussahen wie hingestellt und nicht wieder abgeholt.

Dass Lukastik besagten Ort ansteuerte, hing damit zusammen, dass sich in dieser Straße – selbstverständlich von außen nicht zu erkennen – ein Hotel befand, in dem er ab und zu eine Nacht verbrachte. Immer dann, wenn es ihm widerstrebte, nach Hause zu gehen. Dorthin, wo nicht nur seine greisen Eltern, sondern auch seine Schwester lebte. Und eben auch er selbst. Die große, alte Wohnung, in der sämtliche Gegenstände einen verseuchten und verstrahlten Eindruck machten. Wertvoll, aber verstrahlt. Ein Lazarett für Antiquitäten. Ein Lazarett, aus dem diese alten und kranken und lädierten und nicht zuletzt vom Leben beleidigten Möbel nie wieder herauskommen würden.

Und wenn Lukastik also diese Lazarettsituation wieder einmal satthatte oder auch nur eine bezahlte Dame mit aufs Zimmer nehmen wollte (denn bis auf eine Ausnahme konnte er sich Damen nur als bezahlt vorstellen), dann fuhr er hinüber in die Universumstraße, betrat ein graues, kaltes Haus, stieg in den vierten Stock hinauf und klopfte an die Tür der *Pension Leda*.

Die Sache mit dem Schwan?, fragten neue Gäste immer. Aber gemeint war einfach die Besitzerin, von der genauso wie im Fall des Hiltroffer Bürgers Götz nur der Vorname bekannt war: Frau Leda.

Selbige Frau Leda stand wie so oft im Bereich der kleinen, dunklen Theke, welche die Rezeption bildete. Hinter ihr das Schlüsselbrett. Es war eine strenge Regel, dass niemand einen Schlüssel mit nach draußen nehmen durfte. Und tatsächlich schien es keinem Gast je gelungen zu sein, ungesehen an Frau Leda vorbeizukommen. An ihr oder einem ihrer Söhne, die kaum jünger wirkten als die alte Frau und die in ständiger Furcht lebten, einen Fehler bezüglich der Schlüssel zu machen. Überlistet zu werden von jemand, der sich heimlich hinausschlich. Was aber sowieso kaum jemand versuchte. Die meisten Gäste waren Stammgäste, einige lebten seit Jahren in der über zwei Stockwerke führenden Pension. Dazu kamen Handelsvertreter, die regelmäßig hier abstiegen. Vertreter von der alten Art, kleine Männer mit großen Taschen. Selten verirrten sich Urlauber an diesen Ort, Leute, die man von einem vollen Hotel zum nächsten geschickt hatte und die letztlich in der Pension Leda wie in einem verwackelten, unscharfen Experimentalfilm gelandet waren. Dann standen sie in der Mitte der schattenreichen, muffigen, mit alten Teppichen ausgelegten Lobby, ängstlich, unsicher, ihrerseits viel zu bunt gekleidet, unpassend. Im Bewusstsein dieses Unpassendseins büßten sie rasch ihre Wir-sind-Touristen-wir-dürfen-alles-Attitüde ein und verhielten sich geradezu untertänig, als wären sie bereit, auch in der Besenkammer zu übernachten.

Frau Leda besaß so einen gewissen Blick, der nahelegte, dass sie noch Kaiser Franz Josef persönlich die Hand geschüttelt habe. Und es dürfte ja zwischenzeitlich kein Geheimnis mehr sein, dass es Leute gibt, die so alt werden wie die ältesten Schildkröten. Und älter. Es ist schwer zu sagen, warum das so ist, warum es Zweihundertjährige gibt. Einige behaupten, dass allein die Bosheit einen Menschen so lange am Leben zu halten versteht. Der Unwille, den eigenen Kindern und Enkeln und Urenkeln das Feld zu überlassen, und sei das Feld auch nur ein kleines, staubiges Hotel. Ja, vielleicht war es so, vielleicht war Bosheit die stärkste Kraft im Universum.

Dabei konnte Frau Leda auch überaus charmant sein. Etwa jetzt, als sie aus runden, feuchten Augen den Chefinspektor Lukastik betrachtete, ihre Lippen wie ein kleines Fischernetz anhob und meinte: »Wie schön, wenn uns wieder einmal die Polizei beehrt.«

»Wie geht es Ihnen?«, fragte Lukastik.

»Na ja, die Knochen«, seufzte Frau Leda. Stand dabei aber so gerade und aufrecht, wirkte so schildkrötenartig kompakt, dass man sich kaum vorstellen konnte, dass irgendein Gebein die alte Dame quälte.

Eingedenk der Überreste der Andrea Pero, philosophierte Lukastik: »Und dennoch sind es die Knochen, die von uns zurückbleiben.«

»Ah! Ich seh schon«, lachte Frau Leda, »Sie haben Ihre sentimentale Phase. Darum sind Sie ja auch hier, nicht wahr?«

»Genau.«

»Ich gebe Ihnen ein Zimmer nach hinten raus.«

»Fein.«

Nach hinten raus, das bedeutete, dass man einen Blick auf die weite Anlage eines Rangierbahnhofs hatte, jenseits davon aber – deutlich wie sonst kaum – das Riesenrad sah, diese merkwürdige, ein wenig lachhafte Sehenswürdigkeit, ohne die man sich jedoch Wien nicht vorstellen konnte. Es gefiel Lukastik, dass die Banalität eines sich drehenden Rades, welches nicht viel anders aussah als eines dieser Laufräder in den Käfigen von Meerschweinchen und Mäusen, dass also ein solches allein von seiner Größe lebendes Objekt sinnloser Bewegung den Charakter der Stadt mitbestimmte. Er mochte dieses Rad, wie es da am Himmel klebte und an all die Postkarten erinnerte, auf denen es abgebildet war. In der Regel kennt man ja zuerst die Abbildung von etwas und ist in der Folge ganz glücklich, wenn die Wirklichkeit dem Vorbild so halbwegs entspricht.

Lukastik öffnete das Fenster. Der Lärm hin- und hergeschobener Güterwaggons drang in sein Zimmer. Dazu der Geruch städtischen Sommers, ein Geruch von alter Frau, ein Geruch, wie er unter dicken Bettdecken hervorströmt. Ein strenger Geruch, horribel, abgründig, wie vergiftetes 4711, aber irgendwie auch anregend.

Lukastik griff in seine Tasche, holte das Buch *Alte Meister* heraus und legte sich damit aufs Bett. Er zündete sich eine Zigarette an, tat einen sehr tiefen Zug, wie um sich den hervorragenden Zustand seiner Lunge zu beweisen, fügte die Zigarette in die Rille des Aschenbechers und begann in dem Band zu blättern.

Da nun diese als Komödie titulierte Erzählung von Wiederholungen lebte – und zwar ganz wunderbaren Wiederholungen, als würde ein Ei ein anderes legen, ohne ein Huhn bemühen zu müssen –, darum also hatte Lukastik rasch herausgefunden, dass die Hauptfigur der Geschichte, der privatphilosophische Musikphilosoph Reger sich jeden zweiten Vormittag um elf Uhr im Bordone-Saal des Kunsthistorischen Museums einfindet, um sich auf der dortigen Sitzbank niederzulassen und Tintorettos *Weißbärtigen Mann* zu betrachten, und das seit über sechsunddreißig Jahren.

Lukastik, der das Buch bei seinem Erscheinen vor einundzwanzig Jahren gelesen hatte, blieb jetzt bei der einen oder anderen Stelle hängen, fiel praktisch zurück in seine alte Leidenschaft für diesen Autor, dem wohl die einzigen spannenden und mitreißenden Momente der Achtzigerjahre in Österreich zu verdanken sind. Alle Menschen in diesem Land hatten sich in irgendeiner Form – in Kenntnis oder Unkenntnis des Werks, egal – auf diesen Autor gestürzt, ihn verehrt oder gehasst. Aber jeder war ihm dankbar gewesen für die Möglichkeit, ein Gefühl der Erregung entwickeln zu können, eine deutliche Beschleunigung des Herzschlags zu verspüren. Die sogenannte Nestbeschmutzung des Thomas Bernhard hatte ein ganzes Land aus seiner Apathie geholt. Thomas Bernhard war der Wecker der Österreicher gewesen. Er hatte geklingelt und gerasselt und geschepptert, bis auch jeder in diesem Land aus seiner Bewusstlosigkeit erwacht und aus der landesweiten Tiefschlafkammer herausgekrochen war. Erst diese Nestbeschmutzung machte den Leuten überhaupt klar, dass es so etwas wie ein Nest gab. Ganz klar, exakt in diesem Nest hatten sie ja gelegen und traumlos ihre Zeit verschnarcht, aber man kann eben nicht gleichzeitig in einem Nest schlafen und sich dieses Nestes bewusst sein. Man muss schon aufwachen, um das Nest wahrzunehmen. Und das taten dann also die Leute, nicht wenige scheinbar fassungslos angesichts der Schönheit ihrer Brutstatt. Andere wiederum schockiert ob all der Niedertracht darin. Jeder aber begeistert über das eigene Wachsein. Wie im Märchen, wenn ein Fluch genommen wird und alle wieder ihr Leben fortführen dürfen.

Thomas Bernhard war der Ritter und Retter der Österreicher in Form einer unaufhörlich schellenden Weckuhr gewesen. Und das einzige Problem bestand wahrscheinlich darin, dass Thomas Bernhard vergaß, dass ein Wecker – wenn denn bereits alle wach sind – auch wieder abgestellt werden muss. Stattdessen läutete der Apparat bis zur endgültigen Erschöpfung, was am Ende immer ein wenig traurig klingt: ein Röcheln, als sterbe die ganze Maschine, ja, als sterbe die Zeit.

Ein Jahr, bevor diese ominösen Achtzigerjahre begonnen hatten, war es geschehen, dass Richard Lukastik mit seiner Schwester ein Verhältnis eingegangen war. Geliebt hatten sie sich schon vorher, aber in diesem Jahr 1979 beschlossen die beiden, ihre Liebe auch auszuleben. Sie mieteten heimlich ein Zimmer, wo sie sich mehrmals in der Woche trafen, um miteinander zu schlafen. Wobei der Umstand, dass Alexa zwei Jahre älter als ihr Bruder war, die Sache sehr vereinfachte. Sie war mit ihren Vierundzwanzig kein kleines Mädchen mehr. Sie hatte ihre Ängste ganz gut im Griff. So weit, dass sie auch noch über die Zeit und Kraft verfügte, die Ängste ihres Bruders zu beherbergen.

Für Lukastik sollte es die wirklich einzig erfreuliche Liebesbeziehung seines Lebens werden. Obwohl seine Schwester schon damals ein wenig anstrengend gewesen war. Anstrengend, aber souverän. Und schön. Und verführerisch. Und auch nur dann schwierig, wenn es um die Details ging. Man kennt diesen Typus: Menschen, die beim besten Willen nicht sagen können, ob sie sich für laubgrüne oder maigrüne Socken entscheiden sollen, die aber umgekehrt – ohne auch nur einmal richtig hingesehen zu haben – ein ganzes Grundstück kaufen, ganz im Vertrauen, eh immer das Richtige zu tun.

Im Falle Alexas hieß das, dass sie sich gerne über die Ansichten und Anzüge, über die Frisur, den Musikgeschmack oder die Freunde ihres Bruders echauffierte, aber in dem Moment, da sie mit ihm ins Bett stieg, zu quatschen aufhörte, um sodann ohne Umstände, ohne Brimborium und ohne Gebrauchsanweisungen für den weiblichen Körper daranging, guten Sex zu haben. – Das gibt es nämlich wirklich: guten Sex. Und zwar nicht nur eingebildeten guten Sex. Guter Sex ist wie ein Haus bauen, ein einfaches Haus, was ja nicht bedeuten muss, ein hässliches. Dumm nur, dass die meisten Menschen komplizierte Häuser für die besseren halten, man bedenke bloß Garagen und vor allem Garagentore, als könnte man ein Auto nicht auch auf der Straße parken, wo es eigentlich hingehört. Wenn die Leute beginnen, an Garagen zu denken – in der Architektur wie im Sex –, ist die Sache auch schon gelaufen. Nein, einfache Häuser sind die richtige Lösung. Häuser, die man theoretisch mit wenigen Handgriffen zusammenklappen könnte. Ohne erst ein Vordach und anderen Unfug abmontieren zu müssen. Aber wie es scheint, haben die Leute lieber tausend Jahre schlechten Sex, bevor sie auf ein Vordach und ein Garagentor verzichten.

Nicht so Alexa damals. Und Richard war so klug gewesen, die »architektonischen« Ansichten seiner Schwester zu übernehmen, sprich, sich daran zu beteiligen, einfache Häuser zu bauen.

Fast ein Jahr lang hatten sie solche Häuser errichtet und auf diese Weise eine hübsche, kleine, wohl geordnete Siedlung zusammenbekommen, keine Schlossanlage und keine Skyline, sondern ein undramatisches, stilles Ensemble. Nichts, wofür sie sich hätten genieren müssen. Dennoch war es ihnen natürlich unmöglich gewesen, ihre Beziehung öffentlich zu machen. Vom gesetzlichen Standpunkt einmal abgesehen, hätten sie auf diese Weise ihre Eltern in eine fürchterliche Situation gebracht, in einen Zustand unaussprechlicher Demütigung. Der Vater, Diplomat, die Mutter, eine geachtete, umtriebige Dame der Gesellschaft, wären durch diese Geschichte in einen Skandal geschlittert, welcher beide aufgefressen hätte. Von dem sie sich nie wieder erholt hätten. Niemand wäre bereit gewesen, ihnen die Hand zu reichen, niemand hätte ihnen aus der Scham herausgeholfen. Nicht in Wien und schon gar nicht in der Diplomatie.

Alexa wie Richard war die Vorstellung, ihre Eltern auf diese Weise zu ruinieren, ein Gräuel gewesen. Obgleich sie ja diese Eltern nicht wirklich liebten. Dazu waren die Alten viel zu unnahbar, zeremoniell, kalt, fischartig, viel zu ... theoretisch, ja, es waren theoretische Menschen. Aber so theoretisch sie sein mochten, konnten ihnen die Geschwister eine solche Schmach nicht antun. Nie und nimmer. (Man muss allerdings sagen, dass Richard Lukastik in gemilderter Form doch noch Schande wenigstens über seine Mutter brachte, indem er nämlich Polizist wurde, na ja, Kriminalist, jedenfalls einen Beruf ergriff, den seine Mutter als »degoutant« empfand, als Ausdruck einer Schwäche für das Verbrechen, als ein Gutheißen menschlicher Verworfenheit. Sie vertrat nämlich die recht ungewöhnliche Position, dass, wo eine Polizei, auch ein Verbrechen existiere. Die Frau war ein radikaler Schöngeist. Sie erklärte: Das Hässliche denken bedeutet, es zu ermöglichen.)

Auch wenn also Alexa und Richard zum Schutz ihrer Eltern das Geheimnis bewahren wollten, bestand freilich die Gefahr, dass die Sache von selbst herauskam. Dass ein dummer, kleiner Zufall die Wahrheit ans Tageslicht befördern könnte. Zudem war es so, dass man eine große Liebe – so schön die Häuser sein mochten, die unter der gemeinsamen Bettdecke entstanden – nicht ewig zwischen den vier Wänden irgendeiner schäbigen Absteige festhalten konnte. Vor allem Richard kämpfte mit dem Bedürfnis, seiner Schwester außerhalb dieser Schäbigkeit und dieser Bettdecke zu begegnen, als Liebhaber und Lebenspartner zu begegnen.

»Wie stellst du dir das vor?«, hatte sie gefragt. »Willst du mich heiraten? Willst du ein Kind von mir?«

Er hätte gerne »Ja« gesagt, sagte aber gar nichts. Man beschloss, *aufzuhören*. Wie man beschließt, das Wetter abzuschaffen, um nicht in den Regen zu kommen.

Alexa tat das Vernünftigste, indem sie sich einen anderen Mann suchte. Auf einem der Empfänge ihres Vaters lernte sie einen russischen Fabrikanten kennen, der in Hamburg lebte. Beides war ihr zutiefst suspekt, das Russische wie das Hamburgische, aber ohnehin wollte sie sich bestrafen, bestrafen für den Verrat an ihrer Bruderliebe. Selbstbestrafung ist eine gute Sache, man fühlt sich hernach gleich sehr viel besser. Also heiratete sie den Russen und ging nach Deutschland. Nach zwei Jahren fand sie, dass auch Selbstbestrafung ihre Grenzen hat, und ließ sich scheiden. Blieb aber in Hamburg, weil man sich natürlich auch an Strafen gewöhnen kann, manchmal so sehr, dass man aufpassen muss, nicht als ein kleiner Masochist zu enden.

Alexa passte auf, wurde in jeder Hinsicht selbständig, trat ins Geschäftsleben ein und begann mit Tee aus China zu handeln. Das war damals relativ neu: grüner Tee. Die Leute glaubten noch, Tee würde edlere oder schönere Menschen aus ihnen machen, erst recht grüner Tee. Jedenfalls verstand sich Alexa mit den Chinesen sehr viel besser als mit den Russen und hatte bald genügend Erfolg, um auch in andere Branchen zu investieren. Zuletzt gründete sie ein Maklerbüro, wobei die Häuser, die sie verschacherte, lange nicht an die Qualität jener heranreichten, die sie einst unter der Bettdecke eines billigen Hotelzimmers errichtet hatte. Sie wurde nicht richtig reich, aber doch vermögend, und heiratete ein zweites Mal, diesmal einen Künstler, dessen wahrscheinlich einzige Kunst darin bestand, sich eine fürsorglich begradigte Spur weißen Pulvers in sein Nasenloch zu ziehen. Aber im Grunde war er ein lieber Kerl, der halt anderswo lebte. Nur nicht in und mit seinem Körper, welcher leider in eine Straßenbahn geriet. Nach drei Wochen im Koma starb er. Alexa beschloss, das Heiraten bleiben zu lassen. Genau genommen, beschloss sie, die Männer bleiben zu lassen. Was ihr ausgesprochen leichtfiel, vielleicht auch, weil sie nie ernsthaft daran gedacht hatte, Mutter zu werden. Es widerstrebte ihr, ein Kind in die Welt zu setzen und dann mitzubekommen, was diese Welt aus ihrem Kind machte. Sie sah ja den Nachwuchs ihrer Freunde und Geschäftspartner, und was sie sah, machte sie traurig wie nichts sonst. Das wollte sie sich gerne ersparen.

Nach zwanzig Jahren Hamburg gab sie den grünen Tee und das Maklergeschäft auf und kehrte nach Wien zurück, ohne sagen zu können, warum eigentlich. Am ehesten war es wohl so, dass sie zum Sterben hierher zurückkam, obgleich sie noch keine fünfzig war. Andererseits muss natürlich gesagt werden, dass die Leute heutzutage viel zu alt werden, nicht nur jene zweihundertjährigen Schildkrötenhominiden. Der Mensch an sich eignet sich kaum, länger als vier, fünf Jahrzehnte auf der Erde zu wandeln. Ein höheres Alter widerspricht seinem Wesen und erst recht seinem Körper. Das moderne Leben verpflichtet den Menschen zu einer völlig unnötigen und zumeist auch unerfreulichen Draufgabe, ganz in der Art dieser Nachspielzeiten im Fußball, wenn alle schlapp herumhängen, niemand mehr einen ernsthaften Angriff startet und man bloß noch auf das finale Elfmeterschießen wartet, also auf ein Glücksspiel, auf einen würfelnden Gott. Was dem heutigen Menschen fehlt, ist die gefährliche Mammutjagd, sind Säbelzahntiger und todbringende Eiszeiten. Natürlich hat die allgemeine Hygiene auch ihre Vorteile, aber sie verursacht uns die Qual eines Alters, für das wir nicht gebaut wurden. Schildkröten schon, und das sieht man ihnen auch an.

Alexa war in die elterliche Wohnung zurückgekehrt, obwohl sie das nun wirklich nicht nötig hatte. Aber sie rührte das Geld, das sie besaß und welches in der Art einer Ameisenstraße für sie weiterarbeitete, nicht an. Was auch immer sie damit vorhatte. Stattdessen wohnte sie in dem Zimmer ihrer Mädchenjahre, versorgte ihren auf eine freundliche Weise komisch gewordenen und in der mysteriösen Kunst des Suppenkochens aktiven Vater, stritt sich in alter Manier mit ihrer altklugen Mutter herum, verbrachte ganze Tage im Park, ganze Nachmittage in der Gemälde- und Skulpturensammlung von Schloss Belvedere und traf sich zwei-, dreimal die Woche mit einer Frau, die sie vor einem Bild des Biedermeiermalers Waldmüller kennengelernt hatte, eine Frau namens Anna Gemini. Eine Frau, die ihr gefiel. Was sie vom Rest der Menschen in dieser Stadt wirklich nicht behaupten konnte. Dagegen waren die Hamburger alle Engel.

Und dann war also auch ihr Bruder in die elterliche

Wohnung übersiedelt, im Grunde gegen den Willen der Mutter, auch gegen den Willen der Schwester, während der Vater desinteressiert geblieben war. Aber im Prinzip war diese Wohnung das, was man als einen Elefantenfriedhof bezeichnet, einen Ort, an den man sich zum Sterben begibt. Und wie eben auch Alexa hatte Richard beschlossen, sich lieber zu früh als zu spät einzufinden.

»Hallo, Alexa«, sprach Lukastik in den Telefonhörer, während er noch immer auf dem Bett lag, Thomas Bernhards *Alte Meister* wie ein Baby auf seiner Brust wiegend.

»Richard?«

»Ja.«

»Was willst du?«, fragte Alexa. Eine Ungeduld war in ihrer Stimme, die wehtat.

»Ich bin in der Pension Leda.«

»Aha. Und warum erzählst du mir das?«

»Ich würde dich bitten herzukommen.«

»Wieso das denn?«

»Könntest du mit der Fragerei aufhören«, drängte Lukastik, »und einfach tun, worum ich dich ersuche.«

Alexa aber fragte weiter: »Ist es was Ernstes?«

»Ja, es ist was Ernstes«, antwortete Richard.

»Gut, ich komme. Aber nicht gleich, ich habe zu tun.«

»Was hast du zu tun?«

Jetzt war es Alexa, die eine Antwort unterschlug. Sie sagte: »Um sieben bin ich da.« Dann legte sie auf. Sie war in den letzten Jahren ihrer Mutter sehr ähnlich geworden: kalt, fischig – trotz aller Streiterei. Oder eher wegen der Streiterei. Wer mit einem Fisch kämpft, wird langsam selbst ein Fisch.

Die Liebesgeschichte mit ihrem Bruder war nie wieder ein Thema für Alexa gewesen. Auch nicht, als Richard ebenfalls in die Wohnung der Eltern eingezogen war.

Sie begegneten einander so, wie ältliche Geschwister das meistens tun, auf eine intime Weise kontrovers, auf eine spielerische Weise verfeindet. Richard Lukastik freilich hatte den Gedanken nicht unterdrücken können, dass diese Frau die einzige gewesen war, die ihm je etwas bedeutet hatte. Und dass sie noch immer – bei aller Sprödheit – eine wunderbare Erscheinung war. Ein erkalteter Stern.

Und dieser erkaltete Stern trat Punkt sieben in sein Zimmer. – Eine Frau, die pünktlich war, war schon ein wenig unheimlich. Als hätte sie es einfach nicht nötig, zu spät zu kommen.

Hatte sie offenkundig auch nicht, so wie sie da stand, gemäldehaft, dunkelblond, mit Augen wie aus Steinen, aber Steinen von der Art, die man in Schatztruhen zu legen pflegt. Ihre Kleidung mutete ernst und streng an, steifer Rock und steife Bluse, in einem Braun nahe dem Orange. Sie war ein bisschen mollig geworden, aber das schadete nicht. Es war keine Molligkeit wie von Schokolade oder Tabletten, eher eine gewollte Molligkeit, als könnte man eben nicht nur Brüste, sondern auch Taillen erweitern lassen.

Alexa gehörte zu jenen Frauen, die es schafften, immer ein wenig größer als der ihnen gegenüberstehende Mann zu wirken, nur ein bisschen, gleichgültig, wie groß der Mann tatsächlich war. Es schien alles eine Frage der Körper- und Geisteshaltung. Mitunter reichte es, das Kinn richtig zu positionieren.

Im konkreten Fall jedoch lag der Mann auf einem Bett. Und blieb es auch. Er richtete sich bloß ein Stück auf und bat seine Schwester, sich einen Stuhl zu nehmen und zu ihm ans Bett zu kommen.

»Bist du krank?«, fragte sie ihn.

»Wieso? Fürchtest du, dich anzustecken?«

»Ich habe bloß keine Lust, dich zu pflegen.«

»Keine Sorge, es geht mir gut.«

Sie nickte, griff nach einem Stuhl, setzte sich. Sie verschränkte die Arme und verschränkte die Beine und entließ ein forderndes: »Na?«

»Ich habe an früher gedacht.«

»Bitte?«

Lukastik zeigte auf das Buch, das jetzt auf der anderen Betthälfte lag.

»Ach du meine Güte«, stöhnte Alexa. »Thomas Bernhard fand ich schon immer krank. Wie kann man sich nur so gehen lassen? Auch wenn er vermutlich in jedem Punkt recht hat. Trotzdem muss man sich ein bisschen beherrschen können. Selbst als Schriftsteller. Das wäre die eigentliche Kunst, sich zu beherrschen, nicht alles zu sagen, was einem in den Sinn kommt, auch wenn es das Richtige ist.«

»Das könnte von unserer Mutter sein«, sagte Lukastik. Fügte aber gleich an, nicht über Thomas Bernhard streiten zu wollen.

»Worüber dann?«, erkundigte sich die Schwester.

»Ich will gar nicht streiten. Ich will dir einfach sagen … dass ich mich manchmal … dass ich mich nach unserer Zeit zurücksehne.«

Alexas Steinaugen zuckten. Man sah, wie unwohl sie sich fühlte. Man sah, dass sie gerne aufgestanden wäre. Sie blieb aber sitzen und versuchte es mit Sachlichkeit: »Du sehnst dich eher nach deiner Jugend. Damals, als du Sport treiben konntest, ohne nachher zum Hausarzt zu müssen.«

»Blödsinn. Ich bin glücklich auch ohne Sport. Und das weißt du.«

Ja, das wusste sie. Sie sagte: »Ich würde es vorziehen zu gehen.«

»Schon klar«, sagte Lukastik. »Mir wäre aber lieber, wenn du bleibst.«

»Also gut. Dann sag mir, was du überhaupt willst? Ein Therapiegespräch führen?«

Lukastik antwortete, als spreche er durch einen von Gustav Klimt gestalteten Mundschutz hindurch: »Um ehrlich zu sein, will ich dich küssen.«

So mutig es war, das zu sagen, hatte seine Stimme schwächlich geklungen, klein, fern, versunken, impressionistisch eben. Passend dazu lachte Alexa laut auf.

»So lustig ist das nicht«, meinte Lukastik.

»Nein, das ist es wirklich nicht. Wie hast du dir das vorgestellt? Blätterst in einem Büchlein von Thomas Bernhard, ach ja, und da fällt dir ein, dass du eigentlich mit deiner alten Schwester ins Bett steigen könntest. Wo du doch schon mal im Bett liegst.«

»Es ist nicht nötig, dass du so redest.« Lukastik hatte sich aufgesetzt, die Beine am Teppichboden, die Hände auf den Knien, als hindere er kleine Bällchen am Davonrollen. Er betrachtete seine Schwester. Sein Blick war stärker als seine Stimme.

Alexa schwächelte. »Hör auf, mich so anzusehen.«

»Es ist Zeit«, meinte Lukastik, »dir endlich wieder einmal richtig in die Augen zu schauen. Es gibt keine schöneren Augen.«

»Papperlapapp!«

»Keine schöneren«, wiederholte Lukastik. Er hatte ihre Hand gefasst. Ihre Hand war unverändert, fühlte sich an wie vor siebenundzwanzig Jahren. Nicht härter, nicht weicher. Na, vielleicht hatte sich ja auch bloß die Liebe in der alten Gestalt und Konsistenz erhalten. Noch erstaunlicher war freilich, dass Alexa ihre Hand nicht zurückzog. Sie wirkte jetzt erschöpft, atmete schwer, sah kurz nach draußen, in das milchige Stadtlicht, den sommerlichen Dunst, dann wieder zu Richard und sagte, und zwar mit einer völlig veränderten, milden Stimme: »Wir sollten das nicht tun.«

»Natürlich nicht«, antwortete Lukastik. »Andererseits kam mir heute der Gedanke, ich könnte morgen tot sein. Tot sein, ohne dich noch einmal geliebt zu haben.«

»Aber du kannst doch nicht im Ernst glauben, es würde so sein, wie es damals war.«

»Das möchte ich gerne feststellen. Nachher weiß ich es dann wenigstens mit Sicherheit.«

»Und was ist, wenn es uns gelingt?«, fragte Alexa. »Wenn es gut wird. Was dann?«

»Wir sind keine Kinder mehr«, sagte Lukastik.

»Wir waren auch damals keine Kinder. Und genau so wie damals müssen wir auch jetzt an unsere Eltern denken, oder?«

»Die beiden stehen nicht mehr im Leben«, entgegnete Lukastik. »Sie stehen nur noch in ihrer alten Wohnung.«

»Und wir stehen neben ihnen«, erinnerte Alexa.

»Ja, das ist schon merkwürdig«, gab Lukastik zu und nahm auch Alexas zweite Hand. Im Grunde war keine Frage geklärt, nichts gelöst, aber diese zwei Hände fühlten sich besser als alles an, was Lukastik kannte. Diese Hände pochten unter seinem sanften Griff. Es war ... ja, es war eindeutig das, was er so lange vermisst hatte.

Wiederfinden ist besser als Neuentdecken. Zumindest, wenn man fünfzig ist.

Lukastik zog Alexa zu sich aufs Bett. Sie sträubte sich ein wenig, wie Katzen das tun, bevor sie dann aber gleich zu schnurren anfangen. Nun, Alexa schnurrte zwar nicht, aber als Lukastik seine Lippen auf ihrem Mund absetzte, da erwiderte sie den Druck. Es ergab sich eine Folge kettenartig verschweißter Küsse, einer aus dem anderen schlüpfend, bevor die beiden Zungen sich trafen. Jeder Körperteil für sich begegnete hier einem alten Bekannten. Man kann ruhig sagen, dass eine

Familienzusammenführung vonstatten ging, lauter verlorene Söhne und verlorene Töchter, die heimkehrten,
die gerne heimkehrten und ebenso gerne willkommen
geheißen wurden.

Nach diesem ersten kleinen Entwurf für ein neues
Haus wechselte Alexa auf die andere Bettseite. Die
beiden Liebenden zogen sich aus, einander die Rücken
zukehrend. So hatten sie das auch früher schon getan,
nicht aus Scham, sondern aus Respekt. Es schaut einfach nicht gut aus, wenn ein Mensch, gleich welcher,
sich auszieht oder, noch schlimmer, von jemand anders
ausgezogen wird. Schwer zu sagen, was daran schuld
trägt. Jedenfalls waren Alexa und Richard immer schon
so klug gewesen, sich diesen ernüchternden und demo-
tivierenden Anblick zu ersparen. Sie entledigten sich
also in aller Ruhe ihrer Kleidung und schlüpften sodann
vollkommen nackt unter die gemeinsame Decke.

Natürlich, ihre Körper waren nicht mehr dieselben.
Streng genommen waren es sogar vollkommen andere
Körper, nicht nur einfach dicklicher. In siebenundzwanzig Jahren war der Leib ein anderer, andere Haut,
andere Haare, ein anderer Geruch. Aber davon ließen
sich die beiden jetzt nicht beeindrucken, sie umfassten
sich so zärtlich wie heftig. Es bestand eine Vertraut-
heit, die jenseits aller körperlichen Wechsel stand. Es
bestand ein Fehlen von Angst. So war es immer gewesen. So schwierig die Situation damals wie heute war,
es mangelte einer wirklichen Angst. Angst vor dem Sex.
Die Angstfreiheit ließ die beiden auf eine direkte Weise
zueinanderkommen. Und weil sie frei von Angst waren,
waren sie auch frei von Bildern. Bilder, die man erfüllen
oder verfehlen konnte, und es wird ja selten klar, was
das Bessere davon ist. Nirgends so stark wie beim Sex,
haben Menschen das Gefühl, alles, aber auch wirklich
alles falsch zu machen.

Anders Alexa und Richard. Sie machten alles richtig, weil das Falsche für sie gar nicht existierte. Perfekt wie Tiere, die einem Programm folgen und nicht einem Bild. Eine Welle ging in die nächste über. Es war eine ziemlich elektrische Angelegenheit. Als wären sie freundliche Gewitter, die Blitze austauschen. Ohne sich dabei umbringen zu wollen. Das ist sowieso der entscheidende Punkt am guten Sex, sich nicht umbringen zu wollen. Das eigene Geschlechtsorgan nicht mit einem Trojanischen Pferd zu verwechseln.

Kein einziges Wort fiel, keine der üblichen Aufforderungen, dies oder jenes zu tun oder zu unterlassen, kein Versuch, den Orgasmus herbeizureden. Die beiden gaben allein Geräusche von sich, Gewittergeräusche, versteht sich. Nur einmal, nachdem Alexa einen Höhepunkt erreicht hatte, der weder kolossal noch schlagartig gewesen war (keine Welle, die alle anderen erstickt), sondern milde, besänftigend, ja heilend, da drückte sie Richard fest an sich und sagte, ohne ein Zittern in der Stimme oder Ähnliches: »Ich liebe dich.«

Ja, manchmal kann man das einfach so sagen.

Lukastik hätte gerne eine Steigerung angefügt. Aber was hätte er sagen sollen? Ich liebe dich doppelt? Unsinn! Also hielt er den Mund und vergrub sein Gesicht in der Mulde zwischen ihrem Hals und ihrer Schulter.

Später, als die Sonne untergegangen war und die vom Tag aufgeheizten Gegenstände in der Dunkelheit ein wenig glühten, verließen Alexa und Richard das Bett, zogen sich an und gingen hinüber ins Restaurant.

Restaurant ist ein großes Wort, wenn man den kleinen, aus dunklem Holz getäfelten Raum bedachte, der zur Straßenseite hin lag und auf die Mitte des Universums zeigte, also auf ein Stück dunkle Gasse. Es gab vier Tische, das war's. Frau Leda hatte einen davon wohlweislich für Lukastik reserviert. Es war ja nicht das erste Mal, dass er mit einer Dame hier speiste. Allerdings merkte Frau Leda gleich, dass Lukastiks heutige Begleiterin in eine ganz andere Kategorie gehörte. Aber welche denn? Nun, das brauchte sie nicht zu interessieren. Sie nahm die Bestellung auf und öffnete eine Flasche Wein.

»Und was jetzt?«, fragte Alexa, nachdem man sich zugeprostet und einen Schluck getan hatte.

»Lass uns weggehen von Wien«, sagte Lukastik. »Ganz weg.«

»Willst du denn flüchten?«

»So kann man das nicht sagen. Ich möchte meine Ruhe haben.«

»Meine Güte, Richard. Du bist Polizist. Wo willst du hin?«

»Ich muss nicht Polizist bleiben.«

»Natürlich musst du das. Darin besteht dein Wesen. Du hast ein Polizistenherz.«

»Du meinst, ich tauge zu nichts anderem.«

»Hör auf, den Beleidigten zu spielen«, sagte Alexa, ganz im Stil der großen Schwester. »Und hör auf, dir einzureden, du könntest auf Wien verzichten.«

»Ich habe diese Stadt noch nie gemocht.«

»Genau das meine ich. Du hast diese Stadt noch nie gemocht und lebst darum seit fünfzig Jahren hier. Hast du denn Wurzeln an den Füßen? Oder einen Immerkleber? Nein, Richard, mach dir nichts vor. Wir werden *nicht* nach Dänemark ziehen oder wohin auch immer du glaubst, dass Geschwisterliebe toleriert wird. Wir werden unsere Eltern *nicht* alleine lassen.«

»Unsere Eltern«, erinnerte Lukastik, »sind eine ganze Weile auch ohne uns zurechtgekommen. Mutter würde mich sowieso lieber heute als morgen aus der Wohnung werfen. Und was, glaubst du, wird sie sagen, wenn sie mich das erste Mal aus deinem Schlafzimmer kommen sieht.«

»Mit Mutter werde ich schon fertig.«

»Meinst du wirklich?«

Es war ganz bezeichnend für das Verhältnis der Geschwister, dass die anfangs zögerliche Alexa – die ja gar nicht in die Pension Leda hatte kommen wollen – jetzt die Initiative ergriff, gleichzeitig realistisch wie optimistisch an die Dinge heranging, die Dinge anfasste, ohne sich dabei in die Hose zu machen. Während Richard, der den ersten Schritt getan hatte und von einem Moment auf den anderen, siebenundzwanzig Jahre links liegen lassend, zum Hörer gegriffen und Alexa in sein Hotelzimmer bestellt hatte, nun an Flucht dachte. Nicht Flucht vor Alexa, aber Flucht vor den Folgen, die diese ungewöhnliche Beziehung zeitigen würde.

Wo war eigentlich die Selbstherrlichkeit, mit der Lukastik so gerne vor seinen Kollegen auftrat? Mit der er sich über Regeln und Bestimmungen erhob? Wo war seine maschinenhafte Erhabenheit?

Und genau darum sagte Alexa jetzt auch: »Reiß dich zusammen, Richard. Hör auf zu jammern. Wenn du Angst hast, dann sag es, und wir lassen es bleiben.«

»Ich will nichts bleiben lassen.«

»Dann benimm dich auch dementsprechend. Vergiss Dänemark.«

»Okay, ich vergesse Dänemark.«

Und als wäre das das Stichwort, kam das Essen. Irgendein Fleisch mit Rotkraut. Aber auf das Fleisch kam es nicht an, sondern auf das Rotkraut, dessen Aussehen und Geschmack von einem Küchengeheimnis bestimmt schienen, einer Hexerei, die vielleicht ähnlich jener war, welche Menschen zweihundert Jahre alt werden ließ.

Jedenfalls bewirkte dieses Essen eine gute Stimmung. Richard Lukastik hatte seinen kleinen Anfall überstanden. Kein Gedanke mehr an Wienflucht. Denn natürlich lag Alexa absolut richtig. So wenig ihr Bruder diese Stadt und ihre Menschen leiden konnte, so wenig war er in der Lage, sich diesem Ort zu entziehen. Und schon gar nicht konnte er aufhören, Polizist zu sein. Nein, er würde das schon aushalten müssen, wenn die Leute über ihn sprachen, als wäre er pädophil oder sonst wie abartig. Und was Mutter dazu sagte ...

Auf diesen schönen Nachmittag und Abend folgte eine nicht minder schöne Nacht. Viele perfekte Häuser.

Lukastik erwachte spät. Kein Wecker läutete, kein Handy. Es war gewissermaßen Thomas Bernhard – der Wecker der Österreicher in den Achtzigerjahren –, welcher Lukastik aufschrecken ließ. Drüben am Tisch lag das Buch *Alte Meister*. Es war zehn Uhr. Eine Stunde noch bis zum Treffen mit Grünberg.

Lukastik küsste die Schlafende, machte sich rasch fertig, schrieb eine kurze Notiz und trat aus dem Zimmer. An der Rezeption ließ er sich einen Kaffee servieren.

»Eine schöne Frau«, sagte Frau Leda, die sich selten zu derartigen Äußerungen hergab.

»Meine Schwester«, erklärte Lukastik.

»Ach darum. Ich dachte nämlich schon, wie gut sie beide zusammenpassen.«

Was für ein treffender Kommentar! Aber so waren Schildkröten nun mal. Nach zweihundert Jahren waren sie in der Lage, das Wesentliche zu erkennen.

Leider besteht neben dem Wesentlichen auch das Alltägliche. Lukastik verließ die Pension, stieg in Olanders BMW (zwischenzeitlich hätten die Hiltroffer den Wagen am liebsten als *von der Polizei gestohlen* gemeldet), steuerte das Gefährt aus der Universumstraße hinaus und fuhr via Riesenrad hinüber zum Kunsthistorischen Museum.

Bekanntermaßen ist das Kunsthistorische Museum nichts anderes als ein Spiegelbild des Naturhistorischen Museums, wobei einige Leute es umgekehrt sehen, so wie ja auch manche Leute nicht ganz sicher sind, ob sie sich *vor* einem oder *in* einem Spiegel befinden. Technisch gesehen, handelt es sich um zwei lang gezogene Bauten im neoklassizistischen Stil der Ringstraßenzeit, die sich gegenüberstehen wie auf einem Tennisplatz.

Tennis ohne Ball, also ohne Zweck. Architektur als pures Unglück. Und in der Mitte, ein zusammengezogenes, zynisches Netz bildend, die hoch aufragende Statue der Maria Theresia.

Lukastik parkte den M1 in einer verbotenen Zone. Er winkte zwei an der Ecke stehende Uniformierte herbei, erklärte, wer er sei, und wies die beiden an, auf den Wagen Acht zu geben.

»Wie lange?«, fragte der eine von ihnen.

»Wie lange«, stellte Lukastik eine Gegenfrage, »benötigt ein auf eine Schreibmaschine hämmernder Schimpanse, um ein Stück von Shakespeare aufs Papier zu bringen?«

Der Polizist lief rot an. »Wollen Sie mich als einen ...«

»Nein, will ich nicht. Ich will nur sagen, wie schwierig es ist, zu beurteilen, wie viel Zeit etwas in Anspruch nehmen wird. Seien Sie also so freundlich und passen exakt *so* lange auf den Wagen auf, bis ich wieder zurück bin, wann immer das sein wird. Könnte ich es Ihnen jetzt schon sagen, würde es ja trotzdem nicht kürzer werden.«

Bevor der rot angelaufene Polizist etwas erwidern konnte, hatte sich Lukastik in Bewegung gesetzt. Er bog um die Ecke und gelangte auf die von Rasenflächen und gestutzten Bäumchen dekorierte Fläche zwischen den Gebäuden – das Grün. Licht aus einem wolkenlosen Himmel brannte auf die gezähmte Natur. Sonniger konnte ein Tag in Wien gar nicht mehr sein. Die Luft brodelte. Sie ging über wie der Schaum von Spaghettiwasser. Tatsächlich bemerkte Lukastik auf einer der Bänke einen alten, verwahrlosten Mann, der ein Hühnerei in die Höhe hielt. Und die Frage war somit die, ob er versuchte, es auf diese Weise auszubrüten oder weich zu kochen.

Lukastik wandte sich nach rechts und betrat das Museum. Er verzichtete darauf, sich als offizieller Ermittler vorzustellen, kaufte stattdessen ein Ticket. Es lag lange zurück, dass er hier gewesen war. Er konnte sich nicht mehr erinnern. War das überhaupt wichtig? War es wichtig zu wissen, wann man das letzte Mal im Theater gewesen war, das letzte Mal ein Vanilleeis gegessen hatte, das letzte Mal ein großzügiges oder gutmütiges Gefühl in sich getragen hatte? Na, ein bisschen wohl schon. Indem man nämlich derartige Abstände bemessen konnte, wusste man, wo man stand. Zehn Jahre kein Vanilleeis mehr gegessen zu haben bedeutete, dass ein Teil von einem gestorben war. Mehr als nur der Vanilleeisteil. Und dass man diesen Teil auch dann nicht zurückgewinnen könnte, wenn man sich jetzt gleich bis oben hin mit Vanilleeis vollstopfen würde. – Die eigentliche Frage, die sich Lukastik stellte, war die, ob er und seine Schwester wirklich eine Chance hatten. Ob nach all den Jahren die vergangene Nacht bloß als eine sentimentale Geste begriffen werden musste. So schön und gelungen diese Nacht auch gewesen war. Aber was bewies das? Dass alles gut war, was kurz war?

Lukastik trat in die Vorhalle, legte den Kopf zurück und blickte hinauf auf das hohe Gewölbe, das in seinem Zentrum einen kreisrunden Ausschnitt besaß, durch den man auf eine zweite, darüberliegende Kuppel sehen konnte. Das hatte etwas von einem atmosphärischen Loch, das den Blick auf einen erneuten Himmel freigab. Und nicht etwa auf ein dunkles Weltall, wie man hätte vermuten können. Dies war ein Gedanke, der Lukastik jetzt durch den Kopf ging, dass sich hinter jedem Himmel ein weiterer Himmel verbarg, dass der Kosmos eine Zwiebel war.

Auf diese Weise – so schauend und so denkend – wurde ihm schwindelig. Er hörte damit auf und stieg die pompöse Treppe nach oben.

Vorbei am Café, betrat er den ersten Schauraum. Es war eine Erlösung, an diesem viel zu hellen, viel zu warmen Tag in solch hohe, kühle Räume zu gelangen, hinein in das gedämpfte Licht, welches etwas von einem Sonnenuntergang auf dem Mars hatte. Sicher kein optimales Licht für die Betrachtung der Gemälde, aber ganz wunderbar geeignet für die Augen der Betrachter. Dazu noch die wirklich bequemen Sitzbänke, die sich auch bestens als Schlafbänke geeignet hätten. Überhaupt war dieses Museum trotz aller Meisterwerke mehr ein Museum zum Sitzen und Dösen und Träumen als zum Schauen.

Lukastik sah auf die Uhr. Er hatte noch zehn Minuten, um das Gemälde zu finden, vor dem er sich mit Grünberg treffen wollte, jenes Bildnis eines weißbärtigen Mannes von Tintoretto. Nicht, dass Lukastik wusste, wo das Bild hing. Auch nutzte der von Thomas Bernhard so oft erwähnte Verweis auf den Bordone-Saal wenig, da die Räume bloß mittels Nummern unterschieden wurden. Freilich, Lukastik hätte einen Museumswärter fragen können. Aber er wusste um die herablassende Art dieser Leute, vor allem gegenüber einem Einheimischen, von dem man praktisch verlangte, dass er sich hier auskannte wie in seinem eigenen Viertel. Ein Mensch, der in einer bestimmten Straße wohnte, wagte es ja auch nicht, jemand anders genau nach dieser Straße zu fragen. Wenn er es doch tat: Alzheimer!

Aber Lukastik wusste, dass er richtig war. Denn schließlich befand er sich im Bereich der italienischen Schule. Soeben kam er an einem unglaublich prallen Pferdehintern vorbei, der dem Kentauren Chiron gehörte. Was für ein Glanz!, sagte sich Lukastik. Und überlegte, dass die alte Malerei den Versuch darstellte, die Dinge glänzen zu lassen, eine räumliche Tiefe dadurch zu erreichen, dass etwas glänzt und etwas nicht glänzt, oder dass etwas nach vorn glänzt und etwas anderes nach hinten glänzt. Dieser Pferdehintern von Crespi blendete derart, dass sich Lukastik seine linke Hand wie ein Vordach an die Augen halten musste.

Er wechselte zu Luca Giordanos Fischesser. Hier waren es die kleinen, aalartigen Fische, die über den besagten metallischen Glanz verfügten. Und die man früher übrigens für Makkaroni gehalten hatte. Ob Fische oder Makkaroni war aber eigentlich egal, nur der Glanz zählte, das Reflektieren eines Lichtes … ja, eines Lichtes, das wohl nur von Gott stammen konnte. Denn selbst wenn Gott wenig bis nichts aus eigener Hände Arbeit geschaffen hatte – mitnichten die mühselig zu knetenden Planeten und die ebenso mühselig zu knetenden Menschen –, das Licht jedoch hatte er ganz bestimmt geschaffen. Das Licht ist immer die Sache des Meisters. Die Glanzpunkte, die so leicht und ohne jeden Aufwand zu setzen sind, wenn man nur weiß, wohin.

Lukastik bemerkte jetzt, wie sehr er auf die Busen schaute. Und zwar auf die Busen der gemalten Frauen wie auf jene der Besucherinnen (es war kein Schielen, sondern ein Betrachten; das ist wichtig zu sagen für die, die überall den Sexismus wittern). Lukastik fühlte sich in höchstem Maße erotisiert. Das hatte natürlich mit seiner Schwester zu tun. Der Blick für die Frauen, dieser Blick, der ihm so lange gefehlt hatte oder welcher bloß ein zynischer oder registratorischer gewesen war, war ihm zurückgegeben worden. Lukastik sah zwischen den gemalten und den lebendigen Brüsten hin und her, die Schönheit des Nackten wie des Angezogenen erkennend, den Reiz des Erstarrten wie des Bewegten. Er sehnte sich nach seiner Schwester, er sehnte sich nach Sex.

Dann fiel ihm wieder ein, warum er hier war.

Er löste sich von Caravaggios Rosenkranzmadonna, drehte sich um. Solcherart fiel sein Blick durch die lang gestreckte Flucht dreier Räume und endete an dem am weitesten entfernten Punkt einer Wandecke, genau dort, wo das Bildnis von Tintorettos weißbärtigem Mann hing. Man konnte also meinen, dass der Weißbärtige die Madonna aus der Ferne betrachtete, der alte Mann die junge Frau. Vielleicht aber war es umgekehrt.

Erneut sah Lukastik auf seine Uhr. Genau elf – Bernhardzeit, oder, wie man so sagt, Showtime. Er setzte sich in Gang und marschierte hinüber in den Bordone-Saal, vor das Gemälde hin. Er blickte sich um. Ein paar Besucherpaare standen vor den Bildern, niemand aber, der sich als Dr. Grünberg zu erkennen gab. Also wandte sich Lukastik wieder dem Porträt zu und dachte: »Das Gesicht ist langweilig, eigentlich schlecht gemalt. Aber die Hand ist phantastisch.«

Das ist oft so. Die meisten Maler sind ausgezeichnete Handmaler, jedoch lange nicht so gute Gesichtsmaler. Tintoretto ist natürlich Tintoretto, aber im konkreten Fall bestätigte auch Tintoretto die allgemeine Tendenz gelungener Hände und weniger gelungener Antlitze.

Lukastik spürte, dass jemand in seinem Rücken zum Stehen gekommen war.

»Drehen Sie sich nicht um«, sagte der Mann hinter ihm.

»Wieso? Erschießen Sie mich sonst?«

»Ich bitte Sie! Hier im Kunsthistorischen Museum? Ich bin zwar Jurist, aber noch lange kein Banause. Nein, ich möchte, dass Sie sich auf das Gemälde konzentrieren und mir sagen, was Sie sehen.«

»Einen Tintoretto.«

»Was sehen Sie wirklich?«

»Ein relativ dunkles Bild.«

»Wissen Sie, was *ich* sehe?«, fragte der Mann, der Grünberg sein musste. »Ich sehe ein Loch, das von einem gerahmten Bild verdeckt wird.«

»Ein Loch?«

»Überall hier sind Löcher in den Wänden, kleine, große, manche gehen tief ins Mauerwerk, schlängeln sich
nach oben, nach unten, zur Seite, führen weiß Gott wohin, andere messen bloß ein paar Zentimeter. Die Welt
ist voll von solchen Löchern. Praktisch jede Wand hat
ein derartiges Loch. Darum auch die Bilder, nicht nur
in den Museen, welche aber naturgemäß zu den löcher-
reichsten Orten gehören.«

»Was soll das?«, fragte Lukastik. »Wollen Sie mich
verarschen?«

»Ich meine es ernst. Und würde es Ihnen auch gerne
beweisen. Aber Sie verstehen sicher, dass es mir unmöglich ist, jetzt diesen Tintoretto von der Wand zu nehmen, um Ihnen das dahinterliegende Loch zu zeigen. Es
ist eine komische kleine Begabung, dass ich diese Löcher
sehen kann. Na, sagen wir lieber, ich spüre sie. Schließlich verfüge ich über keinen Röntgenblick oder so. Ich
könnte Ihnen auch nicht genau erklären, warum es diese Löcher gibt oder wie sie entstehen. Ich weiß nur, wie
wichtig es ist, dass man sie abdeckt. Die Welt wäre sonst
eine durchlässige, eine instabile. Vielleicht würde durch
unsere Räume ständig ein unangenehmer Wind wehen.
Oder ein Gestank. Oder ein Dröhnen. Vielleicht wäre es
noch schlimmer. Vielleicht führen diese Löcher ins Jenseits, sodass ein ständiges Hin und Her zwischen unserer und jener Welt stattfinden würde. Was ja niemand
wollen kann. Die Konkurrenz in unserer Gesellschaft ist
groß genug, da braucht es nicht noch einiger Toter, die
rasch mal zu uns herüberschauen, um uns zu belehren.
Und was denen sonst noch alles einfällt.«

»Herr Anwalt!«, unterbrach ihn Lukastik. »Was versuchen Sie mir zu sagen?«

»Seien Sie nicht ungeduldig«, verlangte Grünberg.
»Es ist überaus wichtig, dass Sie begreifen, wie sehr die

ganze Malerei, die ganze Bilderproduktion, vom Vorzimmerspiegel über das gerahmte Foto bis hin zu all diesen herrlichen Tintorettos und Tizians und Bruegels, wie sehr dies alles dazu dient, Löcher zu verhängen, Löcher, die uns mit Sicherheit große Schwierigkeiten bereiten könnten. Gleich einem Leck in der Wasserleitung oder einer Grube auf der Straße oder diesem Ozonloch, von dem alle reden. Es ist die vornehme Aufgabe der Kunst, uns Probleme mit diesen Löchern in den Wänden zu ersparen. Zusätzlich haben wir auch den Genuss der Betrachtung. Das unterscheidet eine Gemäldegalerie davon, die Löcher bloß zu stopfen. So hat die ganze Kunst ja wahrscheinlich begonnen. Indem Urmenschen plötzlich Öffnungen in den Wänden ihrer Höhlen entdeckten und ihnen rasch bewusst wurde, wie wichtig es ist, diese zu verschließen. Um aber den Fluch dauerhaft zu bannen, haben sie die Malerei erfunden.«

»Den Fluch der Löcher?«

»Was ich Ihnen erklären will, Herr Chefinspektor – gerade einem Mann wie Ihnen, der in der exakten Wissenschaft der Kriminologie zu Hause ist –, ist, dass die Menschheit gelernt hat, alles Unbegreifliche ins Begreifbare umzukehren. Löcher in Wänden, die so aus dem Nichts auftauchen, sind unbegreiflich. Die Kunst ist zwar auch nicht immer ganz leicht zu verstehen, aber sie stellt nicht wirklich ein Rätsel dar, welches uns um den Verstand bringen könnte. Das erfreuliche Rätsel um die Kunst verbirgt das unerfreuliche Rätsel um die Löcher. Das ist der Trick der Kultur. Und es ist ein guter Trick. Aber man muss sich auch daran halten. Darum lassen wir die Bilder, wo sie sind.«

»Aber Bilder werden doch auch umgehängt.«

»Manchmal bewegen sich die Löcher. Manchmal kommen neue dazu und alte verschwinden. Aber das ist doch eher die Ausnahme. – Haben Sie Bilder zu Hause?«

»Ja«, sagte Lukastik.

»Haben Sie auch nur eines davon je umgehängt?«

Lukastik dachte an die beiden Fotografien, die sein Zimmer schmückten. Die des Komponisten Josef Matthias Hauer und die der philosophischen Dauerlegende Ludwig Wittgenstein, wobei es schon erstaunlich war, dass Lukastik zwar das kleine, rote Tractatus-Büchlein aus seinem Leben verbannt hatte, nicht aber die auf ein Holzbrett aufkaschierte Fotografie Wittgensteins.

Eines Loches wegen?

Was für ein Unsinn! Allerdings wusste auch Lukastik, dass so einiger Unsinn in dieser Welt steckte. Ja diese Welt möglicherweise sogar im Gleichgewicht hielt. Dennoch behauptete er jetzt: »Ich bin sicher, schon eine ganze Menge Bilder umgehängt zu haben.«

»Sie können sich nur nicht daran erinnern, nicht wahr?«

»Hören Sie«, lenkte Lukastik vom Thema ab, »ich mag es nicht, mit jemand reden, der hinter mir steht und von dem ich nicht weiß, wie er aussieht.«

»Sie überschätzen die Bedeutung von Gesichtern«, sagte Grünberg. »Aber wie Sie wollen. Sie sind der Polizist. Polizisten sind auf das Optische fixiert. Darum sehen sie vor lauter Bildern die Löcher nicht.«

Grünberg trat zur Seite und nahm mit einer langsamen, aber fließenden Bewegung auf der bequemen, mit weinrotem Samt überzogenen Sitzbank Platz. Er war ein mittelgroßer, halbdicker, in seiner Lebensmitte angekommener Mann – vorausgesetzt, er würde achtzig werden, was er aber nicht wurde. Er trug eine schwarze Hornbrille, hinter der seine Augen einen begrabenen Eindruck machten. Sein Anzug war erste Qualität, aber unauffällig. Er hatte die Beine übereinandergeschlagen. Die schwarzen Schuhe glänzten wie frisch ins Netz gegangen. Der ganze Grünberg wirkte gelassen und selbstsicher. Nicht aber überheblich. Er schien Überheblichkeit nicht nötig zu haben.

Das war ein schlechtes Zeichen.

»Aber wenn man in eine neue Wohnung zieht ...«, sagte Lukastik, während er sich links neben Grünberg setzte.

»Sind natürlich Löcher zu sehen«, vollendete Grünberg. »Wenn man sie sehen will. Aber wer will das schon? Darum werden auch so rasch als möglich Bilder an die Wand genagelt. Kalender, Poster, Firlefanz. Oder ganze Wandschränke aufgestellt.«

»Man könnte die Löcher schließen, sie zumauern oder verkitten.«

»Haben Sie das schon einmal versucht?«, fragte Grünberg.

Lukastik war in die Falle gegangen. Denn wenn er diese angeblichen Löcher für Blödsinn hielt, dann brauchte er sie auch nicht zu verkitten. Oder? Lukastik sagte: »Reden wir über Colanino.«

»Gerne, Herr Chefinspektor. Immerhin haben Sie einen Gegenstand aus dem Besitz dieses Unternehmens entwendet.«

»Ich verstehe nicht.«

»Sie verstehen ganz gut. Sie wissen, dass ich von der kleinen Plastikfigur spreche, die Sie in der Wohnung Giorgio Straubs eingesteckt haben.«

»Herr Straub ist nicht Colanino«, erinnerte Lukastik.

»Herr Straub«, erwiderte Grünberg, »war ein Mitarbeiter, dessen primäre Aufgabe darin bestand, eine bestimmte Serie von Colanino-Figuren zusammenzuhalten. Eine komplette Serie.«

»Wieso um Himmels willen das denn?«

»Um Löcher zu schließen. Es gibt nämlich auch unsichtbare Löcher. Löcher in der Luft, die wahrscheinlich sehr viel gefährlicher sind als die sichtbaren Löcher in den Wänden. Es scheint so zu sein, dass unsere Welt weit weniger vom Offenkundigen und Evidenten bestimmt wird als von Dingen, die wir auf den ersten Blick als unwirklich empfinden, als phantastisch, als magisch. Aber was heißt Magie? Entweder gibt es Löcher, so mysteriös sie uns erscheinen mögen, oder es gibt sie nicht. Wenn es sie gibt, sind sie Teil der Natur und nicht Teil der Magie. Faktische Löcher, die wir nicht beweisen können, sind darum nicht weniger real. Im Gegenteil. Ihre Auswirkungen treffen uns mit doppelter Wucht.«

»Auswirkungen? Sprechen Sie jetzt wieder von der schlechten Luft, die durch all diese Löcher weht?«

»Ich rede vom Unglück, ich rede vom Fluch, der auf jedem Einzelnen, auf Zusammenschlüssen, auf ganzen Gemeinschaften liegt. Auch der Fluch, der Vereinigungen wie die *Gruppo Colanino* belastet, der Fluch zu scheitern, zu verlieren, zersprengt, aufgefressen, geschluckt, pulverisiert, im besten Fall verkauft zu werden. Das ist keine Frage von gutem oder schlechtem Management. Wer das noch glaubt, ist ein armer Idiot.«

»Es scheint viele arme Idioten zu geben«, meinte Lukastik.

»Genau so sieht die Welt ja aus. Ein kluger Mensch hingegen akzeptiert auch Gesetze, die er nicht versteht. Zumindest so lange, *bis* er sie versteht. Denn um ein Gesetz zu brechen, sollte man es tunlichst vorher begriffen haben. – Die zuständigen Herren und Damen bei Colanino *haben* begriffen. Sie sind so vernünftig, darauf zu achten, all die Löcher zu stopfen oder zu verdecken, die ruchbar werden. Löcher, die der Firma schaden könnten. Zu dieser Strategie gehört es nun, an bestimmten Orten dieser Welt vollständige Sammlungen von Colanino-Figuren aufzustellen und sie dort auch zu belassen.«

»Das muss ich jetzt aber nicht glauben.« Lukastik grinste wie bei einer Harnröhrenuntersuchung.

Auch Grünberg grinste. Allerdings sehr viel entspannter. Er sagte: »Das sollten Sie mir aber glauben, lieber Inspektor. Es ist der entscheidende Teil dieser ganzen Geschichte, ja, eigentlich sein einfachster. Die *Gruppo Colanino* bannt den Fluch, der über ihrem wie jedem anderen Unternehmen steht, dadurch, kleine Figurengruppen aufzustellen, durchaus vergleichbar einer Krippe, einem Altar oder Steinkreis. Solcherart werden Löcher geschlossen, die schädlich für das Unternehmen wären. Das ist so wenig Aberglaube, wie es Aberglaube ist, einen Eiterherd zu entfernen, um einen Organismus zu schützen.«

Lukastik seufzte.

»Ihr Seufzen bringt uns nicht weiter.«

»Na, dann sagen Sie mir, wieso Giorgio Straub sterben musste.«

»Er kam bei einem Unfall ums Leben.«

»Was Sie nicht sagen.«

»Er arbeitete als Taxifahrer, wie Sie wissen«, erklärte Grünberg. »Aber er stand auch weiterhin im Sold von Colanino. Nämlich zu dem Zweck, diese vollständige Sammlung kleiner Figuren zu beherbergen.«

»Das verstehe ich nicht. Welche Löcher hat er damit gestopft? Die eigenen?«

»Es gibt solche und solche Löcher. Es gibt auch welche, die dorthin gehen, wo sie geschlossen werden. Um eines Dämons Herr zu werden, muss man nicht unbedingt in die Hölle hinuntersteigen. Man kann den Teufel auch zu sich rufen. – Aber Sie müssen das gar nicht verstehen, Inspektor. Es genügt, wenn Sie einsehen, dass Sie unrechtmäßig eine Figur aus Herrn Straubs Wohnung entfernt haben. Wie Jahre zuvor auch Vinzent Olander. Ohne dafür irgendeine Handhabe zu besitzen. Seither hat die *Gruppo Colanino* einige wirtschaftliche und rechtliche Schwierigkeiten aushalten müssen. Es war uns leider lange nicht klar, wie die Dinge zusammenhängen, wer welche Rolle spielt.«

»Sie haben einen Killer nach Hiltroff geschickt«, stellte Lukastik fest.

»Gar nichts habe ich. Ich sitze nur hier und versuche Sie zu überreden, nach Mailand zu fliegen und die Figur an ihren alten Platz zurückzustellen. Das ist die sauberste und beste Lösung. Noch dazu in keiner Weise ungesetzlich, nicht wahr? Herrn Olander konnte ich bereits überzeugen. Wenn es mir bei Ihnen ebenfalls gelingt, wird hernach alles seine Ordnung haben und wieder Ruhe einkehren. Die Dämonen werden endlich Frieden geben.«

»Tut mir leid«, erwiderte Lukastik, »wenn ich bei dieser kleinen Geisterbeschwörung nicht mitspielen kann. Aber ich bin Polizist.«

»Gibt es denn einen Fall, den Sie noch lösen müssen?«

Lukastik dachte nach. Gab es noch einen Fall? Natürlich bestanden eine ganze Menge von Ungereimtheiten, liefen mehrere Rätsel ineinander. Ein Auftragsmörder schwieg, erst recht die Tote aus dem See, und eine Frau und ein Kind waren verschwunden. Ganz Hiltroff war ein dubioser Haufen, gewissermaßen eine Mailänder Dependance, ein Überraschungsei seiner selbst. Aber gab es noch einen richtigen Fall? Einen Fall, auf dessen Lösung Lukastiks Vorgesetzte pochen würden?

Nicht wirklich.

Lukastik fragte: »Womit konnten Sie Herrn Olander denn dazu bekehren, seine Giraffe zurück nach Mailand zu bringen?«

»Nicht *seine* Giraffe, *unsere* Giraffe. – Ich habe ihm, glaube ich, verdeutlichen können, dass wenn er die Figur behält, es nie ein Ende geben wird. Der Colanino-Konzern würde sich gezwungen sehen, Schritte zu unternehmen. Um sich selbst zu schützen. Colanino ist ein Riese. Derzeit ein angeschlagener Riese. Und man kann sich vorstellen, wozu angeschlagene Riesen in der Lage sind. Herr Olander hat das eingesehen.«

»Also doch eine Drohung.«

»Ich bin Anwalt. Ich vergleiche die Gegenwart mit der Zukunft und stelle dann fest, unter welchen Umständen es besser und unter welchen es schlechter werden könnte. Diese Erkenntnisse gebe ich weiter. Nichts sonst. Ich bin weit davon entfernt, jemand, der unglücklich sein möchte, davon abzuhalten, es zu werden.«

»Sie sind Rhetoriker.«

»Ich bin Bäcker«, entgegnete Grünberg. »Ich backe Brote, die man auch essen kann. Im Gegensatz zu Broten auf Bildern, gemalten Broten, wie hier im Museum.«

»Na, die gemalten Brote decken immerhin die Löcher in der Wand ab.«

»Oh, sehr schön. Sie haben dazugelernt, Herr Inspektor. Weiter so.«

»Trotzdem werde ich Sie enttäuschen müssen«, kündigte Lukastik an. »Ich sehe nicht wirklich einen Grund dafür, eine dumme kleine Plastikfigur nach Mailand zurückzutragen. Anstatt Ermittlungen einzuleiten, die sich mit der Rolle Ihrer Colanino-Leute in Hiltroff beschäftigen.«

»Es ist nicht so, dass ich Sie nicht verstehe«, erklärte Grünberg und strich seine Krawatte zurecht, so, als streichle er eine über Bauch und Brust gestreckte schwarze Katze. »Mir ist klar, dass Sie als Polizist auf Erfolge angewiesen sind. Auf Verhaftungen. Ich wäre da gerne bereit, Ihnen zu helfen. Sie suchen doch diese Frau, die sich jetzt Dora Kolarov nennt, ehemals Irene Kasos. Die Frau und das Kind. Ich könnte Ihnen sagen, wo Sie die beiden finden.«

»Warum sollte ich die Frau verhaften?«

»Steht sie denn nicht im Verdacht, ihr ehemaliges Kindermädchen umgebracht und in diesem See versenkt zu haben?«

Lukastik erklärte, dass mehrere Indizien gegen Mord sprechen würden.

»Was für Indizien?«, fragte Grünberg, sichtlich erstaunt. Damit hatte er nun wirklich nicht gerechnet.

Ja, was für Indizien?, fragte sich Lukastik. Warum war es ihm ein derartiges Bedürfnis, Dora Kolarov zusammen mit ihrem Kind entkommen zu lassen? Ganz gleich, ob sie jetzt eine Mörderin war oder nicht. War auch dies ein Ausdruck seiner Überheblichkeit gegen die Welt, gegen die Gesellschaft und ihre Gesetze?

»Was ist mit Ihnen?«, fragte Grünberg, der sich ein Stück vorgebeugt hatte und Lukastik von der Seite her wie einen Patienten musterte. Und während er ihn so betrachtete – sezierend, einen Lappen nach dem anderen lösend –, begriff Grünberg. Er schmunzelte und meinte: »Ach so ist das. Sie wollen diese Frau gar nicht verhaften.«

»Ich halte sie für unschuldig.«

»Sie ist hochgradig verdächtig«, erinnerte Grünberg. »Jetzt abgesehen davon, dass ein gewisser Professor Kasos einiges dafür geben würde, zu erfahren, wo sein Töchterchen sich aufhält.«

»Jetzt versuchen Sie also doch, mich zu erpressen«, fand Lukastik.

»Ich habe bloß meine Position gewechselt. Ich nehme mein Angebot zurück, Ihnen zu sagen, wo Frau Kolarov sich befindet. Stattdessen biete ich Ihnen an, es Ihnen *nicht* zu sagen. Und auch sonst niemandem. Und ich will auch gar nicht wissen, warum das so wichtig ist, diese Person davonkommen zu lassen.«

»Es ist nichts Persönliches. Ich kenne die Frau ja gar nicht.«

»Das können Sie mit sich selbst ausmachen«, sagte Grünberg. »Ich bin absolut zufrieden, wenn Sie sich entscheiden könnten, morgen Vormittag nach Mailand zu fliegen, Straubs Wohnung im Quartiere T8 aufzusuchen und die kleine Figur an ihren Platz zurückzustellen. In dem Moment, da Sie das tun, verbanne ich den Namen Dora Kolarov aus meinem Gedächtnis. Wie auch den Namen Irene Kasos.«

Als Lukastik jetzt antwortete, hatte seine Stimme einen feinen Riss, eine dieser Materialermüdungen, die irgendwann eine Katastrophe auslösen. Er meinte, dass selbst für den Fall, dass er tatsächlich die kleine Plastikfigur an ihren alten Platz befördere, er dennoch nicht darauf verzichten werde, die Kollegen von der Wirtschaftspolizei auf mögliche Machenschaften des Colanino-Konzerns in Hiltroff hinzuweisen.

»Das können Sie ruhig tun«, erklärte Grünberg. »Wenn Straubs kleine Sammlung wieder komplett ist, wird es nicht weiter stören, dass ein paar unbedarfte Beamte in Dr. Pichlers Unterlagen herumstöbern. Der Einzige, der dabei Schaden nehmen dürfte, ist Dr. Pichler. Ein mehr als verzichtbarer Mensch.«

»Warum hat Colanino ihn dann ausgesucht?«

»Genau darum, weil er verzichtbar ist. So ist das doch immer. Kennen Sie ein Unternehmen, wo es anders wäre? Kennen Sie ein Unternehmen, das es riskieren würde, jemand Unverzichtbaren an die Spitze zu stellen? Dorthin, wo der Wind weht, in dünner Luft, bei Minusgraden. Wo es so kalt ist, dass man kaum sein Gehirn benutzen kann. Und somit das Fehlen eines solchen Gehirns eher von Vorteil ist.«

»Sie sagen, Sie seien Bäcker. Ein zynischer Bäcker, finde ich. Weshalb sich die Frage stellt, ob es gut wäre, bei Ihnen ein Brot zu kaufen.«

»Ja, das müssen Sie schon selbst entscheiden«, meinte Grünberg und lächelte. Mit diesem Lächeln hätte er mindestens zwanzig Löcher abdecken können. Er lächelte zu Ende und erhob sich.

Lukastik blieb sitzen. Er sprach: »Der Killer, den Ihre Colanino-Leute geschickt haben, war eine Niete.«

»Ich sagte schon, ich weiß nichts von einem Killer«, antwortete Grünberg, setzte ein kleine Pause und fügte an: »Aber grundsätzlich kann man feststellen, dass für Killer natürlich dasselbe gilt wie für Unternehmensführungen: Die Niete ist nie ein Zufall.«

Na, da hatte er wohl recht.

»Noch eine Frage«, hielt Lukastik den Anwalt zurück. »Ja?«

»Ich habe die kleine Figur, um die es geht, hier in meiner Tasche. Ich könnte sie Ihnen gleich geben. Oder ist das so wichtig, dass ich das Ding selbst zurückbringe?«

»Nicht in einem praktischen Sinn und nicht in einem mystischen«, erklärte Grünberg. »Aber in einem moralischen. Sie haben eine Lücke eigenhändig geschaffen, Sie müssen sie auch eigenhändig wieder schließen. Es ist wie bei einer Strafe. Ein Verurteilter muss selbst ins Gefängnis und kann nicht jemand anders schicken.«

Das war ein Vergleich, der ziemlich hinkte, fand Lukastik. Er zog hörbar Luft durch die Nase, aber er sagte kein Wort mehr. Er verschob seinen Kopf in Richtung der Geißelung Christi, die links neben dem weißbärtigen Mann platziert war. Und die dann also ebenfalls bloß an dieser Wand hing, um ein Loch zu verdecken, welches unverdeckt weiß Gott was für einen Schaden angerichtet hätte.

Grünberg entfernte sich. Seine Schritte hallten. Dann wurde es vollkommen ruhig. Lukastik schloss die Augen, sank tiefer in die weiche Bank und schlief augenblicklich ein.

NEUNZEHN

Das Dröhnen der Maschinen. Man denkt an Schnee-
kanonen. Aber man sitzt in einem Flugzeug. Warm ist
es trotzdem nicht. Klima wie auf den Bergen. Die Stewardessen marschieren mit strengem Blick von Reihe
zu Reihe, die angelegten Sicherheitsgurte kontrollierend.
Typische Lehrerinnen. Nicht wirklich von dieser Welt.
Und sicher nicht hier, um die Zufriedenheit der Kunden
zu garantieren. So wenig Lehrerinnen und Kindergärtne-
rinnen die Zufriedenheit der Eltern und Kinder im Sinn
haben. Es geht um sehr viel kompliziertere Dinge. Es geht
um die Einweisung ins Sterben. All diese Frauen in ganz
typischen Frauenberufen, die aber nicht wirklich Frauen
sind, bereiten uns auf den Tod vor, vom Kindergarten an.
Sie lehren uns die richtige Haltung einzunehmen, eine
gewisse Untertänigkeit, einen Respekt vor dem Ende.

Im Flugzeug kommt das natürlich besonders stark
zur Geltung, weil bei aller Tauglichkeit dieses Trans-
portmittels ständig an den Absturz gedacht wird. Der
Umstand des Anschnallens erscheint dabei weniger als
ein Zeichen der Sicherheit denn ein Merkmal des Gefan-
genseins. Es gibt kein Entrinnen. Selbst die Leute in der
ersten Klasse müssen sich anschnallen. – Man wird jetzt
einwenden, dass auch Stewardessen sich anschnallen
müssen. Aber das ist ja bloß eine Behauptung. Wer hat
schon je eine angeschnallte Flugbegleiterin oder einen
angeschnallten Flugbegleiter gesehen? Echt gesehen?
Und insgeheim wissen wir ja ganz gut, dass die Damen
und Herren des Flugpersonals während des Starts un-
angeschnallt bleiben, so wie sie auch gerne hinter zu-
gezogenen Vorhängen stehen und Zigaretten rauchen,
die man halt nicht riecht, weil natürlich auch ihre Zigaretten nicht von dieser Welt sind.

Lukastik betrachtete die beiden Frauen in ihren straffen Kostümen, die jetzt mit einem eisenharten Lächeln die übliche kleine Pantomime vollzogen – Öffnen und Schließen des Sicherheitsgurtes (als wären nicht ohnedies bereits alle angeschnallt), das Schwingen mit den Armen entlang der Wege zu den Notausstiegen, das neckische Ziehen an den Leinen der Sauerstoffmasken ...

Lukastik dachte an Ballett. Modernes Ballett, konzeptuell, kalt, mechanisch, Tanztheater als Strafe.

Aber er war zufrieden wie noch selten. Seine Hand lag auf jener Alexas. Eine gute Hand, gewissermaßen eine Alte-Meister-Hand. Auch realisierte Lukastik, wie sehr er dadurch selbst gewann. Indem er mit dieser Frau, seiner Schwester, seiner Geliebten, zusammen war. Denn obgleich er als gut aussehend gelten konnte, hatten Frauen von jeher einen Bogen um ihn gemacht oder ihn schlichtweg ignoriert. Das war jetzt völlig anders. Er spürte die Blicke auf sich, die Blicke der Frauen. Offenkundig gehörte er zu jenen Männern, die erst mittels einer Paarung auch für andere anziehend wurden. So wie manches Kunstwerk nur dadurch interessant anmutet, dass der Künstler vor selbigem posiert. Oder manche geistvolle Aussage erst zu wirken beginnt, wenn ein telegener Vortragender sie ausspricht. Oder manches Auto nie und nimmer einen schicken Eindruck machen würde, würde nicht ein halb nacktes Mädel auf der Motorhaube herumturnen.

Lukastik war kein Auto und Alexa kein halb nacktes Mädel, aber in gewisser Weise ...

Die beiden hatten eine Dreierreihe für sich. Niemand wagte es, sich dazuzusetzen, so verliebt, wie sie aussahen. Obgleich Alexa sich anfangs geweigert hatte, Richard auf diese Reise zu begleiten.

»Ich bin weder deine Ehefrau noch deine Sekretärin«, hatte sie erklärt.

Seine Antwort war gewesen: »Ich brauche dich.«

Das war eines dieser Argumente, die aus gar nichts bestehen. Bei denen es allein darauf ankommt, *wie* man sie ausspricht. Mit welcher Stimme man das Nichts des Arguments auffüllt. Ob man den richtigen Ton trifft.

Richard Lukastik schien ihn getroffen zu haben.

Als man die Flughöhe erreicht hatte, sah Lukastik an Alexa vorbei aus dem Fenster, machte eine abfällige Bemerkung über das viele Blau da draußen, wandte sich wieder zum Gang hin und bestellte zwei Fläschchen Rotwein.

Der junge Flugbegleiter schenkte ein. Lukastik dachte an ein Bild im Kunsthistorischen Museum, an den hübschen David, der sein Schwert über der Schulter trägt, in der anderen Hand Goliaths abgeschlagenen Schädel. – Nun, man saß in einer Alitalia-Maschine und ein Caravaggio-Vergleich konnte einem schon passieren.

David zog weiter mit seinem messerscharfen Servierwägelchen.

»Ich liebe dich«, sagte Lukastik, als er sein Glas gegen das Alexas stieß. Jetzt war er der Erste.

Folgerichtig schwieg Alexa. Sie schloss nur kurz die Augen. Und als sie sie wieder öffnete, lag eine Antwort in ihnen. Eine gute Antwort. In der Art von Medizin, die schmeckt. Süßer Hustensaft.

Es war eine wunderbare Situation. Oder hätte zumindest eine solche sein können, wenn jetzt nicht Lukastiks Blick auf den eigenen Arm gefallen wäre, nicht den, der das Glas hielt, sondern auf den anderen, den linken, der auf der Lehne ruhte. Zuerst wusste Lukastik gar nicht, was eigentlich los war, was ihn derart irritierte. Er meinte zunächst einen eigentümlichen Schatten zu bemerken. Dann aber schaute er genau hin, veränderte auch etwas die Position der Gliedmaße, hob die Hand leicht an und bewegte Zeigefinger und Daumen, nur um festzustellen, dass sich alles wie gewohnt anfühlte. Trotzdem aber anders aussah. Kein Irrtum möglich. Der Arm, der unter dem aufgekrempelten Ärmel des rot und schwarz karierten Hemds hervortrat, war nicht der, den Lukastik als seinen eigenen hätte durchgehen lassen können. Wobei die Veränderung nicht eklatant war. Es war nicht plötzlich der Körperteil eines Schwergewichtsboxers oder eines Magersüchtigen zu sehen. Nein, der Arm war nur ein wenig kräftiger, ein wenig behaarter, die Haut ein wenig dunkler, unmerklich, aber nicht unmerklich genug, als dass Lukastik es hätte übersehen können. Er hatte ja auch nicht etwa den Eindruck einer schlecht gemalten Fälschung. Das hier war keine Fälschung, es war ganz einfach ein fremder Arm. Ein fremder Arm, der sich aber nicht fremd anfühlte und wie selbstverständlich an Lukastiks Rumpf hing.

Lukastik schloss die Augen. Als er sie wieder öffnete, war der Eindruck des Fremden ungebrochen. Er blickte kurz auf seine rechte Seite, verglich. Ja, das waren die Arme zweier verschiedener Männer. Und jedem Betrachter, den man darauf hingewiesen hätte, wäre dies aufgefallen, wäre er nur konzentriert genug gewesen. Auf die Schnelle freilich – quasi im Vorbeisehen – konnte man eher meinen, es bloß mit unterschiedlichen Lichtverhältnissen zu tun zu haben, vielleicht einer optischen Täuschung zu erliegen, vielleicht ...

Lukastik krempelte die beiden Ärmel herunter und knöpfte sie zu, sodass nur noch die Hände das Mysterium offenbarten. Ein Mysterium, an das Lukastik so wenig glauben wollte, wie er an virusartig auftretende Löcher in Zimmerwänden glaubte. Doch worin bestand im Falle seiner Arme denn die Alternative? Was sollte er stattdessen vermuten? Dass mit seinem Hirn etwas nicht in Ordnung war? Dass er den Verstand verlor?

Lieber ein fremder Arm als ein fremder Kopf. Lieber

eine kranke Hand als ein krankes Hirn. Außerdem war es wahrscheinlich so, dass fast alle Menschen zwei verschiedene Arme besaßen, welche symbolhaft für die Unvereinbarkeit der Gefühle standen. Und man in bestimmten Phasen den einen Arm für den richtigen hielt, dann wieder den anderen.

Jedenfalls verbot es sich Lukastik, fortgesetzt auf seine Hand zu lugen, verbot es sich, auf die Toilette zu rennen und in der Art eines Hypochonders seinen Körper auf weitere Ungereimtheiten zu überprüfen. Er verbot sich eine ganze Menge. Stattdessen sah er hinüber zu Alexa, die vollkommen unverändert war. Und die sein großes Glück bedeutete.

»Was ist mit dir?«, fragte sie auf eine zärtliche Weise, dennoch ohne den Vorwurf, den fast jede Zärtlichkeit begleitet.

»Ich fliege nicht so gerne«, wich er aus. »Das weißt du ja.«

»Na, dann komm her«, sagte sie und drückte seine Hand.

Seine bessere Hand, wie er zufrieden feststellte.

Das war ein Gedanke, der ihm noch öfters durch den Kopf gehen sollte, dass man nämlich durchaus in der Lage war, sich auf *eine* Hand zu beschränken und die andere rigoros aus allem herauszuhalten. Dass man so tun konnte, als sei man eben einarmig. Selbst die Autofahrerei war einhändig zu bewerkstelligen, die Liebe sowieso, von Dingen wie Philosophie und Kriminologie ganz zu schweigen. Bloß die Kartenspielerei nicht oder das Hammerwerfen oder … Man musste ja nicht alles im Leben machen.

Am Flughafen in Mailand wurden sie von Longhi empfangen. Der feuchte Boden verwies auf ein jüngst niedergegangenes Gewitter. Es war schrecklich schwül, draußen tropften die Dächer, drinnen tropften die Leute. Nicht aber Longhi, der zu diesen Menschen gehörte, die nie zu schwitzen schienen, die auch bei der schrecklichsten Hitze noch Krawatte und Jackett trugen und den Geruch eines Marmortisches verströmten. Marmortische riechen doch nicht. – Richtig.

Es ist ganz bezeichnend, dass Richard Lukastik, bei dem es sich ja genau genommen nicht um einen Menschen, sondern eine Maschine handelte, dass *er* also sehr wohl schwitzte und roch, während Longhi, der Mensch, kalt und trocken und unantastbar war und die Souveränität des Anorganischen besaß.

»Meine Frau«, stellte Lukastik seine Schwester vor.

Passenderweise hatte Alexa nach ihren beiden Ehen wieder ihren Mädchennamen angenommen, hieß also Lukastik. Dazu kam, was bereits Frau Leda erwähnt hatte, nämlich die äußerliche Ähnlichkeit von Bruder und Schwester. Eine Ähnlichkeit, die geradezu als Indiz dafür galt, es hier tatsächlich mit einem Ehepaar zu tun zu haben.

»Es freut mich«, sagte Longhi und reichte Alexa die Hand. Es freute ihn tatsächlich. Denn so kühl und kalt er auch sein mochte, ein Ästhet war er trotzdem. Und wie viele Frauen laufen einem heutzutage noch über den Weg, die elegant und würdevoll und erhaben anmuten? Nicht einmal mehr im Kino, wo die Weiber aussehen, als hätte man sie alle aus einer L'Oreal-Tube herausgequetscht.

Longhi brachte die beiden Lukastiks nach draußen, wo sein Wagen im obligaten Halteverbot parkte. Nicht irgendein lächerlicher Dienstwagen, kein Alfa oder Fiat, auch kein Ferrari, da Longhi ja weder Zuhälter noch Fußballspieler war. Stattdessen stand hier ein wunderschöner, weichselrot in die dunstige Luft hinausstrahlender Lancia Delta S4 Stradale. Und es gehörte zu einem jener tiefsinnig unzugänglichen Zufälle, dass diese domestizierte Straßenversion eines ursprünglich allein zum Töten konstruierten Ralleyfahrzeugs im Jahre 1985 in einer kleinen Stückzahl auf den Markt gekommen war, also genau in dem Jahr, da Thomas Bernhards Prosastück *Alte Meister* erschienen war.

»Ein schöner Wagen«, kommentierte Chefinspektor Lukastik und dachte jetzt an Olanders BMW M1, welcher im Moment in der Universumstraße parkte. Was im Grunde verrückt war, einen solchen Wagen in einer solchen Straße ungeschützt stehen zu lassen. Aber die in dieser Gegend allgewaltige Frau Leda hatte rasch in Umlauf bringen lassen, wem dieser Wagen gehörte und dass es besser war, dem Vehikel nicht zu nahe zu kommen.

»Das ist ein Zweisitzer«, stellte Alexa fest.

»Richtig«, sagte Longhi. »Ich wusste nicht, dass Herr Lukastik in Begleitung kommt. Was ich übrigens eine reizende Idee finde. Endlich ein Mann, der seine eigene Frau mitnimmt. Was ich sehr gut verstehen kann.«

Longhi funkelte Alexa an, als hätte er soeben ein Klischee in sich entdeckt. Das Klischee des italienischen Manns, der sofort bereit ist, für eine schöne und interessante Frau in den Krieg zu ziehen.

Wozu Longhi nun aber tatsächlich bereit war, überstieg eine militärische Aktion noch. Er sagte, sich an Lukastik wendend: »Nehmen Sie meinen Wagen. Ich rufe mir ein Taxi.«

Auch wies er darauf hin, dass der Lancia über ein Navigationssystem verfüge. Womit sich der Kollege Lukastik ja sicher auskenne.

Nun, Navigationssysteme mochte Lukastik so wenig wie Handys. Aber er nickte.

Longhi fragte, ob Lukastik für seine neuerliche Untersuchung in Mailand wieder einen Dolmetscher benötige.

»Meine Frau spricht ein wenig Italienisch. Das dürfte ausreichen.«

Nochmals betonte Longhi, wie gut er es finde, dass Frau Lukastik ihren Mann bei der Arbeit begleite.

»Es soll eher ein Urlaub werden«, relativierte Lukastik.

»Das wünsche ich Ihnen«, sagte Longhi, der natürlich darüber informiert war, dass Lukastik vorhatte, ein weiteres Mal die ehemalige Wohnung Giorgio Straubs aufzusuchen. Allerdings schien Longhi desinteressiert an den Gründen dafür. Typisch Longhi. Er ließ den Dingen ihren Lauf. Wobei es kaum vorstellbar war, dass er diesen Lauf nicht beobachtete.

Longhi winkte einem Taxi. Er war ein Mann, der wirklich bloß zu winken brauchte. Das Taxi kam. Longhi verabschiedete sich mit einer duftenden Geste bei Alexa – praktisch den Marmortisch seiner selbst hinter sich lassend –, nickte Lukastik zu, stieg ein und verschwand.

»Mafioso«, sagte Alexa, als er weg war.

»Findest du?«

»Von der Art her. Das sind so Leute, die meinen, alles zu dürfen, also auch großzügig sein und höflich sein. Leute, die mit der gleichen Nonchalance jemand abstechen, wie sie einem Kind über das Haar streichen. Kotzbrocken! Wenn solche Männer nicht wären, wäre die Welt eine bessere.«

»Ich weiß nicht ...« Lukastik benutzte den Schlüssel, den ihm Longhi gegeben hatte, und öffnete die Fahrertür des Wagens. Er sah ins Innere. Was für ein Anblick! Ein Cockpit, das einem noch das Gefühl gab, sich in einem Fahrzeug und nicht in einem Spielzeugkoffer zu befinden. Sitze und Tapezierung in rotbraunem Alcantara. Zudem war es erstaunlich kühl, als wirke die Präsenz Longhis fortgesetzt nach.

»Lass mich fahren«, sagte Alexa.

»Gerne«, antwortete Lukastik, alles andere als ein Meister der Orientierung.

Wenn jemand auf dieser Welt es halbwegs versteht, ein Auto vernünftig zu steuern, dann sind es sowieso die Frauen. Nicht alle, das ist klar. Einige bemühen sich, die Vorurteile der Männer zu bestätigen, und tun so, als würden sie sich während des Fahrens selbst hypnotisieren. Oder wenigstens versuchen sie, die Parklücken zu hypnotisieren. Aber prinzipiell haben Frauen das richtige Verhältnis zu Autos. Sie akzeptieren, dass es besser ist, einer Maschine höflich zu begegnen, anstatt sie beherrschen zu wollen. Sie akzeptieren eine notwendige Distanz zur Maschine. Bei Männern ist das anders. Man muss es so hart ausdrücken: Männer glauben, sie könnten ihre Autos ficken. Was kein Wagen sich wirklich gefallen lässt. Darum ist der Verkehr genau so, wie er ist. Und da ist nun Mailand wahrlich keine Ausnahme.

Alexa Lukastik lenkte den Wagen mit Übersicht und Ruhe durch die Stadt und folgte den Anweisungen der sonoren Navigatorstimme hinüber in das angegebene Viertel. In einer kleinen Straße lag das Hotel, das sich Lukastik ausgesucht hatte, weil es sich in vernünftiger Entfernung von Straubs Wohnung im Quartiere T8 befand. Aber auch ein wenig wegen des sonderbaren Namens, den das Hotel trug: *A Longer Finnegans Wake*.

Was sollte das bedeuten? Gut, es war eine Anspielung auf das Buch von James Joyce. Aber was hatte das »longer« zu bedeuten? Lukastik, der ja ein überaus elitärer Polizist war und gerne seine Bildung im Gefecht mit Kollegen und Vorgesetzten zum Einsatz brachte, wusste, dass eine von Anthony Burgess herausgegebene Kurzversion des Jahrhundertbuches existierte, *A Shorter Finnegans Wake*. Ein sehr löbliches Unterfangen, da ja manche Bücher auf ein vernünftiges Maß heruntergestutzt gehören. Solcherart eine Form erhalten, die in einen einzelnen Durchschnittskopf hineinpasst. Ein Kopfbuch bildend. Man könnte auch von einem *Everybodys Finnegans Wake* sprechen. Wie aber musste man sich die Ausweitung dieses Buches vorstellen? Das hörte sich an, als wollte jemand eine sehr lange Strecke ausgerechnet dadurch bezwingen wollen, dass er einen Umweg ging.

Auf den ersten Blick hatte das Hotel nichts Irisches oder Literarisches an sich und erinnerte auch in keiner Weise an die Verlängerung von irgendetwas. Es besaß weder den staubigen Charme der Pension Leda noch jenen mysteriösen Hauch, der sich im Hotel Hiltroff mittels plötzlicher Wasserpfützen materialisiert hatte. Es war ein simples Hotel der Mittelklasse. Es als *sauber* zu bezeichnen, hätte nicht gestimmt, es war vielmehr *nicht schmutzig*. Und das ist ein Unterschied wie zwischen *mutig* und *nicht feig*.

Jedenfalls hatten die Lukastiks auch hier ein Zimmer, das nach hinten hinaus führte, auf einen kleinen Hof, der nicht nur einfach begrünt war, sondern über einen regelrechten Dschungel verfügte. Einen quadratischen, wenig mehr als fünfzehn Quadratmeter messenden, zwischen vier Häuserwände eingesperrten Miniaturwald, dicht und verwachsen. Ein pures Stück Natur. Nichts, was einen zu interessieren brauchte.

Das tat es auch nicht. Lukastik öffnete das Fenster, zog aber die orangebraunen Gardinen vor. Die beiden Liebenden begaben sich augenblicklich ins Bett, also an einen Ort, der nicht zu Unrecht als fundamental gilt.

Das Bett ist die Welt. Außerhalb des Bettes ist der Weltraum.

Es war später Nachmittag, als Lukastik seine schlafende Geliebte auf den Nacken küsste, aus dem Laken glitt und hinaus in die öde Weite des Alls trat.

ZWANZIG

Er nahm den Wagen, für den Fall, dass er sich verirrte und den Navigator um Auskunft fragen musste. Natürlich wäre es besser gewesen, er hätte sich von Alexa begleiten lassen, da sie nicht nur ein wenig, sondern recht passabel die Landessprache beherrschte. Aber Lukastik wollte seine Geliebte schlafen lassen. Es hatte etwas Schreckliches, einen Menschen aufzuwecken, gleich wie sanft man es versuchte. Es war immer brutal. Zudem fürchtete Lukastik, Alexa könnte, wenn er sie in Straubs Wohnung mitnahm, ihn dabei beobachten, wie er eine kleine Plastikfigur an seinen Platz zurückstellte. Wie hätte er das erklären sollen? Hätte er gestehen sollen, nur aus diesem einen Grund nach Mailand gereist zu sein? Nein, da war es schon besser, zur Not ein wenig herumzuirren.

Doch es ging schneller als gedacht. Freilich könnte man auch meinen, dass der Lancia in Pferdemanier von selbst den richtigen Weg fuhr.

So wie Lukastik dies auch in Wien zu tun pflegte, parkte er den Wagen an einer unerlaubten Stelle, direkt vor einen Spielplatz hin, und marschierte dann zu dem Haus, in dem nun Straubs Neffe wohnte. Lukastik kam unangemeldet. Der junge Mann stand mit einem Handtuch bekleidet in der Tür. Sein glatter, dünner Körper perlte vom Nass. Ein mit Kohlensäure versetzter Mensch. Lukastik hielt ihm seinen Dienstausweis entgegen. Der junge Mann sagte etwas auf Englisch. Lukastik tat so, als verstehe er kein Englisch, und marschierte an dem Halbnackten vorbei in die Wohnung.

Auch wenn Orientierung nicht seine Stärke war, hatte er noch ganz gut in Erinnerung, wo die Figuren gestanden hatten. Auf einem länglichen, dünnbeinigen, gegen die Wand gestellten Tischchen, über dem ein gerahmtes Foto hing. Er hatte dieses Foto beim ersten Mal nicht näher betrachtet. Es hatte ihm nichts gesagt. Jetzt sagte es ihm etwas. Man sah darauf die Hiltroffer Fabrikanlage, schwarzweiß, düster, baufällig, offenkundig eine historische Aufnahme. Es war deutlich die Aufschrift über dem Torbogen zu lesen, nach welcher nicht dem Arbeiter, sondern der Arbeit ein Recht auf Freiheit zustand.

Lukastik konnte nur schwer der Versuchung widerstehen, das Bild von der Wand zu nehmen und nachzusehen, ob sich dahinter ein Loch befand. Er fürchtete sich vor der Wahrheit, vor beiden Wahrheiten. War da ein Loch, so hatte Grünberg recht und die Welt war eine löchrige und instabile, die man mit Unmengen von Bildern flicken musste. Existierte jedoch kein Loch, so bestätigte dies die Verrücktheit Dr. Grünbergs, welcher immerhin der Mann war, von dem sich Lukastik hatte zwingen lassen, nach Mailand zu fliegen, um eine Plastikfigur an ihren alten Platz zu befördern.

Was allerdings nicht klappen würde. Der Tisch war leer.

Lukastik wandte sich um. Er konnte nun doch Englisch und fragte den jungen Mann, wo die Figuren hingekommen seien.

Straubs Neffe zuckte mit den Schultern und erklärte, dass das niemand etwas angehe. Er habe diesen Kram von seinem Onkel geerbt und dürfe damit machen, was er wolle.

»Ich möchte Ihnen keine Gewalt androhen ...«, sagte Lukastik.

Der Student grinste. Er war wohl einer von denen, die meinten, ihre Rechte zu kennen. Nun, was auch immer er glaubte, es hatte in diesem Moment keine Bedeutung. Lukastik stand unter Druck. Er ging auf den jungen

Mann zu. Dieser zuckte ein wenig. Lukastik sagte erneut: »Ich möchte Ihnen keine Gewalt androhen ...«

»Sie wiederholen sich«, erklärte der Student.

»Ich möchte Ihnen keine Gewalt androhen ...«

»Schon gut«, meinte der Junge, der sich gar nicht mehr so sicher über seine Rechte war. Er gestand, die ganze blöde Sammlung verkauft zu haben. Allerdings hätten zwei Figuren gefehlt, ohne dass er sagen könne, wo sie hingekommen seien. Typisch Italien. Ständig würde etwas verschwinden. Mit oder ohne Absicht. »Wir werden eines Tages aufwachen, und Italien wird verschwunden sein.«

»An wen haben Sie die Sammlung verkauft?«, führte Lukastik das Gespräch zurück zum Wesentlichen.

»An einen Mann, der mir seinen Namen nicht nannte. Heute Morgen.«

»War er alleine?«

»In Begleitung einer Frau. So eine blonde Deutsche. Oder blonde Schweizerin. Blond jedenfalls.«

»Beschreiben Sie den Mann«, forderte Lukastik.

»In Ihrem Alter. Ein bisschen aufgedunsen. Versoffen, würde ich sagen. Trug ein gestreiftes Hemd. Ein Ausländer, sprach aber ganz gut Italienisch.«

Lukastik war sofort überzeugt, dass diese Beschreibung sich nur auf Vinzent Olander beziehen konnte. Die blonde Deutsche musste dann Marlies Herstal sein. Und genau das war es ja gewesen, was Lukastik Olander empfohlen hatte: sich an diese U-Boot-Frau anzuhängen.

»Was hat er Ihnen bezahlt?«, fragte Lukastik.

»Genug«, antwortete der junge Mann und schlüpfte in eine Hose.

»Hat er Ihnen erklärt, warum er so begierig auf die Figuren ist?«

»Nein. Jedenfalls bin ich froh, das Zeug los zu sein.

Ich habe mich nie damit wohl gefühlt. Staubfänger. Unheimliche Staubfänger.«

»Gibt es noch etwas, dass Sie mir sagen möchten?« Lukastik zeigte mit dem Finger auf die nackte Brust des jungen Mannes. Statt zu antworten, fragte der junge Mann: »Worum geht es überhaupt?«

»Um nichts«, antwortete Lukastik, nahm den Finger herunter und verließ die Wohnung.

Er saß eine ganze Weile in Longhis Lancia und schaute auf den beinahe leeren Spielplatz. Ein einziges Kind hockte in der Sandkiste und versuchte mit einer viel zu großen Schaufel einen Berg zu bauen. Lukastik dachte nach.

Offensichtlich hatten Dr. Grünbergs Drohungen Olander nicht wirklich beeindruckt. Anstatt die Giraffen-Figur an ihren Platz zurückzustellen, hatte Olander sich der ganzen Sammlung bemächtigt. Warum tat er das? Um Grünberg und die Colanino-Leute gegen sich aufzubringen? Weil er lebensmüde war? Oder glaubte er, dass diese Figuren aus Überraschungseiern ihm genau jenes Glück bescheren würden, auf das er in den letzten Jahren hatte verzichten müssen? Hoffte er, diese Äffchen könnten *seine* Löcher stopfen?

Dazu war dann freilich nötig, dass Olander eine vollständige Sammlung besaß. Eine Figur aber fehlte ihm. Der kleine, als Mensch verkleidete Ahne, den Lukastik noch immer in seiner Hosentasche trug. Die letzte Figur. Der letzte Affe.

Jemand klopfte gegen die Scheibe des Wagens. Lukastik drehte den Kopf nach links. Es war Longhi. Lukastik ließ das Seitenfenster herunter und sagte: »Haben Sie Angst um Ihren Wagen?«

»Das ist leider nicht das Problem.«

»Sondern?«

»Ich denke, dass Sie das ganz gut wissen. Man hat Dr. Grünberg gefunden.«

»Gefunden?«

»Machen Sie es mir nicht schwer«, bat Longhi.

»Ich befürchte, leicht wird es in keinem Fall werden«, prophezeite Lukastik.

»Also gut. Rücken Sie hinüber. Ich fahre. Denken Sie aber bitte nicht, Sie könnten mich austricksen.«

»Warum glauben Sie, ich könnte das wollen?«, fragte Lukastik, während er auf den Beifahrersitz wechselte.

»Wenn Sie mir Ihre Schwester als Ihre Frau vorstellen, wie würden Sie das nennen?«

»Das können Sie nicht verstehen. Jedenfalls besitzt es keine Relevanz.«

»Na, es zeigt immerhin, wie Sie zu schummeln pflegen«, argumentierte Longhi und startete den Wagen.

Erneut fragte Lukastik, was das heißen solle: Man habe Grünberg gefunden.

»Er lag im Kofferraum Ihres Wagens.«

»*Meines* Wagens?«

»Des Wagens, mit dem Sie in Wien unterwegs sind, der BMW. Dieser Anwalt Grünberg steckte in einem Plastiksack. Zwei Kugeln.«

»Ich trage keine Waffe.«

»Natürlich, so dumm sind Sie nicht. Aber man hat Sie mit Grünberg gesehen. In einem Museum.«

»So dumm bin ich dann also schon, mich an einem öffentlichen Ort mit Grünberg zu treffen.«

»Keiner von Ihren Kollegen wusste von diesem Treffen.«

»Das kommt öfters vor, dass ich wo hingehe und mich vorher nicht abmelde. Sie machen das sicher auch so.«

»In meinem Wagen aber liegt kein Toter«, erinnerte Longhi.

»Ich will nicht zu heulen und zu jammern anfangen«,

erklärte Lukastik, »aber jemand versucht mich hereinzulegen. Woher weiß man denn überhaupt, dass ich mit Grünberg zusammen war?«

»Es gibt Fotos. Offensichtlich wurden Sie beschattet.«

»Von wem?«

»Keine Ahnung. Ich bin nicht die österreichische Polizei. Ich leiste nur Amtshilfe, indem ich Sie jetzt zum Präsidium bringe. Wobei Sie es hoffentlich zu schätzen wissen, dass ich dazu weder ein Großaufgebot herbeizitiere noch Ihnen Handschellen anlege. Allerdings würde ich gerne wissen, was genau Sie in Straubs Wohnung zu tun hatten.«

Lukastik sagte es, erzählte von der Bedeutung der Colanino-Figuren, von Grünbergs leisen Drohungen und vom Verschwinden der Sammlung aus Straubs Wohnung.

Longhi lachte. Er lachte wie ein Stück sehr weicher Butter. Dann meinte er: »Wer soll Ihnen so was glauben?«

Ja, wer sollte ihm so was glauben?

Es versteht sich, dass Longhi viel lieber jene von rotem Lack glänzende Kneipe aufgesucht hätte, in welcher er auf eine tatsächlich mafios kardinalische Art residierte, als in die Zentrale zu fahren und dort Lukastik in sein Büro zu führen. Ein nüchtern und zeitgenössisch gestaltetes Büro, in dem ein blasstürkises, ungemein flaches und leichtes Sofa die postmoderne Variante eines fliegenden Teppichs bildete. Darüber ein nicht minder flaches und leichtes Gemälde von Cy Twombly. Der Bürotisch bestand aus bläulich gefärbtem Glas, dessen metallene Tischbeine extrem dünn waren. Niemand würde es je wagen, sich gegen diesen Tisch zu lehnen oder sich gar darauf aufzustützen. Passenderweise war er vollkommen leer. Nicht einmal ein Computer war zu sehen, was die Bedeutung Longhis in diesem Haus und dieser Stadt veranschaulichte. Longhi war ein Mann, der sich auch in aussichtslosester Lage geweigert hätte, einen Rechner zu bedienen. Nicht, weil er konservativ war. Für ihn war das eine ästhetische Frage. Computer empfand Longhi als hässlich, selbst die schmalsten noch als unförmig. Und sie zu benutzen als unsportlich. Als würde man mitten in einem Quizspiel nach einem Lexikon greifen (und selbstverständlich wäre er niemals auf die Idee gekommen, den Navigator in seinem Lancia um Rat zu fragen, was dessen Vorhandensein einigermaßen rätselhaft erscheinen ließ).

So ergab sich nun also, dass in diesem hohen, ausgeleuchteten, mittels Glaswand auf die abendliche Mailänder City weisenden Büro zwei Männer standen, die beide ohne Handys und ohne Computer auskamen, geradeso, als wäre man in der Urzeit angelangt. In einer bequemen und zivilisierten Urzeit, in welcher man auf geschwungenen, aprikosenfarbenen Stoffsesseln Platz nahm und kein dummes kleines Telefon einen störte.

Eine junge Frau, die optisch mit den Tischbeinen korrespondierte, servierte Kaffee, den sie zwischen die Männer auf eine knöchelhohe Sandsteinplatte stellte. Sie verbog sich dabei, als arbeite sie eigentlich für den chinesischen Zirkus. Als sie gegangen war, nahmen die Männer ihre Tassen und tranken. Minutenlang fiel kein Wort.

»Was machen wir jetzt?«, unterbrach Lukastik die Stille.

»Wir warten«, sagte Longhi, sah auf seine Uhr und erklärte, dass zwei Beamte aus Wien auf dem Weg seien, um Lukastik einem Verhör zu unterziehen.

»Was?! Hier in Mailand?«, staunte Lukastik.

»Ja, offensichtlich möchte man das an einem neutralen Ort erledigen. Wogegen ich nichts habe. Ich regle gewisse Dinge auch lieber im Ausland.«

Lukastik schaute hinaus auf die Stadt, die im Abendrot einen flehenden, einen betenden Eindruck machte. Wie lauter schwarz gekleidete Frauen, die vor einem Scheiterhaufen knien. Lukastik griff in seine Tasche. »Ich würde Ihnen gerne etwas geben«, sagte er, holte die kleine Plastikfigur hervor und stellte sie hinunter auf den steinernen Couchtisch.

Longhi machte sich nicht die Mühe, seine Position zu verändern, fragte nur, was das sei.

»Ein Colanino-Männchen. Beziehungsweise Äffchen. Ein Äffchen als Mensch verkleidet.«

»Ach Gott, diese Missgeburt aus dem Überraschungsei, von der Sie sprachen.«

»Ja.«

»Schön und gut. Und hinter diesem Unikum wittern Sie also eine Verschwörung.«

»Sie müssen mir nicht glauben. Ich möchte nur, dass Sie die Figur für mich verwahren.«

»Warum vertrauen Sie mir eigentlich?«, fragte Longhi.

»Wem sollte ich sonst vertrauen? Den Kollegen aus Wien, die hier auftauchen werden, um mich in die Pfanne zu hauen? Darauf warten die schon lange. Sie müssen wissen, ich bin zu Hause nicht sehr beliebt.«

Wahre Worte. Lukastik hatte sich in all den Jahren viele Feinde gemacht. In erster Linie darum, weil er unbestechlich war. Nichts wird einem in Österreich übel genommen. – Das ist übrigens eine Wahrheit, die zu erkennen man kein Nestbeschmutzer von Bernhardscher Vehemenz sein muss. Man muss Österreich auch gar nicht hassen, so wie die meisten Österreicher das tun. Man muss nicht übertreiben, nicht karikieren. Man muss nicht verbittert sein, kein Justizopfer oder Min-

destrentner. Man muss nicht einmal die Sozialdemo-
kraten verachten. Man muss nur einmal einen Antrag
gestellt, ein Amt aufgesucht, in einem Krankenhausbett
gelegen, in einem Kaffeehaus eine Bestellung aufgegeben, eine Wohnung gemietet oder in eine schmutzige
kleine Erbschaftsauseinandersetzung geraten sein, um
diese völlig originäre österreichische Bestechlichkeit
zu erleben. Eine rotweißrote Käuflichkeit, die sich von
jeder anderen unterscheidet und die jeden Millimeter
dieses Landes und jedes einzelnen Kopfes beherrscht.
Es ist bemerkenswert, dass ein staatliches Gebilde imstande ist, eine Verhaltensweise hervorzubringen, die
man als Krankheit begreifen muss, eine Krankheit, die
fast jede Person in diesem Land befällt. In dem Moment,
da ein Mensch die Landesgrenze nach Österreich über-
schreitet, erkrankt er augenblicklich: Er wird böse, un-
gnädig, bedient sich auf raffinierte Weise der Lüge und
entwickelt einen permanenten Zustand der Bestechlichkeit. Das gilt natürlich auch für Deutsche. Der Deutsche
wird stante pede zum Österreicher, verwandelt sich, als
wäre er gebissen worden. Es besteht ein virologischer
Vampirismus indigener Bestechlichkeit in diesem Land.
Und es wäre ausgesprochen naiv, die Sache damit ab-
zutun, dass es überall gute und schlechte Menschen
gibt und dass etwa in fernen Ländern ... Das ist bloßes
Blabla. Die österreichische Bestechlichkeit ist einmalig
und von keinem dahergelaufenen, kulturlosen Dritte-
Welt-Land zu übertreffen. Österreich wurde von Gott
erfunden, um uns etwas ganz Bestimmtes zu sagen. Wir
sollten einmal genau hinhören.

Dass nun Lukastik sich dieser »göttlichen« Krankheit
ständig widersetzte, war schlimm genug. Aber wie er
es tat, das war das eigentliche Problem. Eben nicht mit
der Attitüde des guten Menschen, des Christen oder
Märtyrers oder larmoyanten Abweichlers, sondern mit

unglaublicher Arroganz. Eben mit der Arroganz dessen, der sich für gesund hält und alle anderen für infiziert. Was ja auch der Fall war, aber von den anderen selbstverständlich umgekehrt gesehen wurde.

Diese Arroganz hatte Lukastik stets mit den Mitteln eines gewissen guten Geschmacks und einer gewissen Bildung zu untermalen verstanden. Darum ja auch seine frühere Wittgensteinliebe, seine Kenntnis der Künste, auch seine Fremdwortbegeisterung, weil ja nichts so gut der Erniedrigung des Gegenübers dient, als ein Wort zu benutzen, welches dieser nicht versteht. Dazu passte auch bestens, dass Lukastik aus einer Diplomatenfamilie stammte. Und am allerbesten passte – auch wenn dies nie offiziell geworden war und bloß auf eine vage Weise ruchbar –, dass Lukastik seine Schwester liebte. Geschwisterliebe war literarisch, Geschwisterliebe war Dekadenz des späten neunzehnten und frühen zwanzigsten Jahrhunderts, Geschwisterliebe war Musil. Ein richtiger Österreicher aber, der beschritt alle möglichen sexuellen Sonderwege, doch von der eigenen Schwester – wenn sie nämlich einmal erwachsen war – ließ er die Hände, als wäre sie seine Mutter oder Schlimmeres.

Nein, Lukastik hatte sich immer wieder über das Österreichische gestellt und war dabei blasiert und selbstherrlich vorgegangen. Als wäre er unverwundbar. Und genau darum würde es nun gehen, ihm zu zeigen, wie wenig seine angebliche Unverwundbarkeit taugte.

Als die zwei österreichischen Beamten eintrafen, erhob sich Longhi und begrüßte sie in Hausherrenart.

»Kann ich Ihnen etwas bringen lassen?«, fragte Longhi.

Die beiden verneinten, erkundigten sich jedoch, ob sie rauchen dürften.

»Tut mir leid«, sagte Longhi, »aber das vertragen die Möbel nicht. Lauter Originale.«

336

Die beiden Wiener Polizisten betrachteten das Sofa und die beiden F-598-Sessel von Pierre Paulin mit ängstlicher Verachtung, meinten aber, da könne man eben nichts machen. Jedenfalls bedanke man sich, dass Longhi so rasch gehandelt und Lukastik unverzüglich in Gewahrsam genommen habe.

»Das war keine Hexerei«, erklärte Longhi. »Ihr Chefinspektor saß in meinem Wagen. Und es gibt wirklich keinen Streifenpolizisten in dieser Stadt, der dieses Auto nicht erkennen würde.«

Die beiden Wiener waren verwirrt. Wovon war eigentlich die Rede? Also beeilten sie sich zu erklären, dass sie jetzt gerne eine Befragung Lukastiks durchführen wollten.

»Aber selbstverständlich«, sagte Longhi und machte sich daran, den Raum zu verlassen. Vorher jedoch beugte er sich zu der viereckigen Sandsteinplatte hinunter und griff nach der kleinen Colanino-Figur. Er tat dies ganz selbstverständlich, als nehme er bloß seinen Wagenschlüssel. Verlor auch kein Wort darüber und verließ den Raum.

Lukastik kannte die zwei Beamten nicht, die man mit dieser heiklen Aufgabe betraut hatte. Jung und ehrgeizig und nicht einmal richtig blöd. Sie behandelten ihn mit dem gebührenden Respekt, gleichzeitig war schnell klar, dass sie nicht hier waren, um entlastendes Material zusammenzutragen. Tatsächlich standen die Karten schlecht für Lukastik, auch wenn man natürlich sagen musste, dass diese Karten *auffallend* schlecht standen. Die Fotos, welche Lukastik zusammen mit Grünberg im Kunsthistorischen Museum zeigten, waren anonym eingegangen. Ebenso der Hinweis, dass in der Universumstraße ein weißer Sportwagen stehe, auf dessen Rückseite Spuren von Blut klebten.

»Was hatten Sie mit Grünberg zu schaffen?«, fragte

der kleinere der beiden Männer, ein explizit bartloser und brillenloser, ein wenig zweidimensional anmutender Mensch. Mehr ein Plan als ein Mensch.

»Grünberg vertritt die *Gruppo Colanino*, welche in Hiltroff investiert. Ich wollte von ihm wissen, warum.«

»Und wissen Sie es jetzt?«

»Es geht um Kunststoff, eine neue Art von Kunststoff«, sagte Lukastik und berichtete über den Taxifahrer Giorgio Straub, der einst in Hiltroff gearbeitet hatte und dessen Unfalltod möglicherweise manipuliert worden war. Im Auftrag des Colanino-Konzerns. Lukastik erwähnte Vinzent Olander, die Tote im See, das ganze merkwürdige Geflecht. Die kleinen Plastikfiguren aber verschwieg er, somit auch den eigentlichen Grund, nach Mailand gereist zu sein. Die beiden Milchbuben hätten das nie und nimmer verstanden. Sie hätten ihn ausgelacht. Außerdem wäre er gezwungen gewesen, zu erklären, wie sehr ihm daran gelegen war, Dora Kolarov samt ihrer Tochter laufen zu lassen. Damit auch Leute in Freiheit waren, die das verdienten.

»Sie sind mit Ihrer Schwester hier, nicht wahr?«, sagte unvermutet der größere Mann.

»Was hat das mit dem Fall zu tun?«, tat Lukastik gelassen und zündete sich eine Zigarette an.

»Herr Longhi hat doch ausdrücklich …«

»Ach was!«, sagte Lukastik und vollzog einen Gesichtsausdruck, der verdeutlichen sollte, dass gewisse Verbote nur für gewisse Leute galten, zu denen er aber nicht zählte. Er tat einen tiefen Zug, sammelte den Rauch wie in einer Sparbüchse und blies ihn dann großzügig nach draußen. Das änderte freilich nichts daran, dass die beiden Polizisten darauf drängten zu erfahren, wieso Lukastik seine Schwester mitgenommen habe.

»Das ist völlig privat.«

»Bester Chefinspektor, Sie sind aber nicht privat hier.

Sie haben diese Reise zwar angekündigt – was in Ihrem Fall schon als ein kleines Wunder gilt –, haben aber mit keinem Wort Ihre Schwester erwähnt.«

»Meine Schwester hat ihren Flug selbst bezahlt. Und auch unser Hotelzimmer geht auf eigene Kosten.«

»Wenn wir Sie des Mordes an Dr. Grünberg überführt haben, dürfte es wenig helfen, ein Hotelzimmer selbst bezahlt zu haben. Eher ist es verdächtig.«

»Was ist verdächtig? Etwas selbst zu bezahlen?« Lukastik lächelte schief.

»Wir wissen immer noch nicht«, erinnerte der Größere, »was Ihre Schwester in Mailand macht. Oder sollen wir glauben, hier würde ein übergroßer Familiensinn walten?«

Lukastik fand es amüsant, wie wenig bisher über den toten Grünberg gesprochen worden war und wie sehr die beiden Milchbuben sich auf Alexa konzentrierten. Das schien wohl die Giftnadel ihrer Ermittlungen zu sein, mit der sie wie aus dem Hinterhalt zugestochen hatten. Und tatsächlich war es ein Problem für Lukastik. Er war nicht bereit, mit der Wahrheit herauszurücken. Das ging niemanden etwas an.

Aber die Giftnadel war noch nicht leer. Der kleinere Mann sagte: »Es heißt, Sie hätten früher etwas mit Ihrer Schwester gehabt.«

»Stimmt«, sagte Lukastik. »Und weil meine Schwester ein Verhältnis mit Grünberg hatte, habe ich den Kerl umgebracht. Sie ist *meine* Schwester, nicht seine.«

Die beiden Polizisten machten ein verblüfftes Gesicht.

»Es war ein Scherz«, sagte Lukastik und verdrehte die Augen.

»Das hier ist kein Spaß«, eiferte sich der Kleinere.

»Liebe Freunde, euch ist es doch zu verdanken«, konterte Lukastik, »wenn daraus eine peinliche Komödie wird. Wieso bringt ihr meine Schwester ins Spiel? Was für einen Strick wollt ihr mir daraus drehen? Denkt ihr denn, jemand, der seine eigene Schwester liebt – wohlgemerkt eine fünfzigjährige Frau –, eigne sich eher, der Mörder des Dr. Grünberg zu sein? Ich missbrauche niemanden, ich vergnüge mich nicht bei abartigen Praktiken, ich drehe keine Heimvideos, nein, ich liebe meine Schwester. Und dann sehe ich mir euch zwei Spießgesellen an und weiß, dass ihr so was nicht kapiert. Müsst ihr auch nicht. Aber seid wenigstens so korrekt, darauf zu verzichten, Fäden übereinanderzulegen und Knoten zu bilden, nur weil das besser ins böse Bild passt.«

»Es ist nicht an Ihnen, uns gute Ratschläge zu geben«, sagte der Größere.

»Seid doch froh, dass ich mit euch rede«, meinte Lukastik mit ermüdender Stimme. »Ich könnte darauf bestehen, mich ausschließlich mit einem der Chefs zu unterhalten. Ich könnte euch links liegen lassen. Andererseits finde ich es gut, hier in diesem wohlgestalten Büro zu sitzen und die Sache zu klären, soweit das möglich ist. Aber bitte kein Wort mehr über meine Schwester. Könnten wir uns darauf einigen, Kollegen?«

Die beiden sahen sich an. Sie hatten sich wohl tatsächlich eine Inzest-Vorhaltungsstrategie überlegt, eine Moralkeule. Na, mal sehen. Sie fragten Lukastik, wie er eigentlich an Dr. Grünberg herangekommen sei. Der Mann habe eher als ein Phantom denn als ein Advokat gegolten.

Lukastik erklärte, dass ein gewisser Pichler, der Direktor der Hiltroffer Manufaktur, ihm Grünbergs Nummer gegeben habe.

»Sie haben diesen Pichler befragt, nicht wahr?«, sagte der Mann, der wie ein Bauplan seiner selbst aussah.

»Das habe ich. Zusammen mit Herrn Olander.«

»Wie sollen wir das verstehen? Ich dachte, Herr Olander gehört zu den Verdächtigen. Und jetzt ist er plötzlich ... Ihr Assistent?«

»Sie wissen ja sicher um meine berüchtigten Methoden. Es ist richtig, ich habe Olander in die Ermittlung eingebunden. Zuerst, weil ich ihn für schuldig, dann, weil ich ihn für unschuldig hielt. Die Tote im See ... das war kein Verbrechen. Diese Frau war krank, sie ist gestorben und hat sich in diesem See begraben lassen. Wenn ich könnte, würde ich das Skelett dorthin zurückbringen, um der armen Seele ihren Frieden wiederzugeben.«

»Na, vielleicht können Sie dafür ein anderes Begräbnis auf See organisieren.«

»Ich denke nicht, dass ich mich um Dr. Grünbergs Beisetzung kümmern werde.«

»Aber vielleicht um die des Dr. Pichler. Sie scheinen ja eine Vorliebe für Hiltroff und die Hiltroffer zu haben.«

»Aha, Pichler ist also tot«, stellte Lukastik fest. Er wollte sich und den beiden Männern das Theater, aus allen Wolken zu fallen, ersparen. Ganz so überraschend war das Ableben des Fabrikdirektors ja nun wirklich nicht.

»Mit derselben Waffe wie Grünberg«, sagte der Größere.

»Zehn Millimeter, vermute ich«, kam es von Lukastik her.

»Richtig.«

»Auf Pichlers Schreibtisch lag eine Waffe dieses Kalibers«, erklärte Lukastik. »Eine *Glock*. Er hatte vor, sich damit umzubringen.«

»Er hat sich ganz sicher nicht umgebracht«, erwiderte der Beamte. »Zu große Entfernung. Zwei Kugeln – Herz, Lunge. Kein Kopfschuss also. Was uns sagt, dass wir es mit einem kultivierten Täter zu tun haben. Jemand, der diese ekelhafte Hirnspritzerei ablehnt, die neuerdings in jedem blöden Kinofilm gezeigt wird. Ich finde, Herr

Chefinspektor, dass eine solche Zurückhaltung sehr gut zu Ihnen passt.«

»Da haben Sie absolut recht. Ich kann diese Kopf- schüsse wirklich nicht ausstehen. Andererseits bin ich kaum der einzige kultivierte Mensch, der durch diesen Fall geistert. Das wäre vermessen.«

»Nicht so bescheiden, bitte.«

Erneut lächelte Lukastik auf diese schiefe Art, als seien sämtliche Zähne in die rechte Backe gerutscht. Während er so lächelte, fiel ihm etwas ein, das die Sa- che aber nicht besser machte. Gleichwohl musste es er- wähnt werden. Also sagte er: »Wenn Pichlers Waffe auf- taucht, werden Sie meine Fingerabdrücke darauf finden. Ich habe die Pistole kurz angefasst, um sie zur Seite zu schieben. Ein kleiner symbolischer Akt, um Dr. Pichler klarzumachen, dass ich Selbstmord in meiner Gegen- wart nicht wünsche.«

»So ein Fehler hätte Ihnen nicht passieren dürfen«, fand der Kleinere.

»Solche Fehler passieren mir andauernd«, entgegnete Lukastik ungerührt, verwies aber darauf, gleich nach dem Besuch bei Pichler nach Wien gefahren zu sein.

»Wie günstig. Pichlers Leiche wurde in Wien gefun- den. In einer Pension ... wie hieß die doch gleich?«

Der kleinere Polizist hatte den größeren fragend angesehen. Aber es war Lukastik, der die Antwort gab: Pension Leda.

»Nein«, sagte der Kleinere, »das ist die Pension, in der Sie übernachtet haben. So verrückt sind Sie nicht, diesen Pichler in dasselbe Hotel zu locken, um ihn dort umzubringen.«

»Das war nur so ein Gedanke«, meinte Lukastik leichthin, »weil sich doch alles so schön gegen mich fügt. Da hätte es bestens dazu gepasst, wenn Pichler ... Aber stimmt schon, das wäre zu viel des Guten gewesen. Selbst für die Leute, die mir diese Morde anhängen wollen.«

»Welche Leute wären das?«

»Vielleicht dieselben, die einen erstaunlich unfähigen Killer nach Hiltroff geschickt haben. Davon wissen Sie ja hoffentlich.«

Die beiden nickten. Sie schenkten sich kleine Blicke der Unsicherheit. Es lief nicht so, wie sie geplant hatten. Irgendwie gefiel ihnen dieser Lukastik. Und er hatte ja recht. Hätte bloß noch gefehlt, Pichlers Leiche wäre tatsächlich in der Pension Leda gefunden worden. Aber es war eine andere Pension. Sie lag in der Währinger-straße und trug den Namen *4. Dezember.* Beim Hotel 4. Dezember handelte es sich um eine eher billige Her-berge, nicht gerade der Ort für einen Fabrikdirektor. Doch man hatte festgestellt, dass Pichler bei seinen re-gelmäßigen Wienbesuchen immer wieder dort abge-stiegen war. Ein Dezembermensch. Jetzt ein toter De-zembermensch.

Auch wenn Lukastik erklärt hatte, nicht noch einmal über seine Schwester sprechen zu wollen, blieb ihm nun gar nichts anderes übrig. Denn der Todeszeitpunkt Pich-lers wurde spät in der Nacht vermutet, zu einer Stunde, da Lukastik in der Pension Leda gewesen war und in den Armen Alexas gelegen hatte. Das war sein Alibi. Al-lerdings ein ziemlich schlechtes Alibi. Gar nicht so sehr, weil die Möglichkeit bestand, dass Lukastik die schla-fende Schwester verlassen haben könnte, um irgend-wann zwischen zwei und vier Uhr früh Pichler in seinem 4.-Dezember-Zimmer aufzusuchen und Herz und Lunge und damit auch den Rest mattzusetzen. Das eigentlich Dumme an dem Alibi war – wie das meistens so ist – die Wahrheit. Welche nämlich darin bestand, dass Alexa und Richard fast die ganze Nacht sich geliebt hatten und nur minutenweise in einen Halbschlaf gesunken waren, in der Art dieser Delphine, die immer abwechselnd eine Gehirnhälfte schlafen legen und die andere wachen lassen. Man könnte also sagen – und so wurde es dann auch gesagt –, Lukastik habe mit seiner Schwester die Nacht durchgevögelt, und das sei also sein Alibi. Ein österreichischer Chefinspektor, den ausgerechnet eine Inzestgeschichte entlasten soll. Eine Katastrophe! Und dass es sich dabei um zwei mündige Fünfzigjährige handelte, machte die Sache nicht besser, ganz im Gegenteil.

Und darum äußerte nun einer der Polizisten: »Bei allem Respekt. Mit diesem Alibi werden Sie Probleme kriegen.«

»Keine Frage«, antwortete Lukastik. »Aber was soll ich machen? Hätte ich Ihnen eine schlechte Lüge aufgetischt, könnte ich jetzt versuchen, mir rasch eine bessere, eine glaubwürdigere Lüge einfallen zu lassen. Aber die Wahrheit kann ich nicht ändern. Dafür ist es zu spät. Ich kann Ihnen meine Schwester nicht mehr als Freundin oder Sekretärin oder Prostituierte verkaufen. Die Lüge ist flexibel, die Wahrheit nicht.«

»Ja, schade«, meinte der Kleinere. Es schien, als meine er es ernst.

»Bringen wir es auf den Punkt«, sagte der andere Polizist, der noch immer stand, ein dünner Kerl mit einer Nase, die wie ein Bleistift aus seinem Gesicht herausstand. »Sie leugnen, Dr. Pichler und Dr. Grünberg mit einer Zehn-Millimeter umgebracht zu haben.«

»Stimmt. Mein Hass auf Akademiker geht nicht so weit.«

»Warum sind Sie überhaupt nach Mailand geflogen?«

»Die Sache mit dem Taxifahrer hat mich nicht losgelassen«, sagte Lukastik. Jetzt log er also doch oder zumindest halb.

»Ich dachte, die Geschichte mit der toten Frau im See sei für Sie erledigt gewesen. Kein Mord.«

344

»Richtig. Aber ich wollte den Fall ordentlich abschlie-
ßen«, äußerte Lukastik, »die Verbindung zwischen Colanino und Hiltroff klären. Untersuchen, was die Mailänder da wirklich getrieben haben und wieso dieser kleine
Taxifahrer sterben musste.«

»Soweit wir informiert sind, war das ein simpler Verkehrsunfall.«

»Wenn das ein Unfall war, frage ich mich, warum ein
Dr. Pichler und ein Dr. Grünberg, die beide im Sold von
Colanino standen, jetzt tot sind.«

»Der Killer«, meinte der Kleinere, »der angeblich von
diesem Konzern nach Hiltroff geschickt wurde, kann es
ja wohl kaum gewesen sein. Nachdem Sie selbst ihn zuvor festgenommen haben.«

»Ich sagte schon. Dieser Mann war eine Niete.«

»Was man von Ihnen nicht behaupten kann.«

»Danke«, sage Lukastik mit theatralischer Bitterkeit.

»Eine andere Frage, Herr Lukastik. Wo ist Olander?«

»Na, wenn Sie es nicht wissen!«

»Ich würde es gerne von Ihnen hören.«

»Möglicherweise hier in Mailand«, weissagte Lukastik. Er sah hinaus auf die funkelnde Stadt. Er fühlte eine
Erschöpfung. Er dachte daran, Alexa anzurufen. Sie
würde sich Sorgen machen. – Blödsinn! Es war absolut
nicht ihre Art, sich Sorgen zu machen.

Der kleinere Polizist erklärte, dass Olander ganz sicher in Mailand sei. Er fragte: »Warum versuchen Sie,
ihn zu decken?«

Das bedeutete also, dass die Wiener Polizei zwar
wusste, dass Olander nach Mailand geflogen war, allerdings unbekannt war, wo genau er sich jetzt aufhielt.
Gut so, denn auf diese Polizisten war kein Verlass. Alles,
was sie herausfanden, erfuhr bald darauf jeder, den es
interessierte. Europäische Polizeiorganisationen waren
offene Bücher.

»Ich decke niemanden«, sagte Lukastik. »Und jetzt bin ich müde und würde gerne schlafen.«

»So spät ist es doch noch gar nicht«, meinte der dünne Große.

Lukastik schloss die Augen. Dieser F-598-Sessel aus dem Jahre 1973 war wirklich bequem. Er stammte aus einer Zeit, als man noch geglaubt hatte, die Zukunft würde darin bestehen, den Mars zu kolonisieren. Stattdessen eine Welt der Handys und Personalcomputer. Wie klein, wie deprimierend. Darum war es gut, in diesem futuristisch geschwungenen Fauteuil zu sitzen und einzunicken.

»Sie können jetzt nicht schlafen«, sagte einer von den Polizisten.

Aber das hörte Lukastik schon nicht mehr.

EINUNDZWANZIG

Als er erwachte, lag er in einer Zelle. Er konnte nicht sagen, wie er hierhergekommen war. Er konnte sich auch an keinen Traum erinnern, was selten vorkam. Mitunter standen seine Träume so überdeutlich vor ihm, dass ihm für einen Moment sein Chefinspektorenleben als Pause oder Auszeit erschien. Als ein Kammerflimmern des Bewusstseins.

Doch ohnehin durfte er sich nur mehr sehr bedingt als Chefinspektor sehen. In erster Linie war er Untersuchungshäftling. Er stand im Verdacht, gleich zwei Doktoren das Leben genommen zu haben. Er musste schmunzeln ob dieser obskuren Wendung. Auch weil er wusste, dass es noch schlimmer kommen würde. Schlimmer wurde es immer. Das war nun mal ein Prinzip im Leben. Wenn man sich im freien Fall befand, war es unmöglich, mitten in der Luft zu stoppen. Man musste schon unten ankommen, bevor man sich ordnen konnte. Wenn man sich dann noch ordnen konnte.

Er sah auf seine Uhr. Sie war stehen geblieben. Darum bevorzugte er ja mechanische Uhren, um hin und wieder das Gefühl zu haben, dass nicht alles und jedes sich fortentwickeln musste, dass eben nicht alles dem freien Fall unterlag. Die Zeit konnte stehen bleiben, zumindest wenn man sie in ein rundes, flaches Gehäuse der Firma Certina sperrte.

Der kleine Zeiger wies auf die Drei. Wobei Lukastik nicht einmal hätte sagen können, ob es eine Tages- oder Nachtstunde war, die in dieser goldenen Uhr festsaß. Jedenfalls beschloss er, diesen einen Punkt für ewig zu konservieren, das Uhrwerk nie wieder aufzuziehen und solcherart an seinem Handgelenk ein Fossil der Zeit mit sich zu führen. Das war ein schöner Gedanke, der ihm

Ruhe und Macht vermittelte. Trotz freien Falls. Macht über manche Dinge. So eine Art Jedi-Ritter-Macht.

Lukastik blieb noch eine ganze Weile auf dem bequemen, aber zu kurzen Bett und sah hinauf zum hellgrün bestrichenen Plafond des fensterlosen Raums, der im grellen Licht kunststoffverglaster Neonröhren einen Glanz wie von Schweiß besaß. Irgendwann ging die Tür auf, und die zwei Wiener Beamten traten ein. Sie wirkten trotz sauber gebundener Krawatten unordentlich. Der gräuliche Schimmer gewachsener Barthaare lag auf ihren Bubenwangen. Nichtsdestotrotz besaßen ihre Gesichter einen Ausdruck des Triumphs. So ein gymnasiales Grinsen.

Lukastik wusste gleich, wie viel es geläutet hatte. Er kam den beiden Milchgesichtern zuvor und sagte: »Man hat die Waffe gefunden, nicht wahr?«

»Das darf Sie nicht wundern, Chefinspektor«, meinte der Kleinere.

»Und wo?«

»Müssen wir wirklich miteinander spielen?«

»Leider ja«, erklärte Lukastik. »Also wo?«

»In Ihrer Wohnung. In einem Loch in der Wand. Hinter dem Bild von diesem ...«

»Wittgenstein.«

»Ja. Wobei wir Glück hatten. Man sieht das Loch ja nicht, wenn der Tapetenstreifen so sauber und straff darübergezogen ist. Aber die Kollegen haben die Wand gründlich abgeklopft. Alle waren hochmotiviert, etwas Belastendes zu finden. Jeder scheint sich zu freuen, Ihnen etwas anhängen zu können.«

»Anhängen? Das klingt, als würden Sie an meiner Schuld zweifeln.«

»Sagen wir so: Mir geht die Sache ein bisschen zu glatt.«

»He!«, ermahnte ihn sein Kollege.

Richtig, es war nicht an ihnen, irgendeine Glätte zu bewerten. Ihr Auftrag hatte gelautet, einen geständigen Richard Lukastik nach Wien zu bringen. Nun mussten sie sich eben mit einem *nicht* geständigen begnügen.

»Gehen wir«, sagte der Größere und legte Lukastik eine Handschelle an, deren zweiten Teil er um das eigene Handgelenk fixierte.

»Das sieht beschissen aus«, kommentierte Lukastik. »Wie in einem Film mit Michael Douglas.«

»Was haben Sie gegen Michael Douglas?«, fragte der Mann mit der Bleistiftnase.

»Sie gehören sicher zu denen«, vermutete Lukastik schnippisch, »denen *Basic Instinct* gefallen hat.«

»Ja, warum nicht?«

»Wissen Sie, ich stelle mir vor, das Flugzeug, in das wir jetzt steigen werden, stürzt ab. Und ich bin an einen Mann gekettet, der einen schwachsinnigen Thriller mit rattenschlechten Schauspielern mag, einen Film, dessen einziger Höhepunkt darin besteht, eine Frau zu zeigen, die kein Höschen trägt.«

»Wenn wir abstürzen, kann Ihnen das egal sein.«

»So denken Kleingeister«, sagte Lukastik. »Gerade wenn ich abstürze, möchte ich in guter Gesellschaft sein. In Würde sterben. Und nicht Handschelle an Handschelle mit einem Banausen.«

Es tat Lukastik gut, so zu sprechen. Das brauchte er hin und wieder. Der groß gewachsene Polizist aber gab sich gleichgültig. Was sollte er auch tun? Er hatte seine Anweisungen. Er sagte: »Sie müssen sich ja nicht mit mir unterhalten.«

»Worüber denn auch?«

Natürlich, Lukastik wäre lieber an den kleineren der beiden Beamten gehängt worden. Aber so war das immer. Man kam ständig am Falschen zu hängen.

Mit diesem falschen Mann verbunden, saß Lukastik eine Stunde später in einer Halle des Flughafens Malpensa. Der übliche Lärm, die übliche schlechte Luft, Lautsprecherdurchsagen, die immer so klangen, als rufe man die Leute auf, sich bei einer bestimmten Himmelspforte zu melden. Es war wohl wegen dieser weichen Frauenstimmen, dass man an Himmelspforten dachte, während ja in Wahrheit die Fliegerei bedeutet, von einer Minigolfbahn des Lebens zur nächsten befördert zu werden.

Links von Lukastik saß der kleinere Polizist. Er hatte die Hände über Kreuz im Schoß liegen, als nehme er Maß für einen Unterleibsschutz. Als das endlich erledigt war, holte er ein Handy aus der Tasche und ließ seinen Daumen wie einen pummeligen kleinen Solotänzer über die Tastatur hüpfen, um SMS zu spielen. Es sah putzig aus. Ein Kind und sein Setzkasten.

Man wartete auf irgendein Dokument, welches noch zu unterschreiben war, bevor es dann über einen Seitenweg zu einer ganz regulären Linienmaschine gehen würde.

Alle drei Männer schwiegen. Lukastiks Bemerkung über Michael Douglas schien jegliche Gesprächsbasis durchtrennt zu haben, was Lukastik nur recht sein konnte. Er musste die nötige Ruhe finden, um sich eine Geschichte auszudenken, die er seinen Vorgesetzten präsentieren konnte. Denn mit der Wahrheit würde er kaum punkten. Seine Vorgesetzten waren Bauern, denen man Bauerngeschichten auftischen musste. Aber was für eine bloß? Lukastik war ja alles andere als der Rosegger unter den Kriminalpolizisten. Er verabscheute das Bäurische, jede Art des Bäurischen. – Er fluchte ein tonloses Gebet.

Dann sah er ihn.

Ja, es war Vinzent Olander. Er trug eine Sonnenbrille, hatte die Haare schwarz gefärbt, wirkte fülliger, aber sein Anzug und sein in verschiedenen fliederblauen Tönen gestreiftes Seidenhemd waren unverkennbar. Dazu kam die Körperhaltung des erhabenen Alkoholikers, welcher niemals wankt, aber auch nie gerade steht. Durchaus wie man das von schiefen Türmen kennt, deren gefährlich anmutende Neigung kaum zu der Annahme führt, sie könnten einmal umstürzen. Auch Olander würde nicht umstürzen, gleich wie viel er trank. Er hob wie zum Zeichen leicht die Hand an, dann marschierte er hinüber zu einer Reihe von Türen und verschwand in der Toilette.

Lukastik stieß seinen rechten Begleiter an und erklärte, er müsse mal.

»Hat das nicht Zeit bis Wien?«

»Ist das Ihr Ernst?«, fragte Lukastik zurück.

Der Mann mit der Bleistiftnase erhob sich mit einem Seufzen. Lukastik folgte rasch seiner Bewegung, um nicht wie ein Sack hochgezogen zu werden.

»Wartest du hier?«, fragte der Größere den Kleineren.

Dieser blickte kaum vom Display seines Handys auf und nickte abwesend.

»Na, dann gehen wir.«

Es war ein komisches Gehen, quasi Hand in Hand. Peinlich für beide, wie die Leute ihnen nachsahen, als wären sie schwul. Die wenigsten bemerkten die Handschellen. Jeder war geblendet vom Eindruck des Schwulen.

Als sie in den Toilettenraum getreten und die Reihe von Pissoirs erreicht hatten, ersuchte Lukastik: »So, könnten Sie mich bitte losmachen. Ich bin ein ganz schlechter Einhandpinkler.«

(Er hatte völlig vergessen, eigentlich geplant zu haben, alles nur noch einhändig machen zu wollen – seiner veränderten Gliedmaße wegen. Stattdessen hatte er Alexa mit beiden Armen geliebt, hatte den Lancia mit beiden Händen gesteuert, beidarmig gestikuliert und so weiter. Und auch jetzt bestand er auf seiner Zweiarmigkeit. Ein bisschen inkonsequent, aber verständlich. – Die Menschen vergessen, dass sie zwei völlig verschiedene Arme besitzen, so, wie sie vergessen, sowohl einen göttlichen wie auch einen teuflischen Willen in sich zu tragen.)

»Na gut«, sagte der Polizist, der ja nicht ernsthaft eine Flucht Lukastiks befürchtete. Die Handschelle war mehr ein Symbol. Eine Strafe für Lukastiks langjährige antiösterreichische Unbestechlichkeit.

Während der Polizist das Metall von Lukastik losmachte, beeilten sich die zwei Männer, die an den Pissoirs standen, unverzüglich fertig zu werden und hinauszukommen. Sie hielten das wohl für irgendeine FBI-CIA-Angelegenheit. Und bei FBI und CIA denken die Leute stets an verirrte Kugeln und sogenannte Kollateralschäden.

Als man nun alleine war, stellte sich Lukastik an eins der emaillenen Becken und öffnete seine Hose. Im gleichen Moment ging hinter ihnen eine Kabinentür auf, aus welcher sehr rasch und behände jemand heraustrat und eine Injektionsnadel in die Schulter des spitznasigen Polizeibeamten rammte.

Lukastik hätte Olander eine solche Flinkheit und Kaltblütigkeit nicht zugetraut. Etwas musste sich geändert haben. Alles ging rapido. Der Polizist verlor postwendend das Bewusstsein, so, als habe ein Engel ihn totgeküsst. Er fiel nach hinten, wurde aber von Olander aufgefangen.

»Schnell, helfen Sie mir«, verlangte Olander.

»Den Mann müssen Sie schon selbst schleppen. Das war schließlich nicht meine Idee«, erklärte Lukastik und blieb tatsächlich ungerührt stehen.

Olander machte die Arbeit alleine, zerrte den Poli-

zisten in eine Kabine, quetschte ihn zwischen Klosett-
becken und Trennwand und schloss die Tür, vor die er
sich hinstellte. Er betonte, dem Mann ein hochwirk-
sames, aber gut verträgliches Narkotikum gespritzt zu
haben. Nichts, was ihn umbringen würde. Dann sagte
er: »Ich muss mit Ihnen sprechen.«

»Das sehe ich«, äußerte Lukastik und besaß die Güte,
näher an Olander heranzutreten, damit man nicht zu
brüllen brauchte.

»Wo ist die Figur?«, fragte Olander. »Und tun Sie nicht
so, als hätten Sie keine Ahnung, wovon ich spreche.«

»Ich habe das Ding nicht bei mir«, erklärte Lukastik.

»Ihre Schwester? Hat Ihre Schwester den Affen?«

»Nein.«

»Wer dann?«

»Was werden Sie tun, wenn ich mich weigere, es Ihnen
zu verraten? Mich töten? Das wäre gar nicht schlecht.
Es würde mich einigermaßen entlasten, was die Morde
an Dr. Pichler und Dr. Grünberg angeht.«

Olanders verkrampfter Blick verriet augenblicklich,
dass diese Nachricht eine neue für ihn war. Er machte
sich aber gar nicht erst die Mühe, dies zu beschwören.
Sondern erklärte nochmals, dass er unbedingt die letzte
Figur benötige.

»Wieso?«, fragte Lukastik.

»Weil die Sammlung nur als Ganzes auch wirklich
funktioniert. Weil die Figuren nur zusammen einen
realen Schutz bilden.«

»Sie glauben an diesen Hokuspokus?«

»Sie doch auch.«

»Ich habe nur einen Deal mit Dr. Grünberg akzeptiert«, erklärte Lukastik.

»Sagten Sie denn nicht, Grünberg sei tot? Warum
also nicht den Deal mit mir machen? Es geht Ihnen doch
darum, Dora Kolarov zu beschützen. Habe ich recht?«

»Ja, die Frau soll ihre Ruhe haben.«

»Geben Sie mir die Colanino-Figur, dann kann ich das gewährleisten.«

»Ausgerechnet Sie, Olander? Wo Sie doch wahnhaft daran glauben, dieses Kind sei Ihr Kind.«

»Jeder in dieser Geschichte hat seinen Wahn. Das allein spricht nicht gegen mich. Sie müssen mir vertrauen, dass ich das Beste aus der Sache mache. Etwas Besseres, als die Mailänder daraus machen würden. Ist das so schwer vorstellbar?«

Ja, das war vielleicht tatsächlich die Frage: Wer könnte die Welt besser werden lassen? Ein Mann namens Olander oder ein Firmenimperium namens Colanino?

Hier war nirgends das Fernsehen, welches jetzt schnell eine Umfrage hätte starten können. Lukastik musste diese Entscheidung alleine treffen. Er sagte: »Also gut. Longhi hat die Figur. Ich habe sie ihm gegeben, weil er gerade da war.«

»Rufen Sie ihn an und erklären ihm, er soll sie mir aushändigen.«

»Ich telefoniere nicht so gerne«, gestand Lukastik geradezu schüchtern. »Und Longhi auch nicht.«

»Überwinden Sie sich«, verlangte Olander, griff in seine Tasche, holte ein Handy heraus, drückte die eingespeicherte Nummer von Longhis Büro und hielt das Gerät Lukastik gerade vor die Brust hin, als ersuche er ihn, einen toten Hamster zu beerdigen.

Lukastik nahm den Hamster und hielt ihn sich ans Ohr. Die Dame aus dem chinesischen Zirkus meldete sich.

»Hier ist Lukastik. Ich möchte Herrn Longhi sprechen.«

»Excuse me ...«

»Tell him, it's about the monkey.«

»Monkey?«

»Tell him!«

Kurz darauf war Longhi am Hörer.

Lukastik sagte: »Treffen Sie sich bitte mit Olander. Und geben Sie ihm die Figur.«

»Wo sind Sie?«, fragte Longhi.

»Am Flughafen.«

»Ist alles in Ordnung?«

»Na ja, in meinem Wagen wurde ein Toter gefunden, in meiner Wohnung die Tatwaffe, und ein zweiter Mord wird mir auch noch angelastet. Und am schlimmsten ist, man bringt mich nach Wien zurück, um mich dort vierzuteilen. Aber das braucht Sie nicht zu kümmern. Geben Sie Olander die Figur. Dann wird wenigstens die Sammlung endlich wieder komplett sein.«

»Also gut. Wann und wo soll ich Herrn Olander treffen?«

»In zwei Stunden. In einem Hotel, das den Namen *A Longer Finnegans Wake* trägt. Nahe dem Quartiere T8.«

»Warum dort?«

»Weil Sie da noch etwas für mich tun können. Fragen Sie nach meiner Schwester. Richten Sie ihr aus, sie soll ein paar Tage in Mailand bleiben, bis sich die Wiener Gemüter beruhigt haben und bis die Leute, die mich so hassen, wieder halbwegs vernünftig denken können.«

»Ihre Schwester wird Näheres wissen wollen.«

»Nein, wird sie nicht«, versprach Lukastik. Dann verabschiedete er sich, dankte Longhi, legte auf und gab den steifen, toten Hamster zurück an Olander. »Sie haben gehört, in zwei Stunden in diesem Hotel. Kennen Sie es?«

»Ich kann mich erinnern, einmal dort gewesen zu sein. Mit einem Urwald mittendrin.«

»Genau.«

»Gut«, sagte Olander, »dann gehe ich jetzt.«

»Ja, gehen Sie.«

»Sie werden mich nicht verraten?«

»Ach wissen Sie«, meinte Lukastik gelassen, »vom philosophischen Standpunkt ist alles nur eine Versuchsanordnung. Ich sehe mir einfach an, was dabei herauskommt, wenn ich Ihnen helfe. Ob der Aggregatzustand sich ändert oder nicht.«

»Sie sind ein guter Mann«, sagte Olander und bewegte sich zur Tür.

»Ich bin eine gute Maschine«, erwiderte Lukastik, aber da hatte Olander den Raum bereits verlassen.

Es versteht sich, dass während des Gesprächs immer wieder Leute in die Toilette getreten waren, um ihre Notdurft zu verrichten, ohne sich aber um die beiden Männer zu kümmern, die redend und telefonierend eine Kabinentür verstellt hatten. Es versteht sich auch, dass Lukastik noch eine kurze Weile wartete, um Olander einen Vorsprung zu verschaffen, bevor er den abgeteilten Raum öffnete, sich zu dem Polizisten hinunterbeugte und ihm sein Portemonnaie aus der Sakkotasche zog, welches er einsteckte. Dann wartete er den Moment ab, bis niemand mehr im Gang stand, schleifte den noch immer bewusstlosen Beamten nach draußen und legte ihn sachte ab. Er verließ die Toilette und marschierte hinüber zu dem anderen Polizisten, breitete die Arme aus, als fange er die ersten Schneeflocken eines frühen Winters, und erklärte, dass man überfallen worden sei.

Wenig später nutzte Lukastik die allgemeine Verwirrung, um die Geldbörse in einen Mülleimer zu werfen. Die Frage, weshalb nur sein Bewacher, nicht aber er selbst von den Tätern betäubt und beraubt worden war, beantwortete er mit einem Achselzucken. Es war nicht an ihm, die Strategie von ihm unbekannten Verbrechern zu analysieren. Schon gar nicht, solange er selbst verdächtigt wurde, ein solcher Verbrecher zu sein.

Die Sache war extrem unklar. Aber die ganze Welt war

extrem unklar. Die Welt lag verschleiert in einem Hiltroffer Nebel, einem Nebel allerdings, der Augenblicke allergrößter Klarheit aufwies. Selbstredend konnte man die Klarheit nur sehen, wenn man richtig stand. Und wenn man bereit war, nicht alles durchschauen zu wollen.

Als Lukastik Stunden später – zurück in Wien, wie man sagt: Bei den Hyänen war es gemütlicher – einer Versammlung hoher Polizeiherren Rede und Antwort zu stehen hatte und man ihm die verwirrende Geometrie des Falls vorwarf (gerade so, als sei er ein Schriftsteller, der den Plot zu verantworten habe), da erklärte er: »Das hängt mit der Unschärferelation zusammen.«

Nun, das war alles andere als ein geeigneter Beginn, um Bauern eine Bauerngeschichte vorzutragen. Doch immerhin typisch Lukastik. Folgerichtig beschwerte sich sein direkter Vorgesetzter: »Sakrament, Lukastik, was soll das jetzt wieder heißen?«

»Ganz einfach«, sagte der Chefinspektor. »Wie Sie wissen, oder wissen sollten, kann man nicht gleichzeitig den Ort und den Impuls eines Teilchens messen. Umso genauer man die eine Position lokalisiert, umso ungenauer wird der Wert der anderen. Wir aber, wir Polizisten, versuchen dauernd, beides – Ort und Impuls – auf den Punkt genau festzulegen. Doch das ist Humbug. Und aus diesem Humbug ergeben sich verwackelte Bilder, zittrige Zeichen, widersprechende Zahlen, ungenaue Indizien, falsche Täter, falsche Opfer. Unschärfen eben. Und wir müssen sodann eine Menge herumschummeln, retuschieren, schönreden und schlechtreden, um ein einigermaßen nachvollziehbares Bild vorspiegeln zu können.«

»Sie spucken große Töne, mein Lieber«, ließ sich der anwesende Polizeipräsident vernehmen, »dafür, dass Sie im Verdacht stehen, zwei Morde begangen zu haben.«

»Sie wissen, dass ich das nicht habe.«

»Es wird uns kaum gelingen«, betonte der Oberchef, »mittels einer physikalischen Theorie die Beweise gegen Sie außer Kraft zu setzen.«

»Diese Beweise würden maximal für meine Blödheit sprechen. Und ich denke, ich bin zwar unsympathisch, aber nicht blöd.«

Der Präsident grinste verächtlich und meinte: »Ein Intelligenztest wird Sie nicht retten.«

»Natürlich nicht. Interessant aber wäre das Motiv. Geld? Eifersucht?«

»Wir wäre es mit Wahnsinn?«, schlug irgendein Geheimdienstmensch vor.

»Wahnsinn ist ein Zustand, aber kein Motiv«, erklärte Lukastik.

»Das denken alle Wahnsinnigen«, meinte der Mann.

»Ich denke vor allem eines«, sagte Lukastik mit einer Ruhe, die gespielt war und dennoch echt, »dass nämlich die Wahnsinnigen immer in der Mehrzahl sind. Die Mehrzahl ist geradezu ein Beweis für den Wahnsinn.« Dabei sah er in die Runde der Polizeiherren und lächelte.

Das war's dann mal. Lukastik kam in Untersuchungshaft. Allzu große Schikanen brauchte er allerdings nicht zu befürchten. So wenig wie ein Roboter oder Androide Schikanen zu befürchten braucht. Eine Maschine wird nicht gequält und tyrannisiert. Maschinen werden für unempfindlich gehalten. So wie man glaubt, ein durchgeschnittener Apfel fühle keinen Schmerz. Es ist ein Glück für die Äpfel, dass die Menschen das glauben. Wüssten sie es nämlich besser, man kann sich vorstellen, was tagtäglich mit Äpfeln alles geschehen würde.

ZWEIUNDZWANZIG

Heut am Morgen
Als die Finken sich über den Lärm der Möwen grämten
Dacht ich mir
Mein Gott, wie schnell die Kinder heutzutage wachsen
Man kann es richtiggehend riechen
Die Wetterseite aber
Die ist wie immer
Störrisch

Olander legte den Bleistift neben das Papier und erhob sich. Mit gepressten Augen und verengten Lidern betrachtete er die Schrift auf dem Papier. Er nickte wohlwollend. Er war der Meinung, dass wenn ein Gedicht gelungen war, man das auch sehen konnte. Was nichts mit der eigenen Schrift zu tun hatte, die ja im Grunde immer die gleiche blieb, also nicht etwa im Falle schlechter Gedichte holpriger oder unleserlicher wurde. Nein, es war der Eindruck von etwas Kompaktem, das strahlungsartig hinter dem Schriftbild lag und nur von einem gelungenen Gedicht verursacht werden konnte. Man könnte sagen: Ein gelungenes Gedicht hatte keine Löcher.

Olander schrieb jetzt also Gedichte. Das mag zu der Annahme verleiten, dass es mit ihm weiter bergab ging. Schlimmer als je zuvor. Aber das war nicht der Fall. Seine Gedichteschreiberei stellte bloß ein kleines Hobby dar. Während andere zeitig am Morgen zum Joggen aufbrachen, brach Olander zeitig am Morgen zum Dichten auf. Ohne es zu wollen, war er zum Frühaufsteher geworden. Wahrscheinlich hing es damit zusammen, dass er nicht mehr trank. Jedenfalls musste er die frühen Stunden überbrücken, bis auch die anderen aufgestanden waren und das Leben sich mit Alltäglichkeiten über ihn ergoss.

Der Ausblick aufs Wasser war nicht schlecht. Im Grunde war er besser als die Wahrheit. Denn wenn man hinunter zum Ufer stieg, geriet man in einen unangenehmen Schlamm, musste über Berge von angeschwemmtem Seegras steigen, auch über jede Menge Müll, den das große Meer in die kleine Bucht spülte. Aber wie gesagt, von dem flachen Hügel aus sah es ganz nett aus, dort, wo ein kleiner, vom Wind und vom Salz zernagter Holztisch stand, auf dem Vinzent Olander allmorgendlich seine Gedichte schrieb.

Fünfzig Meter dahinter zog sich die Reihe aus zweistöckigen, nahtlos aneinandergefügten Sozialbauten dahin. Die Fassade war einmal gelb gewesen, doch für die Farbe, die sie jetzt besaß, gab es noch keinen Namen. In dieser Gegend gab es für eine Menge Dinge keinen Namen. Und daran würde auch ein kleiner Poet nichts ändern. Wollte Olander auch gar nicht. Er fühlte sich wohl hier. Er mochte das kleine Dorf, das hinter den Wohnbauten in einer Grube versank, sodass, wenn er sich von seinem Dichtertisch aus umwandte, er bloß die Spitze des Kirchturms sah. Ein ausgesprochen schwarzer Kirchturm einer ausgesprochen schwarzen Kirche, welche – ein episodischer Zufall – den Namen St. Maria trug. Sonst aber erinnerte nichts an Hiltroff.

Ja, das war ein gutes Gedicht. Olander schrieb nach eigener Einschätzung sehr viel mehr gute als schlechte Gedichte. Eine Bewertung, die nicht gerade als ein Zeichen ausgeprägter Selbstkritik gelten konnte. Aber was brauchte er hier draußen Selbstkritik? Da war es doch besser, den Tag einigermaßen zufrieden zu beginnen. Er würde seine Gedichte ja ohnedies nie veröffentlichen wollen. Das Öffentliche machte alles erst so schlimm. Aus dem Öffentlichen ergab sich das Hässliche und Peinliche. Nein, das wollte er sich nicht antun. Selbst dann nicht, wenn jemand ihm einen gewissen Erfolg hätte garantieren können. Man darf sein Glück nicht verscherbeln. Das wusste er. Es war wie mit den Atomen. Sie wuchsen nicht nach. Auch Glück wuchs nicht nach. Wer zu viel davon verbrauchte, war ein Schmarotzer. Olander wollte kein Schmarotzer sein.

Er schob das Papier in eine dunkelbraune Ledermappe, klemmte sie sich unter den Arm und ging zurück zu der farbnamenlosen Häuserreihe. Von einer der Wäscheleinen zog er ein gestreiftes Seidenhemd, das er sich um die Schulter legte, und trat sodann durch eine vom Rost pickelige Eisentür in ein schmales Treppenhaus. Er stieg die wenigen Stufen nach oben und begab sich in die unversperrte Wohnung.

»Hallo, Vinzent«, sagte die Frau, die an der Spüle stand und Kaffeepulver in einen Filter löffelte. Sie trug ein geblümtes Sommerkleid, Rosen im Verblassen. Die Frau selbst jedoch hatte gar nichts Verblasstes an sich, auch wenn sie stark abgenommen hatte. Aber es schien ihr gelungen zu sein, ihr Gewicht genau an den richtigen Stellen zu verlieren. In jeder Hinsicht.

»Morgen, Dora, mein Schatz«, grüßte Olander und küsste die Frau auf die Wange. Kurz spürte er ihre Hüfte. Kurz roch er ihre Haut. Kurz sah er einen winzigen Streifen Sonne auf ihrer Schläfe. Es gab selten Sonne an diesem Ort. Aber wenn, dann war es immer etwas Besonderes, als würde jemand Sonnenlicht in kleinen Quadraten und Pünktchen und aufklebergroßen Flecken verteilen. Wie diese vereinzelten Regentropfen, bei denen man sich denkt, die stammen noch aus dem Gewitter von letzter Woche.

Ja, er nannte sie Dora, auch wenn der Name Irene sie

ebenso wenig gestört hätte. Wie gesagt, an diesem Ort hatte man es nicht so mit den Namen.

Olander setzte sich auf die einfache, kleine Sitzecke. Alles in dieser Wohnung war ziemlich einfach und klein. Und auch ein wenig geschmacklos. Der Telefonapparat trug eine Art gestricktes Mäntelchen, wie kleine Hunde, wenn es draußen kalt ist. Man kann sich den Rest also vorstellen. Aber es hatte seine Ordnung. Es gab hier nichts zu verändern.

Olander sah nach draußen, gleichzeitig griff er nach einer der Plastikfiguren, die auf dem Fensterbrett standen, und rückte sie um eine Winzigkeit zurecht. Nicht, weil sie wirklich verstellt worden war. Es handelte sich bloß um eine Geste der Sorgsamkeit. Die Figuren standen exakt dort, wo sie stehen mussten, gleich gasdicht verschlossenen Brennstäben. Dies hier war ein Reaktorkern, welcher Glück produzierte. Zumindest war das Olanders Überzeugung (und es muss immerhin festgestellt werden, dass die ökonomischen und juristischen Probleme der *Gruppo Colanino* mit dem Verlust der gesamten Sammlung nicht gerade geringer geworden waren. Colanino geriet in Gefahr, eine Democrazia Christiana der italienischen Wirtschaft zu werden und letztendlich in der Versenkung und in den Geschichtsbüchern zu verschwinden).

Die Tür zum Kinderzimmer öffnete sich. Clara kam in die Küche. Sie sah verkatert aus. Alle Zwölfjährigen sehen morgens so aus, auch wenn sie noch nie einen Schluck Alkohol angerührt haben.

»Na, gut geschlafen?«, fragte Olander.

»Weiß nicht«, sagte das Mädchen in diesem Was-ist-das-denn-für-eine-dämliche-Frage-Ton. Wie soll man denn wissen, wie man geschlafen hat, wenn man geschlafen hat? Aber sie lächelte nachgiebig, drückte

Olander einen Kuss ins Gesicht und machte sich daran, ihren Finger in die Marmelade zu stecken. Lieber wäre ihr Schokocreme gewesen, aber die Schokocreme hatte es nicht bis an diesen Ort geschafft. Man war schon sehr am Ende der Welt.

»Du, Papa!«

»Ja?«

Sie wusste, dass er nicht ihr leiblicher Vater war. Aber wäre man ein Planet, wäre man da nicht auch froh über einen fremden Mond als über gar keinen?

Job und Lisbeth Grong wurden uralt – allerdings in einem konventionellen Sinn, denn sie gehörten nicht wie
Frau Leda zu den Schildkröten. Alt genug jedenfalls, um
noch dabei zu sein, als nach zweieinhalb Jahrzehnten
zähester Verhandlungen eine internationale Forscher-
gruppe daranging, jenes »in flüssigem Zustand fossili-
sierte Urwasser« als Ganzes aus dem Mariensee zu heben. Ein Unternehmen, welches sich äußerst schwierig
gestaltete und letztendlich aufgegeben werden musste.
Das Wasser steckte fest. Was übrigens ganz typisch war
für die Entwicklung der Welt, weniger das Scheitern an
sich, sondern die Verlangsamung der Prozesse, dieses
Steckenbleiben. Ganz anders, als man geglaubt hatte,
bremsten sich auch negativste Entwicklungen von selbst
ab. Der Verkehr etwa nahm nicht zu, sondern stagnier-
te, als wären die Leute der Autofahrerei und Fliegerei
müde. Überhaupt überwog die Müdigkeit, selbst in der
Natur, wo der Klimawandel ins Stocken geriet. Es wurde
nicht besser, aber auch nicht schlechter. Das Ozonloch
schloss sich nicht, aber es wurde auch nicht größer. Die
Wirtschaft wuchs nicht mehr, aber sie schrumpfte ebenso wenig. Die Welt war nach Ewigkeiten der Berg- und
Talfahrt auf einer ziemlich weiten Ebene angelangt. Es
zeigte sich, dass die Erde vielleicht doch eine Scheibe
war.

Marlies Herstal ging nach Hiltroff, wo sie sich eine
dauernde Bleibe im Grongschen Hotel nahm und ein
kleines Institut gründete. Sie wurde mit der Zeit ein
wenig verschroben. Das Urwasser, jener See im See,
interessierte sie gar nicht so sehr. Vielmehr glaubte sie
immer stärker an die Seeschlange, die freilich nie wieder
auftauchte. Dass Marlies nach einigen Jahren jenem

Mann, den in Hiltroff alle nur den Herrn Götz nannten, ein Kind schenkte, resultierte aus einem dieser Missgeschicke, die wie ein raffinierter Plan anmuten.

Longhi, welcher Lukastiks Wunsch entsprochen und die kleine Plastikfigur an Vinzent Olander ausgehändigt hatte, gab bald danach seinen Posten auf, ließ sich scheiden und heiratete eine der reichsten Frauen Italiens. Er tat dies alles mit einer Leichtigkeit, als habe er sich entschlossen, statt einer grünen Krawatte eine blaue zu tragen. Man könnte sagen: Er brauchte keinen Plan.

Die Klage, die man gegen Richard Lukastik erhoben hatte, wurde wieder fallengelassen. Er kam in Freiheit. Allerdings legte man ihm eindringlich nahe, seinen Dienst zu quittieren und sich ins Privatleben zurückzuziehen. Was ihn sehr bekümmerte. Er war nicht wie Longhi, konnte nicht *alles* sein. Er fühlte sich verloren ohne seine Polizistenexistenz. Und es hat durchaus Züge des Komischen, dass er sich entschloss, Privatdetektiv zu werden.

Weit weniger komisch war es, dass Lukastik und seine Schwester sich am Rande von Wien ein Haus kauften und zusammenzogen. Man kann es nicht anders sagen: Sie wurden glücklich miteinander. Und brauchten dazu nicht einmal eine Sammlung kleiner Plastikäffchen.

Und Vinzent Olander?

Ja, er schrieb Gedichte und lebte mit seiner Frau und seinem Kind an einer Küste, die einen unaussprechlichen Namen besaß. Vielleicht irisch, vielleicht finnisch, vielleicht gar japanisch, vielleicht ...

Wirklich erstaunlich, wie schnell die Kinder heutzutage wachsen.